TOUT EST SOUS CONTRÔLE

Hugh Laurie

TOUT EST
SOUS CONTRÔLE

Traduit de l'anglais
par Jean-Luc Piningre

Ouvrage réalisé sous la direction
d'Arnaud Hofmarcher et de François Verdoux

Titre original : *The Gun Seller*
© Hugh Laurie, 1996.
© Sonatine, 2009, pour la traduction française.
Couverture : © GettyImages/Tim Hawley
Sonatine Éditions
21, rue Weber
75116 Paris
www.sonatine-editions.fr

J e dois beaucoup à Stephen Fry, écrivain et personnalité de
la radio-télévision, pour ses commentaires ; à Kim Harris
et Sarah Williams, pour leur irrésistible bon goût et leur
intelligence écrasante ; à mon agent littéraire Anthony Goff,
pour son soutien sans réserve et ses inlassables encouragements ;
à mon imprésario Lorraine Hamilton, qui ne m'en a pas voulu
d'avoir aussi un agent littéraire ; et à mon épouse Jo, pour des
choses qui rempliraient un livre plus long que celui-ci.

PREMIÈRE PARTIE

1

J'ai vu un homme, ce matin,
Qui ne voulait pas mourir

P. S. STEWART

Imaginez que vous deviez casser le bras de quelqu'un. Le gauche ou le droit, aucune importance, la question étant de passer à l'acte, faute de quoi... enfin, qu'importe également. Disons seulement que, sinon, ça risque d'aller mal.

Le problème est en réalité le suivant : allez-vous au plus vite – crac ! oh, désolé, laissez-moi vous mettre une attelle, monsieur – ou faites-vous traîner l'affaire pendant huit bonnes minutes, en procédant par minuscules poussées, certes de plus en plus fortes, jusqu'à ce que la douleur devienne verte et rose, glacée, brûlante, et finalement insupportable au point de le faire gueuler comme un veau ?

Eh oui, bien sûr. C'est évident. La chose à faire, la *seule* chose à faire, c'est d'en finir le plus rapidement possible. Cassez-moi ce bras, payez la tournée, soyez un bon citoyen.

À moins que.

Que, que, que...

Et si vous détestiez la personne au bout dudit bras ? Ou, plus précisément : si vous la haïssiez *grave* ?

Je devais maintenant y réfléchir.

Je dis maintenant, mais en réalité je veux parler d'un moment passé ; le moment situé une fraction de seconde – quelle fraction, cependant ! – avant que mon poignet arrive aux environs de ma nuque, et que mon humérus gauche se brise en deux éléments plus ou moins faciles à recoller. Deux, voire beaucoup plus.

Parce que le bras dont on discute, voyez, c'est le mien. Pas le bras abstrait de quelque philosophe. L'os, la peau, les poils, la petite cicatrice blanche à la pointe du coude, cadeau d'un radiateur à accumulation de l'école primaire de Gateshill – tout ça, c'est à moi. C'est aussi le moment où je me demande si cet homme dans mon dos, qui me serre le poignet et le pousse avec un zèle quasi érotique en haut de ma colonne vertébrale... eh bien, si cet homme ne me haïrait pas. S'il ne me hait pas *carrément*.

Car il n'en finit pas.

Nom de famille Rayner. Prénom inconnu. Enfin moi, je ne sais pas et, par conséquent et de toute manière, vous non plus.

Je suppose que quelqu'un, quelque part, le connaît – l'a baptisé ainsi, l'a gueulé dans l'escalier à l'heure du petit-déj', lui a appris à l'épeler – et d'autres l'ont certainement crié dans un bar pour lui offrir un verre, ou murmuré pendant l'amour, ou l'ont inscrit dans la bonne case d'un formulaire d'assurance-vie. Je sais qu'ils ont fait ça. J'ai juste un peu de mal à me le représenter.

Rayner avait sans doute une dizaine d'années de plus que moi. Ce qui ne pose en soi aucun problème. J'entretiens des relations chaleureuses, sans bras cassés, avec quantité de personnes de cet âge. Pour l'ensemble des gens admirables, d'ailleurs. Mais il était en outre plus grand de sept centimètres, plus lourd de vingt-cinq kilos et, en unités de violence, disons au moins huit de plus que moi. Plus laid aussi qu'un parking, avec un grand crâne chauve, plein de creux et de bosses, qui ressemblait à un ballon rempli de clés à molette. Il avait également un nez de boxeur, qu'un tiers encore avait probablement aplati de la main gauche (ou du pied gauche), et qui serpentait sous un front mal dégrossi.

Dieu tout-puissant, quel front ! Chacun en leur temps, briques, couteaux, bouteilles et divers arguments rationnels avaient rebondi sur cette vaste surface en ne laissant que d'infimes empreintes entre des pores profonds et très espacés. Les pores les plus profonds et les plus espacés que je pense avoir jamais remarqués sur une peau humaine. Ça me rappelait le golf municipal de Dalbeattie à la fin du long été sec de 1976.

Sur les côtés, nous découvrons que les oreilles de Rayner ont jadis été mordues, arrachées et remises en place, la gauche étant franchement à l'envers, ou sens dessus dessous, suffisamment pour qu'on l'observe un certain temps avant de conclure : « Ah oui, c'est une oreille ! »

Par-dessus tout ça, au cas où vous n'auriez pas pigé, il portait une veste en cuir noir sur un col roulé de même couleur.

Mais, bien sûr, vous aviez pigé. Il aurait pu s'envelopper de soie miroitante et mettre des orchidées dans ses cheveux, les passants inquiets l'auraient payé avant de se poser la question de savoir s'ils lui devaient de l'argent.

En ce qui me concerne, je ne lui en devais pas. Rayner fait partie d'un groupe très sélect à qui je ne dois rien du tout et, si ça s'était passé un peu mieux entre nous, je lui aurais suggéré, à lui et ses semblables, d'adopter un style de cravate particulier, comme les membres d'un même club. Avec pour motif des chemins qui se croisent, peut-être.

Mais comme je l'ai déjà dit, ça se passait mal.

Un certain Cliff, professeur manchot de combat à mains nues (oui, je sais, il n'en avait qu'une, de main, mais la vie est comme ça, très rarement) m'a appris que la douleur est une chose qu'on s'inflige à soi-même. On peut nous faire toutes sortes de misères – nous frapper, nous poignarder, essayer de nous casser le bras –, mais la douleur, nous la créons tout seuls. Et donc, selon Cliff qui, après deux semaines au Japon, se croyait autorisé à vendre de telles conneries au prix fort, on est toujours capable de la faire cesser. Une veuve de cinquante-cinq ans l'ayant tué depuis au cours d'une bagarre dans un pub, je ne pense plus avoir l'occasion de lui souffler dans les bronches.

La douleur est une réalité. Quand elle vous tombe dessus, vous vous débrouillez au mieux.

Mon seul avantage était que, jusque-là, je n'avais produit aucun bruit.

Il ne s'agit pas de courage, comprenez bien, tout simplement je n'en avais pas trouvé le temps. Jusqu'alors, Rayner et moi avions rebondi sur les murs et les meubles dans un silence viril émaillé de sueur, en lâchant quelques grognements pour indiquer que nous étions concentrés. Toutefois, à cinq secondes de l'évanouissement ou de la fracture, il était temps d'introduire un élément nouveau, et émettre un son fut la seule chose qui me traversât l'esprit.

Donc, respirant profondément par le nez, je rapprochai celui-ci autant que possible du visage de mon agresseur, je retins un instant mon souffle, puis je poussai ce que les artistes martiaux japonais appellent un *kiai*, que vous définiriez sans doute par « bruit retentissant » – ça ne serait pas trop tiré par les cheveux –, mais un cri d'une intensité à ce point aveuglante, choquante, « putain mais qu'est-ce que c'était ? », que j'en fus le premier effrayé.

L'effet sur Rayner fut celui escompté puisque, se déportant malgré lui sur le côté, il a relâché mon bras pendant un douzième de seconde. J'en ai profité pour lui balancer un méchant coup de boule, assez fort pour sentir le cartilage de son nez s'ajuster sur l'arrière de mon crâne, tandis qu'une moiteur soyeuse se répandait sur mon scalp. Levant alors le talon vers son entrejambe pour lui racler l'intérieur de la cuisse, j'ai fait connaissance avec un appareil génital d'une taille quand même impressionnante. À la fin du douzième de seconde, Rayner ne me tenait plus du tout le bras, et je me suis rendu compte que j'étais en nage.

Me détachant de lui en dansant sur la pointe des pieds comme un vieux saint-bernard, j'ai cherché autour de moi quelque chose qui me serve d'arme.

Ce tournoi pro-semi-pro d'un seul round (un quart d'heure) avait pour cadre un petit salon de mauvais goût à Belgravia. Comme tous ses confrères, à chaque fois sans exception, l'architecte d'intérieur avait fait un travail absolument épouvantable mais, à cet instant, son penchant pour les objets lourds et portatifs s'accordait bien avec le mien. Jetant mon dévolu sur le bouddha de quarante-cinq centimètres qui ornait la cheminée, j'ai découvert avec plaisir que ses ridicules esgourdes offraient une prise satisfaisante à ma seule main valide.

Agenouillé par terre, Rayner vomissait tripes et boyaux sur le tapis chinois, dont les couleurs s'amélioraient à vue d'œil. J'ai pris position, un peu d'élan et, me ruant sournoisement sur lui, j'ai frappé l'os tendre derrière l'oreille gauche avec le socle de la statuette. Le choc a produit un son mat, de ceux que seuls émettent les tissus humains dans ce cas, et Rayner a roulé sur le flanc.

Je ne me suis pas donné la peine de vérifier s'il respirait encore. Cruel, peut-être, mais c'est ainsi.

J'ai essuyé quelques gouttes de transpiration sur mon visage en me rendant dans le couloir. J'ai prêté attention aux bruits bien que, s'il y en avait eu dans la maison ou au-dehors, je ne les aurais pas entendus, puisque mon cœur jouait les marteaux-piqueurs. Ou peut-être y avait-il un vrai marteau-piqueur dehors mais, dans ce cas, j'étais trop occupé à aspirer de grosses valises d'air pour le remarquer.

Ouvrant la porte d'entrée, j'ai senti une petite bruine froide me tomber dessus, se mélanger avec ma sueur, adoucir la douleur dans mon bras, et tout diluer au passage. J'ai fermé les yeux et laissé l'eau ruisseler sur ma peau. C'était une des choses les plus agréables qui me fussent arrivées à ce jour. Vous me direz que j'ai mené une existence misérable – je vous répondrai que le contexte a ses raisons.

Refermant la porte sans la verrouiller, j'ai fait quelques pas sur le trottoir et allumé une cigarette. Mon cœur mécontent s'est remis à battre plus lentement, et mon souffle l'a suivi à peu de distance. Mon bras souffrait le martyre, et j'étais bien conscient que ça durerait des jours, sinon des semaines, mais au moins j'ai la chance de savoir fumer des deux mains.

À l'intérieur, j'ai retrouvé Rayner au même endroit, vautré dans une mare de vomi. S'il n'était pas mort, il était grièvement blessé et, dans un cas comme dans l'autre, ça me vaudrait au moins cinq ans. Dix, avec un rallongement de peine pour mauvaise conduite. Ce qui, de mon point de vue, est très mauvais.

J'ai déjà fait de la taule, voyez-vous. Seulement trois semaines, en détention provisoire, mais quand on est obligé de jouer aux échecs deux fois par jour avec un supporter de l'équipe de West Ham à tendance monosyllabique ; qui a le mot HAINE tatoué sur une main, et le mot HAINE tatoué sur l'autre main ; qu'en plus il manque six pions, toutes les tours et deux fous, eh bien on finit par attacher de l'importance aux petits plaisirs de l'existence. Comme celui d'éviter la taule, pour commencer.

Je méditais cela et le reste, je pensais à tous les pays chauds que je n'avais jamais osé visiter quand j'ai compris que cette espèce de bruit – des pas prudents, légers, sur des lattes qui craquent malgré tout – ne venait pas de mon cœur. Ni de mes poumons, ni d'une quelconque partie de mon corps endolori. C'était, de fait, un bruit externe.

Quelqu'un, ou quelque chose, s'efforçait de descendre silencieusement l'escalier. En vain.

Sans toucher au bouddha par terre, je me suis muni d'un immonde briquet de table en albâtre avant de me diriger vers la porte, elle aussi immonde. Comment peut-on fabriquer d'immondes portes ? demanderez-vous. Ah, un certain savoir-faire est sûrement nécessaire mais, croyez-moi, les architectes d'intérieur vous pondent ce genre d'horreur avant le petit-déj'.

Incapable de retenir mon souffle, j'ai attendu bruyamment. Un interrupteur a cliqueté quelque part, un instant, avant de recommencer dans l'autre sens. Une autre porte s'est ouverte. Silence. Rien là-dedans non plus. S'est refermée. Puis ne bougeons pas. Réfléchissons. Essayons le salon.

Des frous-frous, des pieds qui traînent sur la moquette et, sentant brusquement ma main se détendre autour du briquet en albâtre, je me suis adossé au mur avec un vague soulagement. Car, même blessé et terrifié comme je l'étais, j'aurais mis ma tête à couper qu'aucun boxeur ou nervi ne porte *Fleur de fleurs* de Nina Ricci.

S'arrêtant à la porte, la fille a balayé la pièce du regard. Les lampes étaient éteintes mais, avec les rideaux ouverts, les lumières de la rue éclairaient suffisamment la scène.

Les yeux de la fille ont trouvé le corps de Rayner, et j'ai mis une main sur ma bouche.

Nous avons échangé des civilités. Mi-scénario hollywoodien, mi-bonne société. Elle a commencé à hurler, puis essayé de me mordre la main. J'ai promis de ne lui faire aucun mal si elle ne criait pas. Alors elle a crié et je lui ai fait mal. L'ordinaire, quoi.

Elle a fini par s'asseoir sur le canapé avec un verre à bière à moitié plein de ce que j'ai pris pour du brandy (c'était en fait du calvados). Moi, j'affichais mon air le plus crédible « je suis parfaitement sain d'esprit ».

J'avais auparavant poussé Rayner sur le flanc, dans une posture propice au rétablissement, ou ne serait-ce que pour l'empêcher d'étouffer dans son vomi. Et celui de quelqu'un d'autre, tant qu'on y était. La dame a voulu se lever, le tripoter, vérifier que ça allait – suggérant oreillers, gant de toilette mouillé, bandages –

et je l'ai priée de rester où elle était. J'avais déjà appelé une ambulance, le mieux était de laisser ce monsieur tranquille.

Elle s'était mise à trembler légèrement. Des mains d'abord, serrées autour du verre, puis des coudes et enfin des épaules, chaque fois un peu plus lorsqu'elle regardait Rayner. Bien sûr, cela n'est pas anormal lorsqu'on découvre un alliage de cadavre et de vomi sur le tapis du salon au milieu de la nuit, mais je ne tenais pas à ce que ça empire. J'ai allumé une cigarette avec le briquet en albâtre – même la flamme était immonde – et je me suis efforcé d'obtenir autant d'informations que possible avant que, le calvados faisant effet, la dame m'inonde de questions.

J'avais son visage en triple exemplaire : le premier dans le cadre en argent, posé sur le manteau de la cheminée, où elle posait en Ray Ban, suspendue à un tire-fesses ; le second sous forme d'un portrait à l'huile, aussi grand qu'effroyable, accroché près de la fenêtre (le peintre ne l'aimait sans doute pas beaucoup) ; enfin, sans conteste le meilleur des trois se trouvait sur le canapé, trois mètres devant moi.

Elle avait dix-neuf ou vingt ans, des épaules carrées et de longs cheveux bruns qui ondulaient joyeusement avant de disparaître dans son dos. Hautes et rondes, ses pommettes avaient une touche orientale, qu'on oubliait en découvrant ses yeux, ronds également, mais grands et d'un gris lumineux. Si ça veut dire quelque chose. Elle portait un déshabillé de soie rouge, ainsi qu'une élégante pantoufle, décorée de fil d'or au niveau des orteils. J'ai cherché du regard la seconde dans la pièce – sans succès. Peut-être la dame n'avait-elle pas les moyens de les acheter par paires.

Elle a sorti un chat de sa gorge.

– Qui est-ce ? a-t-elle demandé.

Avant même qu'elle ouvre la bouche, j'avais deviné qu'elle était américaine. Elle semblait trop saine pour un autre pays. Ils les trouvent où, d'ailleurs, leurs dents ?

– Un certain Rayner, ai-je affirmé, me rendant compte aussitôt que c'était un peu léger, comme réponse. Un type très dangereux, ai-je donc ajouté.

– Dangereux ?

Cela paraissait l'inquiéter, et elle n'avait pas tort. Il lui venait sans doute à l'esprit comme moi que, si cet homme était dangereux, je me situais plus haut dans cette menaçante hiérarchie. Puisque je l'avais tué.

– Dangereux, ai-je répété, en étudiant attentivement la demoiselle qui détournait les yeux.

Elle semblait trembler moins, ce qui était bien. Ou peut-être tremblais-je simultanément, et donc je ne m'apercevais plus de rien.

– Et euh... Qu'est-ce qu'il fait là ? a-t-elle fini par s'inquiéter. Qu'est-ce qu'il voulait ?

– Difficile à dire.

Pour moi du moins.

– Peut-être cherchait-il de l'argent ? ai-je pensé. Ou l'argenterie...

– Mais euh... Il ne vous l'a pas dit ? m'a-t-elle coupé d'une voix soudain sonore. Vous l'avez frappé sans savoir qui c'était ? Ni ce qu'il faisait ici ?

Malgré le choc, son cerveau semblait marcher fort bien.

– Je l'ai frappé parce qu'il a essayé de me tuer. Je suis comme ça.

J'ai tenté un sourire espiègle, que je n'ai pas trouvé très efficace en l'apercevant dans le miroir au-dessus de la cheminée.

– Vous êtes comme ça, a-t-elle répété, impitoyable. Et vous êtes qui ?

Voilà autre chose. Il fallait marcher sur des œufs. La situation risquait de s'aggraver méchamment.

J'ai essayé un air surpris, voire un tantinet blessé.

– Comment, vous ne me reconnaissez pas ?

– Non.

– Ah. Curieux. Fincham, James Fincham.

J'ai tendu ma main. Comme la demoiselle ne l'a pas prise, je l'ai passée dans mes cheveux d'un geste nonchalant.

– C'est un nom, a-t-elle répondu. Ça ne me dit pas qui vous êtes.

– Un ami de votre père.

Elle a réfléchi un instant.

– Une relation d'affaires ?

– Plus ou moins.

– Plus ou moins, a-t-elle répété avec une moue. Vous vous appelez James Fincham, vous êtes plus ou moins une relation d'affaires, et vous venez plus ou moins de tuer un homme chez nous.

J'ai incliné la tête, histoire d'indiquer que, oui, nous vivions vraiment dans un monde affreux.

Elle m'a de nouveau montré ses dents.

– Et c'est tout ? Votre CV s'arrête là ?

J'ai refait mon espiègle sourire, sans plus de succès.

– Attendez, a-t-elle dit en jetant un coup d'œil à Rayner.

Elle s'est subitement redressée, comme si une idée lui traversait l'esprit.

– Vous n'avez appelé personne, en fait ? a-t-elle continué.

En y repensant maintenant, tout bien considéré, je lui donnais plutôt vingt-quatre ans.

– Vous voulez dire...

Je m'enfonçais.

– Je veux dire qu'aucune ambulance n'arrivera ici. Mon Dieu !

Elle a posé son verre sur la moquette et, se levant, s'est dirigée vers le téléphone.

– Écoutez, lui ai-je dit. Avant de faire une bêtise...

J'avançais vers elle, mais je me suis ravisé en la voyant bondir. Sans doute valait-il mieux ne pas bouger. Je n'avais pas envie de passer des semaines à extraire de mes joues des éclats de bakélite noire. À savoir ceux du combiné téléphonique, pour l'instant entier, qu'elle avait en main.

– Pas un geste, monsieur James Fincham, a-t-elle sifflé entre ses dents. Cela n'a rien d'une bêtise. J'appelle une ambulance et j'appelle la police. C'est la procédure conseillée dans n'importe quel pays. Des gens armés de grands bâtons vont débarquer pour vous emmener ailleurs. Tout ce qu'il y a de plus sensé.

– Écoutez, je n'ai pas été tout à fait franc.

Elle a plissé les yeux. Me comprenez-vous bien ? Il serait plus exact de dire plisser les paupières, mais en fait on ne les plisse pas, on les ferme à moitié.

Elle a donc plissé les yeux.

– Comment ça, « pas tout à fait franc » ? Vous ne m'avez dit que deux choses. L'une d'elles est fausse ou c'est les deux ?

Sans le moindre doute, j'étais acculé. Dans le pétrin. D'un autre côté, elle n'avait composé que le premier 9 de police secours[1].

– Je m'appelle Fincham et je connais réellement votre père.

– Ouais, et il fume quelle marque de cigarettes ?

– Des Dunhill.

– Il n'a jamais fumé de sa vie.

Elle avait peut-être vingt-huit ou vingt-neuf ans, finalement. Trente, dernier carat. J'ai inspiré profondément pendant que, se détournant, elle composait le deuxième 9.

– D'accord, je ne le connais pas. Mais j'essaie de l'aider.

– C'est ça, vous êtes venu réparer la douche.

Troisième neuf. Sortir l'atout maître.

– Quelqu'un en veut à ses jours.

Un petit clic et j'ai entendu quelqu'un, quelque part, demander quel service nous désirions. Éloignant le combiné de sa bouche, la dame s'est lentement retournée vers moi.

---

1. 999 en Grande-Bretagne. *(Toutes les notes sont du traducteur.)*

– Qu'avez-vous dit ?

J'ai insisté :

– Quelqu'un a décidé de tuer votre père. Je ne sais pas qui, je ne sais pas pourquoi, et j'ai l'intention de l'en empêcher. Voilà pourquoi je suis ici.

Elle m'a observé longuement, d'un œil sévère. Une horloge – immonde – égrenait les secondes en arrière-fond.

– Cet homme, ai-je dit en montrant Rayner, n'y est pas étranger.

Ce qu'elle trouvait injuste, manifestement, Rayner n'étant pas en position de se défendre. Affectant d'être aussi perplexe et soucieux qu'elle, j'ai regardé autour de moi et poursuivi sur un ton plus doux :

– Nous n'avons pas eu beaucoup le temps de parler, donc je ne peux affirmer qu'il soit ici pour ça, mais ce n'est pas impossible.

Elle m'observait toujours. À l'autre bout du fil, l'opérateur couinait des « allô » en essayant sûrement de trouver l'origine de l'appel.

La dame a attendu. Quoi ? Mystère.

– Une ambulance, a-t-elle finalement déclaré, avant de me tourner le dos pour donner son adresse.

Elle a hoché la tête puis, lentement, très lentement, elle a reposé le combiné sur son support. A suivi un de ces silences dont on anticipe tout de suite la longueur. Aussi ai-je dégagé une autre cigarette de mon paquet pour la lui offrir.

Me rejoignant, elle s'est plantée devant moi. Elle était plus petite qu'elle avait paru à l'autre bout de la pièce. Je lui ai souri et elle a pris la cigarette. Sans l'allumer, elle s'est contentée de jouer avec, puis elle a braqué deux yeux gris sur moi.

Je dis deux yeux, mais non : c'était *les siens*. Elle n'a pas ouvert un tiroir pour en sortir ceux de quelqu'un d'autre et les poser sur moi. Non, non, elle me fixait avec *ses* deux immenses yeux gris pâle. Ses deux yeux pâles, immenses et gris. Le genre d'yeux qui pousseraient un adulte à babiller comme un bébé. Enfin, ressaisis-toi, bordel !

– Vous êtes un menteur, a-t-elle lâché.

Sans peur et sans colère. Platement. Vous êtes un menteur.

– D'une façon générale, oui, il m'arrive de mentir, ai-je admis. Mais à l'instant, précisément, je dis la vérité.

Elle me dévisageait toujours, comme je le fais parfois moi-même après m'être rasé. Elle ne semblait pas avoir de meilleures réponses à fournir que le miroir de la salle de bains. Puis elle a cligné des yeux, une fois, et cela a suffi pour changer l'atmosphère. Quelque chose s'était libéré, ou éteint, ou apaisé. Je me suis senti plus détendu.

– Pourquoi voudrait-on tuer mon père ?

Sa voix était moins rêche.

– Honnêtement, je l'ignore. Je viens juste d'apprendre qu'il ne fume pas.

Elle a poursuivi comme si elle ne m'avait pas entendu.

– Et dites-moi, monsieur Fincham, comment savez-vous qu'on veut le tuer ?

Le point le plus délicat. Vraiment épineux. Un cactus puissance trois.

– Parce qu'on m'a proposé de le faire.

Elle avait le souffle coupé. Je veux dire : elle a littéralement arrêté de respirer. Et elle n'avait pas l'air de vouloir recommencer dans un proche avenir.

J'ai continué aussi calmement que possible :

– Quelqu'un m'a offert une grosse somme d'argent pour l'assassiner, ai-je expliqué à la dame qui, incrédule, fronçait les sourcils. Et j'ai refusé.

Je n'aurais pas dû ajouter ça. Vraiment pas.

Si elle existait, la Troisième loi de Newton sur l'art de la conversation énoncerait que toute proposition engendre son contraire. En affirmant que j'avais refusé, je laissais entendre la possibilité inverse. Ce n'était pas le genre de chose que je souhaitais voir flotter dans la pièce. Cependant mon interlocutrice s'est remise à respirer, et elle n'avait peut-être pas relevé.

– Pourquoi ?

– Pourquoi quoi ?

Elle avait à l'iris gauche un mince filet vert qui partait de la pupille vers le nord-ouest. Je regardais ses yeux en m'efforçant de ne pas le faire. J'étais présentement dans une situation épouvantable. À bien des points de vue.

– Pourquoi avez-vous refusé ?

– Parce que... ai-je commencé sans finir tout de suite, car je voulais être absolument clair.

– Oui ?

– Parce que je ne tue pas les gens.

Elle retournait mes paroles dans sa bouche et le silence est revenu. Elle a rapidement inspecté le corps de Rayner.

– Je vous ai dit, lui ai-je rappelé. C'est lui qui a commencé.

Sans arrêter de faire rouler sa cigarette entre ses doigts, elle m'a encore dévisagé pendant trois siècles. Alors, perdue dans ses pensées, elle s'est approchée du canapé.

– Sincèrement, ai-je poursuivi, en essayant d'être maître des circonstances et de moi-même. Je suis un mec bien. Je donne de l'argent à Oxfam, je recycle les vieux journaux, tout ce que vous voudrez.

Elle est revenue devant Rayner.

– Ça date de quand ?

– Eh bien... il y a... un quart d'heure, ai-je balbutié.

Elle a fermé les yeux un instant.

– Je veux dire : quand vous a-t-on fait cette proposition ?

– Ah. Il y a dix jours.

– Où ça ?

– À Amsterdam.

– En Hollande ?

Un vrai soulagement. Je me sentais beaucoup mieux. J'aime bien que, de temps en temps, les jeunes consultent les vieux, ceux qui savent. Quoique seulement de temps en temps, car ça deviendrait lassant, autrement.

– Oui, en Hollande.

– Et qui vous a proposé ça ?

– Quelqu'un que je ne connaissais pas, et que je n'ai jamais revu.

Se penchant pour récupérer son verre, elle a avalé une gorgée de calvados qui lui a inspiré une grimace.

– Et je suis censée vous croire ?

– Euh...

– Vous pourriez m'aider un peu, a-t-elle dit en haussant de nouveau le ton, le menton pointé vers Rayner. Je n'ai pas l'impression que ce type, là, confirmerait vos propos. Alors pourquoi devrais-je vous croire ? Parce que vous avez une bonne gueule ?

Je n'ai pas pu m'empêcher. Je sais, j'aurais dû, mais je n'ai pas pu.

– Pourquoi pas ? ai-je répondu de ma voix la plus charmante. Je suis bien prêt à croire tout ce que vous dites, moi.

Terrible, terrible, terrible erreur. L'une des remarques les plus lourdes, les plus grossières, les plus ridicules que j'ai faites, dans une existence jonchée de remarques lourdes, ridicules et grossières.

Très irritée, la dame s'est retournée vers moi.

– Arrêtez vos conneries tout de suite !

– Je voulais simplement dire que...

Elle m'a coupé, fort heureusement, car je ne savais pas ce que j'allais inventer.

– J'ai dit : assez ! On a un mec en train de crever, là !

J'ai hoché la tête d'un air coupable, et nous nous sommes tous deux penchés vers le mourant, comme pour lui présenter nos respects. J'avais soudain l'impression que la messe était dite, qu'on passait à autre chose. La fille s'est calmée et m'a tendu son verre.

– Je m'appelle Sarah. Essayez de me trouver un Coca.

Sarah a fini par avertir la police, qui est arrivée au moment précis où les ambulanciers plaçaient Rayner – qui respirait encore, apparemment – sur un brancard. En toussotant et en se raclant la gorge, les flics ont prélevé divers objets sur la cheminée, puis regardé sous les meubles, avec l'expression consommée de ceux qui ne demandent qu'à se trouver ailleurs.

D'une façon générale, les policiers n'aiment pas qu'on leur soumette de nouvelles affaires. Non qu'ils soient paresseux. Comme tout un chacun, ils cherchent un sens, une logique dans ce grand bazar d'aléas et de malheurs qui est leur champ d'investigation. Si on les appelle sur les lieux d'un massacre alors qu'ils essayent de coffrer un jeune voleur d'enjoliveurs, ils ne peuvent s'empêcher de jeter un coup d'œil sous le canapé au cas où les enjoliveurs seraient là. Ils s'efforcent de découvrir des faits reliés entre eux, qui leur permettront d'organiser le chaos, et alors ils se diront : ceci est la conséquence de cela. Faute de quoi – s'ils n'ont que des éléments épars à mettre dans un rapport qui sera classé, égaré, retrouvé au fond d'un tiroir puis de nouveau perdu, sans coupable à désigner – eh bien, ils sont déçus.

Notre histoire les a particulièrement déçus. Nous avions mis au point un scénario raisonnable, que nous avons récité trois fois de suite à trois agents distincts, dont le plus haut placé, un inspecteur du nom de Brock, était d'une jeunesse stupéfiante.

Assis sur le canapé, il jetait de petits coups d'œil à ses ongles tandis que ses oreilles juvéniles écoutaient le récit de l'intrépide James Fincham, proche de la famille, qui séjournait au premier étage dans la chambre d'amis. Entendu bruits, descendu prudemment en bas pour me rendre compte, tombé sur individu louche en col roulé et veste en cuir noirs, non, encore jamais vu, bagarre, chute, oh mon Dieu, touché à la tête. Sarah Woolf, date de naissance 29 août 1964, perçu bruits de lutte, descendue, a tout vu. Quelque chose à boire, inspecteur ? Thé ? Pampryl ?

De toute évidence, le décor aidait. Aurions-nous débité la même histoire dans un logement HLM de Deptford, nous nous serions retrouvés aussi sec dans le panier à salade, où nous aurions prié quelques musclés à cheveux ras de ne pas nous marcher sur la tête. Mais derrière les façades de stuc des vertes allées de Belgravia, les flics sont plutôt enclins à vous croire. Ça doit être compris dans la taxe d'habitation.

Pendant que nous signions nos déclarations, ils nous ont priés de ne pas quitter le pays sans informer le commissariat du quartier, et nous ont encouragés à faire bien gentiment ce qu'on nous demanderait, quand on nous le demanderait.

Deux heures après sa tentative infructueuse de me casser le bras, il ne restait plus de Rayner, prénom inconnu, qu'une odeur.

J'ai fait quelques pas dehors, où la douleur est revenue occuper le devant de la scène. J'ai allumé une cigarette avant de prendre à gauche dans une petite allée pavée où un bâtiment, transformé en maison d'habitation, avait jadis servi d'écurie. Pour y loger aujourd'hui, il faudrait être un cheval extrêmement riche. Mais ça sentait encore vaguement le crottin, c'est pourquoi j'avais garé ma moto là, devant un seau d'avoine, avec un peu de paille fraîche sous la roue arrière.

Elle était à l'endroit où je l'avais laissée, ce qui peut paraître banal, mais il ne faut pas s'y fier. Entre motards, on est toujours heureux de mentionner les lieux sombres où l'on retrouve son véhicule, le cadenas et l'alarme intacts, une heure après l'y avoir laissé. Plus particulièrement lorsqu'il s'agit d'une Kawasaki ZZR 1100.

Je ne nierai pas que, à Pearl Harbor, les Japonais ont violé tous les articles du code militaire, et que leurs préparations culinaires à base de poisson manquent d'imagination – mais,

bon sang, ils savent deux ou trois choses en matière de motocyclettes. Tournez la poignée de l'accélérateur sur n'importe quel
rapport, et vous aurez les yeux précipités au fond du crâne.
D'accord, ce n'est pas le genre de sensation qu'on recherche
d'habitude en se déplaçant d'un point à un autre, mais j'ai gagné
cette moto au backgammon, sur un coup de bol extraordinaire,
et j'en profite tant que je peux. Elle est grosse, elle est noire et,
tout pékin que vous êtes, elle vous ouvre les portes des lointaines galaxies.

J'ai démarré le moteur, l'ai fait rugir ce qu'il fallait pour
réveiller les gras financiers de Belgravia, et en route pour Notting
Hill. À vitesse réduite à cause de la pluie, j'avais tout le temps
de réfléchir aux événements.

Pendant que je zigzaguais dans les rues glissantes sous l'éclairage jaunâtre, une chose me restait en tête : Sarah me disant
d'arrêter « mes conneries ». Parce qu'il y avait un moribond
dans la pièce.

J'ai repensé : conversation newtonienne. L'affirmation
contraire étant que j'aurais pu continuer, s'il n'y avait pas eu
le moribond.

Ça m'a remonté le moral. Je me suis dit que, si je ne me
débrouillais pas pour nous réunir à nouveau quelque part, juste
elle et moi, sans personne à l'agonie, alors je ne m'appelais pas
James Fincham.

Ce qui, bien sûr, n'est pas mon nom.

2

Longtemps je me suis couché de bonne heure.

Marcel PROUST

L e sketch habituel du répondeur téléphonique m'attendait chez moi. Deux bips sans rien derrière ; un faux numéro ; un ami coupé au milieu de sa première phrase ; puis trois autres personnes dont je ne souhaitais pas avoir de nouvelles et qu'il fallait maintenant rappeler.

Bon Dieu, ce que je déteste cet appareil.

Assis à mon bureau, j'ai ouvert le courrier de la journée. J'ai jeté quelques factures dans la corbeille que, zut, j'avais laissée à la cuisine. Contrarié, j'ai fourré les enveloppes restantes dans un tiroir et, non, ce n'était pas en vaquant aux corvées que j'allais mettre de l'ordre dans mes idées.

Trop tard pour passer un disque à fond la caisse. La seule autre distraction permise en ces lieux s'appelant whisky, j'ai sorti la bouteille de Famous Grouse[1] et m'en suis servi quelques doigts. J'ai ajouté assez d'eau pour ternir sa gloire, et je me suis assis à la table de la cuisine avec un dictaphone de poche. Quelqu'un m'a dit un jour que parler à voix haute aide à clarifier ses pensées. Ça marche aussi avec le beurre ? avais-je demandé. Non, non, mais pour ce qui se passe dans la tête, ça va très bien, m'avait-on assuré.

J'ai inséré une cassette dans l'appareil et appuyé sur « enregistrement ».

---

1. « La célèbre grouse ».

– *Dramatis personae*[1], ai-je commencé. Un : Alexander Woolf, père de Sarah, président-directeur général de Gaine Parker, propriétaire d'une gentille maison géorgienne à Lyall Street, Belgravia. Emploie des architectes d'intérieur aveugles et vindicatifs. Deux : un inconnu de race blanche, américain ou canadien, la cinquantaine. Trois : Rayner, gros, violent, hospitalisé. Quatre : Thomas Lang, trente-six ans, 42 Westbourne Close, appartement D, capitaine honoraire de la garde écossaise. Pour autant qu'on sache, les faits sont les suivants.

J'ignore pourquoi les magnétophones me font parler comme ça, mais c'est ainsi.

– L'inconnu de race blanche tente de recourir aux services de T. Lang dans le but d'assassiner A. Woolf. Lang décline au motif qu'il est un mec bien, décent, avec des principes. Un gentleman.

J'ai avalé une gorgée et regardé le dictaphone en me demandant si je ferais jamais écouter ce monologue à quelqu'un. Un comptable m'avait expliqué que c'était une bonne idée d'acheter ça, puisque j'allais récupérer la TVA. Mais je ne suis pas assujetti à la TVA, je n'ai jamais eu besoin de ce truc, je me méfie des comptables comme de la peste, et donc cet appareil figure parmi les moins raisonnables de mes achats.

Youpi.

– Lang se rend chez Woolf pour le mettre en garde contre une éventuelle tentative de meurtre. Woolf absent. Lang décide d'ouvrir l'enquête.

Je me suis arrêté un instant et, celui-ci se transformant en long instant, j'ai siroté encore un peu de whisky et oublié le dictaphone pour réfléchir.

Mon enquête s'était refermée sur le mot « que » : à peine était-il sorti de ma bouche que Rayner me frappait avec une

---

1. « Les personnages de la pièce. »

chaise. Après quoi, je n'avais fait que tuer un homme, à moitié, et m'en aller en souhaitant ardemment avoir aussi tué l'autre moitié. À moins de bien savoir ce qu'on fait – et curieusement, je ne savais pas –, ce n'est pas le genre de truc qu'on a envie de confier à une bande magnétique.

Avant d'apprendre son nom, j'avais déjà reconnu Rayner. Je ne dirai pas qu'il m'avait suivi pas à pas, mais je suis assez physionomiste – ce qui compense une exécrable mémoire des noms – et son visage n'était pas difficile à mémoriser. Même pour un imbécile de mon genre, l'aéroport d'Heathrow, un pub de King's Road à l'enseigne des Devonshire Arms, et la bouche de métro de Leicester Square font un matraquage publicitaire suffisant.

Supposant que nous finirions par nous rencontrer réellement, je m'étais paré à certaines éventualités en faisant un tour au Blitz Electronics de Tottenham Court Road, où je m'étais fendu de deux livres quatre-vingts en échange d'un câble électrique de très gros diamètre. Flexible, lourd et, lorsqu'il s'agit d'éloigner brigands et voleurs de grand chemin, plus pratique que le traditionnel gourdin. Bon, d'accord, c'est moins efficace quand on le laisse, encore emballé, dans le tiroir de la cuisine. Là, ça n'est plus du tout pratique.

Quant à l'inconnu de race blanche qui voulait me transformer en tueur à gages, eh bien, j'avais peu d'espoir de tomber à nouveau sur lui. J'étais deux semaines plus tôt à Amsterdam, pour escorter un bookmaker qui s'entêtait à croire que de violents ennemis le menaçaient. Il m'avait embauché pour conforter ses chimères. Je lui avais donc ouvert les portes des voitures, j'avais inspecté divers bâtiments à la recherche de tireurs embusqués qui, bien sûr, s'affairaient ailleurs, et passé quarante-huit heures éreintantes dans des boîtes de nuit où mon gars jetait l'argent dans toutes les directions, excepté la mienne. Ce petit jeu l'avait finalement lassé, et j'avais rejoint ma chambre d'hôtel où je regardais des films érotiques à la télévision. Le téléphone avait sonné – lors d'un passage plutôt croustillant, si ma mémoire est bonne – et une voix d'homme m'avait invité au bar. Était-ce un vieux copain de régiment ?

J'avais vérifié que M. Bookmaker était au lit, bien au chaud dans les bras d'une prostituée, puis j'étais descendu au rez-de-chaussée, pensant extorquer quelques verres au vieux copain et, par la même occasion, économiser quarante livres.

Il se trouvait que la voix était celle d'un petit gros, engoncé dans un costard de prix, que je ne connaissais ni d'Ève ni d'Adam – et que je n'avais pas spécialement envie de connaître, du moins jusqu'à ce qu'il sorte d'une poche de sa veste une liasse de billets de banque presque aussi épaisse que moi.

De billets de banque américains. Échangeables contre biens et services dans d'innombrables points de vente d'un bout à l'autre du globe. Le mec a glissé un billet de cent vers mon côté de la table et, pendant cinq secondes, je l'ai trouvé fort sympathique. Puis tout amour a disparu.

Après m'avoir livré quelques « informations » sur un certain M. Woolf – où il habitait, ce qu'il faisait, pourquoi, et combien on le payait pour ça –, il m'a appris que le bifton sur la table avait mille copains qui ne demandaient pas mieux qu'atterrir chez moi, si l'on pouvait discrètement mettre fin aux jours de M. Woolf.

J'ai dû attendre que notre coin de bar se vide, ce qui n'allait pas tarder. Vu le prix des boissons alcoolisées, à peine plus d'une vingtaine de personnes en ce bas monde avaient les moyens de commander un deuxième verre ici.

L'endroit étant bientôt désert, je me suis penché vers le petit gros pour lui faire un discours. Un discours ennuyeux, mais qu'il a écouté attentivement puisque j'avais tendu le bras sous la table et que je lui serrais le scrotum. Je lui ai expliqué quel genre d'homme j'étais, quel genre d'erreur il avait commis, et ce qu'il pouvait se torcher avec son fric. Puis nous nous étions séparés.

C'était tout. Je n'en savais pas plus aujourd'hui, et mon bras me faisait mal.

Je suis allé me coucher.

J'ai rêvé d'un tas de choses dont je ne vous encombrerai pas. Sinon que j'avais la certitude, à la fin, qu'il fallait passer l'aspirateur sur la moquette. Et j'aspirais, et j'aspirais, mais ce qui la salissait refusait de partir.

Alors je me suis aperçu que j'étais réveillé, que la tâche était en fait un rayon de soleil. Quelqu'un venait d'ouvrir les rideaux. En un clin d'œil, je me suis recroquevillé sur moi-même, le câble électrique au poing et des envies de meurtre dans le cœur, façon « viens-te-battre-si-t'es-un-homme ».

J'ai compris que je rêvais cela également et que, allongé dans mon lit, je voyais approcher une grosse main poilue. Une main qui a disparu, remplacée par une tasse fumante qui dégageait l'odeur d'une infusion courante, vendue dans le commerce sous le nom de PG Tips[1]. Au cours du même clin d'œil, je m'étais sans doute rendu compte qu'un intrus décidé à vous trancher la gorge ne met pas la bouilloire sur le feu et n'ouvre pas les rideaux.

— 'heure est-il ?

— Trente-cinq minutes ont passé depuis huit heures. Il est temps de manger vos Shreddies, monsieur Bond.

Me redressant, j'ai jeté un coup d'œil à Solomon. Aussi petit et enjoué que d'habitude, il portait encore cet horrible imper marron qu'il avait acheté par correspondance, après avoir vu une réclame dans les dernières pages du *Sunday Express*.

— Je suppose que tu es venu enquêter sur un vol ? lui ai-je demandé, en me frottant les yeux jusqu'à l'apparition de petits points de lumière blanche.

---

1. Marque de thé.

– De quel vol s'agirait-il, monsieur ?

À l'exception de ses supérieurs, Solomon appelle tout le monde « monsieur ».

– Le vol de ma sonnette, à la porte d'entrée.

– Si, par cette remarque sarcastique, tu te réfères au fait que je me suis introduit chez toi sans faire de bruit, puis-je te rappeler que je suis adepte des sciences occultes ? Pour mériter cette appellation, les adeptes sont censés pratiquer. Maintenant, sois gentil et enfile quelques frusques, veux-tu ? Nous sommes en retard.

Il est parti à la cuisine, où mon grille-pain du XIVe siècle s'est mis à ronronner en cliquetant.

M'extirpant du lit, j'ai grimacé en retrouvant le poids de mon bras gauche. J'ai revêtu une chemise, un pantalon et j'ai emmené mon rasoir électrique à la cuisine.

Solomon avait posé un set sur la table et calé plusieurs tranches de pain sur un porte-toasts dont j'ignorais être l'heureux propriétaire. À moins qu'il l'ait apporté avec lui, ce qui paraissait peu probable.

– Encore un peu de thé, Majesté ?

– On est en retard où ?

– À une réunion, maître, une réunion. Dis-moi, as-tu une cravate ?

Ses grands yeux bruns pétillaient d'espoir.

– Deux, lui ai-je répondu. Une du Garrick Club, dont je ne suis pas membre, et l'autre sert à maintenir le réservoir de la chasse d'eau.

En m'asseyant, j'ai vu qu'il avait même trouvé un pot de marmelade d'orange Keiller Dundee. Je n'ai jamais su comment il se débrouillait. Si besoin, Solomon est capable de sortir d'une poubelle une voiture en état de marche. C'est le partenaire idéal pour un voyage dans le désert.

C'est peut-être là qu'on allait.

– Alors, maître, qui paie les factures, en ce moment ?

Il a garé une fesse sur la table et m'a regardé manger.

– Je pensais que c'était toi.

Cette marmelade était délicieuse. J'avais envie de la faire durer, mais je voyais Solomon impatient de partir. Il a consulté sa montre et filé dans ma chambre où, au bruit, j'ai deviné qu'il fouillait dans ma garde-robe.

– Sous le lit ! ai-je conseillé.

J'ai caché le dictaphone, qui était encore sur la table, et la cassette dedans.

Pendant que j'avalais mon thé, Solomon est revenu avec une veste croisée à laquelle manquaient deux boutons. Tel un valet de pied, il me la tendait, prête à enfiler. Je n'ai pas bougé.

– Ah, maître, ne compliquez pas les choses, s'il vous plaît. Attendez que la récolte soit rentrée, et les mules à l'abri dans l'étable.

– Mais dis-moi quand même où on va ?

– Au bout de la rue, dans une grosse voiture chromée. Tu vas adorer. Et tu auras une glace sur le chemin du retour.

Je me suis levé lentement et j'ai passé les bras dans les manches.

– David.

– À votre service, maître.

– Qu'est-ce qui se passe ?

Il a vaguement froncé les sourcils en ourlant les lèvres. Indécent, ce genre de question. Mais j'ai tenu bon. Et poursuivi :

– J'ai des ennuis ?

Le froncement s'est accentué au-dessus de son calme regard brun.

– On pourrait croire.

– On pourrait croire ?

– Il y a trente centimètres de gros câble dans ce tiroir. L'arme préférée de mon jeune maître.

– Et alors ?

Petit sourire poli.

– Alors quelqu'un pourrait s'attendre à des ennuis.

– Oh, arrête, David. Ça fait des mois que c'est ici. J'ai besoin de faire cette connexion électrique depuis une éternité.

– Oui, la facture date d'il y a deux jours. Elle est encore dans le sac plastique.

Nous nous sommes observés un moment.

– Désolé, maître, a-t-il dit. Sciences occultes. Allons-y.

La voiture était une Rover, donc une voiture officielle. À moins d'en avoir absolument besoin, personne n'achète ces machins ridiculement snobs, avec des couches de bois et de cuir collées n'importe comment dans les moindres recoins. Mais l'État et les hauts dirigeants de Rover en ont absolument besoin.

Je n'aime pas déranger Solomon en voiture. Il entretient des relations difficiles avec les véhicules à moteur, il supporte mal l'autoradio, il porte des gants de conduite et des lunettes antireflets sur un nez d'automobiliste sérieux. Il tient bien le volant des deux mains, comme les candidats au permis de conduire jusqu'à obtention de celui-ci. Mais comme on se traînait dans Horseguards à moins de quarante à l'heure, j'ai tout de même risqué une question.

– Je suppose qu'on n'a pas l'intention de me dire ce que j'aurais pu faire ?

Aspirant un peu d'air entre ses lèvres, il s'est cramponné au volant pour tourner dans une rue terriblement dangereuse, puisqu'elle était large et déserte. Après avoir vérifié sa vitesse, le compte-tours, la jauge d'essence, le niveau d'huile, la température, l'heure et constaté deux fois que sa ceinture était bien attachée, il a daigné penser qu'il pouvait peut-être répondre.

– Vous montrer grand et noble, voilà ce que vous auriez pu faire, a-t-il dit, les dents serrées. Comme vous l'avez toujours été.

Nous sommes entrés dans une cour à l'arrière du ministère de la Défense.

– Et ce n'est plus le cas ?

– Bingo. Une place. Nous sommes morts et le paradis nous attend.

Malgré la grande affiche nous informant que toutes les installations du ministère étaient en état d'alerte Bikini Amber[1], les gardes nous ont laissés passer sans trop nous regarder.

Les gardes britanniques font toujours ça, d'ailleurs, j'ai remarqué ; à moins que vous travailliez dans le bâtiment dont ils assurent la protection, auquel cas ils vous fouillent depuis l'intérieur de la bouche jusqu'aux revers du pantalon pour être sûrs que c'est vous qui, un quart d'heure plus tôt, êtes parti chercher un sandwich. En revanche, si vous avez une drôle de tête, vous rentrez directement parce que, franchement, ça serait bien trop embarrassant de vous chercher des poux dans la tête.

Si vous voulez réellement surveiller un établissement, embauchez des Allemands.

Solomon et moi avons monté trois escaliers, longé une demi-douzaine de couloirs, emprunté deux ascenseurs. Il a décliné mon identité plusieurs fois en chemin et nous avons fini par atteindre une porte vert foncé, numérotée C188. Il a frappé, une voix féminine a crié « Un instant ! » puis : « OK. »

Un mur barrait l'intérieur à moins d'un mètre de la porte. Dans cet espace incroyablement étroit, une fille en chemisier citron occupait un bureau avec ordinateur, plante en pot, chope pleine de stylos, petit animal en peluche, et des ramettes de papier orange. Difficile d'imaginer que quelqu'un, ou quelque chose, puisse travailler là-dedans. On avait l'impression de découvrir une portée de loutres dans sa chaussure.

Si ça vous est jamais arrivé.

– Il vous attend, a dit la secrétaire en tendant deux bras inquiets au-dessus de son bureau pour nous empêcher de renverser quoi que ce soit.

---

1. Vigipirate rouge.

– Merci, madame, a répondu Solomon en se faufilant devant elle.

– Agoraphobe ? ai-je demandé à cette pauvre fille, et je me serais giflé s'il y avait eu la place, car elle devait l'entendre cinquante fois par jour, celle-là.

Solomon a frappé à la seconde porte et nous sommes entrés.

Le moindre centimètre carré perdu dans le vestibule était ici récupéré.

Haut plafond, fenêtres sur deux des murs, parées des voilages réglementaires du gouvernement de Sa Gracieuse Majesté et, entre les fenêtres, un bureau grand comme un court de squash. Assis derrière, un crâne chauve en pleine contemplation de son buvard.

Solomon a marché jusqu'à la rose au centre du tapis persan, et j'ai pris position, en retrait, à sa gauche.

– Monsieur O'Neal ? Voici M. Lang.

Silence.

O'Neal – je doutais cependant que ce fût son nom – ressemblait à n'importe quel type derrière un grand bureau. Les gens qui ont des chiens finissent par ressembler à leur chien, dit-on, et j'ai toujours pensé que c'était aussi vrai, sinon plus, des bureaux et de leurs propriétaires. O'Neal avait un grand visage plat, de grandes oreilles plates, et plein d'endroits pratiques dans son anatomie pour ranger les trombones. Même ses joues bien rasées étaient une métaphore de l'éblouissant vernis à l'alcool appliqué sur le bois. Il était en manches de chemise, une chemise chère, et je n'ai vu de veston nulle part.

– On avait dit neuf heures et demie, je crois, a-t-il finalement répondu, sans lever les yeux ni regarder sa montre.

Cette voix n'était même pas concevable. Ses velléités de nonchalance aristocratique tombaient deux kilomètres à côté. Le résultat était coincé et virait dans l'aigu. Dans d'autres circonstances, j'aurais été navré pour M. O'Neal. Si c'était bien son nom. J'en doutais toujours.

– Ça roulait mal, s'est excusé Solomon. On a fait aussi vite que possible.

Puis il a regardé par la fenêtre, comme pour dire « mission accomplie ». O'Neal l'a longuement dévisagé, puis m'a jeté un coup d'œil avant de reprendre son rôle de Lecteur de Choses Importantes.

Maintenant que Sol avait assuré sa livraison, que je ne risquais plus de lui causer d'ennuis, j'ai décidé qu'il était temps de me faire respecter.

– Bonjour, monsieur O'Neal, ai-je dit d'une voix forte et idiote, qui a ricoché de mur en mur. L'horaire ne vous convient pas, j'en suis désolé, et à moi non plus. Puis-je demander à ma secrétaire de joindre la vôtre pour arranger un second rendez-vous ? Elles en profiteront pour déjeuner ensemble, par exemple ? Ça remettrait les choses en ordre.

Il a grincé des dents et m'a jaugé d'un regard qu'il croyait pénétrant.

Ayant suffisamment exagéré la pose, il a repoussé sa paperasse et calé ses mains sur le rebord de son bureau. Puis il les a relevées pour les placer sur ses genoux. Et il paraissait contrarié que je n'aie pas perdu une miette de cette gestuelle maladroite.

– Monsieur Lang, savez-vous bien où vous êtes ? a-t-il demandé avec une moue très entraînée.

– Mais oui, monsieur O'Neal. Pièce C188.

– Au ministère de la Défense.

– Ah, ça, c'est rudement chouette. Mais y a pas de chaises ?

Regard furieux, puis signe de tête à Solomon, qui a reculé vers la porte pour empoigner une copie Régence qu'il a installée derrière moi. Je n'ai pas bougé.

– Veuillez donc vous asseoir, monsieur Lang.

– Merci, je préfère rester debout.

Là, il était baba. On faisait ce genre de coups à un prof de géo au lycée. Le pauvre était parti au bout de six mois dans un monastère aux Hébrides.

– Que savez-vous, je vous prie, au sujet d'Alexander Woolf ? a-t-il dit, les bras allongés, en se penchant vers moi.

J'ai aperçu le reflet doré d'une montre style « montre-en-or », bien trop dorée pour l'être.

– Lequel ?

O'Neal a froncé les sourcils.

– Comment ça, « lequel » ? Vous en connaissez beaucoup, des Alexander Woolf ?

J'ai remué les lèvres, comme si je comptais silencieusement.

– Cinq.

Soupir agacé. Allons, les p'tits, ça n'est pas encore l'heure de la récré.

– Le Alexander Woolf dont je veux parler possède une maison dans Belgravia à Lyall Street, a-t-il expliqué sur ce ton pédant et sarcastique que tout bureaucrate anglais adopte un jour malgré lui.

– Lyall Street. Tss ! Suis-je bête, ai-je admis. Ça fait six, bien sûr.

Il a regardé Sol, qui n'a pas couru à son secours. Alors il m'a fait un sourire lugubre.

– Je vous ai demandé, monsieur Lang, ce que vous saviez à son sujet.

– Il possède une maison à Lyall Street, dans Belgravia. Cela vous éclaire-t-il ?

O'Neal a changé de tactique. Inspirant profondément, il a recraché l'air avec lenteur, pour suggérer sans doute que sa ronde physionomie cachait une machine à tuer bien huilée, qu'il était prêt à sauter par-dessus son bureau pour me frapper jusqu'à l'agonie. Pathétique mise en scène. Sortant finalement un classeur grisâtre d'un tiroir, il s'est mis à éplucher son contenu d'un air courroucé.

– Où étiez-vous hier soir à vingt-deux heures trente ?

– Je faisais de la planche à voile au large de la Côte-d'Ivoire, ai-je dit sans le laisser terminer sa phrase.

– Je vous pose une question sérieuse, monsieur Lang, et je vous conseille vivement de me donner une réponse sérieuse.

– Et moi je vous dis que ça n'est pas vos affaires.

– Mes affaires... a-t-il commencé.

– Vos affaires, c'est la défense ! ai-je brusquement hurlé, à pleins poumons.

Du coin de l'œil, j'ai vu que Solomon se retournait vers moi. J'ai poursuivi :

– Et vous êtes payé pour défendre et garantir mon droit à faire ce qui me chante sans que j'aie à répondre à vos questions à la con.

J'ai ajouté sur un ton plus posé :

– Autre chose ?

Comme il ne disait plus rien, je me suis dirigé vers la porte.

– Ciao, David.

Solomon n'a rien dit non plus. J'avais la main sur la poignée quand O'Neal a repris la parole.

– Lang, considérez que je peux vous mettre aux arrêts à peine vous serez sorti de cet immeuble.

J'ai fait volte-face.

– Pour quel motif ?

Tout cela ne me plaisait plus du tout. Et ne me plaisait plus du tout car, pour la première fois depuis notre arrivée, O'Neal avait l'air détendu.

– Tentative de meurtre, a-t-il dit.

Silence dans la pièce.

– Tentative ? ai-je répété.

Vous savez ce que c'est, quand vous êtes entraîné par le courant. En temps normal, le cerveau transmet les mots à la bouche et, quelque part en chemin, vous prenez une seconde pour vérifier que ce sont bien ceux que vous vouliez, qu'ils sont joliment emballés, puis vous les rassemblez dans le palais, direction l'air libre.

Mais quand on est entraîné par le courant, la fonction vérification interne est parfois défaillante.

O'Neal avait prononcé ces trois mots : « Tentative de meurtre ».

Celui que, ébahi, incrédule, j'aurais dû répéter était : « meurtre » ; un infime segment de population, mentalement dérangé, aurait peut-être opté pour le « de » au milieu ; et celui des trois que je n'aurais jamais dû choisir était : « tentative ».

Évidemment, si nous avions pu reprendre cette conversation au début, j'aurais rectifié le tir. Mais ce n'était pas possible.

Solomon me regardait, et O'Neal regardait Solomon. Moi, je m'affairais avec ma pelle et mon petit balai lexical. Pardon, lexicaux.

– Mais qu'est-ce que c'est que cette histoire ? Vous n'avez rien d'autre à foutre ? Si vous voulez parler de l'affaire d'hier soir, vous devriez savoir, si vous avez lu ma déposition, que je n'avais jamais vu cet individu, que j'étais en état de légitime défense, et que, dans le feu de l'action, il s'est... cogné la tête.

J'étais conscient de ce que mes propos avaient de bancal.

– La police, ai-je continué, était pleinement satisfaite de ma déclaration et...

Je me suis interrompu.

Les mains derrière la nuque, O'Neal venait de s'adosser à son fauteuil. Deux taches de sueur, grosses comme des pièces de dix pence, ornaient sa chemise sous les aisselles.

– Bien sûr qu'ils étaient satisfaits, a-t-il dit, plein d'une détestable assurance.

Il attendait un commentaire mais, rien ne me venant à l'esprit, il a poursuivi :

– Ils ne savaient pas ce que nous savons maintenant.

Soupir de ma part.

– Cette conversation passionnante commence à m'endormir. Qu'avez-vous appris d'assez important pour qu'on me traîne ici à une heure indue ?

– Qu'on vous traîne ? a répété O'Neal, expédiant ses sourcils vers la naissance des cheveux.

Il a demandé à Solomon :

– Avez-vous *traîné* M. Lang jusqu'ici ?

Il avait soudain des manières cabotines, que je trouvais parfaitement abjectes. Sol devait être aussi incommodé que moi, car il n'a pas répondu.

– Je commence à avoir des cheveux blancs et des rides au goitre, ai-je lancé, agacé. Cessez de tourner autour du pot.

– Fort bien, a-t-il dit. Nous savons des choses que la police ignorait. Il y a une semaine, vous avez rencontré un marchand d'armes canadien du nom de McCluskey, qui vous a offert cent mille dollars pour... supprimer Woolf. Nous savons que vous vous êtes présenté au domicile londonien de Woolf, où vous vous êtes battu avec un certain Rayner – alias Wyatt, alias Miller –, régulièrement employé par Woolf en qualité de garde du corps. Et nous savons que Rayner est sorti grièvement blessé de cet affrontement.

Mon estomac semblait s'être réduit à la taille d'une balle de cricket, avec le même contenu. Façon alpiniste amateur, une goutte de transpiration descendait en rappel dans mon dos.

O'Neal n'avait pas terminé.

– Nous savons que, contrairement à vos déclarations, le 999 n'a pas reçu un appel de la maison de Woolf hier soir, mais deux. Le premier pour une ambulance et le second, un quart d'heure plus tard, pour la police. Nous savons que vous avez donné un faux nom à celle-ci, pour des raisons encore inconnues. Et enfin, a-t-il dit en me regardant comme un magicien de deuxième zone avec un lapin dans le chapeau, nous savons que la somme de vingt-neuf mille quatre cents livres, soit l'équivalent de cinquante mille dollars américains, a été déposée, il y a quatre jours, à votre banque du quartier de Swiss Cottage.

Souriant, il a refermé son classeur.

– Ça ira pour commencer ? a-t-il conclu.

J'étais assis dans un fauteuil au ministère de la Défense. Solomon était parti me préparer un thé, une camomille pour lui, et le monde tournait un peu moins vite.

– Écoutez, c'est d'une évidence rare : pour des raisons que j'ignore, je suis victime d'un coup monté.

– Veuillez alors m'expliquer, a dit O'Neal, pourquoi cela serait évident.

Il se remettait à faire le malin. J'ai inspiré profondément.

– D'abord, je ne suis pas au courant en ce qui concerne ce versement. N'importe qui pouvait le faire, depuis n'importe quelle banque, en n'importe quel point du monde. Rien de plus simple.

Théâtral, il a retiré le capuchon de son Parker Duofold pour jeter quelques notes sur un bloc.

– Et puis il y a la fille, ai-je ajouté. Elle nous a vus nous battre et elle a confirmé mes dires à la police hier soir. Pourquoi ne l'avez-vous pas convoquée ?

La porte s'est ouverte sur Sol qui est entré à reculons, avec trois tasses dans les deux mains. Il n'avait plus son imper marron, mais le gilet à fermeture Éclair, de même couleur, qu'il portait en dessous. Qui déplaisait à O'Neal, manifestement, et moi-même je trouvais que ça jurait dans cette pièce.

– Nous avons l'intention d'interroger Mlle Woolf au moment opportun, m'a assuré le bureaucrate en aspirant prudemment une gorgée de café chaud. Cela étant, ce qui nous préoccupe surtout, dans mon département, c'est vous. Vous, monsieur Lang, qui avez été choisi pour commettre un assassinat. Avec ou sans votre consentement, de l'argent a été versé sur votre compte bancaire. Vous vous présentez au domicile de la victime potentielle, et vous manquez de tuer son garde du corps. Ensuite, vous...

– Minute, l'ai-je coupé. On aura l'obligeance de m'accorder une minute, merde ! C'est quoi, cette histoire de garde du corps ? Woolf n'était même pas là.

O'Neal braquait sur moi un regard affreusement stoïque. J'ai continué :

– Je veux dire, depuis quand les gardes du corps s'occupent des absents ? Ils travaillent par téléphone ? C'est une application virtuelle ?

– Vous avez tout de même fouillé la maison, Lang ? Vous cherchiez bien Alexander Woolf ? a-t-il dit avec un sourire disgracieux, faux cul et bigrement irritant.

– Non, sa fille m'a dit qu'il n'était pas là. Et, de toute façon, je vous emmerde.

Il a vaguement bronché.

– Il n'empêche, a-t-il déclaré, que dans ces circonstances, votre présence en ces lieux justifie pleinement les démarches que nous entreprenons à votre sujet. Notre temps est précieux, figurez-vous.

Je ne voyais toujours pas le rapport.

– Pourquoi vous et pas la police ? Pourquoi il vous intéresse tant, ce M. Woolf ? ai-je demandé en le regardant lui puis Solomon. J'ignore ce qui me vaut toutes ces attentions.

Le téléphone a couiné. Décrochant avec un grand geste du bras, O'Neal a calé le fil derrière son coude en portant le combiné à son oreille. Il m'observait tout en parlant.

– Oui ? Oui... En effet. Merci.

Le combiné s'est rendormi aussitôt reposé sur son socle. En le voyant procéder, j'ai conclu que O'Neal n'avait pour compétence que le maniement du biniou.

Il a inscrit quelque chose sur son bloc et prié Solomon de le rejoindre. Ce dernier s'est penché sur le bureau, après quoi ils m'ont étudié ensemble.

– Possédez-vous une arme à feu, monsieur Lang ?

O'Neal affichait soudain un sourire joyeux et efficace. Préférez-vous un siège fenêtre ou couloir ?

Moi, je commençais à avoir la nausée.

– Non, je n'en ai pas.

– Vous en avez peut-être eu à disposition ?

– Pas depuis que j'ai quitté l'armée.

– Je vois, a-t-il dit avec un hochement de tête satisfait, avant de vérifier qu'il avait bien noté tous les détails. Alors serez-vous étonné d'apprendre qu'on a trouvé chez vous un pistolet Browning 9 mm, avec quinze cartouches ?

J'ai réfléchi.

– Ce qui me surprend surtout, c'est qu'on ait fouillé mon appartement.

– Ça n'est pas vraiment la question.

J'ai lâché un soupir.

– Eh bien, je vous répondrai que non. Ça ne m'étonne pas tant que ça.

– Que voulez-vous dire ?

– Que je commence à avoir une idée du style de journée qui m'attend.

Mes interlocuteurs paraissaient déroutés.

– Faites un effort, leur ai-je suggéré. Quiconque a versé trente mille livres sur mon compte pour me donner l'air d'un tueur à gages est capable d'en dépenser trois cents autres pour que je sois équipé en conséquence.

O'Neal a plié un instant sa lèvre inférieure entre le pouce et l'index.

– Me voilà confronté à un dilemme, monsieur Lang, non ?

– Un dilemme ?

– Oui, le terme est approprié.

Il a lâché sa lèvre, qui a continué à pendre, boudeuse, sinon bulbeuse, comme si elle ne voulait pas reprendre sa forme initiale.

– Soit vous êtes un meurtrier, a-t-il dit, soit quelqu'un s'évertue à vous faire endosser le rôle. Mon problème est que toutes les preuves dont nous disposons peuvent nous faire penser l'un comme l'autre. C'est un cas difficile.

J'ai haussé les épaules.

– Ça doit être pour ça qu'on vous a confié un si grand bureau.

Ils ont fini par me laisser partir. Pour quelque raison, ils n'ont pas voulu m'inculper pour détention illégale d'arme à feu et, pour autant que je sache, le ministère de la Défense ne dispose pas de cellules de garde à vue.

O'Neal m'avait demandé mon passeport. Je n'ai pas eu le temps d'inventer une salade, comme quoi il avait disparu dans le sèche-linge. Sol l'avait sorti de sa poche-revolver. On m'a prié de rester joignable, de rapporter toute autre proposition bizarre d'individus louches. Je n'avais guère d'autre choix qu'accepter.

Une fois dehors, je me suis promené dans St James's Park sous un rare soleil d'avril. J'essayais de savoir ce que cela m'inspirait au juste que Rayner n'ait finalement rien fait que son boulot. Comment avais-je pu ignorer qu'il était le garde du corps d'Alexander Woolf ? Voire que celui-ci en avait un.

Pourquoi, surtout, Sarah ne m'en avait-elle rien dit ?

3

Nous adorons Dieu et le docteur pareillement,
Quoiqu'en face du danger, jamais avant.

John OWEN

À la vérité, je m'apitoyais sur mon sort.

J'ai l'habitude d'être fauché et le chômage est plus qu'une vague connaissance. Des femmes que j'aimais m'ont quitté et j'ai eu mon lot de rages de dents. Mais tout cela n'est rien, comparé au sentiment profond que le monde entier est contre vous.

J'ai fait mentalement le tour des amis susceptibles de m'apporter leur aide mais, comme chaque fois que je procède à un audit relationnel, je me suis rendu compte que la plupart étaient à l'étranger, ou morts, ou mariés à des filles qui ne m'aimaient pas ou, maintenant que j'y pensais, n'étaient pas réellement des amis.

Voilà pourquoi je me retrouvais dans une cabine de Piccadilly à demander Paulie au téléphone.

– Il est à l'audience, en ce moment, m'a dit l'employée. Puis-je prendre un message ?

– Dites-lui que c'est Thomas Lang et que, s'il n'est pas là à une heure pile chez Simpson, sur le Strand, pour me payer à déjeuner, c'est la fin de sa carrière d'avocat.

– La fin... de... sa carrière d'avocat, a répété la voix. Je lui donne le message dès qu'il appelle, monsieur Lang. Bonne journée.

Paulie, nom entier Paul Lee, et moi entretenons des relations un peu bizarres.

En ce que nous nous voyons tous les deux mois, toujours pour sortir – pubs, dîner, théâtre, opéra, et Paulie adore ça –, pourtant nous admettons n'avoir aucune affection l'un pour l'autre. Pas une miette. Nous haïrions-nous, vous penseriez que nous sommes tordus. Mais non. On ne s'aime pas, et c'est tout.

Je le prends pour un poseur, pédant, ambitieux et cupide, et lui me considère comme un plouc, flemmard et indigne de confiance. Le seul aspect positif qu'on puisse trouver à notre « amitié » est qu'elle est réciproque. On passe une heure ensemble et on se quitte avec l'impression commune que « franchement, si on n'avait pas mis ce type sur mon chemin... » Le sentiment de supériorité qu'il éprouve en m'invitant à déjeuner vaut exactement les quarante livres de rosbif et de vin rouge qu'il m'offre.

J'ai dû emprunter une cravate au maître d'hôtel, lequel m'a puni en me donnant le choix entre une violette et une autre violette. Et à une heure moins le quart, assis à une table de Simpson, je diluais mes déconvenues de la matinée dans une grande vodka-tonic. Beaucoup d'autres clients étaient américains, c'est pourquoi le rôti de bœuf partait plus vite que l'épaule d'agneau. Les Ricains ne se sont jamais habitués à manger de l'ovin. Ils doivent croire que ça fait pédé.

Paulie est arrivé à une heure pile, et je savais qu'il s'excuserait d'être en retard.

– 'scuse-moi, je suis en retard, a-t-il dit. C'est quoi que t'as là, de la vodka ? Eh, donnez-moi la même chose !

Pendant que le garçon repartait, Paulie inspectait la salle en lissant sa cravate sur sa chemise, et en tendant le menton, de temps en temps, pour soulager les plis de son cou, emprisonnés dans un col trop serré. Ses cheveux duveteux étaient comme d'habitude ultrapropres. Il prétend que ça plaît aux jurys, mais je sais depuis toujours qu'il aime se bichonner le caillou. À dire vrai, il n'est pas très aidé physiquement. Alors, pour compenser sa petite taille, sa dégaine de gringalet ventripotent, le bon Dieu lui a donné une grosse tignasse qu'il gardera sans doute, diversement teintée, jusqu'à l'âge de quatre-vingts ans.

– À la tienne, Paulie, lui ai-je souhaité en avalant une bonne gorgée.

– 'tienne. Comment ça va ?

Il ne vous regarde jamais quand il vous parle. Vous pourriez être acculé à un mur de briques, il trouverait le moyen de lire par-dessus votre épaule.

– Bien, bien, et toi ?

– Je l'ai fait acquitter, cet enculé, malgré tout, a-t-il dit en hochant la tête, songeur.

Cet homme est sans cesse ébahi par ses capacités.

– Je ne savais pas que tu défendais les sodomites.

Il n'a pas souri. Paulie ne sourit que le week-end.

– Nan. Le mec que je te disais. Çui qu'a tué son neveu à coups de pelle. Acquitté.

– Mais il était coupable, selon toi ?

– Bien sûr.

– Et comment as-tu fait ?

– J'ai menti comme un salaud. Qu'est-ce que tu veux manger ?

Nous avons parlé de nos carrières respectives en attendant la soupe. Les succès de Paulie m'énervaient, mes échecs le ravissaient. Il m'a demandé si j'avais besoin d'argent, tout en sachant fort bien qu'il n'avait pas la moindre intention de m'en prêter. Je l'ai interrogé sur ses vacances, passées et futures. Paulie fait toujours grand cas de ses vacances.

– On va louer un bateau à plusieurs, en Méditerranée. Plongée, planche à voile, tout le truc. On aura un chef cuisinier à bord, la totale.

– Voile ou moteur ?

– Voile.

Il a froncé les sourcils, ce qui lui donnait vingt ans de plus.

– Maintenant que j'y pense, a-t-il rectifié, il y aura probablement un moteur. M'enfin, c'est l'équipage qui s'occupe de cet aspect-là. Tu prends des vacances, toi ?

– Ça ne m'a pas traversé l'esprit.

– Boh, t'es toujours en vacances. T'as pas besoin de prendre congé de quoi que ce soit.

– J'apprécie la formulation.

– Mais c'est vrai, non ? Qu'est-ce que tu as fichu, depuis l'armée ?

– Du conseil.

– Conseille mon cul, oui.

– Je n'en ai peut-être pas les moyens, Paulie.

– Ouais, bon. Demandons à notre conseil restaurateur ce qu'il fout avec nos soupes, en attendant.

Comme nous cherchions le garçon du regard, j'ai aperçu mes suiveurs.

Deux hommes qui, assis à une table près de la porte, buvaient de l'eau minérale et détournaient la tête dès que je les regardais. Le plus âgé semblait être l'œuvre du même architecte qui avait conçu Solomon, et le plus jeune tentait de s'inspirer du modèle. Ils paraissaient costauds et, pour l'instant, j'étais assez content de les avoir à portée de main.

Les soupes sont arrivées, Paulie a goûté la sienne, l'a jugée potable et, tirant ma chaise de l'autre côté de la table, je me suis penché sur son oreille. Je n'avais pas prévu de faire appel à ses lumières puisqu'à cette heure-là, pour être honnête, l'éclairage était encore morne. Toutefois je ne voyais pas ce que j'avais à perdre.

– Paulie, le nom de Woolf te dit quelque chose ?

– C'est quelqu'un ou c'est une boîte ?

– Quelqu'un. Américain. Dans les affaires.

– On lui reproche quoi ? Il conduit en état d'ivresse ? Je ne fais plus ce genre de truc. Ou alors faut me payer cher.

– Pour autant que je sache, il n'a rien fait de mal. Je me demandais si tu en aurais entendu parler. Le nom de sa boîte, c'est Gaine Parker.

Il a étripé son petit pain en haussant les épaules.

– Je pourrais te trouver ça. C'est à quel propos ?

– À propos d'un job. Que j'ai refusé. Mais je suis un garçon curieux.

Il s'est gavé de pain en hochant la tête.

– Je t'ai branché sur un truc, il y a un ou deux mois.

Ma cuillère à soupe s'est arrêtée à mi-chemin de l'assiette et de ma bouche. Ce n'est pas le genre de Paulie de s'occuper de moi, encore moins avec de bonnes intentions.

– À savoir ?

– Un Canadien. Il cherchait quelqu'un pour faire les gros bras. Un garde du corps, quoi.

– Il s'appelait comment ?

– Je sais plus. Ça commençait par un J, je crois.

– McCluskey ?

– Ça commence par un J, McCluskey, en ce moment ? Non, quelque chose comme Joseph, Jacob, je me souviens plus, a-t-il dit sans faire l'effort de se rappeler. Il t'a contacté ?

– Non.

– Dommage. Je pensais avoir réussi à te vendre.

– Tu lui as donné mon nom ?

– Non, ta pointure pour les pompes. Évidemment que je lui ai dit ton nom. Enfin, pas tout de suite. Je lui ai d'abord conseillé des privés dont le bureau utilise les services de temps à autre, mais ça ne lui plaisait pas. Il voulait du haut de gamme. De l'ancien militaire. Tu es la seule personne qui me soit venue à l'esprit. Avec Andy Hick, seulement Andy émarge à deux cent mille livres par an dans une banque d'affaires, maintenant.

– Je suis très touché, Paulie.

– Mais je t'en prie.

– Tu l'as rencontré où, ce type ?

– Il était venu voir Toffee, et on a discuté ensemble.

– Toffee, c'est quelqu'un ?

– C'est Spencer, le patron. Il se fait appeler Toffee, j'ignore pourquoi. Peut-être à cause du golf. Une contraction de « tee » et de « golf », peut-être, ou de « tee » et de « off ».

J'ai réfléchi un instant.

– Tu ne sais pas pourquoi il venait voir Spencer ?

– Qui t'a dit que je ne le savais pas ?

– Tu le sais ?

– Non.

Il fixait un point derrière ma tête et je me suis retourné pour voir. Les deux gars près de la porte s'étaient levés. Le plus vieux parlait au maître d'hôtel, qui a envoyé un serveur vers notre table. Quelques clients observaient la scène.

– Monsieur Lang ?

– Je suis M. Lang.

– Téléphone pour vous, monsieur.

J'ai haussé les épaules en regardant Paulie, qui ramassait les miettes sur la nappe et se léchait les doigts.

Quand j'ai atteint la porte, le plus jeune de mes suiveurs avait disparu. J'ai voulu attirer l'attention de l'autre, mais il étudiait une gravure au mur. J'ai pris le téléphone.

– Maître, m'a dit Solomon. Il y a des choses étranges au royaume du Danemark.

– Quel dommage, lui ai-je rétorqué. Alors que tout se passait si bien.

Il allait répondre mais, précédée par un clic et un bang, la voix aiguë de O'Neal l'a interrompu.

– Lang, c'est vous ?

– Ouaip.

– Cette fille, Lang. Enfin, cette jeune femme. Vous avez une idée de l'endroit où elle se trouve, maintenant ?

J'ai ri.

– Vous me demandez à *moi* où elle se trouve ?

– Oui, je vous le demande. Nous avons du mal à la localiser.

J'ai regardé mon suiveur, le nez toujours sur la gravure.

– Malheureusement, monsieur O'Neal, je ne peux pas vous aider. Je n'ai pas comme vous neuf mille employés et vingt millions de livres de budget pour traquer les gens. Je vous donne quand même un conseil, essayez les forces de sécurité de votre ministère. Il paraît qu'ils sont bons pour ce genre de chose.

Il avait raccroché à « ministère ».

J'ai laissé Paulie régler la note et j'ai sauté dans un bus, direction Holland Park. Je me demandais dans quel état O'Neal avait laissé mon appartement, et je voulais voir si d'autres marchands d'armes canadiens aux noms inspirés de l'Ancien Testament avaient tenté de me joindre.

Mes suiveurs sont montés dans le bus derrière moi. Ils regardaient par la fenêtre comme si c'était leur premier séjour à Londres.

En arrivant à Notting Hill, je me suis penché vers eux.

– Vous feriez aussi bien de descendre, leur ai-je conseillé. Comme ça, vous n'aurez pas besoin de courir depuis l'arrêt suivant.

Le plus âgé m'a ignoré et l'autre se marrait. Nous sommes cependant descendus ensemble, et ils sont restés sur le trottoir en face pendant que je rentrais chez moi.

J'aurais su qu'on avait fouillé l'appartement sans qu'on me le dise. Je ne m'attendais pas à ce qu'on ait passé l'aspirateur et changé les draps, mais enfin, ils auraient pu laisser un peu moins de désordre. Les meubles avaient tous été déplacés, mes quelques tableaux étaient de travers et, sur les étagères, les livres remis n'importe comment. Lamentable. Ils avaient même changé le CD dans le lecteur. Peut-être, selon mes visiteurs, la musique de Professor Longhair se prêtait-elle aux fouilles d'appartement ?

Je n'ai pas pris la peine de ranger. J'ai branché la bouilloire à la cuisine et j'ai dit à haute voix :

– Thé ou café ?

Léger frou-frou dans la chambre à coucher.

– Ou préférez-vous un Coca ? ai-je ajouté.

Malgré la bouilloire qui chuchotait, puis sifflotait, j'ai tout de même entendu les pas se rapprocher dans mon dos. J'ai jeté un peu de café lyophilisé au fond d'une tasse et j'ai fait volte-face.

Sarah Woolf ne portait plus un peignoir de soie, mais un jean délavé et un sweat-shirt à col montant, gris foncé, en coton. Elle avait les cheveux noués dans la nuque, avec ce naturel que certaines femmes mettent cinq secondes à trouver et d'autres une semaine. Et elle tenait dans la main droite, assorti à son sweat-shirt, un Walther TPH automatique, calibre 22.

Le TPH est un joli petit truc. Un pistolet à retour de culasse, doté d'un chargeur à six cartouches et d'un canon de 71 mm. C'est aussi une arme de poing totalement inutile puisque, à moins d'être sûr de l'atteindre du premier coup au cœur ou à la tête, la personne visée sera surtout agacée. Un maquereau mouillé est en général beaucoup plus efficace.

– Eh bien, monsieur Fincham, a-t-elle dit, comment saviez-vous que j'étais là ?

Le ton était lui aussi assorti au reste.

– *Fleur de fleurs*, lui ai-je répondu. J'en ai offert un flacon pour Noël à ma femme de ménage, mais elle ne se parfume pas. Donc ça devait être vous.

Miss Sarah a considéré mon appartement avec un sourcil sceptique.

– Vous avez une femme de ménage ?

– Ouais, je sais, ai-je admis. Il ne faut pas lui en vouloir, elle n'est plus toute jeune. Elle fait de l'arthrite et ne nettoie jamais rien en dessous de ses genoux ou au-dessus de ses épaules. J'essaie de laisser mes saletés à hauteur de sa taille, mais parfois...

J'ai souri. Pas la miss.

– À propos d'appartement, lui ai-je demandé, comment êtes-vous entrée ?

– Ce n'était pas fermé.

J'ai pris un air dépité.

– C'est franchement lamentable. Il va falloir que j'écrive à mon député.

– Quoi ?

– Mon logis a été fouillé par les services de la Sûreté de Sa Majesté. Des professionnels, formés grâce à l'argent des contribuables, qui ne se donnent pas la peine de verrouiller en repartant. Vous appelez ça un « service », vous ? Je n'ai que du Coca Light, ça ira ?

Le pistolet ne m'a pas suivi pendant que j'approchais du frigo.

– Qu'est-ce qu'ils cherchaient ?

Sarah étudiait soudain la fenêtre. Elle avait vraiment l'air d'avoir passé une sale matinée.

– Ça me dépasse. J'ai une chemise blanche en mousseline, très hippie, en bas du placard. C'est peut-être considéré comme une infraction au code, maintenant.

– Ils ont trouvé une arme ?

Elle ne s'occupait plus trop de moi. La bouilloire s'est arrêtée toute seule et j'ai versé l'eau brûlante dans ma tasse.

– Oui, ils en ont trouvé une.

– Celle avec laquelle vous vouliez tuer mon père ?

Sans me retourner, j'ai reposé la bouilloire sur son socle.

– Cette arme-là n'existe pas. Celle qu'ils ont découverte a été placée ici par quelqu'un d'autre pour faire croire que je m'en servirais contre Alexander.

– Eh bien, ça a marché.

Du coup, elle me regardait droit dans les yeux. Son calibre 22 également. Mon sang restant froid comme à son habitude, j'ai mis du lait dans mon café chaud et allumé une cigarette. Ce qui l'a visiblement énervée.

– Non seulement vous êtes un fils de pute, mais en plus vous vous foutez de moi !

– Ce n'est pas à moi de le dire. Ma mère m'adore, voyez-vous ?

– Ah ? Et c'est une raison suffisante pour ne pas vous tirer dessus ?

J'avais espéré qu'elle ne parlerait pas d'armes, de coups de feu, car le ministère de la Défense, tout britannique qu'il est, était capable de truffer l'appartement de micros. Mais puisqu'elle abordait le sujet, il m'était difficile de l'ignorer.

– Puis-je dire quelque chose avant que vous pressiez sur la détente ?

– Allez-y.

– Si j'avais eu l'intention de tirer sur votre père, pourquoi n'étais-je pas armé hier soir, quand je suis venu chez vous ?

– Vous l'étiez peut-être.

J'ai pris le temps d'avaler une gorgée.

– Bonne réponse. Mais si j'avais eu un pistolet sur moi, pourquoi n'ai-je pas tiré sur Rayner avant qu'il me casse le bras ?

– Vous avez peut-être essayé. Et c'est pour ça qu'il voulait vous le casser.

Bon Dieu, cette fille commençait à m'épuiser.

– Bonne réponse également. Alors éclairez-moi. Qui vous a dit qu'on a trouvé une arme ici ?

– La police.

– Du tout. Ils se sont peut-être présentés *comme* la police, mais ça n'était *pas* la police.

J'avais pensé à la neutraliser, à lui jeter mon café à la figure, mais cela ne serait pas nécessaire. Je voyais derrière elle les deux suiveurs de Solomon avancer lentement dans le salon. Le vieux tenait des deux mains un bon gros revolver, et le jeune souriait encore. J'ai décidé de laisser les rouages de la justice tourner sans mon aide.

– Peu importe qui me l'a dit, a répondu Sarah.

– Je crois au contraire que c'est fondamental. C'est une chose qu'un vendeur d'électroménager prétende que telle machine à laver est formidable. Mais si c'est l'archevêque de Canterbury, et qu'il affirme en plus qu'elle fonctionne bien à basse température, c'est tout à fait différent...

– Qu'est-ce que...

Ils n'étaient plus qu'à un mètre quand elle les a entendus. Lorsqu'elle s'est retournée, le gamin – très pro – lui a saisi le bras pour braquer son arme vers le mur. Elle a poussé un petit cri et le pistolet a glissé de sa main.

Je l'ai ramassé pour le tendre, par le canon, à suiveur Senior. Trop heureux de démontrer que je suis un bon garçon, pour autant qu'on me prête un peu d'attention.

Quand Solomon est arrivé avec O'Neal, Sarah et moi étions confortablement installés sur le canapé, et les deux suiveurs encadraient la porte du salon. Personne ne se préoccupait de nourrir la conversation. O'Neal ne tenait pas en place, et mon appart avait soudain l'air plein à craquer. J'ai proposé d'aller chercher des petits gâteaux vite fait, mais il m'a lancé un regard, style « la défense du monde occidental repose sur mes épaules ». Alors tout le monde s'est tu en étudiant ses mains.

Il a échangé quelques murmures avec les suiveurs, qui ont disparu quelque part, puis il a continué de faire les cent pas, soulevant divers objets avec une mine dégoûtée. À l'évidence, il attendait une chose qui ne se trouvait pas dans la pièce et n'allait pas frapper avant d'entrer. Me levant, je me suis dirigé vers le téléphone, qui s'est mis à sonner à peine je l'atteignais. La vie est comme ça, très rarement.

J'ai décroché.

– Troisième cycle, a annoncé une voix rauque à l'accent américain.

– Qui est-ce ?

– C'est O'Neal ?

La voix rauque était agacée. Pas à ce genre de voisin qu'on demanderait une tasse de sucre pour dépanner.

– Non, mais il est ici. C'est de la part de qui ?

– Passez-le-moi, bordel !

Me retournant, j'ai vu l'intéressé avancer à grands pas, la main tendue.

– C'est ça, apprenez d'abord la politesse, ai-je répondu avant de raccrocher.

Un bref silence, puis tout a paru s'enchaîner très vite. Solomon m'a reconduit vers le canapé, sans brutalité mais sans trop de ménagement ; O'Neal lançait des ordres aux suiveurs, qui se sont jeté des cris ; et le téléphone a recommencé à sonner.

S'en emparant, O'Neal s'est mis aussitôt à tripoter le cordon, et il n'avait plus rien de la superbe avec laquelle il manipulait l'appareil de son bureau. Visiblement, l'Américain mal embouché à l'autre bout du fil n'était pas du menu fretin.

Sol m'a replacé à côté de Sarah, qui s'est écartée d'un air contrarié. Il y a plus agréable, comme sensation, que celle d'être haï par autant de personnes dans son doux logis.

Hochant la tête avec force « oui, oui », O'Neal a fini par reposer délicatement le combiné sur la base, et ses yeux sur Sarah.

– Madame Woolf, a-t-il dit, aussi poliment qu'il savait, vous voudrez bien vous présenter à un M. Russell Barnes de l'ambassade des États-Unis. Un des hommes ici présents va vous y conduire.

Puis il s'est détourné, comme s'il s'attendait à ce qu'elle bondisse et fiche le camp. Or Sarah n'a pas bougé.

– Foutez-vous la lampe d'architecte dans le cul, lui a-t-elle dit.

J'ai ri.

J'étais le seul en l'occurrence, et O'Neal m'a balancé un autre de ses regards furieux. De plus en plus furieux, d'ailleurs. Sarah le contemplait avec mépris.

– Je veux savoir ce que vous allez faire de ce type, a-t-elle poursuivi.

Comme elle me désignait de la pointe du menton, j'ai préféré arrêter de rire.

– Nous nous occupons de M. Lang, a répondu O'Neal. De votre côté, vous êtes sous la responsabilité des Affaires étrangères de votre pays, et...

– Vous n'êtes pas de la police, n'est-ce pas ?

– Non, nous ne sommes pas la police, a-t-il prudemment admis.

– Eh bien, faites-la venir et qu'on arrête cet homme pour tentative d'homicide. Il a essayé de tuer mon père et, jusqu'à preuve du contraire, il va recommencer.

O'Neal m'a observé, puis elle, puis Solomon. Il semblait requérir un peu d'aide de notre part, et je crains que nous ne la lui ayons pas accordée.

– Madame Woolf, j'ai reçu l'autorisation de vous informer...

Il s'est interrompu, comme s'il ne se souvenait plus bien ou qu'il doutait de ce qu'on lui avait dit. Il a tordu le nez une seconde et décidé de continuer :

– J'ai reçu l'autorisation de vous informer que votre père fait actuellement l'objet d'une enquête de plusieurs services du gouvernement américain, assistés par ma propre division du ministère de la Défense.

Les mots se sont incrustés dans les poils du tapis, et nous avons attendu la suite. O'Neal m'a jeté un coup d'œil furtif.

– Nous nous réservons le droit de poursuivre M. Lang, a-t-il ajouté, et de prendre toute mesure opportune concernant votre père et ses activités.

Non que je sache lire avec certitude sur les visages, mais Sarah paraissait assez stupéfaite. Elle venait de passer du gris au blanc.

– Quelles activités ? a-t-elle dit d'une voix tendue. Une enquête pour quoi ?

Mal à l'aise, O'Neal semblait redouter qu'elle fonde en larmes.

– Nous soupçonnons votre père d'importer en Europe et en Amérique du Nord des substances prohibées du groupe A, a-t-il lâché au bout d'un instant.

Le silence s'est fait dans la pièce, où tout le monde observait Sarah.

O'Neal s'est raclé la gorge.

– Votre père est un trafiquant de drogue, madame Woolf.

C'était maintenant elle qui riait.

4

Le serpent se cache sous l'herbe.
VIRGILE

Comme toutes les bonnes choses, et les mauvaises aussi, celle-ci avait une fin. Les deux Solomon *bis* ont emmené Sarah à Grosvenor Square dans une de leurs Rover, et O'Neal a appelé un taxi, qui a mis une éternité à arriver, ce qui lui a permis de tordre le nez un peu plus longtemps sur mes objets décoratifs. Le vrai Solomon est resté pour laver les tasses, puis il m'a proposé d'aller quelque part nous abreuver de bière tiède et roborative.

À cinq heures et demie, les pubs étaient déjà pleins de jeunes hommes en costume, aux moustaches surfaites, qui râlaient et grognaient sur l'état des choses. Nous avons réussi à trouver une table au Swan With Two Necks[1], où Sol m'a joué le one man show du type qui fouille dans ses poches à la recherche d'un argent qu'il n'a pas. Je lui ai suggéré de faire une note de frais. Il m'a dit de puiser dans mes trente mille livres. Nous avons tiré à pile ou face et j'ai perdu.

– Votre obligeance m'honore, maître.

– À la tienne, David.

Nous avons bu une longue gorgée de bière, et j'ai allumé une cigarette.

Je m'attendais à ce qu'il lance la conversation sur les événements des dernières vingt-quatre heures, mais il se contentait

---

1. Le cygne à deux cous.

d'écouter un gang d'agents immobiliers, qui discutaient près de nous d'alarmes de voiture. Un peu comme si ç'avait été mon idée de venir ici, et je n'allais pas accepter ça.

– David.

– Monsieur ?

– Sommes-nous là de notre plein gré ?

– Notre plein gré ?

– On t'a demandé de me sortir, n'est-ce pas ? De me taper dans le dos et de me soûler pour savoir si je couche avec la princesse Margaret.

J'avais fait exprès, car il n'aime pas qu'on s'en prenne à la famille royale.

– Je suis censé ne pas vous lâcher, monsieur, a-t-il fini par admettre. J'ai pensé que ça serait plus marrant d'être assis à la même table, c'est tout.

Il avait l'air de croire que cela répondait à ma question.

– Alors qu'est-ce qui se passe ?

– Ce qui se passe ?

– David, si tu as l'intention de continuer comme ça, à écarquiller les yeux comme si tu venais de recouvrer la vue, ça va vite devenir pénible, cette soirée.

– Pénible ?

– Oh, la ferme. Tu me connais, non ?

– J'ai en effet ce privilège.

– Je suis certainement des tas de choses, mais en aucun cas un assassin.

Il a bu une nouvelle gorgée et s'est léché les babines.

– Ma longue expérience en la matière me conduit à penser que personne n'est jamais un assassin, jusqu'au jour où on en devient un.

Je l'ai observé un instant.

– Je vais être grossier, David.

– Comme vous voudrez, maître.

– Qu'est-ce que ça veut dire, ces conneries ?

Les agents immobiliers parlaient maintenant nichons, avec une remarquable finesse d'esprit. Les entendant, j'avais subitement l'impression d'avoir cent quarante ans.

– C'est comme les gens qui ont des chiens, a dit Solomon. Ils répètent toujours : « Mon chien ne ferait pas de mal à une mouche. » Jusqu'au jour où ils sont obligés de reconnaître : « Ah, il n'avait jamais fait ça. »

Il a levé les yeux sur mes sourcils froncés.

– Je veux dire qu'on ne peut vraiment connaître personne, a-t-il conclu. Ni les gens, ni les chiens. Pas *réellement*.

J'ai fait claquer mon verre sur la table.

– On ne connaît jamais vraiment personne ? Tu es inspiré. Alors qu'on a passé deux ans pratiquement dans les poches l'un de l'autre, tu prétends ne pas savoir si je suis capable de tuer quelqu'un pour du fric ?

J'admets que je commençais à être un peu en colère. Et je me mets rarement en colère.

– Moi, tu m'en crois capable ? a-t-il demandé, son sourire jovial accroché aux lèvres.

– Non, je ne te crois pas capable de tuer quelqu'un pour de l'argent.

– Tu es sûr ?

– Oui.

– Donc vous êtes un couillon, monsieur. J'ai déjà tué un homme et deux femmes.

Je le savais. Je savais aussi à quel point ça lui pesait sur la conscience.

– Mais pas pour de l'argent, lui ai-je rappelé. Il ne s'agit pas d'assassinats.

– Je suis un humble serviteur de la Couronne, maître. L'État paie mon emprunt immobilier. De quelque façon qu'on étudie la chose – et crois-moi, j'ai bien étudié –, j'ai été payé pour tuer ces gens. Une autre pinte ?

Avant que je puisse répondre, il avait pris nos deux verres et se dirigeait vers le comptoir.

Le regardant se frayer un chemin entre les agents immobiliers, j'ai repensé à nos aventures de cow-boys chez les Indiens de Belfast.

D'heureuses journées perdues dans de longs mois misérables.

C'était en 1986, il avait été tiré au sort avec une douzaine d'autres gars de la Metropolitan Police Special Branch, pour prêter main-forte aux flics d'Irlande du Nord, un peu dépassés par les événements. Solomon avait rapidement démontré qu'il était le seul membre du groupe qui valait le prix de son billet d'avion, c'est pourquoi, à la fin de son séjour, les durs à cuire du coin lui avaient demandé de rester pour s'occuper avec eux des paramilitaires loyalistes. Il avait accepté.

Huit cents mètres plus loin, au-dessus de la Freedom Travel Agency, je tirais la dernière de mes huit années de service auprès de la bien nommée GR24, l'une des nombreuses unités d'espionnage militaire qui se faisaient concurrence là-bas, et continuent sans doute aujourd'hui. Presque tous des anciens d'Eton, mes collègues officiers portaient la cravate au bureau et s'envolaient le week-end vers les réserves de chasse écossaises, c'est pourquoi je me retrouvais de plus en plus souvent avec Sol, notamment à planquer dans des automobiles dépourvues de chauffage.

Nous en sortions une fois de temps en temps pour quelque mission plus utile et, pendant les neuf mois que nous avons passés ensemble, je l'ai vu mener des actions aussi courageuses qu'extraordinaires. Certes, il avait tué trois personnes, mais il avait sauvé des dizaines de vies, la mienne y compris.

Son imper marron faisait marrer les agents immobiliers.

– Une sale affaire, ce Woolf, tu sais, m'a-t-il dit.

Nous en étions à notre troisième pinte, et Solomon avait ouvert son bouton de col. J'en aurais fait autant si j'en avais eu un. Le pub s'était un peu vidé, les clients repartis chez leurs épouses ou au cinéma. J'ai allumé une de mes trop nombreuses cigarettes de la journée.

– Cette histoire de drogue ?

– Cette histoire de drogue.

– Rien d'autre ?

– Il y a besoin d'autre chose ?

Je l'ai regardé.

– Oui. Il faut bien qu'il y ait autre chose pour que ça dépasse les compétences des Stups. Quel rapport avec ta propre administration ? Vous manquez de travail en ce moment, on ne veut pas vous laisser sans rien faire ?

– Bon, je n'ai jamais dit ce qui va suivre.

– Bien sûr que non.

Il a tourné sa langue plusieurs fois dans sa bouche. Ce qu'il allait cracher avait l'air un peu lourd.

– Un industriel plein aux as arrive ici avec de l'argent à investir, dit-il. Le ministère du Commerce et de l'Industrie lui sert un verre de sherry, lui présente ses brochures sur papier glacé. Le gars potasse, puis leur raconte qu'il veut produire toute une gamme de pièces détachées, plastique et métal, et veut-on bien le laisser construire une demi-douzaine d'usines en Écosse et dans le nord de l'Angleterre ? Ivres d'enthousiasme, deux types du ministère lui offrent deux cents millions de livres de subventions, et une carte de stationnement résidentiel à Chelsea. Je me demande ce qui vaut le plus cher, d'ailleurs.

Il a avalé une gorgée et essuyé sa bouche avec le revers de la main. Solomon était très en colère.

– Le temps passe, poursuit-il. Le chèque est encaissé, les usines sorties de terre, et un téléphone sonne à Whitehall[1]. Ça vient de l'étranger, Washington, D.C., USA. Savions-nous que tel riche

---

1. Siège des ministères et administrations publiques.

industriel qui fabrique des trucs en plastique importe d'Asie de grandes quantités d'opium ? Bon Dieu, non, on ne savait pas, merci infiniment de nous l'apprendre, comment ça va chez vous, bonjour à madame et aux enfants. Panique. Le riche industriel a pompé l'argent de la Couronne et il emploie trois mille citoyens britanniques.

Solomon semblait à court d'énergie, comme s'il n'arrivait plus à maîtriser sa fureur. Moi, j'étais impatient de connaître la suite.

– Alors ?

– Alors on réunit une commission de grosses têtes, pas spécialement futées, pour que ces messieurs dames planchent sur d'éventuelles mesures à prendre. Résultat, ils suggèrent de ne rien faire, ou de ne rien faire, ou encore de ne rien faire, ou peut-être de composer le 999 et de demander la maison Poulaga. La seule certitude, c'est qu'ils n'aiment pas beaucoup cette dernière option.

– Et O'Neal ?

O'Neal hérite du dossier. Avec pour mission de surveiller tout ce bazar, de le circonscrire, de limiter la casse, appelle ça comme tu voudras.

Pour Solomon, un mot comme « bazar » est à la limite du grossier. Il a conclu :

– Tout cela n'ayant bien sûr aucun rapport avec un certain Alexander Woolf.

– Évidemment. Où il est, celui-là, en ce moment ?

Il a jeté un coup d'œil à sa montre.

– En ce moment précis, assis à la place 6C dans un 747 British Airways en provenance de Washington, à destination de Londres. S'il a un peu de cervelle, il choisira le bœuf Wellington. Il préfère peut-être le poisson, mais j'en doute.

– Et on lui passe quel film ?

– *L'Amour à tout prix.*

– Tu m'impressionnes.

– Dieu est dans les détails, maître. Ce n'est parce que c'est un boulot à la noix qu'il faut le faire n'importe comment.

Nous avons siroté un peu de bière dans un silence détendu. Il fallait quand même que je demande.

– Bon, David.

– À vos ordres, maître.

– Ça t'ennuierait de m'expliquer ce que je viens faire dans tout ça ?

Comme il m'observait d'un air incertain, façon « est-ce que je sais, moi ? », je suis vite passé à la question suivante :

– Qui veut sa peau et pourquoi essaie-t-on de me faire endosser le rôle du tueur ?

Il a vidé son verre.

– Pourquoi, je l'ignore. Et pour le qui, on pencherait plutôt pour la CIA.

Cette nuit-là, je me suis tourné et retourné dans un lit auquel je suis retourné plusieurs fois. Dont deux après m'être levé pour confier au dictaphone non imposable d'ineptes monologues sur la situation à laquelle j'étais confronté. Quelques généralités sur l'affaire, d'autres sur mes angoisses, mais surtout Sarah Woolf revenait sans cesse dans mes pensées et refusait de partir.

Je n'étais pas amoureux, comprenez-vous ? Comment aurais-je pu l'être ? J'avais seulement passé une ou deux heures en sa présence, et dans des circonstances défavorables. Non, je n'étais pas du tout amoureux d'elle. Il m'en faut un peu plus qu'une paire d'yeux gris lumineux sous des vagues de cheveux brun foncé.

Sans blague.

*

À neuf heures le lendemain matin, j'enfilais mon imboutonnable blazer sur ma cravate Garrick Club, et à neuf heures et demie je faisais tinter la cloche des renseignements de la National Westminster Bank à Swiss Cottage. Je n'avais élaboré aucun plan. Je pensais seulement que, même si l'argent déposé sur mon compte ne m'appartenait pas, mon moral et moi gagnerions à regarder mon directeur de banque droit dans les yeux, pour la première fois depuis dix ans.

On m'a conduit dans une salle d'attente devant son bureau, où l'on m'a donné une tasse en plastique pleine d'un café bien trop chaud qui est devenu bien trop froid en moins d'un centième de seconde. J'essayais de le planquer derrière une plante, elle aussi en plastique, quand un gamin d'environ neuf ans, avec des cheveux roux, a passé la tête par la porte entrouverte. M'invitant à entrer, il s'est présenté sous le nom de Graham Halkerston, directeur de l'agence.

– Alors, que puis-je faire pour vous, monsieur Lang ? a-t-il demandé en s'installant derrière un jeune bureau à cheveux roux.

M'asseyant face à lui, j'ai pris ma pose la plus avantageuse de brasseur d'affaires et ajusté ma cravate.

– Eh bien, monsieur Halkerston, c'est à propos d'une somme d'argent qui a récemment été portée sur mon compte.

Il a jeté un coup d'œil sur le listing posé sur son sous-main.

– Serait-ce un versement en date du 7 avril ?

– En date du 7 avril, ai-je répété en m'efforçant de ne pas confondre avec d'autres versements de trente mille livres dont je bénéficiais ce mois-ci. Oui, ça doit être celui-là, ai-je admis.

Il a hoché la tête.

– Vingt-neuf mille quatre cent onze livres et soixante-seize pence. Avez-vous l'intention de placer cette somme, monsieur Lang ? Nous avons toute une gamme de comptes à haut rendement, conformes à vos besoins.

– Conformes à mes besoins ?

– Oui. Pas de limite de retrait, rapport optimal, prime à deux mois, à vous de choisir.

C'était étrange d'entendre un être humain prononcer de telles choses. Jusque-là, je n'avais vu ça que sur les panneaux publicitaires.

– Très bien, ai-je reconnu. Très, très bien. Pour l'instant, monsieur Halkerston, j'ai simplement besoin que vous conserviez cet argent dans une pièce pourvue d'un verrou décent. (Il m'a gratifié d'un regard vide.) Je voudrais surtout savoir d'où il provient. (De vide, son regard est devenu extrêmement vide.) Qui m'a donné ces fonds, monsieur Halkerston ?

Le principe du versement spontané avait apparemment un caractère d'exception dans le système bancaire. J'ai enduré une minute de vide supplémentaire et quelques froissements de papier avant que M. Halkerston remonte au filet.

– C'était un versement en liquide, m'a-t-il appris, et je n'ai aucune trace du déposant. Si vous m'accordez une seconde, je peux peut-être retrouver le formulaire de versement ?

Il a pressé un bouton sur l'interphone et appelé Ginny, qui a fait irruption à pas lourds dans le bureau, munie d'un dossier. Pendant que son directeur fouillait dans ce dernier, je me suis demandé comment elle arrivait à garder la tête droite, avec la tonne de maquillage qu'elle avait sur les joues. Allez savoir, elle était peut-être mignonne, en dessous ? Ou alors c'était Dirk Bogarde. Je ne saurai jamais.

– Bien, a dit Halkerston. Il n'y a rien d'inscrit dans la case pour le nom, mais c'est signé « Offer ». Ou peut-être « Offee ». Oui, « T. Offee », voilà.

Le cabinet de Paulie se trouve dans Middle Temple, à proximité de Fleet Street, croyais-je l'avoir entendu dire. J'ai fini par y arriver avec l'assistance d'un taxi londonien. Ce n'est pas mon mode de transport habituel mais, puisque j'étais à la banque, je n'ai vu aucun inconvénient à prélever quelques centaines de livres sur mes gages de tueur pour couvrir mes faux frais.

Paulie-plaquette-de-frein-sur-la-grande-roue-de-la-justice était au tribunal en train de plaider un délit de fuite. Ennuyeux car, en son absence, je n'avais aucune recommandation officielle à présenter à l'étude Milton-Crowley-Spencer. Alors un assistant s'est enquis de mon « problème ». J'étais encore plus mal à l'aise que dans un dispensaire antivénérien.

Non que je sois un client assidu des dispensaires antivénériens.

Comme j'avais réussi l'examen préliminaire, on m'a fait asseoir dans une salle pleine de vieux numéros d'*Expressions*, le journal des détenteurs de cartes American Express. Je me suis donc intéressé aux tailleurs à façon de Jermyn Street, aux tisseurs de chaussettes de Northampton, aux cultivateurs de chapeaux à Panamá, et j'ai mesuré les chances qu'avait Kerry Packer de remporter cette année le championnat de polo Veuve Clicquot à Smith's Lawn. Bref, je connaissais tous les dessous des grandes affaires quand l'assistant, de retour, a levé ses alertes sourcils vers moi.

Il m'a conduit dans une vaste pièce lambrissée de chêne, avec trois murs d'étagères consacrés aux procès de la Reine contre Le Reste Du Monde. Le quatrième était garni de meubles à classeurs en bois. Il y avait sur le bureau une photo de trois adolescents achetés sur catalogue, et une autre à côté, de Denis Thatcher avec son autographe. J'étais en train de ruminer que les deux cadres étaient bizarrement tournés vers les visiteurs, quand une porte intérieure s'est ouverte. J'étais soudain en présence de M. Spencer.

Et quelle présence ! Un Rex Harrison en plus grand, avec des cheveux grisonnants, des lunettes en demi-lune et une chemise si blanche qu'elle devait être branchée sur le secteur. Je ne l'ai pas vu actionner le compte-minutes pendant qu'il s'installait.

– Monsieur Fincham, navré de vous avoir fait attendre, prenez place, je vous prie.

Il a fait un ample geste du bras pour m'inviter à choisir n'importe quel siège, mais il n'y en avait qu'un. Je me suis assis et relevé d'un bond, le fauteuil produisant un craquement épouvantable. Un bruit si retentissant, si déchirant que j'imaginais les gens figés dans la rue en train d'étudier les fenêtres du bâtiment et ne faudrait-il pas appeler la police ? Spencer n'a paru rien remarquer.

– Je ne crois pas vous avoir croisé au club, a-t-il dit avec un sourire expansif.

Je me suis rassis et le fauteuil a de nouveau hurlé. Restait à trouver une position dans laquelle nos échanges seraient plus ou moins audibles, malgré les rugissements du bois.

– Au club ? ai-je répété, en suivant un regard qui indiquait ma cravate. Ah, le Garrick ?

Toujours souriant, il a hoché la tête.

– Je ne descends pas en ville aussi souvent que j'aimerais, ai-je admis avec nonchalance, sous-entendant quelques milliers d'hectares à Wiltshire et une meute de labradors.

Il a acquiescé, comme s'il connaissait bien l'endroit et qu'il ne manquerait pas de venir casser la croûte la prochaine fois qu'il serait dans le coin.

– Alors, que puis-je faire pour vous ?

– C'est assez compliqué, et...

Il m'a coupé :

– Monsieur Fincham, le jour où un client m'expliquera que l'affaire pour laquelle il ou elle requiert mon aide n'a rien de compliqué, je raccrocherai ma perruque[1] pour de bon.

Vu son expression, il fallait prendre ça pour un trait d'esprit. Le mien (d'esprit) comprenait surtout que ça allait lui coûter dans les trente livres.

---

1. À l'audience, les avocats portent perruque en Grande-Bretagne.

– Voilà qui est rassurant, ai-je répondu, sensible à la plaisanterie.

Nous échangions dès lors des sourires satisfaits.

– Eh bien voilà, ai-je poursuivi. Un ami m'a rapporté il y a quelques jours que vous lui aviez rendu grand service en lui recommandant certaines personnes aux compétences un peu... particulières.

Silence, comme je m'y attendais plutôt.

– Je vois, a dit Spencer.

Le sourire s'est légèrement crispé, il a retiré ses lunettes et redressé le menton de trois centimètres.

– Auriez-vous l'obligeance de révéler l'identité de votre ami ? a-t-il demandé.

– Je n'y tiens pas pour l'instant. Il avait besoin d'une sorte de... garde du corps, m'a-t-il dit. Quelqu'un qui ne verrait pas d'inconvénient à s'acquitter d'une mission pas très... orthodoxe, quoi. Vous lui auriez donné plusieurs noms.

Spencer s'est calé dans son fauteuil pour m'étudier. De la tête aux pieds. À l'évidence, l'entrevue touchait à sa fin et il cherchait une façon élégante de me le faire savoir. Il a longuement inspiré par ses narines finement ouvrées.

– Il est possible que vous soyez mal renseigné sur les services que nous offrons, monsieur Fincham. Nous sommes un cabinet d'avocats. Nous plaidons devant le tribunal. C'est notre métier. Nous ne sommes pas, et là se trouve peut-être l'origine de votre méprise, une agence de placement. Si votre ami a obtenu satisfaction ici, je m'en réjouis. J'espère et je crois cependant que, si nous lui avons été utiles, c'est au plan juridique, pas pour recommander cette sorte de personnel.

Dans sa bouche, le mot « personnel » avait une connotation infiniment péjorative.

– N'auriez-vous pas intérêt à reprendre contact avec cet ami ? a-t-il conclu. Il serait sûrement capable de mieux répondre à votre demande ?

– C'est bien le problème. Il n'est pas en ville, en ce moment.

Un temps. Il a lentement cligné des yeux. Ces lents clignements ont quelque chose d'insultant. Je le sais, parce qu'il m'arrive moi-même d'y recourir.

– Un téléphone est à votre disposition dans le bureau de mon assistant.

– C'est que je n'ai pas le numéro de cet ami.

– Alors, je crains de ne pas avoir de solution à vous proposer, monsieur Fincham. Maintenant, vous voudrez bien m'excuser...

Les lunettes sont réapparues sur son nez, et il s'est mis à compulser quelques papiers sur son bureau.

– Il cherchait quelqu'un pour commettre un assassinat.

Les lunettes sont redescendues, le menton est remonté.

– En effet.

Long silence.

– En effet, a-t-il répété. Comme il s'agit d'un acte parfaitement illégal, il est hautement improbable que votre ami ait reçu de notre part le moindre conseil en la matière.

– Il m'a cependant assuré que vous aviez...

– Monsieur Fincham, je vais être franc.

La voix était devenue très sèche, et j'ai pensé qu'il devait être marrant à écouter au tribunal.

– Je vous soupçonne en définitive, a-t-il lâché, d'intervenir ici en tant qu'*agent provocateur*[1].

L'accent (français) était aussi assuré qu'impeccable. Ce mec possédait une villa en Provence, peuchère.

– Dans quel but, je n'en sais rien, a-t-il poursuivi. Et cela ne m'intéresse pas. Quoi qu'il en soit, je refuse de vous dire un mot de plus.

_____

1. En français dans le texte.

– Sauf en présence de votre avocat.

– Bonne journée, monsieur Fincham.

Et lunettes sur le nez.

– Mon ami m'a aussi rapporté que vous aviez payé son employé.

Pas de réponse. Je savais qu'il ne m'en fournirait plus, mais j'ai insisté :

– Toujours selon mon ami, vous auriez signé l'ordre de versement. De votre propre main.

– Je commence à en avoir assez de votre ami, monsieur Fincham. Comme je vous disais : bonne journée.

Je me suis dirigé vers la porte. Le fauteuil a poussé un cri de soulagement.

– Puis-je quand même me servir du téléphone ?

Spencer n'a pas levé les yeux.

– Le prix de la communication sera reporté sur votre facture.

– Une facture pour quoi ? Vous ne m'avez rien appris.

– Je vous ai consacré mon temps. Si vous n'en êtes pas satisfait, c'est votre problème, pas le mien.

J'ai ouvert la porte.

– Eh bien, tous mes remerciements, monsieur Spencer. Au fait... (J'ai attendu qu'il me regarde.) ... les vilaines langues du Garrick prétendent que vous trichez au bridge. Je leur ai bien dit qu'il ne fallait pas le croire, que c'était des âneries, mais vous savez ce que c'est. Les gens se mettent des idées dans la tête. Enfin, je préférais vous en informer.

Pathétique. Toutefois, sur le moment, je n'ai rien trouvé de mieux.

Sentant que je n'étais plus *persona grata*, l'assistant m'a prévenu d'un air maussade que la facture me serait adressée d'ici quelques jours.

J'ai loué son amabilité et, sur le chemin de l'escalier, remarqué qu'un nouveau venu feuilletait à ma place les vieux numéros d'*Expressions*, le journal des détenteurs de cartes American Express.

Les petits hommes gras en costume gris sont légion.

Les petits hommes gras en costume gris dont j'ai empoigné le scrotum au bar d'un hôtel d'Amsterdam sont beaucoup moins nombreux.

Un groupe très restreint, pour tout dire.

Prenez un brin de paille et jetez-le en l'air,
vous connaîtrez la direction du vent.

John SELDEN

C ontrairement à ce qu'on vous fait croire dans les films, suivre quelqu'un sans qu'il s'en aperçoive, ça n'est pas du gâteau. J'ai une certaine expérience en matière de filature, et le privé que j'ai été est souvent revenu au bureau privé de gibier : « On l'a perdu. » À moins que votre proie soit sourde, boite et souffre d'un rétrécissement du champ visuel, il vous faut au moins douze personnes et quinze mille livres de matériel radio ondes courtes, si vous souhaitez avoir des chances de réussir.

Étant impliqué dans l'affaire, McCluskey constituait une cible potentielle, ce qu'il savait, c'est pourquoi il ne rechignait pas à prendre des précautions. D'où problème. Je ne pouvais pas risquer de trop me rapprocher de lui, ce qui m'obligeait parfois à cavaler pour le rattraper. Il fallait lui laisser de l'avance dans les lignes droites, piquer un sprint lorsqu'il tournait quelque part, me planquer avant de l'imiter au cas où il ferait demi-tour. Une tactique bien sûr inconcevable de la part d'une équipe professionnelle, laquelle n'aurait pas remarqué qu'un fou furieux lui courait après, puis traînait des pieds en léchant les vitrines.

La première partie du trajet ne présentait pas de difficultés. McCluskey cheminait gaiement le long de Fleet Street vers le Strand. En arrivant au Savoy, il a changé de trottoir, direction le nord et Covent Garden, où il s'est remis à flâner devant les innombrables boutiques sans intérêt. Il a passé cinq minutes à regarder un jongleur devant l'Actors Church. Revigoré, il est reparti d'un bon pas vers St Martin's Lane, bifurquant entre-temps à Leicester Square, et il m'a feinté en traversant brusquement Trafalgar Square vers le sud.

Arrivant en nage au bas de Haymarket, j'ai prié Dieu qu'il hèle un taxi. Il ne s'y est décidé qu'à Lower Regent Street, et j'en ai trouvé un autre après vingt secondes d'une attente infernale.

Évidemment que c'était un autre. Même le filocheur amateur sait qu'on ne monte pas dans le même véhicule que sa proie.

Me jetant sur la banquette en criant au conducteur de « suivre ce taxi », je me suis rendu compte à quel point ça sonne faux dans la vie réelle. Cela ne semblait pas être l'avis du chauffeur :

– Dites-moi, il couche avec votre femme, ou c'est vous qui couchez avec la sienne ?

J'ai ri comme si c'était le truc le plus génial que j'avais entendu depuis des années. Mais c'est la chose à faire dans un taxi, si vous voulez qu'il vous emmène au bon endroit par la bonne route.

McCluskey est descendu devant le Ritz, en priant certainement son propre chauffeur de l'attendre en laissant tourner le compteur. J'ai attendu trois minutes avant de demander la même chose au mien mais, quand j'ai ouvert ma portière, McC est revenu en courant et tout le monde est reparti.

Ralentis un instant à Piccadilly, nous avons ensuite pris à droite d'étroites rues désertes que je ne connaissais pas du tout. Le genre de rues où des artisans qualifiés cousent à la main les slips et les culottes des détenteurs de cartes American Express.

Je me suis penché pour dire au conducteur de ne pas trop se rapprocher, mais il avait l'habitude du procédé, ou il l'avait vu faire à la télévision, et donc il a maintenu une distance adéquate entre les deux véhicules.

Celui de McCluskey s'est arrêté dans Cork Street. Le voyant payer, j'ai dit au conducteur de le dépasser tranquillement et de me déposer deux cents mètres plus loin.

Le compteur indiquant six livres, j'ai passé un billet de dix à mon bonhomme et j'ai eu droit à quinze secondes du sketch bien connu « Je ne suis pas sûr d'avoir la monnaie » – version taxi numéro de licence 99102. Puis je suis descendu et revenu, pour ainsi dire, sur mes pas.

Ces quinze secondes avaient suffi à McCluskey pour disparaître. Après lui avoir collé au train pendant vingt minutes et huit kilomètres, je le perdais dans les derniers deux cents mètres. Voilà qui, je suppose, m'apprendrait à être radin sur le pourboire.

Cork Street est flanquée d'un bout à l'autre de galeries d'art, pourvues de grandes vitrines et, contrairement aux miroirs sans tain, j'ai souvent remarqué qu'elles permettent de voir dans les deux sens. Je ne pouvais décemment pas coller mon nez sur chacune d'elles jusqu'à retrouver McC, alors j'ai décidé de tirer au sort. J'ai évalué à quel endroit il était sorti de voiture, et j'ai sélectionné la porte la plus proche.

Fermée.

Comme il était midi, je m'interrogeais en regardant ma montre sur les horaires habituels des galeries lorsque, sortant de l'ombre, une blonde vêtue d'une robe droite bien coupée est venue déverrouiller. Elle m'a ouvert avec un sourire accueillant, et je n'avais soudain pas d'autre choix que d'entrer. Mes chances de retrouver McCluskey s'amenuisaient de seconde en seconde.

Gardant un œil intermittent sur la vitrine, je me suis enfoncé dans la sémi-pénombre. Il semblait n'y avoir à l'intérieur que la blonde en robe noire, ce qui n'était pas surprenant, compte tenu des tableaux accrochés au mur.

– Connaissez-vous Terence Glass ? m'a-t-elle demandé, en me tendant une carte avec les prix.

Cette nana faisait bourgeoise jusqu'au bout des ongles.

– Oui. Je possède trois de ses toiles.

Enfin, il faut prendre des risques, parfois, non ?

– Trois de ses quoi ?

Évidemment, ça ne marche pas à tous les coups.

– Toiles.

– Seigneur, Dieu ! s'est-elle exclamée. Je ne savais pas qu'il peignait.

Puis, plus fort :

– Sarah ! Tu savais qu'il peignait, Terence ?

Du fond de la galerie, une voix, cool et américaine, a répondu :

– Il n'a jamais peint une toile de sa vie. Il ne sait même pas écrire son nom.

Levant les yeux, j'ai reconnu Sarah Woolf, impeccable dans un tailleur pied-de-poule, qui passait sous une sorte d'alcôve, précédée d'une vague odorante de *Fleur de fleurs*. Ce n'est pas moi qu'elle regardait, mais la porte d'entrée.

Suivant son regard, j'ai découvert McCluskey devant celle-ci.

– Pourtant ce gentleman affirme posséder trois de ses toiles, a dit la blonde en riant.

Il fonçait vers Sarah en glissant une main vers la poche intérieure de son manteau. J'ai écarté la blonde, qui a hoqueté très poliment alors qu'il se tournait vers moi.

Pour l'obliger à parer de la main droite, j'ai lancé mon pied vers son ventre. Mais je l'ai atteint et, l'espace d'un instant, ses chaussures ont quitté le sol. Le souffle coupé, il a tendu la tête et, me faufilant derrière lui, j'ai passé mon bras gauche autour de son cou. La blonde a hurlé : « Oh, mon Dieu ! » avec un accent distingué, puis s'est précipitée vers le téléphone sur la table. Les bras raides sur les flancs, Sarah ne bougeait pas d'un millimètre. Je lui ai crié de filer mais, soit elle ne m'a pas entendu, soit elle ne voulait pas. J'ai resserré mon bras autour du cou de McC, qui tentait de glisser ses doigts entre sa gorge et le creux de mon coude. Pas question.

J'ai bloqué mon autre coude sur son épaule, ma main droite sur sa nuque, et j'ai calé la gauche dans le creux du coude : on se rapportera à l'illustration *(c)* du chapitre « Comment leur briser les vertèbres : le b. a.-ba ».

Comme il ruait et se débattait, j'ai relâché mon bras gauche en poussant de la main droite – il s'est arrêté très vite. Il s'est arrêté parce qu'il comprenait ce que je voulais lui expliquer : en continuant comme ça, je mettais fin à ses jours.

Je ne suis pas tout à fait sûr, mais il me semble que le coup est parti à ce moment-là.

Je ne me rappelle pas avoir été touché, seulement une détonation sourde dans la galerie, et l'odeur de brûlé provenant de ce qu'on met maintenant dans les chargeurs.

Croyant que Sarah avait tiré sur McCluskey, je l'ai engueulée parce que je maîtrisais parfaitement la situation. De plus, je lui avais dit de ficher le camp. Mais j'ai pensé, merde, je sue comme un porc, ça me dégouline dans la ceinture. Relevant les yeux, j'ai vu qu'elle allait tirer une deuxième fois. Ou peut-être l'avait-elle déjà fait. McC s'était libéré et j'ai eu l'impression de m'affaler sous une des toiles.

– Espèce de conne, ai-je dû insulter Sarah. Je suis... avec vous. C'est lui... lui, là... le mec qui... veut tuer votre père. Chier.

Chier, parce que tout partait de travers. L'éclairage, la bande-son, l'action.

Elle se dressait devant moi et, dans d'autres circonstances, j'aurais sûrement profité du spectacle de ses jambes. Mais il n'y avait pas d'autres circonstances. C'était celles-là. Et je ne voyais que son pistolet.

– Ça serait tout de même curieux, monsieur Lang, a-t-elle dit. Il pourrait faire ça à la maison.

Je n'y comprenais rien. Rien ne fonctionnait comme il fallait, notamment mon flanc gauche, passablement engourdi. S'agenouillant près de moi, Sarah m'a collé le canon de son arme sous le menton.

– Cet homme, a-t-elle poursuivi en levant un pouce vers McCluskey, est mon père.

Mes souvenirs s'arrêtant là, je suppose que je me suis évanoui.

– Comment vous sentez-vous ?

On vous pose fatalement cette question quand vous êtes allongé dans un lit d'hôpital, mais j'aurais préféré qu'elle s'abstienne, cette dame. J'avais les idées embrouillées comme au lendemain d'une méchante cuite, de celles qui vous poussent à exiger du garçon qu'il rembourse. Il aurait mieux valu que je lui demande *à elle* comment j'allais. Mais elle était infirmière, elle n'avait probablement pas l'intention de me tuer, et j'ai décidé de l'aimer bien pour l'instant.

Au prix d'un effort surhumain, j'ai desserré les lèvres et croassé :

– Ça va.

– Bien, a-t-elle dit. Le docteur passera vous voir dans un instant.

Elle m'a tapoté la main et elle a disparu.

J'ai fermé les yeux quelque temps et il faisait nuit dehors quand je les ai rouverts. Une blouse blanche se penchait sur moi et, bien que son propriétaire parût assez jeune pour être mon directeur d'agence, j'ai conclu qu'il s'agissait plutôt d'un médecin. Je ne m'étais pas aperçu qu'il tenait mon poignet, mais il a bien voulu me le rendre. Après quoi il s'est mis à écrire sur un bloc-notes.

– Comment vous sentez-vous ?

– Ça va.

Il continuait de griffonner.

– Ça ne devrait pas. Vous avez quand même perdu pas mal de sang. Ce qui n'est pas le plus grave. Vous avez reçu une balle, et vous avez eu de la chance : elle n'a fait que traverser l'aisselle.

À l'entendre, tout était ma faute, crétin que je suis. Dans un sens, il avait raison.

– Où suis-je ?

– À l'hôpital.

Il est parti.

Une très grosse femme est arrivée ensuite en poussant un chariot. Elle a posé une assiette pleine d'une chose brune et puante sur la table à côté de mon lit. Je ne me rappelais pas lui avoir causé de tort, pourtant, mais il faut croire que si.

À l'évidence, le remords la harcelait car, revenant une demi-heure plus tard, elle a emporté l'assiette. Elle m'a dit où j'étais avant de ressortir. Pavillon William Hoyle, hôpital du Middlesex.

Mon premier vrai visiteur fut Solomon. Comme toujours solide, sinon éternel, il a posé sur la table près de moi un sac en papier contenant une grappe de raisin, et ses fesses sur le lit.

– Comment te sens-tu ?

Ça devenait un leitmotiv.

– Comme si on m'avait tiré dessus. Je suis en convalescence dans un hosto, et un policier juif vient de s'asseoir à mon chevet.

Il s'est légèrement décalé.

– On m'a dit que vous aviez eu de la chance, maître.

J'ai mangé un grain de raisin.

– Comment ça, de la chance... ?

– Il paraît qu'elle est passée à quelques centimètres du cœur.

– Elle aurait pu aussi me rater de quelques centimètres. Tout dépend du point de vue.

Songeur, il a hoché la tête.

– C'est quoi, le tien ? a-t-il demandé finalement.

– Le mien de quoi ?

– De point de vue.

Nous nous sommes regardés.

– Je pense que l'Angleterre devrait revoir son système de défense contre les Hollandais.

Se relevant, il s'est débarrassé de son imper, ce qu'on ne pouvait pas lui reprocher. Il devait faire plus de 30°, et il semblait y avoir beaucoup, beaucoup trop d'air dans cette chambre. Un air concentré, surpeuplé, on en avait plein le nez et les yeux, c'était comme le métro aux heures de pointe, et un peu d'air encore avait réussi à entrer juste avant la fermeture des portières.

Quand j'avais prié l'infirmière de baisser le chauffage de quelques degrés, elle m'avait expliqué que le thermostat se trouvait dans un ordinateur à Reading. Si j'étais le genre de type qui écrit des lettres au *Daily Telegraph*, j'aurais écrit une lettre au *Daily Telegraph*.

Solomon a suspendu son imper sur le crochet à la porte.

– Eh bien, maître, croyez-le ou non, mais ces messieurs dames qui me paient au mois vous demandent des éclaircissements sur les circonstances dans lesquelles vous vous êtes retrouvé par terre dans une prestigieuse galerie d'art du West End, avec un trou dans la poitrine.

– Dans l'aisselle.

– Dans l'aisselle, si tu préfères. Allez-vous tout me dire, monsieur, ou dois-je vous coller un oreiller sur la bouche pour que vous coopériez ?

– Bon, ai-je répondu puisqu'il valait mieux, somme toute, passer aux choses sérieuses. McCluskey et Woolf sont la même personne, je présume que tu es au courant ?

Je n'en savais rien, bien sûr, mais je voulais avoir l'air pertinent. À voir l'expression de Sol, il n'en savait rien non plus, donc j'ai poursuivi :

– Je file McCluskey jusqu'à la galerie, au cas où il aurait l'intention de chercher noise à Sarah, je le malmène un peu, Sarah me tire dessus et elle m'apprend que le malmené est en réalité son père, un certain Alexander Woolf.

Il hochait lentement la tête, comme chaque fois qu'on lui raconte des choses bizarres.

– Et toi, tu le prenais pour celui qui t'avait proposé de l'argent pour tuer ledit Alexander ?

– Exactement.

– Et vous supposiez, maître, comme bien des hommes dans votre cas, que lorsqu'on vous demande de tuer quelqu'un, le quelqu'un n'est pas celui qui vous le demande.

– Ce n'est pas comme ça que les choses se passent habituellement, je l'admets.

– Hmm.

Attiré par l'éclairage nocturne de la Tour de la Poste, Solomon s'est posté devant la fenêtre.

– Alors ça sera tout, hein ? « Hmm » ? Le rapport au ministère de la Défense se résumera à cette interjection : « Hmm » ? Avec double reliure de cuir, un scellé doré, et le tampon du Conseil des ministres ?

Absorbé par le spectacle de la Tour, il n'a pas répondu.

– Fort bien, ai-je continué. Mais explique-moi une chose. Où sont passés M. et Mlle Woolf ? Qui m'a envoyé ici ? Qui a appelé l'ambulance ? Qui est resté avec moi jusqu'à son arrivée ?

– Tu as déjà mangé dans ce restaurant, là haut, qui tourne sans arrêt sur lui-même ?

– David, pour l'amour du Ciel...

– M. Terence Glass, propriétaire de la galerie où on t'a tiré dessus, a appelé l'ambulance. Il a également porté plainte et exigé qu'on nettoie le sang sur le carrelage aux frais du ministère.

– Comme c'est touchant.

– Ceux qui t'ont sauvé la vie s'appellent Green et Baker.

– Green et Baker ?

– Tu les as bien promenés. Baker a maintenu un mouchoir sur ta blessure.

Je n'en revenais pas. Certain que mes suiveurs avaient été renvoyés dans leurs foyers, j'avais, Dieu merci, relâché ma vigilance.

– Ah, vive Baker !

Solomon semblait prêt à ajouter quelque chose quand la porte s'est ouverte sur O'Neal, qui est venu se planter devant mon lit. Son expression laissait entendre que mon état était pour lui un rebondissement de choix.

– Comment vous sentez-vous ? a-t-il demandé en réussissant presque à réprimer un sourire.

– Très bien, merci, monsieur O'Neal.

Un temps. Il s'est légèrement assombri.

– Vous avez de la chance d'être encore en vie, à ce qu'il paraît. Mais vous allez peut-être penser le contraire, finalement.

Il semblait très content de lui. Je le voyais répéter sa tirade dans l'ascenseur.

– Les jeux sont faits, monsieur Lang, a-t-il déclaré. Je ne vois pas comment empêcher la police de conclure son enquête. Devant témoins, vous avez attenté aux jours d'Alexander Woolf, et...

Il s'est interrompu en entendant un chien vomir. Nous avons regardé par terre, puis relevé les yeux quand ça a recommencé : c'était Sol qui se raclait la gorge pour attirer notre attention. Il l'avait.

– Sauf votre respect, monsieur O'Neal, Lang était persuadé d'avoir affaire à McCluskey.

O'Neal a fermé les yeux.

– McCluskey ? Woolf a été identifié par...

– Oui, absolument, a admis Solomon, cordial. Mais Lang affirme que Woolf et McCluskey sont la même personne.

Long silence.

– Je vous demande pardon ? a dit O'Neal.

Son sourire supérieur avait disparu, et j'avais subitement envie de bondir hors de mon lit.

Petit grognement gras du bureaucrate, qui a dit d'une voix de fausset :

– McCluskey et Woolf seraient la même personne ? Vous avez perdu la tête ?

Solomon attendait que je confirme.

– C'est à peu près ça, ai-je maintenu. Woolf est cet homme qui, à Amsterdam, m'a contacté pour que je tue un certain Woolf.

Toute couleur s'était évanouie du visage de O'Neal. Il avait l'air d'un amoureux qui se rend compte que sa lettre est partie chez une autre femme.

– Mais cela n'est pas possible, a-t-il bafouillé. C'est absurde.

– Absurde, peut-être, mais tout à fait possible, ai-je répondu.

Il n'écoutait plus désormais. Et il faisait peine à voir. J'ai poursuivi, au moins pour Solomon.

– Je ne suis que la femme de ménage, je n'ai pas voix au chapitre, mais voilà ce que j'en pense. Woolf sait qu'en divers points du globe, certains en veulent à sa peau. Il fait ce qu'on fait dans cette situation, il achète un chien, il engage un garde du corps, il ne dit à personne où il va avant d'être arrivé, mais... (O'Neal se concentrait soudain.) ... il comprend que ça ne suffit pas. Les gens qui veulent le tuer sont très déterminés, très professionnels, un jour ou l'autre ils empoisonneront le chien et feront chanter le mastard.

Il gardait les yeux rivés sur moi. Remarquant subitement qu'il avait la bouche ouverte, il l'a refermée avec un bruit sec.

– Oui ?

– Donc, soit il prend l'offensive, ce qui, pour autant que nous sachions, n'est peut-être pas réalisable. Soit il encaisse les coups.

Solomon se mordait la lèvre. Il n'avait pas tort, puisque tout ça était tiré par les cheveux. C'était cependant mieux que leurs propres hypothèses. J'ai continué :

– Il trouve quelqu'un dont il est sûr qu'il n'acceptera pas de le tuer, et il lui demande de s'en charger. Il fait savoir qu'un tueur

à gages cherche à l'éliminer, dans l'espoir que ses ennemis reste-
ront tranquilles un moment, puisqu'une autre personne s'occupe
de lui et qu'ils n'auront pas à courir de risques ou à dépenser de
l'argent.

Sol veillait de nouveau sur la Tour de la Poste, et O'Neal
fronçait les sourcils.

– Vous croyez vraiment ça ? m'a demandé ce dernier. C'est
plausible, cette histoire ?

Visiblement, il lui fallait une explication, n'importe quelle
explication, même si elle s'envolait au premier coup de vent.

– Oui, c'est à mon avis plausible. Et, non, je n'y crois pas.
Mais on m'a tiré dessus, je suis en convalescence, et je n'ai
pas mieux à avancer.

Il s'est mis à faire les cent pas dans la chambre en se passant
les mains dans les cheveux. Lui aussi commençait à crever de
chaud, mais un O'Neal n'accroche pas son manteau à la porte.

– Bon, a-t-il résumé, quelqu'un souhaite sans doute le voir
mort. Je ne dirais pas que le gouvernement de Sa Majesté serait
navré s'il passait demain sous un bus. Ses ennemis ne manquent
peut-être pas de moyens, et les précautions habituelles ne
suffisent pas. Jusque-là, d'accord. Oui, il est susceptible de
prendre l'offensive. (L'expression, apparemment, lui plaisait.)
Donc, il répand le bruit qu'on a engagé un tueur pour le
descendre. Mais ça, ça ne marche pas.

Il s'est arrêté de déambuler pour m'interroger.

– Je veux dire, comment peut-il être sûr que son pseudo-
tueur ne le descendra pas ? m'a-t-il demandé. En d'autres termes,
qu'est-ce qui vous empêchait de l'assassiner, finalement ?

J'ai regardé Solomon, qui s'en est aperçu mais n'a pas retourné
mon regard.

– On m'a déjà fait ce type de proposition, ai-je répondu. Avec
beaucoup d'argent à la clé. J'ai toujours refusé. Il le savait.

O'Neal s'est rappelé qu'il me détestait profondément.

– Vous avez toujours refusé ?

Je l'ai dévisagé d'un œil glacial.

– Vous pouvez avoir changé votre fusil d'épaule, a-t-il dit. Avoir besoin d'argent, aussi. C'est beaucoup trop risqué de faire ça.

J'ai haussé les épaules. L'aisselle n'a pas aimé.

– Pas vraiment. Il a un garde du corps et, si c'était moi qui venais, il me reconnaissait. Rayner m'a surveillé pendant des jours avant que je débarque chez lui.

– Mais vous y êtes allé, monsieur Lang. De fait, vous...

– Je voulais le prévenir. De mon point de vue, c'est la moindre des choses.

– Soit. Soit, a-t-il répété en recommençant à faire les cent pas. Et comment fait-il savoir que ses jours sont en danger ? Il inscrit ça dans les toilettes publiques, il place une annonce dans le *Standard*, ou quoi ?

– Vous le saviez, vous, manifestement.

Et moi, j'en avais un peu assez. J'avais envie de dormir et peut-être même d'une assiette pleine d'une chose brune et puante.

– Nous ne sommes pas ses ennemis, monsieur Lang. Pas dans ce sens, en tout cas.

– Comment avez-vous appris que j'étais censé l'abattre ?

O'Neal s'est figé avec l'air de se rendre compte qu'il en avait trop dit. Comme pour lui reprocher de ne pas l'avoir arrêté à temps, il a jeté un coup d'œil peu amène à Solomon, qui restait d'un calme olympien.

– Je ne vois pas pourquoi il faudrait le lui cacher, monsieur O'Neal, a dit le policier. Ce n'est pas sa faute s'il s'est pris une balle dans la poitrine. Il guérira peut-être plus vite s'il sait pourquoi.

O'Neal a digéré ça une minute avant de se tourner vers moi.

– Fort bien. Nous avons été informés de votre rencontre avec McCluskey, ou avec Woolf... par les Américains, a-t-il révélé, contrarié.

La porte s'est ouverte sur une infirmière. C'était peut-être elle qui avait tapoté sur ma main à mon réveil, mais je ne l'aurais pas juré. Ignorant mes deux interlocuteurs, elle a giflé mes oreillers d'une main alerte, et pif, et paf, les rendant bien moins confortables qu'auparavant.

J'ai levé les yeux vers O'Neal.

– Vous voulez dire la CIA ?

Sol a souri, O'Neal a failli pisser dans son froc.

Quant à l'infirmière, elle s'en fichait royalement.

6

L'heure est venue, mais pas l'homme.

Walter SCOTT

Quel que soit le temps que cela représente, mon séjour à l'hôpital a duré sept repas. J'ai regardé la télévision, pris des antalgiques, essayé de terminer les mots croisés des vieux numéros de *Woman's Own*[1]. Et je me suis posé quantité de questions.

Où en étais-je, pour commencer ? Pourquoi me trouvais-je sur le trajet de balles tirées par des gens que je ne connaissais pas, pour des raisons que je ne comprenais pas ? Qu'est-ce qui m'attendait ensuite ? Idem pour Woolf, O'Neal et Solomon. Pourquoi les mots croisés étaient-ils inachevés ? Les patients avaient-ils guéri ou étaient-ils morts avant d'en venir à bout ? Les avait-on hospitalisés pour leur retirer la moitié du cerveau ? Dans ce cas, le chirurgien était-il compétent ? Qui avait arraché la couverture de ces magazines, et pourquoi ? Le mot correspondant à la définition « Pas une femme » (horizontal, 3) était-il bien « homme » ?

Et surtout, pourquoi une photo de Sarah Woolf était-elle affichée à la porte de mon cerveau, si bien qu'en ouvrant celle-ci – pour allumer la télé l'après-midi, aller fumer une cigarette dans les toilettes au bout du couloir, ou me gratter l'orteil –, je la revoyais sans cesse, à la fois renfrognée et souriante ? Enfin,

---

1. Magazine féminin.

désolé de me répéter, je n'étais absolument *pas* amoureux de cette femme.

Pensant que Rayner serait capable de répondre au moins à quelques-unes de ces questions, j'ai emprunté une robe de chambre dès que je fus en état de marcher, pour me rendre à l'aile voisine dénommée Barrington.

Je n'avais pas caché mon étonnement à Solomon quand celui-ci m'avait appris que Rayner se trouvait aussi dans cet hôpital. Il y avait quand même une certaine ironie à ce qu'on nous retape tous les deux dans la même boutique, après les dures épreuves que nous avions subies ensemble. Toutefois, comme l'a observé Sol, il n'y a plus beaucoup d'hôpitaux à Londres aujourd'hui et, s'il vous arrive des bricoles au sud de Watford Gap, vous atterrissez tôt au tard dans le Middlesex.

Rayner avait également une chambre individuelle, en face du bureau des infirmières. Soit il était dans le coma, soit il dormait, toujours est-il que ses yeux étaient fermés. Il avait un bandage de dessin animé autour de la tête, comme si Bip Bip avait encore lâché un coffre-fort depuis le sommet de la montagne. Et il portait un pyjama en pilou qui, sans doute pour la première fois depuis nombre d'années, lui donnait un air enfantin. Navré pour lui, je me suis planté à son chevet jusqu'à ce qu'une infirmière entre et me demande ce que je voulais. Beaucoup de choses, lui ai-je répondu, mais quel était le prénom de Rayner ?

Bob, a-t-elle dit. La main sur la poignée de la porte, elle est restée un instant à mes côtés. Elle aurait préféré que je m'en aille, mais elle s'est inclinée devant ma robe de chambre.

Désolé, Bob, pensais-je.

Tu ne faisais que ton métier, ce pour quoi tu es payé, et voilà qu'un abruti débarque et te tape dessus à coups de bouddha en marbre. Quel manque de raffinement.

Évidemment, je savais bien que ça n'était pas un enfant de chœur, ce Bob. Ni même le sale gamin qui martyrise l'enfant de chœur. Au mieux, c'était le grand frère du sale mouflet qui martyrise le gosse qui martyrise l'enfant de chœur. En pêchant son dossier dans les archives du ministère de la Défense, Solomon avait découvert qu'il s'était fait renvoyer du régiment royal des fusiliers gallois, parce qu'il pratiquait le marché noir. Ce gars-là sortait en douce des trucs de la caserne – des lacets de chaussure aux blindés Saracen – pour les revendre. Cependant, c'est moi qui l'avais mis dans cet état, et donc je m'apitoyais sur lui.

J'ai laissé sur sa table de chevet ce qui restait des raisins de Solomon.

Les messieurs dames en blouse blanche ont voulu me persuader de rester quelques jours de plus dans leur hôpital du Middlesex, mais j'ai hoché la tête en affirmant que j'allais bien. Contrariés, ils m'ont fait signer quelques trucs, montré comment refaire mon pansement sous le bras, et ordonné de revenir dare-dare si j'avais des picotements ou une sensation de brûlure.

Je les ai remerciés pour leurs attentions, et j'ai refusé qu'on me raccompagne à la porte dans un fauteuil roulant. L'ascenseur étant en panne, c'était aussi bien.

J'ai boité jusqu'à l'arrêt de bus et je suis rentré à la maison.

Mon appartement était bien là où je l'avais laissé, mais il avait soudain l'air plus petit. Il n'y avait pas de messages sur le répondeur, et rien dans le frigo, sinon un quart de litre de yaourt nature et une branche de céleri hérités du précédent locataire.

Comme prévu, j'avais mal à la poitrine. Me transportant sur le canapé, j'ai regardé à la télé les courses à l'hippodrome de Doncaster, avec un grand verre de Je Suis Certain D'Avoir Vu Cette Grouse Quelque Part à portée de main.

J'ai dû m'assoupir un moment, car le téléphone m'a réveillé. Me redressant trop vite, j'ai réprimé un cri de douleur en tendant le bras vers la bouteille de whisky. Elle était vide. J'ai regardé ma montre en décrochant. Huit heures dix ou deux heures moins vingt ? Impossible de savoir.

– Monsieur Lang ?

Voix d'homme. Américain. (« Clic, bzz. ») Tiens, air connu.

– Oui.

– Monsieur Thomas Lang ?

(« Mike, je l'attendais, celui-là, je te dis qui c'est dans deux minutes. »)

Je me suis ébroué pour me désengourdir. Je faisais un bruit de ferraille.

– Comment allez-vous, monsieur Woolf ? lui ai-je dit.

Silence à l'autre bout. Puis :

– Beaucoup mieux que vous, à ce qu'il paraît.

– Peut-être pas.

– Comment ça ?

– J'ai toujours eu très peur de ne pas avoir d'histoires à raconter à mes petits-enfants. Grâce à mes aventures avec la famille Woolf, j'aurai de quoi faire jusqu'à ce qu'ils aient, disons, quinze ans...

J'ai cru l'entendre rire, mais cela pouvait être des parasites. Ou les sbires de M. O'Neal, qui se prenaient les pieds dans les câbles du matériel d'écoute.

– Monsieur Lang, a dit Woolf. J'aimerais qu'on se rencontre quelque part.

– Mais bien sûr, monsieur Woolf. Voyons... Cette fois, vous allez me demander de vous faire une vasectomie sans que vous y preniez garde. Je me trompe ?

– J'aimerais m'expliquer, si ça ne vous dérange pas. Vous aimez la cuisine italienne ?

Repensant au pot de yaourt et à la branche de céleri, je me suis rendu compte que *j'adorais* la cuisine italienne. Il y avait quand même un petit problème à régler.

–Monsieur Woolf, avant de me proposer un restaurant, assurez-vous qu'il y a de la place pour une dizaine de personnes environ. J'ai comme l'impression que nous ne sommes pas seuls sur la ligne.

–J'y avais pensé, a-t-il gaiement répondu. Il y a un guide touristique juste à côté de votre téléphone.

De fait, j'ai aperçu un petit livre, avec une couverture rouge, intitulé : *Ewan's Guide to London*. Il semblait neuf et je ne l'avais certainement pas acheté.

–Écoutez bien, a continué Woolf. Page vingt-six, cinquième alinéa. On se retrouve là dans une demi-heure.

D'autres crachotements, et j'ai supposé qu'il raccrochait. Erreur.

–Monsieur Lang ?

–Oui ?

–Ne laissez pas le guide dans votre appartement.

Long soupir las de ma part.

–Monsieur Woolf, j'ai peut-être l'air idiot, mais je ne le suis pas.

–Je n'en attendais pas moins.

Cette fois, on a coupé.

Le cinquième alinéa, page 26 du guide de M. Ewan à l'usage des gens impatients de flanquer leur flic par les fenêtres du Grand Londres se lisait ainsi : « *Giare*, 216 Roseland, WC2, Ital., 60 £/pers., clim., Visa, MasterCard, Amex », suivi par trois séries de deux cuillères croisées. En feuilletant rapidement le bouquin, on comprenait que M. Ewan était assez économe de ses cuillères, donc j'avais au moins un dîner correct en perspective.

Le problème était de me rendre là-bas sans remorquer une douzaine de fonctionnaires en imper marron. Je ne pouvais être sûr que Woolf y parviendrait de son côté mais, s'il avait réussi à placer chez moi son guide rouge – une ruse qui me plaisait assez, je dois l'admettre –, il était sûrement capable de se déplacer sans se faire embêter par les curieux.

J'ai descendu l'escalier jusqu'au rez-de-chaussée. Posé sur le compteur à gaz, mon casque était toujours là, ainsi qu'une paire de gants de cuir usés. J'ai entrebâillé la porte d'entrée et passé la tête dans la rue. Sous le réverbère, aucune silhouette à chapeau de feutre ne s'est redressée pour jeter un mégot de cigarette sans filtre. Bon, d'accord, je ne m'attendais pas vraiment à ça.

En revanche, un fourgon Leyland vert foncé, avec une antenne en caoutchouc sur le toit, était garé cinquante mètres plus loin sur la gauche. À l'autre bout de la rue, était plantée une tente de cantonnier à bandes rouges et blanches. Les deux pouvaient être fortuits.

Refermant la porte, j'ai mis mon casque, enfilé mes gants, sorti mon porte-clés de ma poche. De l'intérieur, j'ai dégagé la fente de la boîte aux lettres et braqué la télécommande vers la moto dehors. J'ai pressé sur le bouton et la Kawa a émis son bip, comme quoi l'alarme était désactivée. Puis j'ai ouvert brusquement la porte et me suis mis à courir aussi vite que mon aisselle meurtrie me le permettait.

Comme la plupart des japonaises, elle a démarré du premier coup. J'ai baissé le starter de moitié, enclenché la première et remonté la béquille. J'ai aussi pris place sur la selle, au cas où vous vous demanderiez. Je frisais le soixante-dix à l'heure en dépassant le Leyland vert, et j'ai imaginé pour m'amuser une bande de types en anorak, frappant des coudes sur leur bout de table en s'exclamant : « Eh merde ! » Arrivé au bout de la rue, j'ai vu dans le rétroviseur les phares d'une voiture qui se lançait à ma poursuite. Une Rover.

À une vitesse digne du PV, j'ai pris Bayswater Road à gauche et me suis arrêté à un feu qui, depuis des années que je le connais, est au rouge quand j'arrive devant. Mais je n'étais pas inquiet. J'ai arrangé ma visière et mes gants pendant que la Rover s'immobilisait sournoisement sur ma droite, et j'ai jeté un coup d'œil vers le type au volant. Il avait une moustache à la gauloise J'ai failli lui conseiller de rentrer à la maison, car j'étais déjà un peu gêné pour lui.

Quand le feu est passé à l'orange, j'ai fermé le starter et fait monter les gaz à cinq mille tours. Puis je me suis calé sur le réservoir pour éviter que la moto se cabre. J'ai lâché l'embrayage au vert et senti l'énorme roue arrière de la Kawa ruer comme la queue d'un dinosaure affolé avant de mordre le bitume et de me propulser.

Deux secondes et demie plus tard, j'atteignais le quatre-vingt-quinze, et deux autres secondes et demie plus tard, les réverbères sur les trottoirs se fondaient les uns dans les autres. J'avais oublié à quoi ressemblait le chauffeur de la Rover.

À ma grande surprise, Giare était un endroit plaisant et animé. Les murs blancs et le sol carrelé réverbéraient les sons, transformaient les murmures en cris, et les sourires en joyeux hennissements.

Une blonde Ralph Lauren aux yeux immenses m'a débarrassé de mon casque et conduit à une table près d'une fenêtre, où j'ai commandé un Schweppes pour moi et une vodka pour mon aisselle endolorie. Pour passer le temps avant l'arrivée de Woolf, j'avais le choix entre le guide de M. Ewan et le menu. Ce dernier paraissant un peu plus long, j'ai commencé par lui.

Le premier plat se défendait sous les couleurs de « Crostini de Tarroce ripaillons, pommes de terre Benatore », prix annoncé : douze livres soixante-cinq. La blonde Ralph Lauren revenant vers moi au cas où j'aurais besoin d'explications, je lui ai demandé ce que voulait dire « pommes de terre ». Elle n'a pas ri.

Je démêlais à peine les mystères du plat suivant – qui pouvait bien être du Marx Brother poché, pour ce que j'en savais –, quand j'ai aperçu mon Woolf à l'entrée de la bergerie, agrippé à son attaché-case pendant qu'un serveur lui ôtait son manteau.

Et au moment où je m'apercevais qu'il y avait trois couverts sur la table, Sarah Woolf est apparue derrière lui.

Elle était – ça m'écorche de le dire – sensationnelle. Absolument sensationnelle. Je sais que c'est un cliché mais, certains jours, on comprend pourquoi les clichés deviennent des clichés. Elle portait une robe simple de soie verte, dont la coupe tombait impeccable, ce que toutes les robes conseilleraient si on leur demandait leur avis – avec des pans collant au corps là où on aime qu'ils collent, et d'autres qui dansent là où on souhaite qu'ils dansent. Tout le monde n'avait d'yeux que pour Sarah qui approchait de notre table, et un murmure a parcouru la salle quand Woolf a repoussé sa chaise tandis qu'elle s'asseyait.

– Monsieur Lang, a dit Senior, ravi que vous soyez venu.

J'ai hoché la tête.

– Vous connaissez ma fille ? a-t-il demandé.

J'ai étudié Sarah qui, les sourcils froncés, contemplait sa serviette. Même celle-ci semblait plus chouette que toutes les autres.

– Oui, bien sûr, voyons... Wimbledon ? Les régates à Henley ? Le mariage de Dick Cavendish ? Non, je sais. Derrière un canon de revolver, voilà où nous nous sommes croisés la dernière fois. Quel plaisir de vous revoir !

C'était censé être sympathique, voire drôle. Cependant elle m'ignorait et, du coup, ma tirade prenait rétrospectivement une tournure agressive. J'ai regretté de ne pas avoir souri, tout simplement, sans rien dire. Elle s'occupait de ses couverts, qu'elle disposait autrement, à sa convenance.

– Monsieur Lang, a-t-elle dit, je suis ici à la demande de mon père qui m'a priée de m'excuser. Non que je pense avoir commis une faute, mais parce que vous avez été blessé et que vous n'auriez pas dû. J'en suis navrée.

Woolf et moi avons attendu la suite, mais il semblait ne pas y en avoir pour l'instant. Cherchant une raison d'éviter mon regard, Sarah s'est mise à fouiller dans son sac. Elle en trouvait sans doute plusieurs, ce qui paraissait étrange, ledit sac étant minuscule.

Woolf a fait signe au garçon, puis s'est tourné vers moi.

– Vous avez jeté un coup d'œil au menu ?

– Un coup d'œil, oui. Il semble que tout soit excellent.

Il a desserré sa cravate quand le serveur est arrivé.

– Deux Martinis, a-t-il dit. Tout ce qu'il y a de plus *dry*[1], et...

Il m'a observé et j'ai rectifié en opinant du chef :

– Vodka-Martini pour moi. Encore plus *dry*. En poudre, même, si vous avez.

Le garçon est reparti et Sarah a étudié la salle comme si elle s'ennuyait déjà. Les tendons de son cou étaient magnifiques.

– Alors, Thomas, a dit Woolf. Puis-je vous appeler Thomas ?

– Personnellement, ça ne me dérange pas. C'est mon prénom, après tout.

– Bien, Thomas. D'abord, comment va votre épaule ?

– Ça va, ai-je répondu, ce qui a paru le soulager. L'épaule va beaucoup mieux que l'aisselle : c'est par là que la balle est passée.

Enfin, enfin, enfin, Sarah a refait surface et m'a dévisagé. Ses yeux étaient beaucoup plus doux que son attitude. Elle a penché légèrement la tête et dit d'une voix basse et brisée :

– Je le répète : je suis navrée.

J'avais désespérément envie de répondre quelques mots agréables, gentils, mais j'avais de l'air dans les neurones. Le silence qui a suivi aurait pu devenir détestable si elle n'avait pas souri. Mais elle a souri, et le sang s'est pressé dans mes oreilles, déposant au passage des tas de trucs en cascade. J'ai souri à mon tour, et nous avons continué de nous regarder.

– Il faut dire, je suppose, que ça aurait pu être bien pire, a-t-elle ajouté.

---

1. Sec.

– En effet, lui ai-je dit. Je pose pour les déodorants du monde entier, et je vais manquer de travail pendant des mois, maintenant.

Cette fois elle a ri, vraiment ri, et c'était comme si j'avais remporté toutes les médailles olympiques depuis Pierre de Coubertin.

On a pris des soupes pour entrées, servies dans des bols grands comme chez moi, et qui étaient tout à fait délicieuses. En revanche, nous discutions de petites choses. Il se trouvait que Woolf était lui aussi fan de courses hippiques, que j'avais vu un de ses chevaux à la télé, cet après-midi à Doncaster, alors nous avons parlé chevaux. Quand le plat de résistance est arrivé, nous finissions un aimable speech de trois minutes sur l'imprévisibilité du climat britannique. Woolf a engouffré une bouchée de viande en sauce et s'est essuyé la bouche.

– Bon, Thomas, a-t-il dit. Je suppose que vous aimeriez me poser deux ou trois questions ?

– Oui, ai-je admis, m'essuyant la bouche à mon tour. Je n'aime pas franchement être prévisible, mais c'est quoi, votre jeu de con ?

Quelqu'un avait le souffle coupé autour d'une table non loin, cependant ni Woolf ni Sarah n'a moufté.

– OK, a-t-il dit en hochant la tête. Mérité. D'abord, et malgré ce que vous ont raconté vos types à la Défense, je ne trempe dans aucun trafic de drogue. Je ne sais pas ce que c'est et je n'en prends pas. On m'a peut-être prescrit de la pénicilline, dans ma jeunesse, mais ça s'arrête là. Point, barre.

À l'évidence, ça ne suffirait pas. Loin de là. Ce n'est pas parce qu'on finit une tirade par « point, barre » qu'elle est irréfutable.

– Eh bien, pardonnez mon cynisme à l'anglaise, aussi rebattu soit-il, mais ce que vous venez de débiter s'appelle ici une déclaration convenue.

Sarah m'a jeté un regard peu amène, et j'ai eu l'impression d'en avoir rajouté inutilement. Je me suis dit flûte, aussi magnifiques ses tendons soient-ils, il était temps de mettre les points sur les *i*.

— Désolé de vous balancer ça de but en blanc, mais je suppose que nous sommes là pour parler clair, alors parlons clair.

Les yeux rivés sur son assiette, Woolf a avalé une nouvelle bouchée. Je n'ai pas compris tout de suite qu'il laissait Sarah répondre à sa place.

— Thomas.

Ses yeux grands et ronds embrassaient l'univers.

— J'avais un frère, a-t-elle dit. Michael, mon aîné de quatre ans.

Oh, mince. Elle *avait*.

— Il est mort au milieu de sa première année à l'université de Bates. Amphétamines, Quaaludes, héroïne. Il avait vingt ans.

Elle s'est interrompue et j'ai ressenti le besoin d'exprimer quelque chose. N'importe quoi.

— Navré.

Oui, bon, que dire d'autre ? Dur ? Passe-moi le sel ? Sans m'en rendre compte, je me penchais vers elle pour partager son chagrin, mais cela n'avait pas de sens. Dans ce contexte, vous êtes toujours un étranger.

— Je vous raconte ça, a-t-elle finalement ajouté, pour une raison seulement. Pour que vous compreniez que mon père (elle s'est tournée un instant vers lui ; il baissait encore la tête) est aussi incapable de vendre des drogues que de décrocher la lune. C'est aussi simple que ça. Je le jure sur ma vie.

Point, barre.

Pendant un instant, ils ont évité de se regarder ou de me regarder moi.

— Eh bien, je suis navré, ai-je répété. Réellement navré.

Nous étions une bulle de silence au milieu du restaurant. Soudain, Woolf a paru se réveiller. Il a souri comme après une panne de courant.

– Merci, Thomas, a-t-il dit. Mais ce qui est fait est fait. Tout cela est de l'histoire ancienne, pour Sarah et moi, nous avons eu le temps de nous relever. À présent, vous voulez savoir pourquoi je vous ai demandé de me tuer, non ?

À la table voisine, une femme l'a observé en fronçant les sourcils. Il n'a quand même pas dit ça, ce type ? Dégoûtée, elle s'est occupée de son homard.

– Un petit résumé serait bienvenu.

– Très simple. Je voulais savoir quel genre de personne vous étiez.

Sa bouche dessinait une jolie ligne droite tandis qu'il me dévisageait.

– Je vois, ai-je dit, sans rien voir du tout.

Voilà ce qui arrive, je suppose, quand on préfère la version courte. J'ai cligné plusieurs fois des yeux et me suis adossé à mon fauteuil avec un air fâché.

– Vous auriez pu téléphoner au principal du lycée. Vous renseigner auprès de mes ex. Mais ça manquait de piquant, je suppose ?

Moue boudeuse de Woolf.

– Non, non. J'ai fait tout ça.

J'étais stupéfait. Vraiment. Je rougis encore en repensant à l'épreuve de chimie au bac (j'avais triché). Mes profs avaient prédit un F, j'avais récolté un A. Je savais qu'un jour ça me retomberait dessus, je le savais.

– Sans blague ? Et je m'en sors bien ?

– Pas mal, a souri Woolf. Certaines de vos anciennes amies vous qualifient d'emmerdeur, mais l'ensemble est satisfaisant.

– Ravi de l'apprendre.

Il a poursuivi comme s'il lisait un papier.

– Vous êtes intelligent, coriace, honnête. Bons états de service chez les Scotch Guards.

– Scots, ai-je rectifié.

Il n'y a pas prêté attention.

– Et, ce qui m'arrange encore plus, vous êtes fauché.

Il souriait toujours, ça devenait énervant.

– Vous ne faites pas grand cas de mes aquarelles.

– Des aquarelles, aussi ? Sacré bonhomme. Ce que j'avais surtout besoin de savoir, c'est si on pouvait vous acheter.

– Voilà. D'où les cinquante mille sur mon compte.

Il a hoché la tête.

Je ne maîtrisais plus tout à fait les choses. À un moment donné, j'aurais dû leur asséner qu'on ne jouait pas avec les individus de ma sorte ; leur demander pour qui ils se prenaient ; de quel droit ils fourraient leur nez dans mes affaires ; et fiche le camp à la fin du dessert. Mais le bon moment ne s'est jamais présenté. Malgré ses mauvais traitements, ses incursions dans mes bulletins scolaires, je ne pouvais me résoudre à détester Woolf. Quelque chose en lui me plaisait. Quant à Sarah, euh, eh bien, oui. Jolis tendons.

Quoi qu'il en soit, ça ne leur ferait pas de mal de croiser un peu l'épée.

– Et une fois sûr qu'on ne m'achetait pas, ai-je demandé à Woolf avec un regard mauvais, vous alliez essayer de le faire ?

Il n'a même pas cillé.

– Exactement.

Nous y étions. Un gentleman a ses limites, donc moi aussi. J'ai jeté ma serviette sur la table.

– Tout cela est fort intéressant, et quelqu'un d'autre serait peut-être flatté. Mais, pour l'instant, je veux absolument savoir de quoi il retourne. Parce que, si vous ne m'expliquez pas maintenant, je sors d'ici, je disparais de vos vies, sinon de ce pays.

Sarah ne me quittait pas des yeux, je gardais les miens rivés sur son père. Il a piqué sa dernière pomme de terre pour la tremper dans une petite mare de sauce. Puis il posé sa fourchette et s'est mis à parler très vite.

– La guerre du Golfe, ça vous dit quelque chose, monsieur Lang ?

Tiens, Thomas était en vacances, et l'atmosphère soudain tendue.

– Oui, monsieur Woolf, cette guerre-là me dit quelque chose.

– Non, ça ne vous dit rien. Je parie n'importe quoi que vous ne savez pas du tout de quoi il s'agit. Le terme « complexe militaro-industriel » fait-il partie de votre vocabulaire ?

On aurait cru un représentant de commerce qui cherchait à m'impressionner. J'ai bu une longue gorgée de vin, histoire de ralentir un peu le mouvement.

– Dwight Eisenhower, ai-je finalement répondu. Je connais le terme. J'ai été militaire, si vous vous souvenez.

– Sauf votre respect, monsieur Lang, vous n'étiez qu'une poussière. Bien trop petite – pardonnez-moi de vous le faire remarquer – pour vous rendre compte de ce que cela représente.

– Si vous voulez.

– Maintenant, sur cette terre, quel type de produit a la priorité absolue sur les autres, selon vous ? Un produit tellement important que la fabrication et la vente de tout le reste dépendent de lui. À votre avis : le pétrole, l'or, l'agroalimentaire ?

– J'ai l'impression que vous allez parler d'armements.

Il s'est penché vers moi, trop vite et trop près à mon goût.

– Exact, monsieur Lang. C'est la plus puissante industrie au monde, et les gouvernements en sont tous bien conscients. Si vous faites de la politique et que vous vous attaquez aux fabricants d'armes, de quelque façon que ce soit, le lendemain matin vous êtes relevé de vos fonctions. Dans certains cas, vous ne vous réveillez pas, d'ailleurs. Peu importe que vous vouliez instituer un permis de port d'armes dans l'Idaho, ou bloquer une vente de F16 à l'aviation irakienne. Vous leur marchez sur les pieds, ils vous marchent sur la tête. Point, barre.

Il a reculé sur son siège en essuyant son front en sueur.

– Monsieur Woolf. Je veux bien admettre que vous soyez dépaysé, ici en Angleterre. Je veux bien admettre que nous ayons l'air d'un pays d'arriérés, où l'eau courante n'est apparue que la veille de votre arrivée, mais ce genre de discours, j'y ai déjà eu droit mille fois.

– Écoutez seulement ce qu'on vous dit, OK ? a lâché Sarah, assez agressive pour me faire sursauter.

Les lèvres pincées, elle soutenait mon regard.

– Connaissez-vous l'histoire du bluff de Stoltoi ? m'a demandé son père.

J'ai oublié Sarah.

– Le bluff de... Non, je ne crois pas.

– Pas grave. Anatoly Stoltoi était un général de l'Armée rouge. Chef d'état-major sous Khrouchtchev. Il a passé son existence à convaincre les Américains que les Russes avaient trente fois plus de roquettes qu'eux. C'était sa mission. Le travail d'une vie.

– Ça a pas mal marché ?

– Pour nous, oui.

– « Nous » étant...

– Le Pentagone a su dès le départ que c'était des conneries. Mais il a profité de l'occasion pour se lancer dans une course aux armements sans précédent.

Peut-être était-ce à cause du vin, mais j'avais peine à deviner où cela nous menait.

– Bon, leur ai-je dit, eh bien, arrangeons ça. Voyons, où ai-je rangé ma machine à remonter le temps ? Ah oui, je l'ai garée mercredi prochain.

Agacée, Sarah a détourné les yeux avec un soupir bruyant. Sans doute avait-elle raison – j'étais bien désinvolte. Mais, nom de Dieu, où voulaient-ils en venir ?

Fermant les paupières un instant, Woolf puisait dans ses réserves de patience.

– Selon vous, de quoi les fabricants d'armes ont-ils le plus besoin ? a-t-il dit en pesant ses mots.

Je me suis complaisamment gratté la tête.

– De clients ?

– De guerres. De conflits. De troubles.

Ça y est, ai-je pensé. Il va me sortir sa théorie.

– J'y suis. Vous voulez me faire comprendre que les fabricants d'armes sont les inspirateurs de la guerre du Golfe ?

Franchement, je restais aussi courtois que possible.

Il n'a pas répondu. La tête légèrement inclinée, il m'étudiait en se demandant si, finalement, il ne s'était pas trompé sur mon compte. Ce dont je ne doutais pas.

– Sérieusement, c'est ça que vous teniez tant à m'annoncer ? ai-je poursuivi. Écoutez, je tiens quand même à savoir ce que vous manigancez, et à quoi rime toute cette histoire !

– Vous avez vu le documentaire à la télévision ? a dit Sarah, tandis que son père continuait de m'étudier. Sur les bombes intelligentes, les missiles sol-air Patriot, tous ces trucs ?

– Oui.

– Ceux qui produisent ces choses, Thomas, se servent de ces images pour promouvoir leur matériel dans les salons de l'armement du monde entier. Des gens meurent, ça leur sert de publicité, et c'est obscène.

– Nous sommes bien d'accord, ai-je convenu. Ce monde est un endroit épouvantable, et on préférerait tous aller vivre sur Saturne. En quoi cela me concerne-t-il précisément ?

Les deux Woolf échangeaient des regards lourds de sens, et je me suis efforcé de cacher les torrents de pitié qu'ils m'inspiraient maintenant. J'avais manifestement devant moi deux adeptes de thèses conspirationnistes qui allaient perdre les meilleures années de leur vie à découper des articles de journaux, à suivre des séminaires sur les talus herbeux[1], et rien de ce que je pourrais dire ne les ferait renoncer. Le mieux était peut-être de leur donner deux livres pour qu'ils achètent du ruban Scotch, et m'en aller.

Je me creusais la cervelle pour trouver une façon élégante de leur fausser compagnie, quand j'ai vu que Woolf avait posé sa

---

1. *Grassy knoll*, « talus herbeux » bordant Elm Street à Dallas, d'où, selon certaines théories, au moins un coup de feu aurait été tiré sur le président John F. Kennedy.

mallette sur ses genoux – elle était ouverte et il en retirait une série d'agrandissements sur papier brillant au format 20 × 25.
Il m'a tendu le premier et je l'ai pris.

C'était une photo d'un hélicoptère en vol. Je n'aurais su dire s'il était grand ou petit, mais cela ne ressemblait à rien que je connaisse ou dont j'aie entendu parler. Il avait deux rotors principaux, disposés à distance sur le même axe – mais pas de troisième à l'arrière. La cabine paraissait n'occuper qu'une mince partie du fuselage, et il n'y avait aucun numéro de série ou d'immatriculation. Rien que de la peinture noire.

J'ai levé les yeux vers Woolf qui, sans aucune explication, m'a tendu un deuxième cliché. Celui-ci était une vue en plongée, sur un décor qui, à ma grande surprise, était urbain. Le même appareil, ou un semblable, survolait d'anonymes tours d'habitation, et on voyait bien là que c'était un petit engin, sans doute un monoplace.

La troisième photo était prise de beaucoup plus près ; l'hélicoptère était à terre. À défaut d'informations plus précises, c'était un engin militaire, car un attirail menaçant était monté dessus. Roquettes Hydra 70 mm, missiles air-sol Hellfire, mitrailleuses calibre 50, et des tonnes d'autres trucs à côté. Un gros joujou pour très vilains garçons.

– Où avez-vous pêché ça ?

Woolf a fait la moue.

– Aucune importance.

– Je pense que ça l'est, moi, important. J'ai la nette impression, monsieur Woolf, que vous ne devriez pas être en possession de ces documents.

À bout de patience, il a relevé le menton.

– Ce n'est pas la provenance qui compte, mais le sujet, a-t-il dit. Il ne s'agit pas de n'importe quel hélico, monsieur Lang, croyez-moi. Et là, nous touchons aux choses importantes.

Oh, je le croyais. Pourquoi ne l'aurais-je pas cru ?

– Le programme HL du Pentagone a été lancé il y a douze ans. Ils cherchent à remplacer les Cobra et les Super-Cobra que l'US Air Force et les marines utilisent depuis la guerre du Vietnam.

– HL ? ai-je répété, incertain.

– Hélicoptère léger, a dit Sarah, comme si quelques attardés seulement ignoraient encore l'expression.

Senior poursuivait :

– Cet engin répond à l'appel d'offres défini par le programme de recherches. Il a été conçu par la Mackie Corporation of America pour des opérations contre-insurrectionnelles et anti-terroristes. En sus du Pentagone, il est destiné aux forces de police et aux milices du monde entier. Mais à deux millions et demi de dollars pièce, il va être dur à fourguer.

J'ai jeté un nouveau coup d'œil aux photos en cherchant quelque chose d'intelligent à dire.

– Sans aucun doute, oui. Mais pourquoi ces deux rotors ? Ça paraît un rien compliqué.

Le père et la fille ont échangé un regard dont le sens m'échappait.

– Vous n'y connaissez pas grand-chose en hélicos, hein ? a fini par demander Woolf.

J'ai haussé les épaules.

– C'est bruyant. Il y en a beaucoup qui se crashent. Voilà.

– C'est surtout un appareil lent. Lent, et donc vulnérable, a expliqué Sarah. Un hélicoptère d'attaque, moderne, se déplace à une vitesse d'environ quatre cents kilomètres-heure.

J'allais répondre que ça me semblait assez rapide, quand elle a ajouté :

– Un bombardier récent couvre mille mètres en deux secondes et demie.

À moins de prier le serveur de me fournir un papier et un crayon, j'aurais du mal à effectuer les conversions nécessaires pour apprécier la différence. J'ai donc hoché la tête pour la laisser continuer.

– Les hélicoptères classiques ont une vitesse limitée du fait qu'ils ont un seul rotor, a-t-elle dit posément, me voyant mal à l'aise.

– Naturellement.

Je me suis adossé à mon siège pour profiter dans les meilleures conditions du splendide exposé que je sentais venir.

Pour l'ensemble, ce que disait Sarah m'est passé largement au-dessus de la tête, mais le fond de la chose, si j'ai bien entendu, se résumait ainsi :

En coupe, le profil d'une pale d'hélicoptère est plus ou moins le même que celui d'une aile d'avion. Le flux d'air s'écoulant sur la face du dessus va plus vite que le flux d'air circulant sur la face du dessous, ce qui produit une différence de pression et engendre une force ascendante. En revanche, on aura remarqué que, si les ailes d'avion sont fixées au fuselage, les pales de l'hélico sont destinées à tourner... Quand l'engin se propulse, l'air glisse plus vite sur la pale qui revient à l'avant que sur celle qui repasse derrière, c'est pourquoi la force ascendante se répartit inégalement des deux côtés de l'appareil. Plus vite il avance, plus la répartition est inégale. Si bien qu'à la fin, la pale « arrière » n'engendrant plus aucune poussée, l'hélico se renverse et tombe du ciel – ce que Sarah appelait un « effet négatif ».

– Les gens de chez Mackie ont donc pensé à faire tourner deux hélices sur le même axe, l'une au-dessus de l'autre et en sens inverse. Ainsi la force ascendante est la même de chaque côté, et on peut pratiquement doubler la vitesse. Plus besoin non plus de rotor anti-couple, celui qui est placé sur la queue. Résultat : un engin plus petit, plus rapide, plus maniable, qui peut certainement dépasser les six cent quarante kilomètres-heure.

J'ai opiné du chef pour montrer que j'étais impressionné, quoique sans en rajouter, puisqu'il y a des limites.

– Très bien, ai-je dit. Mais un missile Javelin antiaérien file à quelque chose comme *mille* six cents kilomètres-heure.

Elle m'a dévisagé. Comment osais-je lui opposer des données techniques ?

– Enfin, ai-je poursuivi, il n'y a pas de révolution en la matière. Ça reste un hélico, et on peut toujours le descendre. Ça n'en fait pas un appareil indestructible.

Les paupières fermées, elle se demandait quelle formulation adopter pour faire passer le message à un idiot de naissance.

– Si l'opérateur-missile est bon, a-t-elle dit, et bien entraîné, et s'il est déjà prêt à tirer, alors il a une chance. Mais une seule. L'intérêt de cet engin est que la cible n'aura justement pas le temps de se préparer. Ni même de se frotter les yeux.

Son regard s'est durci : ça y est, c'est compris ?

– Croyez-moi, monsieur Lang, a-t-elle puni mon insolence. C'est la prochaine génération d'hélicoptères de combat.

– Je vous crois. Dans ce cas, ils doivent être vachement jouasses, les mecs.

– Oui, Thomas, a dit Woolf. Ils sont très, très fiers de leur création. Sauf que, pour l'instant, Mackie a un problème.

Quelqu'un devait évidemment demander lequel.

– Lequel ? ai-je demandé.

– Personne au Pentagone n'est convaincu qu'il marche, ce truc.

J'ai médité ça.

– Eh bien, ils ne peuvent pas se débrouiller pour faire des essais ? Le faire tourner deux ou trois fois au-dessus du pâté de maisons ?

Woolf a inspiré profondément et j'ai supposé que nous allions aborder – pas trop tôt – la question qui le préoccupait.

– Pour vendre cet engin, a-t-il dit lentement, non seulement au Pentagone, mais aussi aux armées d'une cinquantaine de pays, ils ont besoin de le montrer en action et, de préférence, en train de mater une organisation terroriste.

– Sûrement. Donc il leur faut un autre Septembre noir aux
Jeux olympiques ?

Il a pris son temps pour donner à la chute tout le poids
qu'elle méritait.

– Non, monsieur Lang. Ils vont eux-mêmes *créer* un Septembre
noir.

– Pourquoi me racontez-vous ça ?

Les photos étaient rangées dans leur classeur et nous en
étions au café. J'ai continué :

– Si ce que vous dites est vrai – et, en ce qui me concerne,
je cale sur le « si » avec un pneu crevé sans roue de secours... Si
ce que vous dites est vrai, qu'avez-vous l'intention de faire ?
Écrire au *Washington Post* ? À Esther Rantzen[1] ? Quoi ?

Les deux Woolf se taisaient maintenant, et je me demandais
pourquoi. Peut-être avaient-ils cru que leur exposé suffirait,
qu'aussitôt mis au courant je bondirais sur mes jambes, que
j'aiguiscrais le couteau à beurre en condamnant à mort tous les
fabricants d'armes ? Mais, pour moi, cela ne suffisait pas. Et puis
quoi encore ?

– Pensez-vous être un type bien, Thomas ?

C'était Senior, qui ne me regardait toujours pas.

– Non.

Sarah a relevé les yeux.

– Vous êtes quoi, alors ?

– Un type assez grand. Assez fauché aussi. Qui a l'estomac
plein. Et qui possède une moto.

Je me suis interrompu. Elle me fixait toujours.

– Je ne sais pas ce que vous entendez par type bien, lui ai-
je dit.

---

1. Présentatrice TV.

– Quelqu'un qui croit en la justice, aux droits de l'homme.

– La justice, ça n'existe pas. Désolé, mais c'est comme ça.

Un ange est passé. Woolf hochait lentement la tête comme s'il concédait que, oui, on pouvait le penser, bien que ce fût terriblement décevant. Sarah a poussé un soupir avant de quitter la table.

– Excusez-moi, a-t-elle dit.

Woolf et moi nous sommes redressés sur nos chaises, mais elle avait traversé la moitié de la salle que nous n'étions pas encore debout. Croisant un serveur, elle lui a murmuré quelques mots, l'a écouté en acquiesçant, s'est dirigée vers une arcade au fond du restaurant.

– Thomas, a dit Woolf. Présentons les choses autrement. Des gens peu recommandables se préparent à commettre une chose monstrueuse. Nous avons la possibilité de les arrêter. Voulez-vous nous aider ?

Silence. Long silence.

– Je maintiens ma question, ai-je répondu. Qu'avez-vous décidé de faire ? Dites-le-moi simplement. La presse, ça ne vaut pas le coup ? La police non plus ? Ou la CIA ? Enfin, trouvons un annuaire, un peu de monnaie, et on débrouille ça.

Énervé, grimaçant, il frappait sur la table avec ses doigts repliés.

– Vous n'avez pas bien écouté, Thomas. Il s'agit de *très* grosses sommes d'argent. D'intérêts commerciaux comme il en existe peu. D'*énormes* capitaux. On ne s'attaque pas au capital avec un annuaire et une lettre polie au député de sa circonscription.

Je me suis levé en vacillant un peu sous l'effet du vin. Ou peut-être était-ce nos paroles.

– Vous partez ? a dit Woolf, le menton baissé.

– Peut-être, lui ai-je dit, peut-être, sans savoir vraiment ce que j'allais faire. D'abord, je vais aux toilettes.

J'en avais certainement l'intention. J'avais les idées embrouillées, et la porcelaine blanche m'aide à réfléchir.

Pendant que je traversais le restaurant vers l'arcade au fond, ma cervelle faisait un bruit de ferraille : mal rangés dans leurs casiers, plein de trucs étaient susceptibles de tomber et de blesser les autres passagers. Pourquoi avais-je à l'esprit des mots comme « atterrissage », « piste », et « un grand voyage commence » ? Il fallait que je me sorte de cette histoire, et vite. J'avais déjà été assez bête de regarder ces photos.

En passant sous l'arcade, j'ai reconnu Sarah dans une alcôve devant un téléphone. Elle avait le dos tourné, et sa tête touchait presque le mur. Je suis resté un instant à étudier son cou, ses cheveux, ses épaules et, oui, d'accord, je crois bien avoir jeté un coup d'œil plus bas.

– Eh, lui ai-je dit bêtement.

Elle a fait volte-face et, pendant un millième de seconde, je pense avoir lu la peur sur son visage – peur de quoi, je n'en savais vraiment rien. Elle a souri, reposé le combiné sur sa fourche, et fait un pas vers moi :

– Alors, vous êtes avec nous ?

Nous nous sommes observés un moment. Souriant à mon tour, j'ai haussé les épaules et commencé à dire : « Euh », comme chaque fois que je me trouve à court de mots. Essayez chez vous, et vous verrez qu'en prononçant « Euh », vos lèvres dessinent une moue, proche de celle que vous faites en sifflant, par exemple. Ou en embrassant quelqu'un.

Elle m'a embrassé.

Elle *m*'a embrassé.

Je veux dire que j'étais là, les lèvres ourlées, le cerveau un peu aussi, et qu'elle s'est avancée vers moi pour me fourrer sa langue dans la bouche. J'ai cru d'abord qu'elle avait trébuché sur une latte du plancher et qu'elle avait tiré la langue par réflexe – mais ça paraissait improbable et, de plus, en retrouvant son équilibre, ne l'aurait-elle pas rétractée, cette langue ?

Non, non, elle m'embrassait bel et bien. Exactement comme dans les films (mais jamais dans la vie, en ce qui me concerne). Pendant une seconde ou deux, j'étais trop surpris, et rouillé également, pour pouvoir réagir, puisqu'il y avait longtemps qu'une chose pareille ne m'était pas arrivée. Si je me souviens, d'ailleurs, j'étais à cette époque-là cueilleur d'olives sous Ramsès III, et je ne sais plus comment je faisais.

Elle avait goût de dentifrice, de vin, de parfum, et de belle journée au paradis.

– Vous êtes avec nous ? a-t-elle répété, et elle parlait si distinctement qu'à un moment ou un autre elle avait dû retirer sa langue, que je sentais pourtant encore dans ma bouche et sur mes lèvres.

Je ne doutais pas que je la sentirais jusqu'à la fin de ma vie. J'ai rouvert les yeux.

Elle me regardait et, oui, c'était elle assurément. Ni un serveur, ni un portemanteau.

– Euh, ai-je dit.

*

Nous étions revenus à table, où Alexander signait son reçu de carte bancaire. Allez savoir, il se passait peut-être d'autres trucs sur la planète.

– Merci pour le dîner, ai-je dit tel un robot.

Ce que Woolf, souriant, a repoussé d'un geste.

– Tout le plaisir est pour moi, Tom.

J'étais content d'avoir dit oui. Un oui qui voulait dire oui, donc il faudrait que j'y réfléchisse.

À *quoi* il fallait réfléchir, personne ne semblait capable de le définir, mais cela suffisait à rassurer Woolf et, pour le moment, nous avions chacun nos raisons de nous sentir mieux. J'ai rouvert le classeur et étudié à nouveau les photos, une par une.

Petit, rapide et violent.

Sarah aussi était contente, je crois, même si elle se comportait comme s'il ne s'était rien passé, sinon que nous avions bien mangé en discutant de l'air du temps.

Violent, rapide et petit.

Derrière ces calmes apparences se cachait peut-être un maelström d'émotions, qu'elle préférait contenir en présence de son père.

Petit, rapide et violent.

J'ai arrêté de penser à elle.

Tandis que les images du maudit appareil défilaient devant mes yeux, j'avais l'impression de me réveiller peu à peu de quelque chose, ou de revenir de quelque part. Cela paraît un peu exagéré, je sais, mais la froide sauvagerie qui se dégageait de cet engin – un mélange de laideur, d'efficacité, d'inflexibilité – débordait du papier et me glaçait le sang. Alexander avait l'air de comprendre ce qui me taraudait.

– Il n'a pas encore de nom officiel, a-t-il dit avec un geste vers un des clichés. Pour l'instant, on parle d'Urban Control and Law-Enforcement Aircraft[1].

– UCLA, ai-je dit, bêtement.

– Tiens, vous connaissez l'alphabet ? a raillé Sarah avec un quart de demi sourire.

– D'où le surnom de ce prototype, a dit Woolf.

– À savoir ?

Ni l'un ni l'autre n'a répondu. J'ai croisé le regard de Woolf, qui n'attendait que ça.

– Le Lauréat, a-t-il dit.

---

1. Appareil de sécurité et de répression urbaines.

7

La force de traction d'un seul cheveu de femme
est supérieure à celle de deux cents bœufs.

James HOWELL

Rien que pour le plaisir, j'ai fait une virée le long de Victoria Embankment. Histoire de me décrasser les pistons et ceux de la Kawa.

Je n'avais pas dit aux Woolf qu'un Américain mal embouché avait téléphoné chez moi. « Troisième cycle » pouvait signifier n'importe quoi – même troisième cycle – et le type être n'importe qui. Je ne voyais pas l'intérêt de rapporter à mes conspirationnistes – car, bisou mouillé ou pas, les Woolf versaient dans ce genre-là – des coïncidences qui les auraient mis dans tous leurs états.

Nous avions quitté le restaurant sous les aimables auspices d'une trêve. Sur le trottoir, Woolf m'avait pincé le bras en m'expliquant que la nuit portait conseil, ce qui m'avait fait tressaillir, un peu honteux, car à cet instant-là je regardais les fesses de Sarah. Comprenant le sens de sa remarque, j'avais en effet promis de réfléchir et lui avais poliment demandé où le joindre, si besoin. Avec un clin d'œil, il avait répondu qu'il saurait me retrouver, ce à quoi je ne tenais pas tant.

J'avais bien sûr d'excellentes raisons de rester dans ses bonnes grâces. C'était peut-être un jobard, un excité de première, et sa fille une charmante folledingue, mais je n'aurais pas nié qu'ils avaient tous les deux un certain charme.

Je veux dire qu'ils avaient déposé une quantité non négligeable de leurs charmes sur mon compte bancaire.

Ne vous méprenez pas sur votre serviteur. D'une façon générale, je me soucie assez peu d'argent. Certes, je ne suis pas de ceux qui travaillent pour rien. Mes services sont payants, et je me fâche quand je me fais avoir. Mais je peux affirmer honnêtement n'avoir jamais trop couru après le fric. Jamais accepté un job qui ne m'amuse pas, ne serait-ce qu'un peu, sous prétexte d'en gagner plus. Quelqu'un comme Paulie, par exemple – il me l'a lui-même confié bien des fois – passe le plus clair de son temps à cibler des portefeuilles pleins. Il est capable d'accomplir des choses déplaisantes, voire immorales, à condition qu'un beau chèque bien dodu l'attende au bout. Ça ne le dérange pas. Signez, signez, dit-il.

Et moi, je ne suis pas comme ça. Je ne sors pas du même moule. Le seul avantage que j'aie jamais trouvé à cette humaine invention, le seul aspect positif de ce vulgaire artifice, est qu'on peut s'en servir pour acheter des choses.

Et d'une façon générale, les choses, j'aime assez.

Les cinquante mille dollars de Woolf n'allaient pas m'assurer le bonheur éternel, me permettre d'acheter une villa à Antibes, ni d'en louer une plus d'une journée et demie. Je le savais. C'était néanmoins commode de les avoir. Réconfortant. Je ne manquerais pas de cigarettes.

Et si, pour maintenir un certain niveau de confort, il me fallait passer une ou deux autres soirées dans les pages d'un roman de Robert Ludlum, où une jolie femme m'embrasserait périodiquement, eh bien, j'arriverais sans doute à le supporter.

À minuit passé, il n'y avait plus beaucoup de circulation sur l'Embankment. La chaussée étant sèche, et la ZZR ayant besoin d'un petit galop, j'ai poussé les gaz en me récitant quelques dialogues de l'amiral Kirk et du commandant Chekov, tandis que l'univers se réorganisait autour de ma roue arrière. Comme je taquinais le cent quatre-vingts à l'approche du pont de Westminster, j'ai freiné peu à peu en me calant sur la selle, prêt à me pencher pour tourner à droite. Le feu de Parliament Square venait de passer au vert et une Ford bleu foncé démarrait. J'ai donc encore décéléré, dans l'idée de la doubler dans le virage. Quand je suis arrivé à son niveau, elle s'est déportée sur la gauche, alors je me suis redressé pour décrire une courbe plus vaste.

À ce stade des choses, j'ai pensé simplement qu'elle ne m'avait pas vu. Que j'avais affaire au conducteur moyen.

Le temps est un drôle de concept.

J'ai rencontré un jour un pilote de la Royal Air Force. Alors qu'ils survolaient les Yorkshire Dales, son navigateur et lui-même avaient été obligés de s'éjecter d'un très onéreux Tornado GR1, à cause de ce qu'il appelait une « collision d'oiseau ». (Il serait injuste de ma part de donner l'impression que l'oiseau était fautif ; comme si, par pure malveillance, le petit copain à plumes se proposait de donner un coup de boule à vingt tonnes de métal fonçant vers lui à une vitesse supersonique.)

L'intérêt de l'histoire réside en ce qu'après l'accident, le pilote et le navigateur, confinés dans une salle, ont subi une heure et quart de questions sur ce qu'ils avaient vu, entendu, ressenti et fait au moment de la « collision ».

Une heure et quart, sans interruption.

Alors que la boîte noire, récupérée sur la carcasse de l'avion, démontrait qu'il s'était écoulé moins de quatre secondes entre le moment où l'oiseau avait été happé par le réacteur et l'éjection des deux hommes.

Quatre secondes. Vlouf ! Un, deux, trois, on saute.

Je n'y avais pas vraiment cru sur le coup. Entre autres choses, le pilote était un nabot filiforme avec des yeux bleus et cette espèce de regard larvé qu'ont souvent les gens musculeux. En outre, je ne pouvais m'empêcher de prendre parti pour l'oiseau.

Mais j'y crois maintenant.

Parce que le chauffeur de la Ford n'a jamais tourné à droite. J'ai vécu plusieurs vies, ni franchement agréables ni très épanouissantes, lorsqu'il m'a forcé à quitter la chaussée pour flirter avec la rambarde de la Chambre des communes. Quand je freinais, il freinait. Quand j'accélérais, il accélérait. Quand je me suis penché pour prendre le virage, il a poursuivi tout droit et j'ai fait connaissance avec la vitre de sa portière droite.

Oui, je pourrais en parler une heure, de cette rambarde. Plus longtemps encore du moment où j'ai compris que je n'avais pas du tout affaire à un conducteur moyen. Il était carrément bon, ce salaud.

La voiture n'était pas une Rover, et c'était une indication. Le gars avait dû être averti par radio, car personne ne m'avait doublé sur l'Embankment. Le passager me regardait pendant qu'ils approchaient, sans du tout l'air de penser « attention au motocycliste ». Il y avait deux rétroviseurs intérieurs – pas vraiment un équipement standard des véhicules Ford. Et j'avais mal aux testicules. C'est ce qui m'a réveillé.

En voyageant, vous avez sans doute remarqué que les motards n'utilisent pas de ceinture de sécurité, ce qui est à la fois une bonne et une mauvaise chose. Bonne, car personne n'a envie d'être sanglé à trois cents kilos de métal brûlant au moment de mordre la poussière. Mauvaise parce qu'en cas de freinage brutal, la moto s'arrête, mais pas le motocycliste. Celui-ci poursuit vers le nord, son appareil génital se colle au réservoir et les larmes lui montent aux yeux. Ce qui l'empêche de voir ce qu'il tente d'éviter.

La rambarde.

Cette solide et judicieuse rambarde, délicatement ouvrée. Qui s'acquitte dignement de sa tâche : entourer la mère des Parlements. Une rambarde qu'ils avaient retirée et fondue à l'automne 1940 pour construire des Spitfire, des Hurricane, des Wellington, et celui qui avait la queue en V, c'était pas un Blenheim ?

Sauf que, bien sûr, elle n'était pas là à l'automne 1940. On l'a installée en 1987 pour empêcher des Libyens fous d'interrompre les débats de l'assemblée, moyennant une tonne de puissants explosifs coincés dans le coffre d'un break Peugeot.

Cette rambarde, ma rambarde, a une mission. Défendre et protéger la démocratie. Les gars qui l'ont façonnée avec leurs petites mains s'appellent Ted ou Ned. Peut-être même Bill.

C'est une rambarde pour les héros.

Je me suis rendormi.

Une tête. Une très grosse tête. Avec juste assez de peau pour recouvrir le tout, donc tout paraissait comprimé : la mâchoire, le nez, les yeux. Les muscles et les tendons étaient gonflés. On aurait cru un ascenseur plein. J'ai battu des paupières, elle avait disparu.

Ou peut-être ai-je dormi une heure et m'avait-elle regardé cinquante-neuf minutes. Je ne saurai jamais. À sa place, il y avait un plafond. J'étais donc dans une pièce. On m'y avait donc amené. J'ai d'abord pensé à l'hôpital du Middlesex, mais j'ai senti très vite que ça n'avait rien à voir.

J'ai tenté de mouvoir certaines parties de mon corps. Doucement, sans remuer la tête au cas où j'aurais la nuque brisée. Quoique assez distants, les pieds semblaient OK. Tant qu'ils restaient éloignés d'un mètre quatre-vingt-huit, je n'avais pas de raison de me plaindre. Le genou gauche m'a répondu par retour du courrier, sympa de sa part, mais le droit était moins prompt. Il paraissait gonflé, brûlant. Revenons par là. Les cuisses. La gauche, ça va, la droite moins. La ceinture pelvienne semblait bien se porter, mais difficile d'être sûr tant que je serais couché. Les testicules. Ah, là, c'était vraiment autre chose. Pas besoin de me lever pour comprendre qu'ils étaient en mauvais état.

Trop nombreux, beaucoup trop douloureux. L'abdomen et le torse ont eu un B– et mon bras droit était recalé. Ne voulait pas bouger. Le gauche non plus, quoique la main ait daigné s'agiter un peu. J'ai su de ce fait que je n'étais pas dans le pavillon William Hoyle. Ces temps-ci, les soins sont parfois rudimentaires dans les hôpitaux publics mais, sans raison valable, on hésite quand même à vous lier les mains de chaque côté du lit. J'ai remis le cou et la tête à un autre jour, et j'ai tenté de me rendormir aussi bien que possible avec sept testicules.

La tête est revenue, plus tendue que jamais, et le type mâchonnait quelque chose. Les muscles de ses joues, de son cou, ressortaient comme sur une planche de *Grey's Anatomy*. Il avait des miettes autour des lèvres, qu'une langue très rose allait pêcher de temps en temps.

– Lang ?

La langue s'affairait maintenant à l'intérieur, contre les gencives, et la bouche en cul-de-poule semblait prête à m'embrasser. J'ai pris mon temps.

– Où suis-je ?

Ma voix chevrotante avait quelque chose de maladif, ce qui m'arrangeait.

– Ouais, a dit la tête.

Aurait-elle eu un peu plus de peau qu'elle aurait peut-être réussi à sourire. Quand elle s'est éloignée, une porte s'est ouverte que je n'ai pas entendue se refermer.

– Il est réveillé, a dit la même voix, assez fort, et la porte ne se refermait toujours pas.

J'avais donc un garde-malade, et un cerbère dans le couloir. S'il y avait un couloir. Après tout, je pouvais aussi bien me trouver sur la rampe de lancement d'une navette spatiale. Ou peut-être dans celle-ci, sur le point de partir loin, très loin de la Terre.

Des pas, deux par deux. Deux semelles de crêpe, deux semelles de cuir. Sol dur. Le cuir marche plus lentement. C'est le cuir qui commande. Le crêpe, un larbin, ouvre la porte et s'efface. Le crêpe, c'est la petite tête. Tête de crêpe. Facile à se rappeler.

– Monsieur Lang ?

Cuir s'est arrêté près du lit. Si c'est bien un lit. J'ai gardé les yeux fermés, avec une grimace de douleur.

– Comment vous sentez-vous ?

Américain. Pas mal de Ricains dans ma vie en ce moment. Le cours du change doit leur être favorable.

Il s'est déplacé autour du lit, j'entendais du gravier crisser sous ses chaussures. Et cet après-rasage. Entêtant. Si on devient copains, je lui en ferai la remarque. Mais pas maintenant.

– J'ai toujours voulu une moto quand j'étais môme, a jeté la voix. Une Harley. Mais mon père disait que c'était trop dangereux. En apprenant à conduire, je lui ai accroché sa caisse quatre fois en un an pour lui faire les pieds. Un vrai con, mon père.

Le temps a passé. Ça, je n'y pouvais rien.

– Je crois que j'ai la nuque brisée, ai-je annoncé.

Je gardais les yeux fermés et ma voix chevrotante convenait très bien.

– Ah ouais ? C'est navrant. Bon, parlez-moi de vous, Lang. Qui êtes-vous ? Que faites-vous ? Vous aimez le cinéma ? Les bouquins ? Vous avez pris le thé avec la reine ? Causez.

J'ai attendu que les chaussures fassent demi-tour, puis j'ai lentement ouvert les yeux. Il n'y avait personne dans mon champ de vision, donc j'ai regardé le plafond.

– Vous êtes médecin ?

– Je ne suis pas médecin, Lang. Sûrement pas. Je suis plutôt un salopard.

Quelqu'un ricanant quelque part dans la pièce, j'en ai déduit que Tête de crêpe était toujours à la porte.

– Je vous demande pardon ?

– Un salopard, je suis. C'est mon métier, toute ma vie. Mais oh, on est là pour parler de vous...

– J'ai besoin d'un médecin. Mon cou...

Les larmes affluant à mes yeux, je les ai laissées couler. J'ai reniflé un peu, toussé, un bon petit one man show, même si ça n'engage que moi.

– Vous voulez savoir ? a fait la voix. J'en ai rien à foutre de votre nuque.

J'ai décidé de ne jamais lui parler de son après-rasage. Que dalle.

– Il faut me dire d'autres choses, a poursuivi la voix. Des tas d'autres choses.

Les larmes continuaient de couler.

– Écoutez, je ne sais pas qui vous êtes, ni où je suis, mais...

J'ai fait l'effort de détacher ma tête de l'oreiller, sans finir ma phrase.

– Dégage, Richie, a dit la voix. Va prendre l'air.

Un grognement près de la porte, et deux chaussures ont quitté la pièce. Je devais croire que c'était Richie.

– C'est ça, l'idée. Vous n'avez pas besoin de savoir qui je suis, ni où vous êtes, Lang. Vous me dites des choses, et moi pas.

– Mais...

– Vous n'avez pas entendu ?

Soudain un autre visage devant le mien. Avec une peau bien lisse, bien entretenue, et les mêmes cheveux que Paulie. Propres, duveteux, coiffés avec un soin maniaque, ridicules. Le type avait la quarantaine, passait sûrement deux heures chaque jour sur un vélo d'appartement. Il n'y avait qu'un nom pour lui. Le Pomponné. Il m'a étudié de près et, vu la façon dont il s'attardait sur mon menton, j'avais certainement une plaie à cet endroit, ce qui m'a remonté le moral. Les cicatrices, c'est pratique pour briser la glace.

Son regard a enfin croisé le mien, et ces deux-là ne s'entendaient pas du tout.

– Bon, a-t-il dit avant de reculer.

Ce devait être le début de la matinée. Cette odeur d'after-shave ne pouvait s'excuser que par un rasage frais.

– Vous avez rencontré Woolf, a dit Le Pomponné. Et cette cruche qui lui sert de fille.

– Oui.

Pause. Manifestement, il était content. Si j'avais nié, raccrochez-c'est-une-erreur, moi-pas-parler-anglais, il aurait su que j'étais impliqué. Alors que si j'étais franc, il pouvait me prendre pour un imbécile. Ce que tout semblait indiquer.

– Bon. Ensuite. Voulez-vous me dire de quoi vous avez parlé ?

– Eh bien, ai-je répondu, les sourcils froncés, concentré. Il m'a interrogé sur mes états de service. J'ai été militaire, fut un temps.

– Sans blague. Il le savait, ou vous le lui avez dit ?

L'idiot que je suis a réfléchi très fort.

– Voyons... Maintenant que j'y pense, j'ai l'impression qu'il le savait.

– La fille aussi ?

– Je ne pourrais pas l'affirmer. Je ne lui ai pas beaucoup prêté attention.

Heureusement que je n'étais pas branché sur un détecteur de mensonges. L'aiguille serait allée se reposer dans la pièce à côté.

– Il m'a demandé si j'avais des projets, ai-je continué. Du travail en vue, et dans quel genre. Pas que j'en aie beaucoup, pour être honnête.

– Vous faites dans le renseignement ?

– Quoi ?

La façon dont j'ai répondu aurait dû suffire, mais il a insisté.

– Quand vous étiez à l'armée, vous combattiez les terroristes en Irlande. Vous étiez dans le renseignement ?

– Bon Dieu, non.

J'ai souri comme si j'étais flatté.

– Qu'est-ce qu'il y a de drôle ?

J'ai ravalé mon sourire.

– Rien, c'est juste que... voyez ?

– Je ne vois pas. Il y a sûrement un lien avec ce que je vous dis. Vous étiez dans l'espionnage militaire ?

J'ai repris douloureusement mon souffle avant de parler.

– L'Irlande du Nord, c'était la routine, et puis voilà. Toujours pareil, ce qui se passait. C'était organisé. Moi et les autres, on était là pour grossir le troupeau. Je traînais dans les coins, je jouais un peu au squash. Je me suis marré, quand même. Ouais, bien marré.

Je craignais d'en avoir trop fait, mais ça ne paraissait pas le gêner.

– Aïe, mon cou... ai-je ajouté. Je ne sais pas ce que j'ai, mais ça va pas. J'ai vraiment besoin de voir un médecin.

– C'est un sale individu, Tom.

– Qui ça ?

– Woolf. Vraiment un sale mec. Je me demande ce qu'il vous a révélé à son sujet. Sans doute pas qu'en quatre mois, il a réussi à importer trente-six tonnes de coke en Europe. Il vous l'a dit, ça ?

Du bout du menton, j'ai tenté de répondre non.

– Bien sûr, a-t-il continué. Il aura oublié. C'est vilain, ça, Tom, hein ? Avec un grand V, je dirais. Le diable est descendu sur terre pour nous vendre du crack. Tiens, ça ferait une chanson. Qu'est-ce qui rime avec cocaïne ?

– Aspirine.

– Ouais. (Il s'attendait à mieux. Les chaussures de cuir se sont mises à marcher.) Vous n'avez jamais remarqué, Tom, que les malfrats ont tendance à s'associer ? Moi si. C'est tout le temps comme ça. Ils se sentent bien entre eux, ils ont les mêmes intérêts, les mêmes signes astrologiques, est-ce que je sais ? Et ça n'en finit pas. Ça n'en finit jamais. (Les chaussures se sont arrêtées.) Et quand je constate qu'un type comme vous fricote avec un type comme Woolf, je n'ai pas envie de vous aimer beaucoup.

– Écoutez, ça suffit, l'ai-je coupé, irrité. Je ne dirai plus un mot tant que je n'aurai pas vu un médecin. Je ne comprends rien à ce que vous racontez. Je n'en sais pas plus sur vous que je n'en sais sur Woolf, c'est-à-dire rien du tout, et il y a de fortes chances que j'aie la nuque brisée.

Pas de réponse.

J'ai répété ma tirade en m'efforçant d'imiter le touriste britannique retenu aux douanes françaises.

– J'exige de voir un médecin.

– Non, Tom. Les médecins ont autre chose à faire.

Il parlait d'une voix égale, mais je sentais qu'il jubilait.

Crissement de cuir, porte qui s'ouvre.

– Reste avec lui. Tu le lâches pas une seconde. Tu as envie de pisser, tu m'appelles.

– Attendez ! ai-je crié. Comment ça, autre chose à faire ? Je suis blessé, je souffre, merde !

Les chaussures se sont tournées vers moi.

– C'est possible, Tom, très possible. Seulement, personne ne lave les assiettes en papier, tu vois ?

Mon bilan n'était pas spécialement positif. Même pas du tout. Mais, par principe, après un combat, gagné ou perdu, on passe les événements en revue pour essayer d'en tirer quelque chose. Voilà ce que j'ai fait quand Richie s'est assis par terre près de la porte.

Primo, Le Pomponné savait plein de choses, et sûrement de fraîche date. Il avait donc du personnel à disposition, des moyens techniques, ou les deux. Deuxio, il n'avait pas dit : « Tu appelles Igor ou un des autres », mais : « Tu *m*'appelles ». La navette spatiale n'avait sans doute pour occupants que Richie et lui.

Tertio, et c'était pour l'instant le plus important, j'étais le seul à être sûr de n'avoir rien à la nuque.

8

Je me suis engagé dans l'armée pour la célébrité
Et me faire tirer dessus pour six pence la journée.

Charles DIBDIN

Quelque temps a passé. Peut-être beaucoup, probablement même, mais depuis ma rencontre avec la
rambarde, je commençais à me méfier de lui et de ses
caprices. Après avoir croisé quelqu'un, je vérifiais mes poches.
Ce genre de chose.

Il n'y avait aucun moyen d'estimer quoi que ce soit dans
cette pièce. La lumière, artificielle, était constamment allumée,
et le niveau de bruit n'était pas d'un grand secours. Ça m'aurait
sûrement aidé d'entendre des bouteilles de lait s'entrechoquer
dans un casier, ou un gamin crier : « Achetez l'*Evening Standard*,
édition de cinq heures ! » Mais on ne peut pas tout avoir.

Le seul chronomètre à disposition était ma vessie. Elle m'indiquait qu'environ quatre heures s'étaient écoulées depuis que
j'étais sorti du restaurant. Ça ne collait pas trop avec l'après-
rasage du Pomponné. D'un autre côté, les vessies qu'on trouve
maintenant dans le commerce ne valent plus celles d'antan.

Richie n'avait quitté la pièce qu'une fois, pour chercher une
chaise. En son absence, j'avais tenté de me libérer en nouant les
draps pour descendre en rappel jusqu'à la terre ferme. Je n'avais
réussi qu'à m'érafler la cuisse. Une fois revenu, il ne faisait plus
aucun bruit, et j'ai pensé qu'il avait aussi rapporté un bouquin.
Mais il n'en tournait pas les pages, et donc soit il lisait lentement, soit il se contentait de fixer le mur. Ou moi.

– J'ai besoin d'aller aux toilettes, ai-je dit d'une voix rauque.

Pas de réponse.

– J'ai dit que...

– Ta gueule.

Ça, c'était bien. Je n'aurais pas à regretter ce que je me proposais de faire.

– Non, mais il faut que...

– Ta gueule, j'ai dit. T'as qu'à pisser où t'es.

– Richie...

– Qui t'a permis de m'appeler Richie ?

– Faut que je vous appelle comment ?

J'ai fermé les yeux.

– Tu m'appelles pas, c'est tout. Tu pisses et tu fermes ta gueule, compris ?

– Je n'ai pas envie de pisser.

J'entendais presque ses neurones moudre le grain.

– J'ai envie de chier, Richie. C'est une vieille tradition chez les Anglais. Maintenant, si vous avez envie d'être là pendant que je chie, c'est votre affaire. J'ai pensé que ce serait plus poli de vous prévenir.

Il a réfléchi un instant, et je le voyais déjà tordre le nez. La chaise a grincé par terre, les chaussures de crêpe ont avancé vers moi.

– Tu vas pas aux toilettes et tu chies pas.

Plus comprimée que jamais, la tête est arrivée dans mon champ de vision :

– Tu m'entends ? Tu bouges pas et tu fermes ta gueule...

– Vous n'avez pas d'enfants, hein, Richie ?

Il a froncé les sourcils, ce qui paraissait lui demander un effort gigantesque. En sus des sourcils, tout travaillait – muscles, nerfs, tendons – pour produire cette expression sans nuance, vaguement stupide.

– Quoi ?

– Je n'en ai pas moi-même, pour être honnête, mais j'ai un filleul. Les enfants, on ne peut pas leur dire non. Ça ne marche pas.

Il fronçait, il fronçait.

– C'est quoi, ces conneries ?

– Je veux dire, j'ai essayé. Vous êtes en voiture avec les petits, l'un d'eux a besoin de chier, vous leur dites de se retenir, de mettre un bouchon, d'attendre qu'on soit arrivés, ça ne marche pas. Quand le corps a envie de chier, il chie.

Léger relâchement des sourcils. Une chance. Rien qu'à les regarder, je commençais à être fatigué. Il s'est penché vers moi, son nez dans le prolongement du mien.

– Écoute-moi, espèce de trou...

Il n'est pas allé plus loin que « trou », car j'ai levé mon genou droit de toutes mes forces, et il l'a pris dans la joue. À moitié surpris, à moitié assommé, il s'est figé une seconde et j'en ai profité pour passer ma jambe gauche autour de son cou. Il a tenté de se rétablir avec la main pendant que je le coinçais peu à peu sur le lit, mais il ignorait qu'on a autant de force dans les jambes. Beaucoup, beaucoup de force.

Bien plus que dans le cou.

J'avoue qu'il a tenu un moment. Il a essayé les trucs habituels, comme m'attraper l'entrejambe, me jeter ses pieds à la figure, mais pour réussir ces trucs-là, il faut pouvoir respirer et je n'étais pas d'humeur à lui accorder le volume d'air nécessaire. Il résistait, de plus en plus furieux, cédant à la terreur avant de perdre connaissance. Je l'ai serré encore cinq bonnes minutes parce que, à sa place, j'aurais fait le mort en comprenant que j'étais foutu.

En réalité, il ne faisait pas du tout semblant.

Comme j'avais les mains sanglées au lit, la suite m'a demandé du temps. N'ayant eu pour outil que mes dents, j'avais l'impression à la fin d'avoir mangé deux ou trois préfabriqués. Ce faisant, j'ai reçu confirmation sur l'état de mon menton. La première fois qu'il a touché une des boucles métalliques, j'ai cru que j'allais traverser le plafond. Préférant baisser les yeux, j'ai vu le sang accumulé sur la lanière de cuir. Il y avait une couche rouge, bien fraîche, sur une croûte noire déjà sèche.

Haletant, je me suis affalé comme une masse en frottant mes poignets pour les désengourdir. Me redressant à nouveau, j'ai lentement dégagé mes jambes du lit avant de poser les pieds par terre.

J'aurais poussé un cri si la douleur n'avait été d'un genre aussi rare que particulier. Elle sourdait de tant d'endroits, parlait tant de langues différentes, portait tant d'éblouissants costumes folkloriques que je suis resté bouche bée pendant quinze vraies secondes. J'ai agrippé la base du lit jusqu'à ce que la tornade se transforme en petite brise, puis j'ai dressé un nouvel inventaire. Je ne sais ce que j'avais pris de plein fouet, mais c'est le flanc droit qui avait morflé. Revigorés par leur récent contact avec la tête de Richie, le genou, la cuisse et la hanche poussaient encore des hurlements. Mes côtes donnaient la sensation d'avoir été enlevées et remises dans le désordre, et, bien que toujours entier, mon cou répugnait à bouger. Enfin il y avait les testicules.

Ce n'était plus les mêmes. J'avais du mal à croire que c'était ceux que, toute ma vie, j'avais promenés avec moi et, oui, traités comme de bons copains. Ils étaient plus gros, beaucoup plus gros, et leur nouvelle forme absolument inadaptée.

Il n'y avait qu'une chose à faire.

Les adeptes des arts martiaux connaissent cette technique, destinée à soulager la gêne scrotale. On y recourt souvent dans les dojos japonais, notamment lorsqu'un camarade d'entraînement un peu trop enthousiaste vous en a envoyé un dans le secteur génital.

La manip est la suivante : on fait un bond de quinze centimètres et on atterrit sur les talons en gardant les jambes aussi raides que possible, afin d'augmenter un court instant l'effet de la pesanteur sur le scrotum. Je ne sais pas pourquoi, mais ça marche. Enfin, non, ça ne marche pas. Il m'a fallu recommencer plusieurs fois, pogoter dans la pièce autant que ma jambe droite y consentait, jusqu'à ce que, graduellement, de façon infinitésimale, cette douleur monstrueuse commence à se calmer.

Cela fait, je me suis penché sur le cadavre de Richie.

L'étiquette sur la doublure du veston vantait le savoir-faire de *Falkus, Maîtres Tailleurs*, mais personne d'autre ; il avait six livres et vingt pence dans la poche droite de son pantalon, un canif vert camouflage dans la gauche. Il portait une chemise en nylon blanc, et des derbys Baxter à bout droit aux pieds quatre trous, cuir rouge. C'était à peu près tout. Rien pour distinguer ce Richie du troupeau et galvaniser l'enquêteur au regard pénétrant. Pas de ticket de bus. Pas de carte de bibliothèque. Pas de page du journal local avec une petite annonce entourée au feutre rouge.

Ce que j'ai trouvé de vaguement original se résumait à un holster de droitier Bianchi, port à gauche, et un Glock 17 à chargement automatique, flambant neuf.

Vous êtes peut-être tombé un jour sur certaines inepties qu'on a écrites à propos du Glock. Sa carcasse étant constituée principalement de polymères sophistiqués, quelques journalistes ont craint que les systèmes aux rayons X des aéroports soient incapables de le détecter – ce qui est une absurdité totale. La glissière, le canon et une bonne partie de ses entrailles sont en bon vieux métal et, si ça ne suffisait pas, essayez de faire passer dix-sept cartouches Parabellum 9 mm pour des recharges de rouge à lèvres. Le Glock est en revanche doté d'un chargeur de grande capacité, et il est d'une fiabilité sans égale pour un poids minimal. C'est pourquoi il a été adopté par les femmes au foyer de tous les pays.

J'ai glissé une balle dans la culasse. Il n'y a pas de cran de sûreté. On vise, on tire et on se barre en vitesse. Tout ce que j'aime dans une arme.

J'ai prudemment ouvert la porte, qui ne donnait pas sur une rampe de lancement mais sur un couloir, blanc et nu, où j'ai compté sept autres portes. Toutes fermées. On apercevait par la fenêtre du fond ce qui aurait pu être les toits d'une cinquantaine de villes. Il faisait jour.

Quel qu'ait été l'usage prévu pour ce bâtiment, il y avait longtemps qu'on ne s'en servait plus. Le couloir était sale, jonché de détritus – cartons, tonnes de paperasse, sacs-poubelle et, au milieu, un cadre de VTT.

Bien. Explorer un bâtiment ennemi est un jeu qui nécessite au moins trois joueurs. Six étant plus commode. Le joueur à la gauche de celui qui distribue les cartes inspecte les pièces, aidé par deux sous-visiteurs, pendant que les trois autres surveillent le couloir. Voilà comment on s'y prend. Si on doit vraiment jouer seul, les règles sont radicalement différentes. On entrebâille doucement chaque porte, on louche par la fente, et il faut à peu près une heure pour couvrir dix mètres de terrain. Voilà ce que disent tous les bons manuels sur le sujet.

Le problème avec les manuels, c'est que l'ennemi les lit aussi.

L'arme brandie, j'ai zigzagué à toute vitesse pour ouvrir les sept portes les unes après les autres, après quoi je me suis tapi par terre sous la fenêtre au fond, prêt à vider le chargeur sur quiconque apparaîtrait dans le couloir. Personne.

Près de moi, la première porte à gauche – ouverte, donc – laissait voir un escalier. Je distinguais quelques mètres de rampe, ainsi qu'un miroir. Me redressant à moitié, je suis entré dans la pièce avec mon air le plus menaçant, en braquant aussitôt mon arme de haut en bas de l'escalier. Rien.

De la main droite, j'ai fracassé le miroir derrière moi d'un bon coup de crosse. J'ai ramassé un éclat assez gros et je me suis coupé. Sans faire exprès, au cas où vous vous poseriez la question.

J'ai observé le reflet de mon menton. Pas jolie jolie, cette plaie.

De retour dans le couloir, j'ai renoué avec la méthode traditionnelle d'exploration – m'approchant discrètement de chaque porte, puis inspectant lentement l'intérieur avec mon bout de miroir. Un peu gauche, comme méthode, finalement, et sans doute pas très efficace, puisque les murs de Placoplatre – trois centimètres d'épaisseur au mieux – n'auraient pas arrêté un noyau de cerise projeté par un gamin de trois ans, par pression entre le pouce et l'index.

Les deux premières pièces étaient dans le même état que le couloir. Sales et pleines de détritus. Chaises à trois pieds, machines à écrire et téléphones hors d'usage. J'étais en train de me dire que, dans les grands musées de ce monde, rien n'a l'air aussi antique qu'une photocopieuse de la décennie précédente quand j'ai entendu un bruit. Un bruit humain. Un gémissement.

J'ai tendu l'oreille. Le bruit ne s'est pas reproduit, alors je l'ai rejoué mentalement. Il venait de la pièce suivante. Il était masculin. Quelqu'un qui faisait l'amour, ou était amoché, ou alors c'était un piège.

Je suis sorti prudemment dans le couloir où, m'allongeant par terre contre le mur, j'ai rampé jusqu'à la prochaine porte. J'ai étudié l'intérieur avec mon bout de miroir. Assis au centre, tête baissée sur le torse, se trouvait un homme. Petit, gros, la cinquantaine, attaché à sa chaise avec des sangles en cuir.

Il avait du sang sur sa chemise. Beaucoup.

S'il s'agissait d'un piège, c'était le moment où l'ennemi s'attendait à me voir bondir en demandant : « Dieu du ciel, puis-je vous venir en aide ? » Immobile, j'ai donc continué de surveiller l'homme et le couloir.

Il ne gémissait plus, et le couloir ne faisait rien d'inhabituel pour un couloir. Après une bonne minute d'observation, j'ai posé le bout de miroir et rampé dans la pièce.

J'ai dû deviner que c'était Woolf au premier gémissement. Soit j'avais reconnu sa voix, soit j'avais en tête que, si Le Pomponné avait réussi à me choper, il n'aurait pas eu de problème avec Woolf non plus.

Ni avec Sarah, d'ailleurs.

J'ai refermé et coincé la porte en calant une chaise sur deux pieds sous la poignée. Ça n'arrêterait personne, mais j'aurais au moins le temps de tirer trois fois dedans avant qu'elle s'ouvre. M'agenouillant devant Woolf, j'ai poussé un juron quand la douleur a jailli de mon genou. J'ai regardé en reculant. Il y avait par terre sept ou huit boulons pleins de graisse que j'ai dégagés du tranchant de la main.

Sauf que ce n'était ni des boulons ni de la graisse. J'étais agenouillé sur les dents d'Alexander Woolf.

J'ai détaché ses sangles et tenté de lui relever la tête. Il avait les deux yeux fermés. Je n'aurais su dire s'il était inconscient, car ses joues, ses paupières, ses arcades sourcilières étaient horriblement enflées. Des bulles de salive et de sang se formaient devant sa bouche, et il faisait un bruit affreux en respirant.

– Ça va aller, lui ai-je dit.

Je n'y croyais pas et je suppose que lui non plus. Puis j'ai demandé :

– Où est Sarah ?

Il n'a pas répondu. Il s'efforçait visiblement d'ouvrir l'œil gauche. Renversant la tête en arrière, il a émis un grognement qui a chassé les bulles de ses lèvres. Me rapprochant de lui, j'ai pris ses mains dans les miennes.

J'ai répété :

– Où est Sarah ?

La main velue de l'angoisse m'étreignait la gorge.

Woolf n'a plus bougé d'un moment, et j'ai craint qu'il soit évanoui. Soudain, sa poitrine s'est soulevée et il a ouvert la bouche comme pour bâiller.

– Alors, Thomas ? a-t-il dit d'une voix grêle et râpeuse, son souffle s'amenuisant. Vous êtes...

Il s'est interrompu en suffoquant.

Il aurait mieux valu qu'il ne dise rien, je le savais. J'aurais dû lui ordonner de rester tranquille, de préserver ses forces, mais j'en étais incapable. Je voulais qu'il parle. De n'importe quoi. De sa douleur, de ceux qui l'avaient torturé, de Sarah, des courses à Doncaster. De n'importe quoi de vivant.

– Oui, je suis quoi ?

– Un type bien ?

Je pense qu'il a souri.

Je suis resté immobile, à l'observer et me demander quoi faire. Si j'essayais de le transporter, il pouvait mourir. Si je le laissais là, il mourrait sûrement. Je crois même avoir souhaité à un moment qu'il meure, pour me libérer, m'enfuir et, fou de colère, me venger.

Sans m'en rendre compte, j'ai brusquement lâché ses mains, ramassé le Glock et je suis parti à quatre pattes dans un angle de la pièce.

Quelqu'un actionnait la poignée de la porte.

La chaise a résisté à deux ou trois pressions avant de céder sous un violent coup de pied. La porte a claqué contre le mur et un homme est apparu, plus grand qu'à mon souvenir. Je n'ai reconnu Le Pomponné qu'après quelques fractions de seconde, et je me suis aperçu qu'il braquait un long pistolet vers le centre de la pièce. Woolf a tenté de se lever, ou peut-être s'effondrait il au contraire. Puis le fracas lourd et lent de sa chute s'est fondu dans une série de détonations car, visant la tête et le corps, j'ai tiré six fois sur Le Pomponné. Il est tombé dans le couloir où je l'ai rejoint en lâchant encore trois balles dans sa poitrine. J'ai envoyé valser son arme en braquant le Glock sur lui. Des douilles rebondissaient sur le plancher.

Me retournant vers la pièce, j'ai aperçu Woolf, étendu sur le dos dans une mare noire qui grossissait à vue d'œil. Il s'était déplacé d'environ deux mètres, ce qui me semblait incompréhensible, jusqu'à ce que je reconnaisse l'arme du Pomponné.

C'était un MAC 10. Un pistolet-mitrailleur, compact, une de ces saloperies qui défouraillent trente balles en moins de deux secondes, sans trop se soucier de la cible. Le Pomponné avait pratiquement vidé son chargeur sur Woolf, qui était déchiqueté.

J'ai collé un dernier pruneau dans la gueule du Moins-Pomponné-Qu'avant.

En une heure, j'avais inspecté tout le bâtiment, dont l'arrière donnait sur High Holborn. C'était l'ancien siège d'une importante compagnie d'assurances, aujourd'hui complètement désaffecté – ce dont je m'étais tout de même un peu douté. Des coups de feu non suivis de sirènes de police indiquent généralement qu'il n'y a personne à la maison.

Je n'avais d'autre choix que d'abandonner le Glock. Je suis allé chercher le corps de Richie pour l'allonger dans la pièce à côté de Woolf. Non sans avoir auparavant essuyé la crosse et la détente avec ma chemise, j'ai placé l'arme dans la main du crétin. Puis j'ai ramassé le MAC, j'ai vidé sur lui ce qui restait dans le chargeur, et j'ai laissé le pistolet-mitrailleur aux pieds du Pomponné.

Pas très logique, comme disposition, mais après tout la vie ne l'est pas non plus, et une scène déroutante est souvent plus crédible qu'un tableau bien foutu. Je l'espérais du moins.

Cela fait, je me suis réfugié dans un *bed and breakfast* sordide de Kings's Cross, le Sovereign, où j'ai passé deux jours et trois nuits à attendre que mon menton veuille bien arrêter de suinter, pendant que mes nombreuses ecchymoses revêtaient de jolies couleurs.

Sous ma fenêtre, divers segments de la population britannique vendaient du crack ou leur corps, et livraient des batailles d'ivrognes qui seraient oubliées le lendemain.

Un séjour pendant lequel j'ai pensé aux hélicoptères en particulier, aux canons en général, à Alexander Woolf, à Sarah Woolf, et à toutes sortes de choses intéressantes.

Suis-je un type bien ?

9

Les bottes, la selle, et à cheval !
BROWNING

Troisième quoi ?
— C'était une jolie fille du genre incroyablement belle, et je me suis demandé combien de temps elle garderait sa place. J'imagine qu'une réceptionniste à l'ambassade des États-Unis, à Grosvenor Square, gagne un salaire décent et tous les bas Nylon qu'on peut manger, mais que le job est plus casse-pieds encore que le discours de présentation du budget.

– Troisième cycle, lui ai-je dit. Pour M. Russell Barnes.

– Vous avez rendez-vous ?

J'ai pensé qu'elle ne tiendrait pas six mois de plus. Je l'ennuyais, ce bâtiment l'ennuyait, le monde entier l'ennuyait.

– Absolument. Mon bureau a appelé aujourd'hui pour confirmer. On nous a assuré que quelqu'un me recevrait.

– M. Solomon, c'est ça ?

– C'est ça.

Elle a parcouru plusieurs listes du regard.

– Avec un seul *m*, ai-je précisé, serviable.

– Et votre bureau ?

– Celui qui a téléphoné ce matin. Excusez-moi, je croyais l'avoir déjà dit.

Trop lasse pour répéter la question, elle a haussé les épaules et m'a délivré un badge de visiteur.

– Carl ?

Carl n'était pas seulement Carl, mais LE CARL. Le gars mesurait quatre centimètres de plus que moi et faisait ses haltères à des moments de loisir à l'évidence nombreux. C'était également un marine américain, avec un uniforme tellement neuf que la couturière était en train de terminer l'ourlet à ses chevilles.

– M. Solomon, lui a dit la réceptionniste. Pour la 5910. Barnes, Russell.

– Russell Barnes, l'ai-je corrigée, mais ni l'un ni l'autre n'y a prêté attention.

Le Carl m'a fait passer plusieurs portiques de sécurité, high-tech et hors de prix, où d'autres Carl ont ausculté mon anatomie à l'aide d'un détecteur manuel, en froissant terriblement mon costume. Ma serviette les intéressait beaucoup, cependant ils étaient déçus, voire inquiets, qu'elle contienne en tout et pour tout un exemplaire du *Daily Mirror*.

– Ça n'est qu'un accessoire comme au théâtre, leur ai-je expliqué gaiement, ce qui, bizarrement, a eu l'air de les rassurer.

Leur aurais-je dit qu'elle servait à sortir des documents confidentiels des ambassades étrangères, peut-être m'auraient-ils tapé dans le dos en m'offrant de la porter à ma place.

Le Carl m'a conduit à un ascenseur et s'est effacé pour me laisser entrer. À l'intérieur, un haut-parleur diffusait de la musique à un volume ridiculement bas et je n'aurais pas été, précisément, dans une ambassade, j'aurais pensé à une reprise de *Bat Out of Hell*[1] par Johnny Matis. Le Carl a glissé une carte magnétique dans le lecteur électronique de la cabine puis, d'un index ganté de blanc immaculé, il a composé un numéro sur le cadran.

L'ascenseur s'est mis en branle, et moi en condition pour ce qui promettait d'être assez délicat, comme entretien. Je me

---

1. « Chauve-souris des enfers », album et chanson de Meat Loaf (1977).

répétais pour la énième fois ce qu'on vous recommande de faire en mer quand le courant vous emporte. Il faut le suivre, dit-on, pas nager contre. Paraît qu'à un moment ou un autre, on touche terre. Nous avons touché celle du cinquième étage, où j'ai suivi le Carl le long d'un couloir bien ciré vers la 5910 – chez Barnes, Russell P., Directeur adjoint, Études européennes.

Le Carl a attendu que je frappe. Quand la porte s'est ouverte, j'ai failli déposer quelques pièces d'une livre dans sa main en lui demandant de me réserver une table à L'Épicure. Par chance, il m'en a empêché d'un salut vif et nerveux puis, tournant les talons, il a remonté le couloir à cent dix pas/minute.

Russell P. Barnes avait roulé sa bosse. Je ne suis pas un grand maître de la psychologie faciale, mais on n'a pas l'allure d'un Russell P. Barnes lorsque, assis la moitié de sa vie derrière un bureau, on passe l'autre à biberonner des cocktails dans les réceptions d'ambassade. Grand et mince, la quarantaine très avancée, avec divers assemblages de rides et cicatrices qui se disputaient son visage hâlé. Selon ma première impression, ce type était tout ce que O'Neal essayait d'être sans y arriver.

Il m'a regardé entrer par-dessus ses demi-lunes, puis s'en est revenu aux pages qu'il annotait avec un stylo-plume haut de gamme. Toutes les fibres de son corps parlaient de Vietcongs morts, de Contras armés jusqu'aux dents, et n'oubliez pas que le général Schwarzkopf m'appelle Rusty.

Retournant une feuille, il a aboyé :

– Ouais ?

– Monsieur Barnes, ai-je répondu, la main tendue, après avoir posé ma serviette sur un fauteuil devant lui.

– Oui, c'est écrit sur la porte.

Et de baisser le menton en ignorant ma main.

– Très heureux, commandant.

Silence. Je savais que le « commandant » marcherait bien. Les narines épatées, il a reniflé l'odeur du cousin officier, lentement relevé la tête et longuement observé ma main avant de me tendre la sienne, sèche comme un tas de poussière.

Il m'a indiqué l'autre fauteuil du regard, et je me suis assis en jetant un coup d'œil à la photo au mur. Bingo ! c'était bien Stormin' Norman[1], en pyjama camouflage, avec une belle inscription manuscrite sous le visage. J'étais trop loin pour déchiffrer, mais j'aurais parié qu'on y trouvait des « coups de pied » et des « culs ». Un autre cliché à côté représentait Barnes soi-même dans un genre de survêtement, avec un casque d'aviateur sous le bras.

– Britannique ?

Il a déchaussé ses lorgnons pour les lâcher négligemment sur le bureau.

– Jusqu'au bout des ongles, monsieur Barnes.

D'évidence, il se référait à l'armée de Sa Gracieuse Majesté. Nous avons échangé d'ironiques sourires militaires insinuant à quel point nous détestions les chiures de mouche qui lient les poings des honnêtes hommes en appelant ça de la politique. Je me suis présenté :

– David Solomon.

– Que puis-je faire pour vous, monsieur Solomon ?

– Comme vous l'a rapporté votre secrétaire, je pense, c'est M. O'Neal, du ministère de la Défense, qui m'envoie. Il souhaite que vous m'éclairiez sur divers sujets.

– Allez-y.

C'était déjà ça. De la part d'un homme sans doute plus enclin à tirer avant d'écouter les questions.

– C'est à propos des études de troisième cycle, monsieur Barnes.

– Ouais.

Sans plus. « Ouais. » Pas « Voulez-vous parler d'un organisme a priori anonyme qui se propose d'organiser un attentat bidon

---

1. Le surnom du général Schwarzkopf.

afin de promouvoir les ventes d'un prototype spécialement conçu pour la lutte antiterroriste ? » Ce qui, je le confesse, était l'objectif visé, sinon attendu. Un air coupable m'aurait suffi pour commencer. En revanche, ce « ouais » ne m'était d'aucun recours.

– O'Neal pensait que vous auriez l'obligeance de nous faire part de vos dernières réflexions.

– Tiens donc ?

– Que vous voudriez bien nous soumettre votre interprétation des récents événements.

– Quels événements récents ?

– À ce stade des choses, je préfère ne pas entrer dans le détail, monsieur Barnes. Vous comprenez sûrement.

Un reflet doré a surgi du fond de son sourire.

– Êtes-vous attaché d'une manière ou d'une autre à l'approvisionnement militaire, monsieur Solomon ?

Je l'ai jouée penaud, avec une touche d'humour.

– D'aucune façon, monsieur Barnes. Ma femme ne me laisse même pas faire les courses.

Le sourire s'est évanoui. Dans le monde de Russell P., le mariage ne sort pas de la sphère privée du combattant décent. À condition encore qu'il se marie.

Le téléphone sur le bureau a bourdonné doucement, et Russell arraché le combiné.

– Barnes, a-t-il dit.

Il jouait, en écoutant, avec le capuchon de son stylo. Hochements de tête entrecoupés de oui, de oui et de ouais, puis il a raccroché. Il observait sa plume, et j'ai pensé que c'était à moi de parler.

– Je peux cependant affirmer que la sécurité... (Je me suis interrompu pour souligner l'euphémisme.) ... de deux citoyens américains, résidant actuellement sur le territoire britannique, nous préoccupe. Ils répondent au nom de Woolf. O'Neal se demandait si d'autres informations seraient remontées jusqu'à vous, qui nous aideraient à mieux assurer leur protection.

Les bras croisés sur la poitrine, mon interlocuteur s'est calé dans son fauteuil.

– Foutre !

– Mon commandant ?

– Il paraît qu'à condition de rester longtemps assis, on voit défiler le monde entier.

Air dérouté de ma part.

– Sincèrement navré, monsieur Barnes, mais je crains de ne pas comprendre.

– Il y avait longtemps qu'on ne m'avait pas servi autant de conneries dans la même soupe.

Une horloge quelque part égrenait les secondes. Vite. Trop vite à mon avis pour que ce soient de vraies secondes. Mais cet immeuble était occupé par des Américains, et peut-être avaient-ils décidé que les secondes passaient trop lentement et, foutre, y a qu'à fabriquer une horloge qui vous fait une minute en vingt secondes. Comme ça, on aura bien plus d'heures dans la journée que ces pédés de Rosbifs. Ça serait foutrement bien.

– Auriez-vous quelque information à nous donner, monsieur Barnes ? ai-je insisté, coriace.

Il avait tout son temps.

– Qui me ferait remonter des informations, monsieur Solomon ? C'est vous qui avez des oreilles partout, à ce que dit O'Neal.

– C'est certainement une exagération.

– Vraiment ?

Quelque chose clochait. Je n'avais aucune idée de quoi, mais quelque chose clochait terriblement.

– Eh bien, monsieur Barnes, supposons que mon ministère manque précisément d'oreilles en ce moment. L'épidémie de grippe... Les congés d'été... Supposons que nos effectifs réduits aient momentanément perdu la trace des deux individus dont nous parlons.

Il a fait craquer ses doigts et s'est penché au-dessus de son bureau.

– J'ai dû mal à l'imaginer, monsieur Solomon.

– Je ne dis pas que c'est la réalité. Une simple hypothèse.

– Que je conteste. J'ai l'impression que vous êtes plutôt en surnombre, ces temps-ci.

– Je ne vous suis plus.

– Et même que vous vous courez tout seuls après la queue. Tic-tac, tic-tac.

– Que voulez-vous dire au juste ?

– Je veux dire au juste que si votre ministère a les moyens d'employer deux David Solomon pour le même travail, j'aimerais bien avoir votre budget.

Oups.

Il s'est levé pour contourner son bureau. Pas menaçant, non – histoire de se dérouiller les jambes, voilà.

– Peut-être en avez-vous plus ? Une division entière de David Solomon ? C'est ça ?

Il s'est interrompu, puis :

– J'ai eu O'Neal au téléphone. David Solomon est actuellement dans un avion à destination de Prague, et O'Neal pense n'en avoir qu'un. Ou alors y a-t-il plusieurs Solomon inscrits sur le même bulletin de salaire ?

Il est arrivé à la porte et l'a ouverte :

– Mike, montez-moi une brigade E. Tout de suite.

Se retournant, il s'est adossé au chambranle et m'a regardé, les bras croisés :

– Vous avez à peu près quarante secondes, a-t-il ajouté.

– OK. Je ne suis pas Solomon.

La brigade E se composait de deux Carl, qui se sont postés chacun d'un côté de mon fauteuil. Mike avait remplacé Barnes à la porte, et celui-ci s'était rassis dans le sien. J'ai joué le *loser* effondré.

– Je m'appelle Glass, Terence Glass. (Annoncé comme la chose la plus ennuyeuse du monde, trop barbante pour que j'aie l'air de l'avoir inventée.) Je suis propriétaire d'une galerie d'art de Cork Street. (Fouillant dans la pochette de ma veste, j'ai retrouvé la carte que Blonde-polie m'avait donnée, et je l'ai tendue à Barnes.) Voilà. C'est la seule qui me reste. Enfin, bon, Sarah est mon employée. *Était* mon employée. (J'ai lâché un soupir en m'affaissant dans le fauteuil.) Ces dernières semaines, elle avait une drôle de... Je ne sais pas. Elle paraissait soucieuse. Comme si elle avait peur. Un jour, elle n'est pas venue travailler. Évanouie dans la nature. J'ai téléphoné partout. Rien. Même appelé son père, une fois ou deux, et... il a disparu lui aussi, semble-t-il. J'ai fouillé le bureau de Sarah, et il y avait un dossier dans son bric-à-brac.

Barnes s'est raidi à la mention de ce dossier, et je me suis proposé de le raidir un peu plus (Barnes, pas le dossier).

– Il y avait écrit « Troisième cycle » sur la couverture cartonnée. J'ai cru que c'était des cours d'histoire de l'art, mais non. Pour être honnête, je n'y ai pas compris grand-chose. Une histoire de vente, de production, je ne sais plus. C'était des notes manuscrites. De sa main. Elle parlait d'un M. Solomon. De l'ambassade des États-Unis, et il y avait votre nom. Je... Puis-je être franc avec vous ?

Barnes m'a étudié. Rien ne perçait à l'extérieur des rides et cicatrices.

– Ne lui dites pas, ai-je poursuivi. Elle ne se doute pas que... je suis amoureux d'elle. Ça fait des mois. En réalité, c'est pour cela que je l'ai engagée. Je n'avais besoin de personne à la galerie, je voulais seulement l'avoir près de moi. Je n'ai pas trouvé mieux. D'accord, c'est assez médiocre, mais... vous la connaissez ? Enfin, vous l'avez déjà vue ?

Il maniait la carte de visite entre ses doigts. Sans répondre, il a froncé un sourcil à l'intention de Mike. Je ne me suis pas retourné, mais ce dernier avait l'air affairé.

– Glass, a dit une voix. Confirmé.

Barnes aspirait l'air entre ses dents. Il a regardé la fenêtre. À part lui, et l'horloge, il n'y avait aucun bruit dans la pièce. Ni téléphone, ni clavier d'ordinateur, ni celui de la circulation au-dehors. Étonnant. Ils devaient avoir un quadruple vitrage.

– O'Neal ?

J'ai fait ma mine de chien battu.

– Oui ?

– Où l'avez-vous pêché ?

J'ai haussé les épaules.

– Dans le dossier. Je vous ai dit, je l'ai lu. Je me demandais ce qui était arrivé à Sarah.

– Pourquoi ne m'avez-vous pas expliqué tout ça simplement ? Pourquoi inventer ces conneries ?

J'ai lâché un petit rire en regardant les Carl, toujours de chaque côté de moi.

– Vous n'êtes pas quelqu'un de très accessible, monsieur Barnes. Cela fait des jours que j'essaie de vous avoir au téléphone. On n'arrête pas de me passer le bureau des visas. Comme si je cherchais à frauder pour obtenir une carte verte. Ou épouser une Américaine.

Long silence.

C'est vraiment une des histoires les plus ineptes que j'aie jamais inventées. Je misais – un peu outrageusement, je l'avoue – sur le machisme de Barnes. Je le prenais pour un ramassis d'arrogance, coincé dans un pays étranger, et si possible enclin à croire que tout ici était aussi con que mon bobard. Sinon plus.

– Vous avez essayé O'Neal, avant moi ?

– Selon le ministère de la Défense, il n'y a pas de O'Neal chez eux et, pour les personnes disparues, on m'a conseillé le commissariat local.

– Ce que vous avez fait ?

– J'ai essayé.

– Quel commissariat ?

– Bayswater.

Je savais qu'ils ne vérifieraient pas. Il voulait voir si j'allais hésiter.

– La police m'a dit d'attendre quelques semaines, ai-je expliqué. Ils semblaient penser qu'elle s'était trouvé un autre amant.

Ça me plaisait, ça. Sûr qu'il gobait.

– Un « autre » amant ?

– Euh... me suis-je efforcé de rougir. Bon, enfin, un amant, quoi.

Barnes se mordait la lèvre. J'étais si pathétique qu'il n'avait d'autre choix que de me croire. Je me serais cru moi-même, et je suis assez incrédule.

Il venait de prendre une décision.

– Où est-il, le dossier ?

J'ai relevé les yeux, surpris que ce dossier puisse intéresser quiconque.

– À la galerie, pourquoi ?

– Ça ressemble à quoi ?

– Eh bien, à... une galerie d'art.

Barnes a inspiré profondément. Quelle galère de se colleter un type comme moi.

– Le *dossier*, à quoi il ressemble ?

– À un dossier. Cartonné...

– Dieu du ciel. Quelle couleur ?

J'ai réfléchi.

– Jaune, je dirais. Oui, jaune.

– Mike. Au boulot.

– Attendez une seconde, leur ai-je dit.

J'ai commencé à me lever, mais un Carl a fait pression sur mon épaule. Alors j'ai décidé de me rasseoir.

– Que faites-vous ? ai-je demandé.

Ignorant ma question, Barnes revenait à ses papiers.

– Vous allez accompagner M. Lucas à l'endroit où vous travaillez, et vous lui remettrez ce dossier, m'a-t-il dit. Compris ?

– Et pourquoi diable ?

Je ne sais comment se comportent les patrons des galeries, mais j'ai pris l'option irascible.

– Je suis venu ici pour essayer de comprendre ce qui est arrivé à une de mes employées, pas pour qu'on s'immisce dans ses affaires ! me suis-je emporté.

Il avait sans doute aperçu, au bas de son vade-mecum, le point qui recommande de « montrer à tout le monde qu'on est un individu de première bourre ». Mike était déjà dans le couloir et les Carl reculaient vers la porte.

– Écoutez-moi bien, petit pédé de merde. (Il en faisait un peu trop, franchement. Obligeants, les Carl se sont retournés pour admirer la testostérone.) J'ai deux choses à vous dire. Primo, tant qu'on ne l'aura pas vu, personne ne sait si ce dossier est à elle ou à nous. Deuxio, si vous voulez la revoir, votre pétasse, vous avez intérêt à faire ce qu'on vous dit. Suis-je assez clair ?

Mike était assez sympa, comme mec. Pas tout à fait la trentaine, études supérieures, et il avait oublié d'être bête. Visiblement, ce truc relou lui cassait les pieds, et il m'était d'autant plus sympathique.

Nous descendions Park Lane dans une Lincoln Diplomat bleu clair, choisie parmi trente autres, exactement les mêmes, dans le parking de l'ambassade. N'est-ce pas un pléonasme, pour un diplomate, de se déplacer en Diplomat ? Hm ? Sans doute les Américains aiment-ils les truismes. Peut-être, d'ailleurs, les agents d'assurances américains se promènent-ils dans des Chevrolet Insurance Agent ? Ça fait toujours une décision de moins à prendre dans une vie assez compliquée comme ça.

Assis à l'arrière, je jouais avec les cendriers. Un Carl en civil avait pris place avec Mike à l'avant. Il était muni d'une oreillette dont le fil, relié à Dieu sait quoi, disparaissait sous sa chemise.

– Un type bien, ce Barnes, ai-je fini par dire.

Mike m'a regardé dans le rétroviseur. Le Carl a tourné la tête de trois centimètres, ce qui, vu l'épaisseur de son cou, était sûrement un maximum. Je me serais presque excusé d'empiéter sur son temps de loisir, et donc ses haltères.

– Un bon professionnel, aussi, ai-je ajouté. Diligent. Efficace.

Se demandant s'il devait répondre, Mike a jeté un coup d'œil vers le Carl.

– M. Barnes est en effet un homme remarquable, a-t-il dit.

À mon avis, il le détestait. Je l'aurais détesté aussi si j'avais travaillé pour lui. Mike étant un garçon aimable, compétent, honorable et foncièrement dévoué, j'aurais trouvé injuste de lui soutirer d'autres informations en présence du Carl. J'ai continué à bidouiller avec les vitres électriques.

En outre, cette voiture n'était pas du tout équipée pour ce qu'on lui demandait – en d'autres termes, les portières arrière n'avaient que des fermetures ordinaires, et j'aurais pu descendre à n'importe quel feu rouge. Je ne l'ai pas fait et je n'en avais même pas envie. Sans raison apparente, je me sentais brusquement très gai.

– Oui, remarquable, c'est le mot que j'emploierais. Enfin, peut-être pas vous, mais ça ne vous embête pas que je le dise aussi ?

Je m'amusais vraiment. Ça n'arrive pas souvent.

Nous avons pris Piccadilly jusqu'à Cork Street. Mike a baissé son pare-soleil – dans lequel il avait glissé la carte de visite de Glass – pour avoir le numéro dans la rue. J'étais fort soulagé qu'il ne me demande pas de le lui donner.

Nous nous sommes garés devant le 48. Le Carl avait ouvert sa portière avant l'arrêt total de la Diplomat. Il a sorti la mienne de ses gonds, puis étudié le trottoir des deux côtés pendant que je descendais. J'avais l'impression d'être un président.

– 48, c'est bien ça ? a dit Mike.

– Oui, ai-je confirmé.

J'ai sonné et nous avons attendu. Au bout d'une minute ou deux, un petit monsieur coquet, apparaissant derrière la porte, a entrepris d'ouvrir ses nombreux verrous.

– Bonjour, messieurs, a-t-il dit d'une voix de gorge.

– Salut, Vince. Comment va cette jambe ? lui ai-je demandé en m'avançant.

Le monsieur coquet était bien trop anglais pour s'inquiéter de savoir qui était Vince ? Et de quelle jambe s'agissait-il ? Et, de toute façon, qu'est-ce que vous racontez ? Non, il s'est effacé avec un sourire poli pour nous laisser entrer.

Nous nous sommes déplacés tous quatre vers le centre de la galerie pour admirer les toiles. Elles étaient vraiment nulles. Un miracle s'ils en vendaient une par an.

– Si quelque chose vous plaît, je peux peut-être vous obtenir dix pour cent de remise, ai-je proposé au Carl, qui a lentement fermé les yeux.

Arborant aujourd'hui une robe droite rouge, la jolie blonde est arrivée, rayonnante, de l'arrière-salle. Lorsqu'elle m'a aperçu, sa bouche bien élevée a béé par-dessus sa poitrine mieux élevée encore.

– Qui êtes-vous ? a jeté Mike au monsieur coquet.

Le Carl examinait les peintures.

– Terence Glass, a répondu le monsieur.

Ce fut un grand moment. Je m'en souviendrai toujours. Des cinq personnes que nous étions, seuls Glass et moi ne tombions pas des nues. Mike a repris la parole.

– Attendez, Glass, c'est vous, m'a-t-il dit.

Quarante ans de carrière avec retraite assurée et de nombreux postes aux Seychelles défilaient soudain devant ses yeux.

– Navré, ai-je admis. Ce n'est pas entièrement vrai.

J'ai regardé par terre au cas où je reconnaîtrais la tache de sang que j'avais laissée, mais il n'y avait rien. Soit Glass avait donné un bon coup de Javel, soit il avait envoyé une note de frais au ministère.

– Un problème, messieurs ? a dit Glass.

Il devait renifler l'embrouille. On n'était déjà pas les princes saoudiens escomptés, et on n'avait pas l'air de vouloir acheter quoi que ce soit.

– Vous êtes... l'assassin... le type qui...

La blonde cherchait ses mots.

– Je suis moi aussi ravi de vous revoir, lui ai-je affirmé.

– Bordel, a dit Mike en se tournant vers le Carl, qui s'est tourné vers moi.

Ah oui, il était grand.

– Désolé pour ce petit quiproquo, leur ai-je avoué. Mais maintenant que vous êtes là, pourquoi ne pas aller voir ailleurs ?

Le Carl s'est rapproché de moi. Mike m'a étudié avec une grimace en le retenant par le bras.

– Non, attendez, si vous n'êtes pas... Mais vous vous rendez compte de ce que... Putain !

Il était vraiment à court de mots.

Je me suis plutôt adressé à Glass et à la blonde.

– J'aimerais vous rassurer, puisque vous vous demandez sans doute ce qui se passe. Je ne suis pas celui que vous croyez, et je ne suis pas non plus celui qu'ils croient. Vous (j'ai planté mon index dans la poitrine de Glass) êtes celui qu'ils pensent que je suis, et vous (à la blonde) êtes celle avec qui j'aimerais discuter un moment quand tout le monde sera parti. Des questions ?

Personne n'a levé le doigt. Me dirigeant vers la porte, j'ai indiqué « par ici la sortie ».

– Il nous faut le dossier, a insisté Mike.

– Quel dossier ? lui ai-je dit.

– Troisième cycle.

Il n'avait pas encore rattrapé tout son retard. Je ne pouvais pas le lui reprocher.

– Navré de vous décevoir, mais il n'y a pas de dossier. Ni de troisième cycle, ni d'autre chose.

« Les bras m'en tombent », aurait pu dire Mike, et j'étais désolé pour lui.

– Écoutez, ai-je poursuivi pour faciliter les choses. J'étais au cinquième étage, en territoire américain, protégé par un double vitrage, et le mieux que j'aie trouvé pour mettre les bouts, c'était cette histoire de dossier. J'ai supposé que ça vous plairait.

Encore un long silence. Glass faisait claquer ses incisives, comme si ce genre d'agaceries avait tendance à se répéter, ces derniers temps.

– On l'emmène ? a dit le Carl, à l'intention de Mike, et d'une voix bizarrement aiguë.

Mike se mordait la langue.

– Ce n'est pas vraiment lui qui décide, ai-je répondu à sa place. Tous deux m'observaient.

– Ça dépend surtout de moi, si vous m'emmenez ou pas, ai-je clarifié.

Le Carl me jaugeait.

– Je vais être franc avec vous, lui ai-je dit. Vous êtes costaud, et je suis sûr qu'en matière de pompes, vous êtes meilleur que moi. J'en suis d'ailleurs tout ébloui. Le monde a besoin de gens qui font des pompes. C'est capital.

Il a levé un menton menaçant. Cause toujours, tu m'intéresses. J'ai donc causé :

– Mais se battre n'est pas la même chose. C'est très, très différent, et je suis bien meilleur à ce jeu-là. Je ne veux pas dire plus solide ou plus viril que vous, rien de tout ça. Mais je sais très bien me battre.

À l'évidence, ce discours le mettait mal à l'aise. On l'avait certainement formé à l'école du « je vais te pulvériser la gueule, pauvre nase », et il ne savait répondre qu'à ça.

– Plus précisément, ai-je ajouté aussi aimablement que possible, si vous tenez à vous éviter une déconvenue embarrassante, vous prenez simplement la porte et vous cherchez un endroit correct pour déjeuner.

Ce qu'ils ont fini par faire, après quelques murmures et coups d'œil appuyés.

Une heure plus tard, j'étais assis dans un café italien avec la blonde, que l'on dénommera ci-après Ronnie, car ses amis l'appellent ainsi et j'étais apparemment devenu l'un d'eux.

Mike était parti la queue entre les jambes, le Carl avec un air d'« on se reverra un de ces jours ». Je l'avais salué d'un geste enjoué et, bien sûr, ma vie ne tournerait pas au désastre si sa prévision ne se vérifiait pas.

Les yeux écarquillés, Ronnie avait écouté ma version des événements – abrégée de quelques cadavres – et semblait maintenant encline à me considérer comme un sacré bonhomme, ce qui constituait un revirement bienvenu. J'ai commandé deux autres cafés puis, calé dans mon fauteuil, j'ai joui un peu de son admiration.

Elle fronçait les sourcils.

– Savez-vous où se trouve Sarah ? m'a-t-elle dit.

– Pas la moindre idée. Peut-être que tout va bien, qu'elle se tient à carreau, ou alors elle est dans le pétrin jusqu'au cou.

Ronnie s'est reculée sur son siège pour regarder par la fenêtre. Elle aimait sûrement bien Sarah, elle s'inquiétait comme il faut. Puis elle a haussé les épaules et bu une gorgée de café.

– Au moins, vous ne leur avez pas donné le dossier, a-t-elle dit. C'est toujours ça.

Voilà qui, bien sûr, fait partie des risques du menteur. Vos interlocuteurs finissent par se mélanger les crayons entre ce qui est vrai et ce qui ne l'est pas. Cela n'est pas très surprenant, j'imagine.

– Non, vous ne comprenez pas, lui ai-je gentiment expliqué. Il n'y a pas de dossier. J'en ai inventé un, car je savais qu'ils voudraient vérifier son existence avant de m'arrêter, de me jeter dans le fleuve, ou de faire ce qu'ils réservent aux gens de ma sorte. C'est que les fonctionnaires mettent toute leur foi dans les dossiers, voyez-vous. C'est important pour eux. Quand vous leur dites que vous en avez un, ils ont envie de vous croire, ça a du poids, chez eux. Mais ce dossier-là n'existe pas, tout simplement, a conclu le grand psychologue.

Soudain très animée, Ronnie s'est redressée. Deux petits points rouges venaient d'apparaître sur ses joues. Un fort joli spectacle, en vérité.

– Mais si, a-t-elle dit.

J'ai hoché la tête au cas où mes oreilles ne seraient plus à l'endroit où je les avais laissées.

– Je vous demande pardon ?

– Troisième cycle, a dit Ronnie. Le dossier de Sarah, je suis tombée dessus, l'autre jour.

10

Car dans nos cendres luit encore la braise.

CHAUCER

Ronnie et moi étions convenus de nous retrouver à seize heures trente, une fois la galerie fermée et le flot ininterrompu des clients enfin endigué – ceux-ci restant à baver sur le trottoir dans leurs lits de camp, avec leurs carnets de chèques ouverts.

Non que j'aie cherché à la mettre à contribution, mais Ronnie est une valeureuse jeune personne qui, pressentant un lot de grandes aventures et de bonnes actions, n'a pas résisté à me proposer son aide. Je ne lui ai pas dit que l'aventure se limitait pour l'instant à des scrotums aplatis et à des volées de plomb, car je devinais qu'elle me serait très utile. Pour commencer, je n'avais plus de moyen de transport. Ensuite je réfléchis souvent mieux quand j'ai quelqu'un pour réfléchir avec moi.

J'ai tué quelques heures à la bibliothèque nationale, où j'ai déniché ce que j'ai pu à propos de la Mackie Corporation of America. Ma visite s'est surtout bornée à essayer de comprendre le fonctionnement de l'index mais, à dix minutes de la fin, j'ai réussi à réunir d'inestimables informations. Mackie, un ingénieur écossais, avait conçu avec Robert Adams un revolver à percussion (carcasse fermée, capsule, cartouche et poudre), qu'ils ont exposé à la foire de Londres en 1851. Je n'ai pas pris la peine de recopier.

Une minute avant de partir, une autre référence m'a conduit à un ouvrage d'un ennui écrasant, *Les Dents du tigre*, œuvre du commandant à la retraite J. S. Hammond. J'y ai appris que ledit Mackie avait créé une société devenue aujourd'hui le cinquième fournisseur de matériel de défense du Pentagone. Son siège se trouvait actuellement à Vensom, en Californie, et le dernier bénéfice déclaré avant impôt comportait plus de zéros avant la virgule que je n'en pouvais inscrire sur le dos de ma main.

Me faufilant dans la foule des gens qui font leurs courses l'après-midi, je revenais à Cork Street quand j'ai entendu le vendeur de journaux. C'est peut-être bien la première fois de ma vie que je comprenais ce que racontait un vendeur de journaux. Les autres passants entendaient sûrement « trois oranges en marmelade à l'ombre », et je n'ai pas eu besoin de jeter un coup d'œil à l'affiche pour savoir que c'était : « Trois morts dans une fusillade à Londres. » J'ai acheté la feuille de chou, que j'ai lue en marchant.

« De très importantes forces de police » étaient déployées pour enquêter sur la découverte de trois hommes décédés de leurs blessures, après une série de coups de feu dans un immeuble abandonné du quartier des affaires. Aucun des corps n'avait été identifié. Le gardien, M. Dennis Falkes, cinquante et un ans, père de trois enfants, était pour ainsi dire tombé dessus en revenant d'un rendez-vous chez le dentiste. Si le porte-parole de la police n'avait pas voulu s'avancer sur le mobile du crime, il n'excluait pas une affaire de drogue. Pas de photos, mais un article mal fichu sur l'augmentation des meurtres liés au trafic depuis deux ans dans la capitale. J'ai jeté le canard dans une poubelle et j'ai poursuivi mon chemin.

De toute évidence, quelqu'un avait graissé la patte de ce Dennis Falkes. Probablement Le Pomponné, si bien qu'en le voyant mort à son retour, le gardien n'avait pas hésité à appeler la police. J'espérais pour lui que cette histoire de dentiste soit vraie. Sinon les flics allaient méchamment lui pourrir la vie.

Ronnie m'attendait dans sa voiture devant la galerie. À savoir une TVR Griffith rouge vif, moteur V8 cinq litres, avec un bruit d'échappement qu'on entendait à Pékin. Pas tout à fait le véhicule idoine pour une discrète opération de surveillance, mais *a)* je n'étais pas en position d'ergoter, et *b)* on prend un plaisir indéniable à se laisser conduire dans un cabriolet sport par une jolie jeune femme. On monte là-dedans comme dans une métaphore.

Si Ronnie était de bonne humeur, elle pouvait cependant avoir lu l'article du journal, auquel cas elle savait que Woolf était mort. Cela n'aurait pas changé grand-chose : cette fille a ce qu'on appelait autrefois du cran. Des siècles de bonne éducation, plus ou moins consanguine, lui avaient donné des pommettes hautes et le goût du risque et de l'aventure. Je l'imaginais à cinq ans, sur un poney du nom de Winston, franchissant des obstacles de deux mètres cinquante, risquant sa vie soixante fois avant le petit-déjeuner.

Elle a fait la moue quand je lui ai demandé ce qu'elle avait vu d'autre dans le bureau de Sarah à la galerie. Puis elle m'a mitraillé de questions jusqu'à Belgravia. Grâce aux grondements de l'échappement, je n'en ai pas compris une seule, mais j'ai hoché la tête lorsqu'elles semblaient pertinentes.

En arrivant à Lyall Street, je lui ai hurlé de filer tout droit sans quitter le pare-brise des yeux. J'ai trouvé une cassette d'AC/DC que j'ai insérée dans l'autoradio, dont j'ai réglé le volume au maximum. Je me basais sur le principe, voyez-vous, que, plus on se fait remarquer, moins on se fait remarquer. J'aurais eu le choix, j'aurais préféré affirmer que, généralement, plus on se fait remarquer, plus on se fait remarquer, mais le choix était une denrée rare à ce moment-là. De la nécessité à l'aveuglement volontaire, il n'y a qu'un pas.

En mettant un doigt sur l'œil comme pour recentrer une lentille de contact, je me suis légèrement tourné vers la maison de Woolf quand nous sommes passés devant. Je l'ai examinée de mon mieux. Elle paraissait inoccupée. Bon, je ne m'attendais pas tout à fait à voir des hommes sur le perron avec des étuis à violon.

Nous avons contourné le pâté de maisons et j'ai fait signe à Ronnie de se garer une centaine de mètres avant chez Woolf. Elle a éteint le moteur et, le silence s'imposant brusquement, mes oreilles ont sifflé quelques instants. Les joues de Ronnie avaient à nouveau leurs jolies couleurs.

– Et maintenant, chef ?

Elle se prenait vraiment au jeu.

– Je vais aller voir ça de plus près.

– Bien. Moi, je fais quoi ?

– Ça serait pas mal que vous restiez là.

Elle avait l'air déçue.

– Au cas où j'aurais besoin de filer en vitesse, ai-je ajouté.

Le sourire est revenu. Ronnie a fouillé dans son sac pour en sortir une petite bombe cuivrée qu'elle m'a fourrée dans la main.

– Qu'est-ce que c'est ?

– Une alarme personnelle. Faut appuyer en haut.

– Ronnie...

– Gardez-la. Si je l'entends, je me prépare à foncer.

Hormis le fait qu'on ne peut rien y acheter pour moins de deux millions de livres, Lyall Street est une rue ordinaire. La valeur des voitures elles-mêmes, rangées le long de chaque trottoir, dépasse le PIB de nombreux petits pays. Une douzaine de Mercedes, une douzaine de Jaguar et Daimler, six Bentley dont une décapotable, trois Aston Martin, trois Ferrari, une Jensen, une Lamborghini.

Et une Ford.

Bleu foncé, garée de l'autre côté de la rue dans le sens de la circulation, c'est pourquoi je ne l'avais pas remarquée en passant devant la maison. Deux antennes. Deux rétroviseurs centraux. Une bosse au milieu de l'aile gauche, conséquence éventuelle d'une collision latérale avec une grosse cylindrée japonaise.

Un homme sur le siège passager.

J'ai d'abord ressenti du soulagement. S'ils planquaient devant chez Sarah, il y avait des chances qu'ils n'aient pas mis la main sur elle et, dans ce cas, ils se rabattaient sur son domicile. Ouais, ils pouvaient aussi la retenir quelque part et envoyer quelqu'un chercher sa brosse à dents. S'il lui restait des dents, évidemment.

Inutile de s'inquiéter pour ça. Je me suis rapproché de la Ford.

Si vous avez fait un peu de théorie militaire, vous avez sans doute entendu parler de la boucle OODA[1], ou cycle de Boyd. Boyd est un gars qui a passé pas mal de temps à analyser les combats aériens de la guerre de Corée, afin de définir des « séquences d'événements ». Comprendre pourquoi le pilote A a réussi à descendre le pilote B, pourquoi le pilote B n'était pas content, deviner lequel des deux avait mangé du kedgeree au petit-déjeuner. La théorie de Boyd se base sur une observation fort simple, comme quoi lorsque A fait quelque chose, B réagit, A fait autre chose, B réagit de nouveau et ainsi de suite, le tout formant un cycle d'actions et de réactions. Le cycle de Boyd. La belle affaire, penserez-vous. Mais – eurêka ! – Boyd a eu une idée qui lui vaut d'être aujourd'hui cité dans toutes les écoles militaires du monde. À savoir que si B parvenait à faire deux choses dans le temps où, jusque-là, il n'en faisait qu'une, il modifiait le « processus décisionnel ». Alors le Droit et la Force l'emportaient.

La théorie de Lang revient à peu près au même pour beaucoup moins cher. Elle consiste à taper sur la gueule du mec avant qu'il s'y attende.

---

1. Observation-Orientation-Décision-Action.

M'arrêtant à gauche de la Ford, j'ai levé le menton vers la maison. Le type au volant ne m'a pas regardé. Ce qu'il aurait fait si ç'avait été un quidam, car les quidams s'observent les uns les autres quand ils n'ont rien de mieux à foutre. Je me suis penché pour frapper à la vitre. Il s'est tourné vers moi et m'a examiné avant de la baisser. Le gars avait une quarantaine d'années, un penchant pour le whisky, et il ne me reconnaissait pas.

– C'est toi, Roth ? ai-je lâché avec mon meilleur accent américain – d'accord, c'est moi qui le dis, mais il est excellent.

Il a fait signe que non.

– Roth est passé ?

– Qui c'est, Roth ?

Je m'attendais à un Américain, mais c'était un vrai Londonien.

– Merde, ai-je dit en me redressant pour étudier la maison.

– Qui t'es, toi ?

– Dolloway, ai-je répondu en fronçant les sourcils. Ils t'ont dit que je venais ?

Nouveau hochement de tête. J'ai poussé mon avantage :

– T'es sorti de la voiture ? T'as pas entendu le téléphone ?

Parlant vite et fort, je l'assiégeais. Il était hésitant, mais pas méfiant.

– Ni les nouvelles ? Le journal, merde, quoi ! Trois morts, et ils ont pas eu Lang.

Il me regardait fixement.

– Merde ! ai-je répété au cas où il n'aurait pas pigé la première fois.

– Alors qu'est-ce qu'on fait ?

Cigare pour M. Lang. Je le tenais. Je me suis mordu la lèvre une seconde, puis j'ai tenté le coup.

– T'es tout seul, là ?

– Micky est dedans, a-t-il dit en indiquant la maison avant de jeter un coup d'œil à sa montre. On se relaie dans dix minutes.

– Non, maintenant. Il faut que j'aille voir. Quelqu'un est venu ?

– Personne.

– Des coups de fil ?

– Un. Une fille, pour Sarah. Il y a une heure environ.

– OK, allons-y.

Sûr que j'avais modifié son processus décisionnel. Incroyable ce qu'on arrive à obtenir en jouant la bonne partition. Heureux de montrer qu'il s'extirpait vite des voitures, le type s'est extirpé de la voiture et m'a escorté à grands pas jusqu'à la maison. J'ai fait mine de sortir mes clés de ma poche et me suis brusquement arrêté.

– Vous avez un code ?

– Quoi ?

J'ai levé les yeux au ciel.

– Un code. Un signal. Je tiens pas à ce que Micky me troue la poitrine avant de passer la porte.

– Non, on... euh... je l'appelle, c'est tout.

– Ah, bonne idée ! Vous avez trouvé ça tout seuls ?

Je l'ai toisé une seconde pour l'agacer et le rendre plus serviable.

– Eh bien, vas-y, lui ai-je dit.

Collant sa bouche à la boîte aux lettres, il a crié :

– Micky ! C'est moi.

Il s'est relevé d'un air contrit.

– Ça oui, il doit savoir que c'est toi, comme ça. Super !

Un temps, un bruit de verrou, et je suis entré aussi sec.

J'ai pris soin de ne pas trop regarder Micky. Qu'il ne s'imagine pas que je me souciais de lui. Un rapide coup d'œil m'a cependant appris qu'il était maigre comme un coucou très maigre, qu'il avait lui aussi la quarantaine, qu'il portait des gants de conduite, un revolver, et sans doute des vêtements aussi, mais ça on s'en fout.

Son revolver avait la finition nickel des Smith & Wesson, ainsi qu'un canon court et un chien intérieur, ce qui permet de tirer sans le sortir de sa poche. Sans doute un Bodyguard Airweight, ou un truc du même genre. Sournois. Existe-t-il des flingues décents, honnêtes, impartiaux, m'interrogerez-vous, et bien sûr je vous dirai non. Ils servent tous à tirer du plomb avec l'intention de faire mal, seulement ils peuvent avoir plus ou moins de personnalité, et certains sont plus sournois que d'autres.

– C'est toi, Micky ? ai-je jeté négligemment en examinant l'entrée.

– C'est moi Micky.

Accent écossais. Il dévisageait son collègue d'un air désespéré pour qu'il lâche des explications. Ce Micky allait être casse-pieds.

– T'as le bonjour de Dave Carter, lui ai-je dit.

Dave était un copain de lycée.

– Ah ouais. Carter.

Bingo. Deux boucles Boyd en cinq minutes. Grisé par cette victoire facile, j'ai foncé vers le guéridon de l'entrée, où j'ai décroché le téléphone.

– Guinevere, ai-je dit (cryptique), je suis arrivé.

J'ai reposé le combiné et me suis placé au bas de l'escalier en me maudissant intérieurement d'exagérer à ce point. Celle-là était quand même dure à gober. En me retournant, j'ai vu qu'ils n'avaient pas bougé. Doux comme des agneaux, et cet air de « c'est vous le chef ».

– Où est la chambre de la fille ? ai-je lâché, sèchement.

Ils ont échangé un regard soucieux.

– Vous avez inspecté les chambres, non ?

Hochement de tête.

– Alors laquelle a des oreillers en dentelle et un poster de Stefan Edberg, merde !

– La seconde à gauche, a dit Micky.

– Merci.

– Mais...

Je me suis figé.

– Quoi ?

– Il n'y a pas de poster de...

Sur ma version la plus convaincante du sourire méprisant, j'ai monté l'escalier.

Micky avait raison, pas de poster d'Edberg au mur. Et pas tant d'oreillers en dentelle. Allez, huit. Mais *Fleur de fleurs* était dans l'air, une partie par milliard, et j'ai senti une pointe d'inquiétude et de désir. Pour la première fois, je me rendais compte que je tenais à défendre Sarah contre ce ou ceux qui la menaçaient.

Peut-être me croyais-je dans un roman de chevalerie et peut-être, un autre jour, mes hormones auraient-elles réagi différemment. Mais à cet instant, au milieu de sa chambre, je voulais sauver Sarah. Pas seulement parce qu'elle était bonne, contrairement aux méchants, mais parce que je l'aimais bien. Beaucoup.

Bon, suffit avec ça.

J'ai décroché le téléphone de la table de chevet et placé le combiné sous un oreiller. Si mes agneaux reprenaient courage ou, piqués par la curiosité, s'avisaient de composer le 800-Expliquez-Moi, je l'entendrais. En revanche, ils ne m'entendraient pas.

J'ai d'abord ouvert les armoires, au cas où une portion importante de la garde-robe aurait disparu. Il y avait deux ou trois cintres vides, pas assez pour indiquer un départ organisé vers le lointain.

Pots et brosses éparpillés sur la coiffeuse. Crème pour le visage, crème pour les mains, crème pour le nez, crème pour les yeux. Serait-ce vraiment grave, en rentrant soûl un soir, de se mettre sur les mains celle du visage, ou vice versa ?

Les tiroirs de la coiffeuse complétaient l'éventail : tous les outils et lubrifiants garantissant une bonne tenue de route à une femme formule 1 moderne. Mais strictement aucun dossier.

J'ai refermé et suis allé faire un tour dans la salle de bains contiguë. Le peignoir en soie que Sarah portait le soir de notre rencontre était accroché derrière la porte. Il y avait une brosse à dents sur la tablette au-dessus du lavabo.

Je suis revenu dans la chambre que j'ai étudiée dans l'espoir de découvrir un genre d'indication. Pas une adresse inscrite en hâte sur le miroir avec un tube de rouge à lèvres, bien sûr, mais quelque chose qui aurait dû être là et n'y était pas, ou n'aurait pas dû et y était. Il n'y avait rien de la sorte, et ça clochait. Il a fallu que je me place au centre de la pièce, aux aguets, pour comprendre.

Je n'entendais pas les deux agneaux. Ça, ça clochait. Ils avaient forcément plein de trucs à se dire. Après tout, j'étais Dolloway, et Dolloway était un élément nouveau dans leur existence. Pourquoi n'en parlaient-ils pas ?

J'ai inspecté la rue depuis la fenêtre. La jambe de Whisky – je suppose que c'était lui – dépassait de la portière de la Ford. Il était branché sur la radio de bord. J'ai récupéré sous l'oreiller le combiné du téléphone que j'ai reposé sur son socle, et le tiroir de la table de chevet s'est entrouvert tout seul. Petit, comme tiroir, pourtant il semblait contenir plus que le reste de la pièce. J'ai fouillé dans les paquets de mouchoirs en papier, le coton hydrophile, les mouchoirs en papier, les ciseaux à ongles, la plaque entamée de chocolat Suchard, les mouchoirs en papier, les crayons, les pinces à épiler, les mouchoirs en papier, les mouchoirs en papier – mais elles les bouffent ou quoi ? – et là, au fond du tiroir, couché sur un lit de mouchoirs en papier, se trouvait une masse lourde enveloppée d'une peau de chamois. Le charmant petit Walther TPH de Sarah. J'ai dégagé le chargeur et vérifié : il était plein.

J'ai empoché le pistolet, respiré un dernier coup de Nina Ricci, et ciao.

Depuis nos échanges initiaux, la situation avait évolué chez les agneaux. Mais pas du tout en bien. La porte d'entrée béait, Micky était adossé près d'elle, la main droite dans sa poche, tandis que Whisky, sur le perron, surveillait la rue de chaque côté. Le premier s'est retourné en m'entendant dans l'escalier.

– Rien, ai-je dit en me rappelant brusquement que j'avais l'accent américain. Que dalle, ai-je ajouté avec celui-ci. Vous fermez la porte, s'il vous plaît ?

– Deux questions, a dit Micky.

– Ouais, vite.

– Qui est Dave Carter ?

Je ne voyais pas l'intérêt de lui révéler que Dave avait été champion de pelote, dans la catégorie moins de seize ans, puis qu'il avait rejoint l'entreprise familiale d'installations électriques.

– L'autre question, c'est quoi ? ai-je donc répondu.

Micky a jeté à coup d'œil à Whisky, qui se rapprochait de la porte avec l'intention manifeste de me barrer le passage.

– Et toi, t'es qui ?

– Dolloway. Faut que je l'écrive sur un papier ? Vous êtes tarés ou quoi ?

J'ai glissé ma main droite dans ma poche droite et vu que Micky en faisait autant. S'il décidait de me descendre, je n'entendrais jamais le coup partir. Bon, j'avais la main dans la poche. Mais, dommage, le Walther était dans l'autre. J'ai ressorti ma main, lentement, le poignet fermé. Tel le serpent, Micky m'observait.

– Goodwin dit qu'il te connaît pas. Qu'il n'a envoyé personne, et dit à personne qu'on était là.

– Goodwin est un loser total qui sait plus où il met les pieds, ai-je balancé, maussade. Qu'est-ce qu'il vient foutre là-dedans ?

– Rien du tout, a dit Micky. Tu veux savoir pourquoi ?

– Ouais, je veux savoir pourquoi.

Il a souri. Ouh, les dents horribles qu'il avait.

– Parce qu'il n'existe pas. Je l'ai inventé rien que pour toi.

Eh bien voilà. Ils m'avaient dans leur boucle. Qui sème le vent récolte une prise de tête.

– Je te repose la question, a fait Micky en avançant vers moi. T'es qui, connard ?

J'ai baissé les épaules. La partie étant terminée, j'ai tendu les poignets, façon « mettez-moi les menottes m'sieur l'agent ».

– C'est mon nom que vous voulez savoir ?

– Ouais.

Ils ne l'ont jamais su, car nos propos furent interrompus par un hurlement d'une intensité incroyable. Le sol et le plafond réverbéraient le bruit, j'avais le cerveau secoué et la vision trouble.

Plissant les paupières, Micky a reculé le long du mur et Whisky portait les mains à ses oreilles. Dans la demi-seconde qu'ils m'accordaient, j'ai passé la porte en courant et Whisky a pris mon épaule dans les côtes. Il a rebondi sur la balustrade avant de s'affaler par terre, pendant que je filais à gauche dans la rue, à une vitesse oubliée depuis l'âge de seize ans. Si je mettais vingt mètres entre l'Airweight et moi, j'avais une chance.

À la vérité, je ne sais pas s'ils m'ont tiré dessus. Avec le bruit épouvantable de la bombe antiviol de Ronnie, je n'étais pas en état de vérifier ce genre de détail.

Au moins ils ne m'ont pas violé.

11

Il n'y a qu'un péché : la bêtise.

Oscar WILDE

onnie nous a conduits à son appartement près de King's Road. Nous sommes passés devant, une douzaine de fois dans chaque sens. Non que nous nous soyons crus surveillés – nous cherchions simplement une place de stationnement. C'était l'heure où la plupart des Londoniens qui possèdent un véhicule à moteur (à savoir la majorité) paient ce luxe très cher – le temps s'arrête, ou recule, ou fait des trucs bizarres et chiants qui ne correspondent pas aux règles usuelles de l'univers. Le souvenir des pubs télé qui vous montrent de gracieuses voitures de sport filant dans la campagne sur de jolies routes désertes commence à vous agacer un chouïa. Moi, ça m'est égal, évidemment, parce que j'ai une moto. Deux roues super, quatre roues galère.

Elle a finalement réussi à comprimer la TVR dans un coin et nous avons pensé à revenir en taxi jusqu'à chez elle. Mais la soirée était douce et on a préféré marcher. Les gens comme Ronnie aiment bien marcher et, les gens comme moi aimant bien les gens comme Ronnie, nous avons enfilé tous deux une paire de jambes en état de marche, et roule ma poule. Je lui ai fourni en chemin un bref compte rendu de mes rencontres à Lyall Street, qu'elle a écouté, captivée et silencieuse. Elle était suspendue à mes lèvres comme il arrive à peu de gens, particulièrement les femmes. En général elles dévissent, se foulent la cheville en tombant et après, bien sûr, c'est ma faute.

Mais, avec Ronnie, ce n'était pas pareil. Et ce n'était pas pareil car elle semblait penser que je ne suis pas comme tout le monde.

Quand nous sommes finalement arrivés chez elle, elle a déverrouillé la porte et s'est effacée en me demandant, avec une curieuse voix de petite fille, si ça ne me dérangeait pas d'entrer le premier. Je l'ai étudiée un instant. Peut-être voulait-elle savoir si toute l'affaire était aussi grave que ça, comme si elle en doutait ou doutait de moi ; j'ai donc pris un air maussade pour inspecter les pièces aussi clint-eastwoodment que je le pouvais – poussant les portes du bout du pied, ouvrant les placards d'un geste sec –, pendant qu'elle restait dans le couloir, les joues tachetées de rouge.

Arrivé à la cuisine, je me suis exclamé :

– Oh merde !

Accourant le souffle coupé, elle a jeté un coup d'œil depuis la porte.

– Sauce bolognaise ? ai-je demandé, levant vers elle une cuillère en bois pleine d'un truc très vieux et... beurk.

– Tss, a-t-elle fait, avant de s'esclaffer, soulagée, et je me suis esclaffé aussi.

Nous étions soudain comme de très vieux amis. De très vieux amis proches.

J'avais à l'évidence une question à poser.

– À quelle heure rentre-t-il ?

Elle m'a regardé en rougissant encore.

– Qui ça ?

– Ronnie, lui ai-je dit face à face. Vous êtes très bien bâtie, mais vous ne faites pas 44 de tour de cou. Et même dans ce cas, je ne vois pas pourquoi vous auriez tant de costumes rayés.

Se rappelant la présence d'armoires dans la chambre à coucher, elle a ouvert le robinet d'eau chaude au-dessus de la poêle.

– Un verre ? a-t-elle demandé sans se retourner.

Pendant que je renversais les glaçons sur le carrelage, elle a fait péter la vodka. Elle a également fini par me dire – j'aurais pu le deviner – que son petit ami vendait des matières premières à la City, ne dormait pas chez elle tous les soirs, et débarquait rarement avant dix heures dans ce cas. Franchement, si j'avais gagné une livre chaque fois qu'une fille me déballait ça, j'aurais au moins trois livres aujourd'hui. La dernière fois, le gars s'était pointé à sept heures – « Ça ne lui était jamais arrivé » – et m'a tapé dessus à coups de chaise.

J'ai déduit de son ton, et de ses mots, que leurs relations n'étaient pas spécialement épanouissantes. J'ai préféré museler ma curiosité et changer de sujet.

Les glaçons tintaient joliment dans nos verres quand nous nous sommes installés sur le canapé, où j'ai fourni à Ronnie un exposé plus complet des événements – depuis Amsterdam jusqu'à Lyall Street tout à l'heure, mais en laissant de côté les hélicos et le Troisième cycle. Ça faisait un récit sympa, riche en hauts faits que j'ai agrémentés de quelques autres, peut-être un peu moins hauts mais sympas eux aussi, pour qu'elle garde une haute opinion de moi. Elle plissait le front à la fin.

– Mais vous n'avez pas retrouvé le dossier, a-t-elle conclu avec une pointe de déception.

– Cela ne veut pas dire qu'il n'est pas là-bas. Si Sarah l'a caché quelque part, il faudrait faire fouiller la maison pendant une semaine par une entreprise du bâtiment.

– J'ai vérifié à la galerie et, en tout cas, il n'y est pas. Sarah a laissé des papiers, mais ça concerne surtout son travail.

Elle s'est levée pour ouvrir son attaché-case sur la table.

– En revanche, j'ai trouvé son journal intime, si ça peut servir, a-t-elle dit.

Parlait-elle sérieusement ? N'avait-elle pas lu assez de romans d'Agatha Christie pour savoir que, dans ces circonstances, un journal intime est toujours utile ?

Peut-être pas celui de Sarah, après tout. C'était un cahier relié de cuir, au format A4, vendu par une fondation contre la mucoviscidose. Il ne révélait pas grand-chose sur son propriétaire que je n'aurais pas deviné tout seul. Sarah prenait son job à cœur, déjeunait de temps en temps en ville, ne mettait pas de ronds à la place des points au-dessus des *i*, gribouillait des petits chats en parlant au téléphone. Peu de projets pour les mois à venir, et cette inscription à la fin : CED OK 7.30. En feuilletant les semaines précédentes, j'ai vu que CED était déjà OK, une fois à 7.30 et deux à 12.15.

– Tu sais qui c'est ? ai-je demandé à Ronnie en lui montrant. Charlie ? Colin ? Carl, Clive, Clarissa, Carmen ?

J'étais à court de noms de femme commençant par C.

Elle a froncé les sourcils.

– Pourquoi le E, la deuxième initiale ?

– Aucune idée, ai-je répondu.

– Si, par exemple, c'est... Charlie Dunce, pourquoi ne pas mettre CD tout court ?

J'ai de nouveau regardé la page.

– Charlie Etherington-Dunce ? Allez savoir. C'est plutôt votre créneau.

– Comment ça, mon créneau ?

Elle était subitement vexée.

– Pardon, mais... j'aurais pensé que... vous fréquentiez plutôt des... noblards, et...

Je n'ai pas fini ma phrase. Tout cela ne lui plaisait pas du tout.

– Oui, je parle comme une snob, j'ai un job de snob, et mon copain travaille à la City.

Elle s'est levée pour se resservir une vodka, sans m'en offrir, et j'avais la nette impression de payer pour quelqu'un d'autre.

– Attendez, je suis navré, je ne voulais pas dire que...

– Je parle comme je parle, Thomas, je n'y peux rien. Et j'ai l'air de ce dont j'ai l'air.

Le dos tourné, elle s'est envoyé une rasade.

– Il n'y a rien à changer. Vous parlez très bien, et vous êtes très jolie.

– Oh, la ferme.

– Pas tout de suite. Qu'est-ce qui vous fâche à ce point ?

Elle s'est rassise en soupirant.

– Ça m'énerve, voilà. La moitié des gens se fichent de mon accent, et l'autre me prend au sérieux *parce que* j'ai cet accent. C'est casse-pieds, à force.

– Vous allez me traiter de vil flatteur, mais je vous prends au sérieux, moi.

– C'est vrai ?

– Évidemment. Tout ce qu'il y a de plus vrai.

J'ai attendu avant d'ajouter :

– Je m'en fous que tu aies un balai dans le cul, moi.

Elle m'a observé un moment, et je commençais à craindre d'y être allé un peu fort. Allait-elle me jeter quelque chose à la figure ? Mais elle s'est mise à rire en hochant la tête, et je me suis senti beaucoup mieux. J'espérais qu'elle aussi.

Le téléphone a sonné vers six heures. À la façon dont Ronnie tenait le combiné, j'ai deviné que le petit ami annonçait son heure d'arrivée. Les yeux rivés par terre, elle ânonnait des « ouais, ouais », soit parce que j'étais là, soit parce qu'ils en étaient là. J'ai pris mon veston, emporté mon verre à la cuisine où je l'ai lavé et essuyé au cas où elle oublierait, et j'étais en train de le ranger dans le placard quand elle m'a rejoint.

– Tu m'appelleras ?

Elle avait l'air triste. Peut-être que moi aussi.

– Bien sûr.

Je l'ai laissée couper ses oignons pour le retour du négociant en matières premières, et je suis parti. L'arrangement semblait être le suivant : elle préparait le dîner, lui le petit-déjeuner.

Ronnie étant le genre de personne à s'extasier devant deux quartiers de pamplemousse, c'est lui qui s'en tirait le mieux.

Ah, franchement, les hommes.

Le taxi est passé par King's Road pour m'emmener dans le West End et, à six heures et demie, je faisais les cent pas devant le ministère de la Défense, sous le regard suspicieux des policiers. Pour rassurer tout le monde, je m'étais muni d'un plan et d'un appareil jetable avec lequel je photographiais les pigeons en affichant un air aimable et empoté. C'est le marchand qui s'était méfié quand je lui avais demandé un plan de n'importe quelle ville.

Je n'avais rien préparé d'autre et, bien sûr, je ne tenais pas à ce que ma voix traîne sur le standard téléphonique du ministère. J'avais parié que O'Neal était du genre à faire des heures supplémentaires, et j'avais apparemment raison. Dans son bureau à l'angle du septième étage, il boulonnait, cet homme. Les voilages réglementaires qui ornent les fenêtres des immeubles « sensibles » de l'État résistent sûrement aux téléobjectifs, mais ils n'empêchent pas de voir la lumière depuis la rue.

À la grisante époque de la guerre froide, un crétin des hautes sphères de la Sûreté avait décrété que, dans toutes les administrations susceptibles d'être espionnées, les lumières seraient allumées vingt-quatre heures sur vingt-quatre afin d'empêcher les agents ennemis de savoir qui travaillait jusqu'à quelle heure et où. On avait accueilli cette proposition avec moult hochements de tête, tapes dans le dos, et plus d'un fonctionnaire avait murmuré : « Il ira loin, ce Carruthers, tu verras. » Jusqu'à ce qu'on voie les factures d'électricité s'empiler sur les paillassons des divisions financières, après quoi Carruthers s'était assez rapidement évanoui et son idée avec.

O'Neal est apparu à la grande porte du ministère à sept heures dix. Il a brièvement salué le planton, lequel l'a ignoré, puis il est parti dans le crépuscule qui tombait sur Whitehall.

Il portait un attaché-case, ce que j'ai trouvé étrange, car on n'est pas censé quitter ces lieux avec des papiers importants sur soi – tout au plus quelques feuilles de papier hygiénique. Peut-être est-il un de ces curieux individus qui se servent de l'attaché-case comme d'un accessoire de théâtre. Je ne sais pas.

Je l'ai laissé couvrir une centaine de mètres avant de le suivre, et j'ai eu toutes les peines du monde à ne pas le rattraper, car il était d'une lenteur effrayante. Aurait-ce été une douce soirée d'été, on aurait imaginé qu'il flânait, mais ce n'était pas l'été et, de fait, ça caillait.

Il a fallu qu'après avoir traversé le Mall, il presse le pas pour que je comprenne. Tel le tigre de la forêt administrative, il paradait – maître des alentours, protecteur de terribles secrets qui auraient fait trembler le touriste moyen. Mais une fois sorti de la jungle, cela ne valait plus la peine de jouer les seigneurs. Quiconque avait du temps à perdre aurait pu le plaindre, ce petit monsieur.

Je ne sais pourquoi, mais je m'attendais à ce qu'il rentre directement chez lui. Je voyais bien une maison mitoyenne à Putney, une épouse patiente et dévouée lui servant son sherry, son cabillaud au four, puis repassait ses chemises tandis qu'il grognait devant le journal télévisé, comme si le moindre mot du journaliste avait pour lui un sens plus profond et plus noir. Mais non, tournant après l'ICA[1], il est allé jusqu'à Pall Mall et s'est présenté au Travellers Club.

Inutile de tenter quoi que ce soit ici. Je l'ai vu, derrière les portes vitrées, demander au portier s'il avait du courrier – il n'en avait pas. Puis il s'est débarrassé de son manteau, s'est avancé vers le comptoir, et j'ai jugé préférable de l'abandonner un moment.

J'ai acheté un hamburger-frites à un stand de Haymarket et me suis baladé un peu en mangeant. Des gens avec des chemises

1. Institut des arts contemporains.

colorées faisaient la queue pour des comédies musicales qui me semblaient à l'affiche depuis ma naissance. Je sentais la déprime s'abattre sur moi et me suis rendu compte, avec effroi, que je me comportais exactement comme O'Neal. Je contemplais mon prochain d'un air las et cynique, pendant qu'une voix dans ma tête leur disait : « Si seulement vous saviez, pauvres nases. » Je me suis extrait de cette torpeur et j'ai jeté le hamburger dans une poubelle.

Refaisant apparition à huit heures et demie, O'Neal a remonté Haymarket jusqu'à Piccadilly, puis il a pris Shaftesbury Avenue avant de tourner à gauche dans Soho. Le doux carillon vocal des foules du théâtre fut bientôt remplacé par la musique ronflante des bars chic et des boîtes de strip-tease. Cachés dans l'embrasure des portes sous leurs immenses moustaches, des hommes me parlaient à voix basse de « spectacles cochons ».

Les rabatteurs n'ignoraient pas O'Neal, toutefois celui-ci savait où il se rendait et ne se préoccupait pas des articles en réclame. Il a viré à gauche à droite sans se retourner, jusqu'à atteindre son oasis, le Shala, où il s'est engouffré sans hésiter.

J'ai poursuivi au bout de la rue où j'ai lambiné un peu, puis j'ai rebroussé chemin pour admirer l'intrigante devanture du Shala. Les mots « Live », « Filles », « Érotique », « Danseuses » et « Sexy » étaient peinturlurés au hasard autour de la porte, comme si on nous défiait de composer une phrase. Une demi-douzaine de photos décolorées de créatures en sous-vêtements étaient affichées dans une petite vitrine. Une nénette en minijupe de cuir se prélassait devant l'entrée. Je lui ai fait un sourire de Norvégien, laissant entendre que, oui, le Shala était bien le genre d'endroit où se détendre à la fin d'une rude journée de Norvégien. Aurais-je hurlé que j'allais tous les griller au lance-flammes, je crois qu'elle n'aurait pas cillé non plus. À condition qu'elle puisse, compte tenu de la couche de mascara.

Je l'ai payée quinze livres et j'ai rempli une carte de membre au nom de Lars Petersen, c/o Brigade des mœurs, New Scotland

Yard, puis j'ai descendu quelques marches pour vérifier à quel point le Shala était *live*, féminin, érotique, dansant et sexy.

C'était déprimant, comme rade. Vraiment très, très déprimant. La direction avait décidé depuis longtemps qu'il lui revenait moins cher de baisser les lumières que de faire le ménage. J'avais l'impression que les carrés de moquette me collaient aux semelles. Une vingtaine de tables étaient disposées autour d'une petite scène, sur laquelle trois gonzesses aux yeux vitreux se déhanchaient en cadence sur un truc assourdissant. Le plafond était si bas que la plus grande était obligée de danser voûtée. Contre toute attente, vu que les trois étaient nues et que c'était un morceau des Bee Gees, elles se tiraient d'affaire avec une certaine dignité.

Assis à une table au premier rang, O'Neal s'intéressait apparemment à celle de gauche. Elle avait le teint terreux et ça ne lui aurait pas fait de mal d'avaler un bon steak et de dormir un peu. Sans jamais sourire, elle braquait un regard fixe sur le mur au fond de la salle.

– Monsieur !

Un type plein de furoncles dans le cou se penchait vers moi par-dessus le comptoir.

– Whisky, s'il vous plaît, ai-je répondu avant de me retourner vers la scène.

– Cinq livres.

Je l'ai regardé.

– Pardon ?

– Un whisky, cinq livres. On paie d'avance.

– Non, non. Vous me servez le whisky et ensuite je paie.

– On paie d'avance.

– Fous-toi une fourche dans le cul, d'abord.

J'ai souri pour l'attendrir. Il m'a servi le whisky. J'ai donné cinq livres.

Après dix minutes au comptoir, j'ai pensé que O'Neal était là pour se rincer l'œil et rien d'autre. Il ne regardait ni sa montre ni la porte, il sirotait son gin avec tant de nonchalance qu'il ne pouvait pas être là en mission. J'ai fini mon verre et me suis faufilé jusqu'à sa table.

– Voyons... c'est votre nièce et elle n'a trouvé que ce job pour avoir sa carte des intermittents, qui lui permettra d'entrer à la Royal Shakespeare Company.

Muet, il m'a regardé tirer une chaise, m'asseoir et ajouter :

– Bonjour.

– Qu'est-ce que vous faites là ?

Il était peut-être un peu embarrassé.

– Attendez, il faut remettre les choses dans le bon ordre. C'est vous qui êtes censé dire « Bonjour », et moi « Qu'est-ce que vous faites là ? »

– Où étiez-vous passé, Lang ?

– Oh, ici et là. Vous savez, je suis un pétale de fleur qui tourbillonne au vent d'automne. Ça devrait être mentionné dans mon dossier.

– Vous m'avez suivi ici ?

– Allons, quel vilain mot. Je préfère celui de chantage.

– Quoi ?

– C'est vrai, ça veut dire tout autre chose. Alors, d'accord, mettons que je vous ai suivi.

Il a scruté la salle au cas où j'aurais amené mes costauds avec moi. Ou peut-être cherchait-il les siens. Se penchant, il a murmuré d'un air mauvais :

– Vous vous êtes fourré dans un sacré pétrin, Lang. J'aime autant vous prévenir.

– Oui, vous avez certainement raison. Je me suis fourré dans un sacré pétrin. Mais je suis aussi dans un cabaret louche. En compagnie d'un haut fonctionnaire que nous ne nommerons pas pendant une heure au moins.

Il s'est adossé à sa chaise en affichant une expression malsaine, les sourcils froncés, la bouche ourlée. C'était en fait le début d'un sourire. Un sourire en kit.

– Oh là là, mais c'est que vous pensez vraiment me faire chanter. Mon Dieu que c'est minable.

– Ah oui ? Donc il ne faut pas accepter ça.

– J'ai rendez-vous avec quelqu'un, ici, et je n'ai pas choisi l'endroit, a-t-il dit en vidant son troisième gin. Je vous serai très obligé de bien vouloir vous en aller, cela m'évitera d'appeler le videur pour qu'il vous jette.

Les haut-parleurs venaient d'enchaîner sur une version terne et bruyante de *War, What Is It Good For* ? Quittant le centre de la pièce, la nièce s'est approchée pour remuer son vagin devant nous, presque en rythme avec la musique.

– Oh, je ne sais pas, ai-je répondu. Je suis bien, pour l'instant, ici.

– Lang, je vous mets en garde. Vous êtes dans une fâcheuse posture. Ce rendez-vous est important, et si vous devez nous déranger, nous incommoder de quelque façon, je me verrai obligé de vous faire arrêter. Est-ce suffisamment clair ?

– Je sais à qui vous me faites penser ! Au capitaine Mainwaring[1].

– Lang, pour la dernière fois...

Il s'est interrompu en apercevant le Walther de Sarah. À sa place, j'aurais fait la même chose.

– Vous prétendiez ne pas avoir d'armes à feu, a-t-il dit au bout d'un moment, inquiet et s'efforçant de le cacher.

– Je suis une *fashion victim*. On raconte que c'est à la mode, cette année, alors il a fallu que j'en achète un.

J'ai lentement retiré mon veston. La nièce, à moins de deux mètres, contemplait toujours le mur du fond.

– Vous n'allez pas tirer un coup de feu ici, Lang. Je ne vous crois pas complètement fou.

---

1. Personnage pompeux d'un feuilleton de la BBC, *Dad's Army*, capitaine d'une association de volontaires pour la défense du territoire pendant la Seconde Guerre mondiale.

J'ai fait une boule bien serrée de mon veston, et j'ai inséré l'arme dans un pli.

– Oh si. Je suis vraiment taré. On m'appelait « le chien enragé » au régiment.

– Je commence à...

Son verre vide a explosé. Les éclats sont tombés en pluie sur la table, par terre, et O'Neal est devenu très pâle.

– Bon Dieu... bégayait-il.

Le sens du rythme. Soit on l'a, soit on l'a pas. J'avais tiré à un moment où le batteur tape fort sur sa caisse claire et, niveau bruit, c'est comme si j'avais léché une enveloppe. La nièce aurait tiré à ma place, elle l'aurait fait sur le deuxième temps de la mesure et c'était raté.

– Un autre verre ? ai-je proposé en allumant une cigarette pour masquer l'odeur de la poudre. C'est moi qui régale.

War s'est achevé avant Noël, et les trois filles, quittant la scène, ont été remplacées par un couple sadomasochiste. Ils étaient à l'évidence frère et sœur, quoique nés à cent ans d'intervalle. La mèche du fouet ne dépassait pas le mètre, à cause du plafond bas, mais le type maniait ça comme si elle en mesurait dix. Et de châtier sa sœur sur l'air de *We Are The Champions*, pendant que O'Neal attaquait chastement son quatrième gin.

– Bon, ai-je dit en changeant l'orientation de mon veston. J'ai une chose à vous demander, et une chose seulement.

– Allez au diable.

– Certainement, et je veillerai à ce qu'il prépare votre chambre. J'ai besoin de savoir ce que vous avez fait de Sarah Woolf.

Il a siroté quelques gorgées puis, réellement perplexe, m'a dévisagé.

– Ce que, *moi*, j'ai fait d'elle ? Qu'est-ce qui vous fait croire que j'en ai fait quoi que ce soit ? !

– Elle a disparu.

– Disparu... Oui... C'est une façon mélodramatique d'admettre que vous ne savez pas où la trouver ?

– Son père est mort. Vous êtes au courant ?

Il m'a observé un long moment.

– Oui, et ça m'intéresserait de savoir comment vous le savez.

– Vous d'abord.

Il s'enhardissait. J'ai poussé mon veston de quelques centimètres vers lui, et il n'a pas réagi.

– Vous l'avez tué, a-t-il dit, moitié irrité, moitié amusé. N'est-ce pas ? Le brave mercenaire Thomas Lang a fini par passer aux actes, et notre homme est mort. Eh bien, cher ami, vous aurez un mal de chien à vous sortir de ce guêpier, ce que vous concevez, j'espère.

– C'est quoi, le Troisième cycle ?

L'irritation et l'amusement se dissipaient peu à peu. Il ne semblait pas décidé à répondre, alors je l'ai pressé.

– Je vais vous dire, ce que c'est, moi, vous n'aurez qu'à me noter sur dix.

Il n'a pas bronché.

– D'abord, ai-je commencé, Troisième cycle ne veut pas dire la même chose pour tout le monde. Pour certains, il s'agit de produire et de vendre un nouveau type d'appareil militaire. Un prototype pour l'instant secret. Un truc vraiment affreux, mais pas forcément illégal. D'autres, et c'est là que c'est intéressant, désignent par le terme Troisième cycle le montage d'une opération terroriste qui permettra aux fabricants de ce joujou de faire valoir ses fonctionnalités. Lesquelles se résument en un mot : tuer. Ce groupe-là se mettra des sommes considérables dans les poches lorsque d'enthousiastes clients seront convaincus de son utilité. Cet aspect-là est tout aussi secret, tout aussi affreux, et illégal à la puissance dix. Alexander Woolf a eu vent de ce second groupe, décide de l'empêcher de nuire, et du coup il devient gênant. Donc les membres de ce groupe, qui peut-être occupent des fonctions officielles dans le renseignement, tentent de salir sa réputation. Le font passer pour un trafiquant de drogues dans les pince-fesses et autres réceptions. Se débrouillent pour que personne ne croie ce qu'il affirme. Comme ça ne marche pas, ils menacent de le tuer. Comme ça ne marche pas non plus, ils mettent leurs menaces à exécution. Ils ont peut-être même tué sa fille, tant qu'ils y étaient.

O'Neal ne mouftait toujours pas.

J'ai continué :

– Mais ceux qui me font vraiment de la peine dans l'histoire, à part les Woolf, évidemment, sont ceux qui *pensent* appartenir au premier groupe, un groupe somme toute légal, lequel s'est rendu complice du second en soutenant d'une façon ou d'une autre ses visées maléfiques. Éventuellement sans s'en rendre compte. Ceux-là, si vous me passez l'expression, tiennent le putois par la queue.

O'Neal regardait soudain par-dessus mon épaule. Pour la première fois depuis que je l'avais rencontré, je ne lisais pas dans ses pensées.

– Bon, ça suffira, ai-je conclu. En qui me concerne, j'ai trouvé le numéro intéressant, mais maintenant laissons faire *Tribunal central* à la télé.

Il ne répondait toujours pas. Me retournant pour suivre son regard, j'ai vu un des videurs indiquer notre table à quelqu'un. Il a reculé en hochant la tête, et la silhouette mince et musclée de M. Barnes, Russell P., a traversé la pièce à grands pas.

Je l'ai tué sur-le-champ avec O'Neal, j'ai pris le premier avion pour le Canada où, après avoir épousé Marie-Berthe, j'ai monté une entreprise de poterie qui marche très bien.

C'est du moins ce que j'aurais dû faire.

12

Vous êtes une truite, monsieur Lang. Et de première bourre, encore. Glissant, fuyant, un vrai enfant de salaud, si vous voyez ce que je veux dire.

Barnes et moi étions assis dans une autre Lincoln Diplomat – ou peut-être était-ce la même, auquel cas on avait vidé les cendriers depuis la dernière fois –, garée sous le pont de Waterloo. Une grande enseigne au néon vantait la programmation du National Theatre à côté : une adaptation pour la scène d'*Absolutely Fabulous*, dirigée par Peter Brook. Enfin, quelque chose comme ça.

Si O'Neal occupait cette fois le siège passager, Mike Lucas était toujours au volant. J'étais surpris qu'on ne l'ait pas emballé dans un sac de toile et chargé dans la soute d'un avion pour Washington. Barnes lui avait sans doute donné une deuxième chance après la débâcle de Cork Street. Il n'en était pas responsable mais, dans ces milieux-là, ce n'est pas parce qu'on est responsable qu'on est puni, et inversement.

Il y avait une seconde Diplomat garée derrière nous, avec une bande de Carl – ou quel que soit le mot employé – dedans. Un troupeau, une volée, un essaim de Carl ? Comme ils semblaient y tenir beaucoup, je leur avais donné le Walther.

– Je crois comprendre ce que vous voulez dire, monsieur Barnes, et je le prends comme un compliment, l'ai-je assuré.

– J'en ai rien à chauffer, de vos compliments, monsieur Lang. Vraiment rien à foutre, a-t-il affirmé en regardant au-dehors. Putain, ce qu'on s'emmerde avec ces conneries...

O'Neal s'est raclé la gorge en gigotant sur son siège :

– Ce que M. Barnes veut dire, Lang, c'est que vous avez mis les pieds dans une affaire d'une complexité effrayante, que vous n'avez aucune idée des tenants et des aboutissants, et que vos interventions ne nous facilitent pas la tâche.

Il s'avançait beaucoup avec ce « nous », mais Barnes n'a pas relevé.

– Et donc, en toute franchise, je crois pouvoir dire...

Je l'ai coupé :

– Oh, va te faire mettre, connard. (Il a rosi légèrement.) La seule chose qui me préoccupe, c'est la sécurité de Sarah Woolf. Le reste, en ce qui me concerne, c'est du foin.

Barnes regardait toujours dehors.

– Rentre chez toi, Dick.

Silence. O'Neal semblait vexé. On l'envoyait au lit sans dîner, alors qu'il n'avait rien fait de mal.

– Je crois que...

– Rentre chez toi, je t'ai dit. Je t'appellerai.

Personne n'a bougé, puis Mike s'est penché pour ouvrir la portière de droite. O'Neal n'avait d'autre choix que s'exécuter.

– Au revoir, Dick, lui ai-je dit. Ce fut un plaisir incommensurable de se revoir. J'espère que vous aurez une pensée pour moi en sortant mon corps de la Tamise.

Il a saisi son attaché-case, claque la portière et s'est élancé dans l'escalier sans regarder derrière lui.

– Lang, a dit Barnes. Marchons.

Il était descendu de voiture et longeait déjà l'Embankment que je n'avais pas encore répondu. Jetant un coup d'œil au rétro, j'ai vu que Lucas me regardait.

– Un homme remarquable, ai-je commenté.

Lucas s'est retourné une seconde vers Barnes, puis m'a cadré dans le rétroviseur.

– Faites gaffe, quand même, hein ?

J'étais prêt à ouvrir la portière. Lucas n'avait pas l'air très gai. Franchement pas.

– À quoi en particulier ?

Il s'est voûté un peu, il a couvert sa bouche pour qu'on ne puisse pas lire sur ses lèvres.

– Je ne sais pas. Je vous jure que je n'en sais rien. Mais il se passe de drôles de saloperies quelque part...

Il s'est interrompu en entendant d'autres portières claquer derrière nous.

J'ai posé une main sur son épaule.

– Merci, lui ai-je dit avant de le quitter.

Arrivant de chaque côté de la voiture, une paire de Carl à nuque épaisse baissait la tête vers moi. Vingt mètres plus loin, Barnes observait la scène en attendant que je le rejoigne.

– Je préfère Londres la nuit, a-t-il dit quand je lui ai emboîté le pas.

– Moi aussi. C'est toujours joli au bord du fleuve.

– Mon cul. Je préfère Londres la nuit parce qu'on la voit moins.

J'ai commencé à rire, mais je me suis arrêté car il semblait le penser. Et même être en colère. Je me suis brusquement demandé si on ne l'aurait pas affecté à Londres pour lui faire expier quelque chose. Et il reportait sur la ville les aigreurs que lui inspirait cette injustice flagrante.

Il a interrompu mon interprétation psychologique.

– O'Neal raconte qu'on a bâti sa petite théorie, on a fait travailler son imagination ?

– On pourrait dire ça.

– Alors expliquez-moi, voulez-vous ?

N'ayant pas spécialement de raison de me dérober, je lui ai répété le discours que j'avais tenu à O'Neal, en ajoutant un bout ici, en retirant un bout par là. Il m'a écouté sans témoigner beaucoup d'intérêt et, quand j'ai eu fini, il a poussé un long soupir de la catégorie « Que vais-je faire de cet individu ? »

– Je ne vais pas prendre de gants avec vous, ai-je annoncé, pour qu'il n'ait aucun doute sur mes sentiments. Vous êtes une espèce de sous-merde dangereuse, corrompue, hypocrite, qui se dessèche depuis trop longtemps avec ou sans soleil. Je vous descendrais tout de suite si je ne risquais pas de rendre les choses impossibles pour Sarah.

Cette partie-là n'a pas semblé le déranger non plus.

– Hu-hu, a-t-il commenté. Et vos salades ?

– Quoi, mes salades ?

– Vous avez bien écrit tout ça quelque part ? Avec une copie pour votre avocat, votre banque, votre mère, la reine, à n'ouvrir qu'en cas de décès ?

– Évidemment. On a des émissions de télé, ici aussi.

– Ça paraît discutable, ça. Cigarette ?

Il a sorti un paquet de Marlboro de sa poche et m'en a proposé une. Je l'ai acceptée et trouvé très étrange que, du fait qu'ils tiraient l'un et l'autre sur un bout filtre, deux hommes unis par une haine profonde et véritable puissent ressembler à des copains.

Atteignant la balustrade, Barnes s'est penché pour contempler les eaux noires et luisantes de la Tamise. Je suis resté quelques mètres en retrait, parce qu'il y a des limites au copinage.

– OK, Lang. Comme vous n'êtes pas un imbécile, je ne le dirai qu'une fois. Vous avez tout pigé.

Il a jeté sa cigarette avant de poursuivre :

– Et alors ? On va faire un peu de bruit et relancer les affaires. À quel moment on pleure ? Qu'est-ce qu'il y a de si terrible là-dedans ?

J'ai opté pour l'approche « on reste calme ». En cas d'échec, j'essaierais l'approche « on le jette dans le fleuve et on court comme un dératé ».

– C'est si terrible que ça, ai-je commencé lentement, parce que nous sommes originaires vous et moi de pays démocratiques, dans lesquels la volonté du peuple représente quelque chose. C'est grâce à cette volonté, je pense, que les États ne tuent pas leurs citoyens ou ceux du voisin pour se remplir les poches. Aujourd'hui, du moins. Mercredi prochain, le peuple préférera peut-être l'autre solution. Mais, pour l'instant, ce que vous appelez vos « affaires » est condamné par la majorité.

J'ai tiré une dernière bouffée de mon clope et je l'ai jeté moi aussi. Il a paru mettre un temps infini à toucher l'eau.

– Votre bel exposé m'inspire deux choses, a dit Barnes après un long silence. D'abord, nous ne vivons ni vous ni moi dans une démocratie, Lang. Passer dans l'isoloir une fois tous les quatre ans, ça n'est pas la démocratie. Ensuite, qui a dit que les États se remplissent les poches ?

– Mais bien sûr ! me suis-je frappé le front. Ça m'avait échappé ! Le produit des ventes sera reversé à Enfants et Développement. Une immense opération de charité, je ne m'en étais pas aperçu ! Woolf va être comblé. (Je m'écartais un peu de l'approche « on reste calme », là.) Le problème, c'est qu'on est en train de nettoyer le mur, à la City, où ses intestins sont collés. Il ne vous remerciera peut-être pas aussi chaleureusement que vous l'auriez souhaité. Barnes, ai-je conclu en tendant un doigt accusateur, vous avez besoin d'un psychiatre.

Je me suis éloigné en direction du fleuve. Deux Carl avec oreillettes venaient me couper la route.

– Vous croyez qu'il va où, l'argent ?

Barnes n'avait pas bougé, il parlait juste un peu plus fort. Je me suis figé et il a poursuivi :

– Quand un play-boy arabe débarque dans la vallée de San Martin pour se payer cinquante chars Abrams M1 et autant de F-16. Qu'il signe un chèque de cinq cents milliards de dollars. Où il va, ce fric, selon vous ? Vous croyez que c'est moi qui l'empoche ? Ou Bill Clinton ? Ou le charmant David Letterman ? Qui ?

– Je suis tout ouïe, ai-je répondu.

– Je vais vous le dire. Même si vous le savez. Il revient au peuple américain. Deux cent cinquante millions d'Américains profitent de cet argent.

Je ne suis pas très fort en calcul mental. On divise par dix, on retient deux...

– Ça leur ferait deux mille dollars chacun ? Chaque homme, chaque femme, chaque enfant ? (J'ai suçoté bruyamment un peu d'air entre mes dents.) Pourquoi est-ce que ça sonne faux ?

– Cet argent permet d'employer cent cinquante mille personnes, qui en font vivre trois cent mille autres. Avec cinq cents milliards de dollars, tout le monde peut acheter plein d'essence, plein de bouffe, plein de Nissan Micra. Cinq cent mille personnes vont les vendre, les Micra, cinq cent mille autres les réparer, cinq cent mille laver le pare-brise, cinq cent mille vérifier la pression des pneus. Comptez encore cinq cent mille qui construisent les routes pour qu'elles roulent quelque part, et on arrive bientôt à deux cent cinquante millions de bons démocrates qui ont besoin que l'Amérique fasse la dernière chose qu'elle sait faire. Des armes.

À moitié assommé, j'ai fixé mon attention sur le fleuve. Je veux dire, par quoi allais-je commencer ?

– Donc, pour le bien des bons démocrates, on peut accepter un cadavre ici ou là, c'est ça ?

– Ouaip. Et il n'y en aura pas un pour affirmer le contraire.

– Peut-être Alexander Woolf, si.

– Quelle importance ?

Je continuais de regarder la Tamise. L'eau paraissait grasse, chaude.

– Absolument aucune, Lang, a-t-il continué. Un homme contre beaucoup d'autres. Minoritaire, et la majorité tranche. C'est ça, la démocratie. Je peux vous apprendre autre chose ?

Je me suis tourné vers lui. L'enseigne du théâtre déposait ses couleurs sur son visage ridé.

–Il y a deux millions de citoyens américains que je n'ai pas encore mentionnés, a-t-il dit. Vous savez ce qu'ils vont faire, cette année ?

Il marchait vers moi, lentement et sûr de lui.

–Des études de droit ?

–Non. Mourir.

Ce qui ne semblait pas le déranger.

–Vieillesse, leucémie, accidents de voiture, crises cardiaques, a-t-il énuméré. Plus ceux qui se battent dans les bars, qui tombent des fenêtres, et quoi encore... Deux millions d'Américains vont mourir cette année. Alors, dites-moi. Vous allez verser une larme pour chacun ?

–Non.

–Ah bon ! Et pourquoi pas, Lang ? Ils seront morts eux aussi, non ?

–Oui, mais je n'en suis aucunement responsable.

–Vous un ancien militaire, nom de Dieu !

Nous étions l'un en face de l'autre, et il gueulait au point de réveiller le quartier.

–Formé pour tuer au nom de vos concitoyens ! s'époumonait-il.

J'ai voulu répondre, mais je n'en ai pas eu le temps, car il poursuivait :

–C'est vrai ou c'est pas vrai, merde !

Son haleine était curieusement sucrée.

–Un peu court, comme conception des choses, Rusty. Vous devriez lire des livres, de temps en temps.

–Les démocrates ne lisent pas, Lang. Le peuple ne lit pas. Le peuple se contrefout de concevoir les choses. Tout ce qu'il veut, tout ce qu'il demande à l'État, c'est une augmentation de salaire. D'année en année. Sinon, il vote pour le camp opposé. Voilà ce qu'il veut, le peuple, ce qu'il a toujours voulu. C'est ça, la démocratie, mon gars.

J'ai respiré profondément. Plusieurs fois de suite, même, parce que je risquais de ne plus pouvoir pendant un bon moment si je lui faisais ce qui me démangeait.

Il continuait de me regarder, guettant une réaction, une faiblesse de ma part. Alors j'ai tourné les talons et j'ai marché. Les Carl se sont lancés à ma poursuite, je ne me suis pas arrêté. Je savais qu'ils n'oseraient rien tant que Barnes n'aurait pas donné le signal. Ce qu'il a dû faire après quelques secondes.

Celui de gauche m'a saisi le bras. Plus rapide que lui, je lui ai tordu le poignet en poussant vers le bas, et il a été obligé de suivre le mouvement. L'autre en a profité pour me serrer le cou – un instant seulement, car il a pris un coup de talon sur la bosse du pied, et mon poing à l'envers dans les parties. Il a relâché son étreinte, et ils se sont mis à graviter autour de moi. J'avais envie de leur faire assez mal pour qu'ils ne l'oublient pas.

Brusquement, comme si rien ne s'était passé, ils ont reculé en reboutonnant leurs manteaux. Barnes avait dû dire quelque chose que je n'avais pas entendu. Se glissant entre eux, il s'est approché très près.

– On a bien compris qu'on vous fout les boules. Je sais que vous ne m'aimez pas beaucoup, j'en suis navré mais, en l'occurrence, c'est assez secondaire.

Il a sorti un autre clope de son paquet, sans cette fois m'en offrir.

– Si vous voulez vraiment nous emmerder, Lang, a-t-il conclu en recrachant lentement la fumée par les narines, le mieux est que vous sachiez ce que ça va vous coûter.

Il a levé le menton, et fait signe à quelqu'un derrière moi.

– Meurtre, a-t-il dit.

Puis il m'a souri.

V'là aut'chose ! ai-je pensé. Ça serait peut-être intéressant.

Après avoir suivi la M4 pendant environ une heure, nous avons dû tourner quelque part vers Reading. Je serais très heureux de vous révéler exactement à quel endroit, ainsi que les noms des routes secondaires mais, comme je voyageais le nez collé sur le plancher de la Diplomat, je manquais un peu de stimuli sensoriels. Le tapis de sol bleu foncé sentait le citron, si ça peut vous aider.

On a ralenti pendant un quart d'heure à la fin, à cause du brouillard ou des embouteillages, ou peut-être y avait-il des girafes sur la route ?

Puis on a bifurqué dans une allée de gravier, et j'ai cru qu'on allait arriver. Le gravier des allées, à peu près n'importe où en Angleterre, tient dans une trousse de toilette. D'un moment à l'autre, je pourrais sortir et hurler au-dessus de l'autoroute.

Mais ça n'était pas une balade ordinaire.

Celle-là n'en finissait pas de finir. Donc continuait. J'ai cru un peu plus loin qu'on se garait après un virage, mais non, ça continuait de finir.

On s'est quand même arrêtés.

Mais on est reparti, et ça n'en finissait toujours pas.

Je commençais à penser qu'on ne roulait plus du tout ; que la Diplomat avait été conçue, avec une précision effarante, pour se désintégrer au terme du kilométrage garanti ; entendais-je déjà la carrosserie se détacher du châssis ?

Puis, enfin, elle s'est immobilisée. Pour de bon cette fois, puisque la taille 44 qui maintenait ma nuque au plancher s'est sentie assez en forme pour me libérer et gambader au-dehors. Relevant la tête, j'ai regardé à travers la portière ouverte.

C'était un édifice grandiose. Majestueux. À l'évidence, au bout d'une allée pareille, on n'allait pas tomber sur une HLM mais, j'insiste, la chose était monumentale. J'aurais dit fin XIXe siècle, avec quelques emprunts aux précédents, et pas mal de français dans le tas. Enfin, pas exactement dans le tas, plutôt liaisonné, jointoyé, taillé en biais, en biseau, et/ou chanfreiné, très probablement par les mêmes gars qui avaient construit la rambarde de la Chambre des communes.

Il y a plein de vieux numéros de *Country Life* dans la salle d'attente de mon dentiste, c'est pourquoi j'ai une vague idée de ce que coûte un manoir. Quarante chambres à coucher à une heure de Londres. Une somme d'argent qui dépasse l'imagination. Qui dépasse ce qui la dépasse.

Je m'amusais à estimer le nombre d'ampoules électriques nécessaires à l'éclairage d'un endroit pareil quand un des Carl m'a saisi par le col pour me sortir de la voiture. Aussi aisément qu'un sac de golf sans beaucoup de clubs dedans.

13

Tout homme de plus de quarante ans est une canaille.

George Bernard SHAW

On m'a conduit dans une pièce. Rouge. Tapisserie rouge, rideaux rouges, moquette rouge. Ils parlaient d'un salon, mais je ne vois pas pourquoi il aurait fallu se contenter d'y tenir salon. Oui, on pouvait se réunir pour discuter là-dedans ; mais aussi monter des opéras, organiser des courses cyclistes, jouer des parties de frisbee d'enfer, le tout en même temps et sans déplacer un meuble.

Elle était tellement grande, cette pièce, qu'il aurait pu y pleuvoir.

Je suis resté un moment à la porte à regarder les tableaux, le dessous des cendriers, ce genre de truc, puis j'en ai eu marre et j'ai pris la direction de la cheminée au fond. Comme je ne suis plus si jeune, j'ai été obligé de m'asseoir à mi-chemin, et c'est alors qu'une autre double porte s'est ouverte sur un Carl, lequel murmurait quelques mots à une espèce de majordome en pantalon gris rayé et veston noir.

Tous deux jetaient de rapides coups d'œil vers moi. Le Carl a hoché la tête avant de s'éclipser, puis le *maggiordomo* s'est avancé, trop nonchalamment à mon goût, et m'a lancé depuis la ligne des 200 mètres :

– Aimeriez-vous boire quelque chose, monsieur Lang ?

Je n'ai pas eu à réfléchir très longtemps.

– Un scotch, s'il vous plaît.

Ça lui apprendrait.

Au bout d'une centaine de mètres, il s'est arrêté devant la table d'orientation, a prélevé une cigarette dans une petite boîte en argent sans même s'assurer qu'elle en contenait. Il l'a allumée et s'est remis en marche.

Le regardant approcher, j'ai constaté qu'il avait une cinquantaine d'années, un genre d'élégance domestique, et que son visage avait un curieux éclat. Celui des lustres et lampadaires dansait sur son front, mais il paraissait scintiller tout seul. J'étais certain que ce n'était ni de la sueur, ni de l'huile ; cet homme avait son brillant propre.

À une dizaine de mètres, il a souri en tendant sa main. Il a poursuivi ainsi vers moi, de sorte que, sans m'en rendre compte, j'étais debout et prêt à le recevoir comme un vieil ami.

Quoique brûlante, sa peau était sèche. Il m'a serré le coude et m'a reposé sur le canapé, s'asseyant lui-même si près de moi que nos genoux se touchaient presque. S'il se conduisait ainsi avec tous ses visiteurs, alors j'admets qu'il ne profitait pas vraiment de cette pièce.

– Meurtre, a-t-il dit.

Silence. Vous comprenez sûrement pourquoi.

– Je vous demande pardon ?

– Pat-Ronhim Murt, a-t-il explicité, en attendant que je procède mentalement à quelques ajustements orthographiques. Je suis enchanté, réellement enchanté.

Avec cette voix douce, cet accent distingué, il donnait l'impression de pratiquer douze autres langues avec autant d'aisance. Il a vaguement secoué le bout de sa cigarette en direction d'une jatte, puis s'est penché vers moi.

– Russell m'a beaucoup parlé de vous. Je dois dire que j'ai souvent pris votre parti.

À cette distance, j'étais capable d'affirmer deux choses : M. Murt n'était pas le *maggiordomo* ; et l'éclat de son visage était celui de l'argent.

Ni le produit de l'argent, ni acheté grâce à lui. Non, de l'argent tout court. De l'argent qu'il mangeait, portait, conduisait, respirait dans de telles quantités et depuis si longtemps que ses pores le sécrétaient. Vous douterez que cela soit possible, mais cet argent le rendait beau.

Il riait.

– Mais si, mais si, insistait-il. Russell est un homme appréciable, vous savez. Extrêmement appréciable. Mais je pense que les contrariétés lui font parfois du bien. Il aurait tendance à devenir arrogant, sinon. Et vous, monsieur Lang, j'ai justement idée que vous lui faites du bien.

Des yeux noirs. Incroyablement noirs. Même le bord des paupières était noir. On aurait pu confondre avec du maquillage, mais ça n'en était pas.

– Il semble, continuait-il, toujours rayonnant, que vous contrariiez beaucoup de gens. Peut-être est-ce pourquoi le bon Dieu vous a envoyé parmi nous, monsieur Lang ? À votre avis ?

J'ai ri aussi. Putain, pourquoi, je me le demande, car il n'avait rien dit de drôle. Mais voilà, je rigolais comme un imbécile bourré.

Une porte s'est ouverte quelque part et, brusquement, un plateau avec whisky et le reste était là, qu'une domestique toute vêtue de noir plaçait entre nous. Nous avons chacun pris un verre. Elle a attendu que Murt allonge le sien de Perrier, copieusement, et j'ai à peine mouillé le mien. Elle est repartie sans sourire, sans hocher la tête, sans prononcer un mot.

J'ai avalé une bonne rasade et j'ai eu l'impression d'être soûl avant qu'elle n'atteigne l'estomac.

– Vous vendez des armes, ai-je dit.

Je ne sais quelle réaction j'escomptais, cependant j'escomptais quelque chose. Qu'il tressaille, rougisse, s'énerve, me fasse tuer, cochez la case correspondante, mais non. Rien. Même pas un temps d'hésitation. Il a poursuivi comme si, depuis toujours, il était sûr que j'allais dire ça.

– En effet, monsieur Lang. Par pénitence pour mes péchés.

Waouh. Comme c'était mignon. Je vends des armes par pénitence pour mes péchés. Aussi gonflé qu'il était riche, celui-là.

Il a baissé les yeux en affectant la modestie.

– Oui, j'achète et je vends des armes, a-t-il dit. Ce qui me réussit assez, je pense. Une activité que, bien sûr, vous réprouvez, comme nombre de vos compatriotes. C'est un des revers de la médaille, et je dois faire avec, si je peux.

Il se fichait sûrement de moi, pourtant il n'en avait pas l'air. Comme s'il était navré, vraiment, que je ne sois pas de son côté.

– Je me suis interrogé sur ma vie, sur ma conduite. J'ai consulté de nombreux amis qui sont très religieux. Et je crois pouvoir répondre de mes actes devant Dieu. Je crois même – si vous me permettez d'anticiper vos questions – que je ne peux en répondre *que* devant lui. Voyez-vous un inconvénient à ce que nous avancions un peu, maintenant ?

Il souriait toujours, chaleureux, charmant et désolé à la fois. Il me parlait en homme habitué aux individus de mon espèce – comme s'il était une star de cinéma à qui j'avais demandé un autographe au mauvais moment.

– Beaux meubles, ai-je remarqué.

Nous faisions le tour du salon. Pour nous dégourdir les jambes, respirer un peu, digérer le pantagruélique repas que nous n'avions pas mangé. Le tableau aurait été complet avec deux ou trois chiens folâtrant à nos pieds, et un grand portail pour nous adosser une seconde. Faute de quoi, je me rabattais sur les meubles.

– C'est une Boulle, a dit Murt, en indiquant la grosse commode sous mon coude.

Hochant la tête comme s'il s'agissait de plantes vertes, je me suis penché sur l'élégante marqueterie.

– Pour que la plaque d'écaille s'insère dans la plaque de laiton, il faut les découper ensemble. Et sur celle-ci, a-t-il continué en me montrant une deuxième commode, apparemment cousine, on a le contre-Boulle. Voyez-vous ? Elles sont le négatif l'une de l'autre. Rien ne se perd.

J'ai acquiescé, songeur, en examinant successivement les deux meubles, et j'ai vaguement imaginé combien de motos j'achèterais avant de placer mon fric dans ce genre de truc.

Décidant qu'il avait assez marché, Murt est reparti vers le canapé. Son allure donnait à penser que le sac d'amabilités était vide.

– Deux images inversées du même objet, monsieur Lang, a-t-il ajouté en prenant une autre cigarette. Vous pourriez dire, par exemple, que ces deux commodes sont à l'image de notre petit problème.

– Je pourrais, ai-je convenu, pensant qu'il allait s'expliquer (à tort). Mais... j'aimerais savoir en gros ce dont vous voulez parler.

Il s'est retourné vers moi. L'éclat était toujours là, l'élégance domestique aussi. En revanche, c'en était fini du copinage. Les bûches étaient encore dans l'âtre, mais ne réchauffaient plus rien.

– À l'évidence, monsieur Lang, je parle du Troisième cycle.

Il avait l'air surpris.

– À l'évidence.

– Je suis tributaire d'un certain groupe de personnes.

Les bras ouverts comme le politicien moderne nous ouvrant sa vision de monde, Murt se dressait devant moi, qui restais affalé sur le canapé. Cela mis à part, rien ou presque n'avait changé, sinon qu'on réchauffait non loin des bâtonnets de poisson dont l'odeur jurait dans cette pièce.

– Pour bon nombre d'entre eux, a-t-il dit, ces gens sont mes amis. Nous faisons des affaires ensemble depuis très, très longtemps. J'ai leur confiance et ils comptent sur moi, comprenez-vous ?

La question n'était pas que je me représente le type de relations qu'ils entretenaient. Non, il voulait savoir si des termes comme « confiance » et « compter sur » signifiaient quelque chose dans mes bas quartiers. J'ai acquiescé, puisque je savais épeler les deux en cas d'urgence.

– En gage d'amitié, a-t-il continué, j'ai accepté de courir un risque. Ce qui m'arrive rarement.

Cela ressemblait à une plaisanterie, donc j'ai souri. Il était comblé.

– J'ai personnellement garanti la vente d'une marchandise, a-t-il annoncé.

En quête d'une réaction, il s'est interrompu pour me dévisager.

– Vous avez une idée du produit dont il s'agit ? a-t-il poursuivi.

– Un hélicoptère.

Au point où on en était, je ne voyais pas l'intérêt de jouer au con.

– Exactement, un hélicoptère. J'avoue que cet appareil me déplaît, mais il paraît qu'il remplit certaines fonctions à merveille.

Minaudant, il simulait une aversion pour ces engins vulgaires et pleins de cambouis qui lui avaient permis d'acheter cette baraque et, pour autant que je sache, une douzaine du même genre. Alors, au nom de l'homme de la rue, j'ai décidé de trancher dans le vif.

– Sans aucun doute, ai-je admis. En moins d'une minute, le truc que vous vendez est capable d'anéantir un village. Avec ses habitants, bien sûr.

Il a fermé les yeux une seconde, comme si l'idée le faisait souffrir, et c'était peut-être le cas. À court terme, sûrement.

– Au risque de me répéter, monsieur Lang, je ne pense pas avoir besoin de me justifier. L'usage que l'on fera de cette marchandise ne me concerne pas. Mon intérêt, et celui de mes amis, est qu'elle trouve des acheteurs en nombre suffisant.

Il a joint ses mains et s'est tu. Tout cela était à présent mon problème, plus le sien.

– Eh bien, faites de la pub, lui ai-je suggéré au bout d'un moment. Dans les dernières pages de *Women's Own* ?

– Hm, a-t-il fait, comme devant un imbécile. Vous n'êtes pas un homme d'affaires, monsieur Lang.

J'ai haussé les épaules.

– Moi si, voyez-vous, a-t-il dit. Et donc vous pouvez croire que j'ai bien étudié le marché auquel je m'adresse.

Une idée lui traversant l'esprit, il a renchéri tout seul :

– Je n'aurais pas l'outrecuidance de vous conseiller sur la meilleure façon de...

Il s'est rendu compte qu'il se prenait les pieds dans le tapis. Rien sur mon CV ne démontre que je connais la meilleure façon de faire quoi que ce soit.

– ... de conduire une moto, ai-je offert, obligeant.

Il a souri.

– Comme vous dites.

Il s'est rassis sur le canapé. Un peu plus loin, cette fois.

– Le produit dont j'ai la charge demande quelque chose d'un peu plus sophistiqué que les dernières pages de *Women's Own*, a-t-il affirmé. Lorsqu'on fabrique un nouveau modèle de piège à souris, on le présente comme tel. Si, d'un autre côté... (Il a levé la main gauche, pour me faire comprendre où était l'autre côté.)... on veut commercialiser un truc pour attraper les serpents, il faut d'abord expliquer que les serpents sont nuisibles. Et qu'il est nécessaire de les neutraliser. Vous me suivez ? Ensuite, beaucoup, beaucoup plus tard, on lance une campagne sur le produit lui-même. Cela vous paraît-il raisonné ?

Et de conclure par un sourire patient.

– Donc, ai-je répondu, vous allez organiser un attentat terroriste, et le journal télévisé fera la pub de votre petit joujou. Je sais tout ça. Et Rusty sait que je le sais.

J'ai consulté ma montre comme si j'avais rendez-vous dix minutes plus tard avec un autre marchand d'armes. Mais on ne pressait pas Pat-Ronhim Murt. On ne le freinait pas non plus.

– À quelques détails près, c'est précisément ce que je vais faire.

– Et moi, j'interviens où dans l'histoire, exactement ? Maintenant que je suis au parfum, je suis censé faire quoi de ces informations ? Les mettre dans mon journal intime ? Écrire une chanson ? Quoi ?

Il m'a observé un instant, puis il a inspiré profondément et refoulé l'air, lentement, délicatement, par les narines, comme un grand maître yogi le lui avait sûrement enseigné.

– Vous, monsieur Lang, vous allez perpétrer cet attentat.

Silence. Long silence. Une impression de vertige horizontal. Les murs de l'immense pièce se sont resserrés, puis sont repartis très loin, et je me sentais plus petit, plus vulnérable que jamais.

– A-ha.

Nouveau silence. Cette odeur de poisson devenait insupportable.

– Aurais-je à tout hasard voix au chapitre ? ai-je ajouté en chevrotant.

Pour quelque raison, mes cordes vocales me trahissaient.

– Si, par exemple, je vous disais d'aller vous faire foutre, vous et vos copains, ai-je continué, ça me coûterait quoi au cours actuel du marché ?

C'est cette fois Murt qui m'a fait le coup du bracelet-montre. Terminé, les sourires. Il paraissait s'ennuyer.

– Je ne vous conseille pas de perdre votre temps en conjectures, monsieur Lang.

Sentant un courant d'air froid sur ma nuque, j'ai aperçu, en me retournant, Barnes et Lucas de chaque côté de la porte. Le premier semblait détendu, pas le second. Au signal de Murt, ils sont venus se poster devant moi, de part et d'autre du canapé. Sans le regarder, Murt a tendu une main, paume ouverte, vers Lucas.

Repoussant un pan de son veston, l'Américain a sorti une arme de sa poche arrière. Un Steyr automatique. Sans doute un

9 mm, mais aucune importance. Il l'a doucement placé dans la main de Murt, puis m'a observé, les yeux écarquillés, comme pour me transmettre un message que je n'ai pas déchiffré.

– Monsieur Lang, a dit Murt, vous devez garder à l'esprit la sécurité de deux personnes. La vôtre, bien sûr, mais aussi celle de Mlle Woolf. Je ne sais si la vôtre vous préoccupe beaucoup, mais un homme galant penserait à cette jeune femme. Je veux que vous y réfléchissiez avec attention.

Il rayonnait soudain, comme si le pire était passé.

– Évidemment, il vous faudrait sans doute une bonne raison pour cela, a t il ajouté.

Tout en parlant, il a armé le pistolet et levé le menton vers moi en relâchant légèrement la crosse. J'avais les mains moites et la gorge nouée. Incapable d'autre chose, j'ai attendu la suite.

Il m'a étudié un instant. Puis il a tendu le bras, collé la gueule du pistolet sur le cou de Lucas et tiré deux fois.

C'était si rapide, si inattendu, si absurde que, pendant un dixième de seconde, j'ai eu envie de rire. Nous étions quatre hommes, bang-bang, et nous étions trois. Franchement cocasse.

Je me suis rendu compte que j'avais pissé dans mon froc. Pas beaucoup. Bien assez.

J'ai cligné des yeux et vu que Murt avait rendu l'arme à Barnes, qui faisait un signe vers la porte derrière moi.

– Pourquoi a-t-il fait ça ? Pourquoi faire une chose aussi terrible ?

Ç'aurait dû être ma voix, mais ça ne l'était pas. C'était celle de Murt. Douce, calme, celle de quelqu'un qui maîtrisait la situation.

– C'est affreux, monsieur Lang. Terrible, terrible, et surtout gratuit. Nous avons toujours besoin de justifier la mort, ne croyez-vous pas ?

J'essayais de voir son visage, qui m'échappait. Il sortait et revenait de mon champ de vision, comme sa voix qui me parlait à l'oreille et à des kilomètres en même temps.

– Eh bien, disons que, s'il n'avait pas de raison de mourir, j'en avais une de le tuer. C'est mieux ainsi, je pense. Monsieur Lang, je l'ai tué pour vous démontrer une chose, et une chose seulement.

Il s'est interrompu, puis :

– Que j'en étais capable.

Il a baissé les yeux vers le corps de Lucas, et j'ai suivi son regard.

C'était répugnant. Le coup avait été tiré de si près que les gaz de combustion avaient suivi la balle dans la plaie, de sorte que la chair était noire et gonflée. Je me suis détourné.

– Vous comprenez ce que je veux dire ? a-t-il demandé, la tête inclinée vers moi. Cet homme était un diplomate américain, employé par les Affaires étrangères de son pays. Il avait certainement de nombreux amis, une épouse, peut-être même des enfants. Un tel homme ne peut pas disparaître comme ça ? S'évanouir dans la nature ?

Courbés devant moi, ses sbires peinaient à déplacer le cadavre. Leurs complets-veston froufroutaient. J'ai dû me forcer à écouter Murt.

– Je veux que vous voyiez la vérité par vous-même, monsieur Lang. La vérité étant que, si je souhaite qu'il disparaisse, eh bien il disparaît. Je tue un homme ici, dans ma propre maison. Il saigne sur la moquette car tel est mon désir. Personne ne m'en empêche. Ni la police, ni les agents du renseignement, ni les amis de M. Lucas. Et certainement pas vous. Vous m'entendez ?

J'ai de nouveau cherché son visage qui, cette fois, s'est matérialisé. Les yeux noirs. Le brillant. Il a ajusté sa cravate.

– Monsieur Lang, vous ai-je donné de bonnes raisons de penser à la sécurité de Mlle Woolf ?

J'ai hoché la tête.

Ils m'ont reconduit à Londres – le nez sur le plancher de la Diplo – et largué quelque part sur la rive droite.

J'ai traversé le pont de Waterloo et longé le Strand, m'arrêtant ici et là sans motif particulier, sinon pour donner la pièce à des mendiants d'à peine dix-huit ans. On désire parfois qu'un rêve devienne réalité, et là, c'était l'inverse. Plus que tout, je souhaitais que cette réalité particulière à laquelle j'étais confronté disparaisse comme un mauvais rêve.

Mike Lucas m'avait mis en garde. Il avait pris un risque en le faisant. Je ne connaissais pas cet homme, je ne lui avais pas demandé de courir ce risque, mais il l'avait fait quand même, parce c'était un employé consciencieux qui n'aimait pas les endroits où on l'envoyait, et il ne voulait pas m'y voir non plus.

Bang-bang.

Pas de retour en arrière. On n'arrête pas la marche du monde.

Je m'apitoyais sur mon sort. J'étais navré pour Mike Lucas, navré pour les mendiants aussi, mais surtout désolé pour moi, et il ne fallait pas que ça dure. J'ai marché vers la maison.

Puisque ces gens qui m'avaient suivi toute la semaine n'hésitaient plus à se montrer au grand jour, je n'étais pas moins à l'abri chez moi qu'ailleurs. Autant, après tout, passer une nuit dans mon lit. Dans ces circonstances, c'est le mieux que je pouvais faire. Je suis donc parti vers Bayswater d'un bon pas, en essayant de trouver le côté marrant des choses.

Ce n'était pas simple, je ne suis pas sûr d'y être vraiment arrivé, mais je fais toujours ça quand ça va mal. Parce que, cela veut dire quoi, de prétendre que ça va mal ? Et plus mal que quoi ? Vous me répondrez par une comparaison : plus mal qu'il y a deux heures, ou deux mois. Non, ça n'est pas le problème. Quand deux voitures, dépourvues de freins, foncent vers un mur de briques, que la première heurte le mur quelques instants avant l'autre, vous ne direz pas dans l'intervalle que la deuxième est mieux lotie.

Prêtes à fondre sur nous, la mort, les catastrophes nous guettent chaque seconde de notre vie. Et nous ratent tant de fois. Tant de kilomètres parcourus sur les autoroutes sans collision frontale. Tant de virus qui nous traversent le corps sans s'incruster. Tant de pianos qui dégringolent cinq mètres derrière nous. Ou cinquante, ce qui revient au même.

Donc, à moins de remercier le Seigneur à genoux chaque fois qu'on évite une grosse tuile, pas la peine de gémir non plus quand elle nous tombe dessus. Nous ou quelqu'un d'autre. Puisqu'il n'y a rien pour comparer.

D'ailleurs, nous sommes tous morts, nous ne sommes jamais nés, et tout ça n'est en fait qu'un rêve.

Vous voyez qu'il y a un côté marrant.

14

Tant aujourd'hui la liberté sommeille
Qu'elle ne trouve parfois de sursaut
Que dans un cœur indigné de trop.
Alors on sait qu'elle se réveille.

Thomas MOORE

Il y avait deux choses garées dans ma rue que je ne m'attendais pas à voir. La première était une Kawasaki, cabossée, tachée de sang, mais finalement dans un état raisonnable. L'autre était une TVR rouge vif.

Son manteau remonté sur le nez, Ronnie était endormie derrière le volant. J'ai ouvert la portière de gauche et me suis glissé près d'elle. Elle a plissé les yeux en se tournant vers moi.

– Bonsoir.

– Salut, a-t-elle dit en plissant maintenant les paupières vers la rue. Flûte, quelle heure est-il ? Je suis gelée.

– Une heure moins le quart. Tu veux monter ?

Elle a réfléchi.

– Tu vas un peu vite en besogne, là ?

– En besogne ? Tout dépend du point de vue, peut-être ?

J'ai rouvert la portière.

– Comment ça, du point de vue ?

– Soit tu es venue ici de ton plein gré, soit on vient de reconstruire ma rue autour de ta voiture.

Elle a réfléchi encore.

– J'ai trop besoin d'une tasse de thé.

Assis dans la cuisine, nous ne disions pas grand-chose entre le thé chaud et les cigarettes. Ronnie paraissait soucieuse et, tout amateur que je suis, j'aurais parié qu'elle avait pleuré. Ou essayé un truc à la mode avec du mascara et un mouchoir mouillé. Je lui ai offert une goutte de scotch, elle a décliné, alors je me suis servi les quatre dernières en m'efforçant de les faire durer. Et de me sortir de la tête les Lucas, les Barnes et les Murt pour penser à Ronnie, car elle était ici avec moi, et pas eux.

– Thomas, je peux te poser une question ?

– Bien sûr.

– Tu es gay ?

Mais enfin, quoi ? C'est à peine le début de la partie. On est censé parler de films, de pièces de théâtre et de pistes de ski. Toute cette sorte de choses.

– Non, Ronnie, je ne suis pas gay. Et toi ?

– Non plus.

Elle avait les yeux dans son thé. Comme j'avais utilisé des sachets, elle ne trouverait pas de réponse dans le marc.

– Qu'est-ce qu'il est devenu, m'sieur machin ? me suis-je enquis en allumant une autre cigarette.

– Philip ? Il dort. Ou il est sorti quelque part. Je ne sais pas trop. M'en fiche un peu, pour être honnête.

– Allons, Ronnie, tu ne le penses pas.

– Non, non. J'en ai rien à foutre.

C'est toujours curieusement jouissif d'entendre jurer une fille bien élevée.

– Vous vous êtes engueulés.

– On a rompu.

– Vous vous êtes pris le bec, c'est tout.

– Je peux dormir avec toi, ce soir ?

J'ai sursauté. Et pour m'assurer que ce n'était pas le fruit de mon imagination, j'ai sursauté encore.

– Tu veux dormir avec moi ?

– Oui.

– Tu veux dire dormir dans le même lit, pas seulement *en même temps* que moi ?

– Je t'en prie.

– Ronnie...

– Je reste habillée, si ça t'arrange. Thomas, ne me force pas à te le demander deux fois. C'est très mauvais pour l'ego, quand on est une femme.

– Mais très bon pour celui d'un homme.

– Oh, tais-toi, a-t-elle dit en se cachant derrière sa tasse. Tu m'énerves déjà.

– Ha. Ça a marché.

Nous avons fini par nous lever, direction la chambre.

De fait, elle a gardé ses vêtements. De fait, moi aussi. Allongés côte à côte, nous avons contemplé un moment le plafond, et quand le moment m'a paru assez long, j'ai tendu la main pour prendre une de celles de Ronnie. Chaude et sèche, c'était un truc vraiment sympa à toucher.

– À quoi penses-tu ?

Pour être honnête, je ne sais plus lequel a posé la question le premier. Chacun l'a bien répétée cinquante fois avant l'aurore.

– À rien.

On a répété ça des tas de fois aussi.

Pour résumer, elle n'était pas heureuse. Je ne dirai pas qu'elle m'a raconté sa vie par le détail. C'est venu par bouts épars, avec de grands trous entre eux, inégaux, mais quand l'alouette a succédé au rossignol, j'en avais appris pas mal.

Elle était la deuxième de trois enfants, ce qui vaut chez bien des gens un commentaire du type : « Ah, ben voilà, bien sûr », mais c'est également mon cas, et cela ne m'a jamais trop dérangé. Employé à la City, son père broyait le visage des affligés[1], et les deux frangins semblaient prendre le même chemin que lui. Sa

---

1. Isaïe, 3-15.

mère s'était découvert une passion pour la pêche en haute mer quand Ronnie avait une dizaine d'années, et passait depuis lors six mois par an sur les lointains océans, pendant que papa prenait des maîtresses. Ronnie n'a pas dit où.

– À quoi penses-tu ? (Elle, cette fois.)

– À rien. (Moi.)

– Allez.

– Je ne sais pas. Je... pense.

J'ai caressé sa main.

– À Sarah ?

Je m'étais douté qu'elle me demanderait ça. Sans jamais mentionner Philip, je lui avais servi des balles longues pour lui éviter de monter au filet.

– Entre autres.

J'ai légèrement serré sa main avant de continuer :

– Enfin, je la connais à peine, cette fille.

– Elle t'aime bien.

Je n'ai pu m'empêcher de rire.

– Ça me paraît hautement, astronomiquement, improbable. Le jour où je l'ai rencontrée, elle croyait que je voulais tuer son père, et la dernière fois que je l'ai vue, elle m'accusait de fuir devant l'ennemi.

À ce stade, je préférais faire l'impasse sur le baiser.

– Quel ennemi ? a dit Ronnie.

– C'est une longue histoire.

– Tu as une jolie voix.

J'ai tourné la tête sur l'oreiller pour la regarder.

– Ronnie, dans ce pays, quand on parle d'une longue histoire, c'est une façon polie de suggérer qu'on n'a pas l'intention de la raconter.

Je me suis réveillé. Cela impliquait sans doute que je me sois endormi, mais quand, je n'en savais rien. Surtout, j'avais l'impression qu'il y avait le feu dans la maison.

J'ai bondi hors du lit et couru à la cuisine, où Ronnie faisait griller du bacon dans une poêle. La fumée de la cuisson jouait avec le soleil qui dardait ses rayons par la fenêtre, et on entendait la pub sur Radio 4. Ronnie avait mis ma seule chemise propre, ce qui m'a contrarié un peu, car je la réservais pour une bonne occasion, comme les vingt et un ans de mon petit-fils. Mais elle lui allait bien, et j'ai passé l'éponge.

– Tu l'aimes comment, le bacon ?

– Croustillant, ai-je menti, en regardant par-dessus son épaule. Je ne vois pas ce que j'aurais pu dire d'autre.

– Tu peux faire du café, si tu veux.

– Du café. Bon.

– Tss, a fait Ronnie en me voyant saisir un pot de café lyophilisé.

Elle a hoché la tête vers le buffet, où la fée acheteuse avait déposé des tas de bonnes choses dans la nuit.

En ouvrant le frigidaire, j'ai découvert l'existence de quelqu'un d'autre. Œufs, fromage, yaourt, steaks, lait, beurre et deux bouteilles de vin blanc. Le genre de truc que mes divers frigos ignorent depuis trente-six ans. J'ai rempli et allumé la bouilloire.

– Il faut que je te rembourse tout ça.

– Ne fais pas l'idiot.

Elle a voulu casser un œuf d'une main sur le bord de la poêle, et elle a cassé le jaune avec. Nous risquions donc une omelette au bacon. Croustillante.

– On ne t'attend pas à la galerie ? ai-je demandé en transvasant le Melford Corsé Spécial Petit-Déjeuner dans un pot. Tout cela était très bizarre.

– J'ai appelé. J'ai expliqué à Terry que j'avais eu un accident, que les freins avaient lâché, donc je ne savais pas à quelle heure j'arriverais.

Ce que j'ai médité une seconde.

– Mais si les freins ne marchaient plus, tu serais arrivée en avance ?

En riant, elle a posé devant moi une assiette pleine d'une matière noire, blanche et jaune, tout à fait indescriptible, mais franchement délicieuse.

– Merci, Thomas.

Nous nous promenions dans Hyde Park sans direction particulière, en nous tenant parfois par la main, et parfois pas, comme si se tenir la main n'était pas si génial après tout. Le soleil passait la journée en ville, qui était du coup grandiose.

– Merci pour quoi ?

Baissant les yeux, Ronnie a frappé du pied sur quelque chose qui ne se trouvait sans doute pas là.

– Merci de n'avoir pas tenté de faire l'amour, cette nuit.

– Mais de rien.

Je ne savais vraiment pas ce qu'elle attendait, comme réponse, ni si c'était le début ou la fin de la conversation.

– Merci de me remercier, ai-je ajouté, ce qui penchait plutôt pour la fin.

– Oh, arrête.

– Non, j'insiste. Ça me touche vraiment. Je ne tente pas de faire l'amour à des millions de femmes chaque jour, et la plupart ne s'en aperçoivent pas. Ça change un peu, c'est plaisant.

Tandis que nous déambulions, un pigeon a volé vers nous et bifurqué au dernier moment, comme s'il se rendait compte qu'il se trompait de personnes. Quelques chevaux descendaient Rotten Row, avec des hommes en tweed sur le dos. La cavalerie de la garde royale, sans doute. Les chevaux avaient l'air très intelligents.

– Tu as quelqu'un dans ta vie, Thomas ? En ce moment ?

– Tu veux parler d'une femme, je suppose.

– C'est *cela*. Tu couches avec une femme ?

– Par coucher, tu veux dire...

– Réponds ou j'appelle un agent.

Elle souriait. Grâce à moi. Je la faisais sourire, c'était agréable.

– Non, Ronnie, je ne couche avec personne en ce moment.

– Ou un homme ?

– Non plus. Ni femme, ni homme, ni aucun des principaux conifères.

– Pourquoi, si tu me permets de te poser la question ? Et même si tu ne me permets pas.

J'ai soupiré. Je l'ignorais moi-même, mais je ne m'en tirerais pas comme ça. J'ai commencé à parler sans idée précise de ce que j'allais dire.

– Parce que l'amour physique est plus souvent source de chagrin que de plaisir. Parce que les hommes et les femmes ne veulent pas les mêmes choses, et il y en a toujours un des deux qui sera déçu. Parce qu'on ne me le propose pas tous les jours, et que je n'aime pas demander. Parce que je ne suis pas très doué pour ça. Parce que j'ai l'habitude d'être seul. Parce que je ne vois plus d'autre raison.

Je me suis interrompu pour reprendre mon souffle.

– D'accord, a dit Ronnie, en reculant d'un pas pour me voir de plus loin. Laquelle est la vraie raison ?

– La b), ai-je répondu après une seconde de réflexion. Nous ne désirons pas les mêmes choses. Les hommes ont envie de coucher. D'abord avec une femme, puis avec une autre, et puis encore avec une autre. Ensuite, ils veulent manger leurs cornflakes, dormir un peu, et alors ils ont envie de coucher, et de coucher avec une autre, et ainsi de suite jusqu'à ce que mort s'ensuive. Les femmes... (Là, j'ai pensé que, pour décrire le sexe qui n'est pas le mien, je ferais bien de choisir mes mots un peu plus soigneusement.)... veulent avoir une relation avec un homme. Elles ne l'obtiennent pas forcément, elles peuvent coucher avec des tas de types avant d'en choisir un mais, en définitive, c'est ce qu'elles veulent. C'est leur but. Les hommes n'ont pas de but. Naturellement, je veux dire. Alors ils en inventent, ils en mettent à chaque bout d'un terrain de football. Ensuite ils inventent le football. Ou ils se bagarrent, ils essaient de faire fortune, ils se déclarent la guerre, ils construisent n'importe quelle connerie pour compenser le fait qu'ils n'ont pas de but véritable.

– C'est de la couille, ça, a jeté Ronnie.

– Oui, ça fait aussi partie des différences.

– Tu crois sincèrement que j'aurais envie d'avoir une relation avec toi ?

Délicat. La batte à la verticale au-dessus de la balle.

– Je n'en sais rien, Ronnie. Je n'ai pas la prétention de savoir ce que tu veux dans la vie.

– Encore n'importe quoi. Peut mieux faire, Thomas.

– Avec toi ?

Elle a marqué un temps. Puis elle a souri.

– Il y a du mieux.

Nous avons trouvé une cabine, d'où elle a appelé la galerie. Elle leur a dit qu'elle était à bout de nerfs avec ses ennuis de voiture, qu'elle avait besoin de se reposer tout l'après-midi. Cela fait, nous avons pris la TVR et nous sommes allés déjeuner au Claridges.

Je savais qu'à un moment ou un autre, je serais obligé d'aborder certains détails et d'évoquer ce qui, selon moi, allait suivre. Pour notre bien à tous deux, il me faudrait mentir un peu et probablement mentionner Sarah. C'est pourquoi j'ai repoussé la chose aussi longtemps que possible.

Elle me plaisait beaucoup, cette Ronnie. Aurait-elle été la damoiselle en détresse, séquestrée dans le château noir de la montagne noire, je serais peut-être tombé amoureux d'elle. Mais elle n'était pas la damoiselle en détresse. Assise en face de moi, elle bavardait gaiement, commandait avec sa sole une salade de roquette, pendant qu'un quatuor à cordes en costume national autrichien jouait du Mozart dans le hall.

J'ai étudié attentivement la salle au cas où mes suiveurs seraient là. Ils pouvaient maintenant être plusieurs équipes. Mais

à moins que la CIA ait décidé de recruter des veuves septuagé-
naires et, accessoirement, de leur renverser quelques sacs de
farine sur la figure, cela manquait de candidats sérieux.

D'ailleurs, je craignais moins d'être suivi qu'entendu. Nous
avions choisi le Claridges sur un coup de tête, donc personne
n'avait eu le temps de mettre les lieux sur écoute. Comme je
tournais le dos à la salle, les microphones directionnels, avec
ou sans perchman, ne donneraient pas de bons résultats. Je nous
ai servis de grands verres du pouilly-fuissé, parfaitement buvable,
qu'avait sélectionné Ronnie.

J'ai commencé par lui révéler que le père de Sarah était mort,
et que j'avais assisté à son exécution. Je voulais me débarrasser
au plus vite des aspects scabreux, la lâcher dans un trou pour
l'en ressortir graduellement, et son courage naturel referait
surface. Je ne voulais pas non plus qu'elle pense que j'avais
peur, ce qui ne nous aurait aidés ni l'un ni l'autre.

Elle l'a bien pris. Mieux que sa sole qui, intacte dans l'assiette,
se demandait d'un air triste ce qu'elle avait fait de mal, jusqu'à
ce qu'un serveur revienne l'emporter.

Quand j'ai eu fini, le quatuor à cordes larguait Mozart pour
attaquer le thème principal de *Superman*, et la bouteille de blanc
était renversée dans son seau. Les sourcils froncés, Ronnie étudiait la nappe. Je savais bien qu'elle avait envie de téléphoner à
quelqu'un, de taper sur quelque chose, ou de sortir dans la rue
en hurlant que ce monde était épouvantable, comment les gens
pouvaient-ils continuer à faire leurs courses, manger, se marrer
comme si de rien n'était ? Je le savais parce que c'est exactement
ce que j'avais envie de faire depuis que j'avais vu Alexander Woolf
projeté d'un bout à l'autre d'une pièce par les balles d'un crétin.
Elle a retrouvé l'usage de la parole et une voix émaillée de colère :

– Tu vas le faire ? Tu vas faire ce qu'ils te disent ?

Je l'ai regardée en haussant vaguement les épaules.

– Oui, Ronnie, je vais le faire. Je n'en ai aucune envie, mais je
crois que l'alternative est tout de même... pire.

– C'est une raison suffisante ?

– Oui, Ronnie, la plupart des gens se décident en fonction des alternatives. Si je ne me soumets pas, ils tueront certainement Sarah. Ils ont déjà refroidi son père, ils ne reculeront plus devant rien.

– Mais des gens vont mourir.

Elle avait les larmes aux yeux. Le garçon ne serait pas venu à ce moment-là essayer de nous fourguer une deuxième bouteille, je l'aurais sans doute serrée dans mes bras. Je me suis contenté de sa main.

– Des gens qui mourront de toute façon.

Je me haïssais de reprendre à mon compte le discours de Barnes-le-Pourri.

– Et si je ne me soumets pas, ai-je poursuivi, ils me remplaceront, ils arriveront à leurs fins par un autre moyen. Cela ne changera rien au résultat, et Sarah mourra également. Ces gens sont comme ça.

Visiblement de mon avis, Ronnie baissait de nouveau les yeux. Ce qui ne l'empêchait pas de tout vérifier point par point, comme à la veille d'un long voyage. Fermer le gaz, débrancher la télé, dégivrer le frigidaire.

– Et toi ? a-t-elle demandé au bout d'un moment. S'ils sont comme tu le dis, ces gens, que vas-tu devenir ? Ils vont te tuer, c'est ça ? Que tu les aides ou pas, c'est ce qu'ils finiront par faire.

– Ils essaieront probablement, Ronnie. Je ne te mentirai pas sur ce point.

– Sur quoi peux-tu mentir ? a-t-elle dit en vitesse – ce qui signifiait peut-être autre chose que ça en avait l'air.

– Des gens ont déjà essayé de me tuer, Ronnie, et je suis toujours là. OK, tu me prends pour une faignasse, incapable d'acheter un pack de lait, mais je sais encore faire attention à moi.

J'ai cherché un sourire sur son visage.

– Au pire, je me trouverai une nana de la haute avec un coupé sport qui me protégera.

Elle a relevé la tête avec un demi-sourire.

– Tu en as déjà une, a-t-elle dit en saisissant son sac.

Il avait commencé à pleuvoir et, le toit de la TVR étant ouvert, Ronnie m'a fait courir le long de Mayfair pour que ses sièges Connolly ne prennent pas l'eau.

Je m'escrimais sur les sangles en me demandant pourquoi il restait quinze centimètres entre l'armature de la capote et le pare-brise, quand j'ai senti une main sur mon épaule. Restons cool.

– Qui c'est, ce con-là ? a dit la main.

Je me suis lentement retourné. Le type avait pratiquement ma taille, plus ou moins mon âge, et assurément beaucoup plus d'argent. Chemise de Jermyn Street, costume de Savile Row, et une de ces voix qu'on éduque à Eton ou par-là. Ronnie a sorti la tête du coffre, où était pliée la bâche.

– Philip, a-t-elle dit, comme je m'y attendais.

– C'est qui, ce merdeux ? a-t-il répondu, sans me quitter des yeux.

– Enchanté, Philip.

Je m'efforçais d'être agréable. Si, vraiment.

– Ta gueule, a-t-il dit.

Puis à Ronnie :

– C'est lui, l'empaffé qui boit ma vodka ?

S'arrêtant près de nous, un petit groupe de touristes en anoraks flashy a souri, avec l'air d'espérer que nous étions bons amis. Je l'espérais aussi, mais cela ne suffit pas toujours.

– Philip, je t'en prie, ne sois pas casse-pieds.

Ronnie a refermé le coffre et nous a rejoints. Cela changeait le rapport de force et j'ai voulu en profiter pour m'éclipser. J'avais envie de tout, sauf d'être pris à partie dans une dispute de tourtereaux sans encore de contrat de mariage. Philip ne l'entendait pas ainsi.

– Non, mais où il croit qu'il va, celui-là ? a-t-il dit en levant le menton un peu plus haut.

– Ailleurs.

– Philip, arrête.

– Pour quoi tu te prends, minable ?

De la main droite, il a empoigné le revers de mon veston – sans trop le serrer toutefois, ni engager franchement les hostilités. Un soulagement. J'ai regardé sa main, puis Ronnie. Il fallait qu'elle s'arrange pour qu'on en finisse.

– Philip, s'il te plaît, arrête de faire l'idiot.

La formulation était particulièrement mal choisie. Lorsqu'un type a décidé de s'engager dans un cul-de-sac, à toute vitesse et en marche arrière, ce n'est pas en le traitant d'idiot qu'on le fait ralentir. Ç'aurait été moi, j'aurais dit que j'étais désolée, je lui aurais caressé la joue, j'aurais souri, enfin n'importe quel truc susceptible de calmer ses hormones, quoi.

– Je t'ai posé une question, a recommencé le Philip. Pour quoi tu te prends ? Tu vas continuer longtemps à vider mes bouteilles ? À lever la patte chez moi, pauvre nase ?

– Veuillez me lâcher. Vous abîmez ma veste.

Raisonnable, voyez-vous. Sans le défier, le déconsidérer, le dénigrer, le déprécier, le déshonorer. Ni le diffamer, le diminuer... Enfin, que des préfixes en dé- ou en di-. Je me préoccupais simplement de mon veston. D'homme à homme.

– J'en ai rien à foutre de ta veste, petit con.

Eh bien voilà. Mes tentatives diplomatiques étant couronnées d'insuccès, j'ai opté pour la violence.

Je me suis élancé vers lui, et il m'a repoussé, ce qui est une réaction normale. Alors j'ai reculé, afin qu'il tende le bras, et je me suis déporté pour qu'il tourne le poignet, celui qui maintenait mon revers. J'ai mis une main par-dessus, pour qu'il ne puisse pas le lâcher, et j'ai poussé doucement sur son coude avec l'autre. Si ça vous intéresse, cette prise d'aïkido qui porte le nom de *nikkyo* provoque une douleur considérable pour un effort minime.

Philip a pâli et plié les jambes, en tentant désespérément de libérer son poignet. Je l'ai lâché avant qu'il s'agenouille, pensant que, moins je lui ferais honte, moins il aurait de raisons de tenter autre chose. Je ne voulais pas non plus que Ronnie passe le reste de l'après-midi accroupie sur le trottoir, en train de répéter : « Allons, allons, tu t'es bien battu. »

– Désolé, lui ai-je dit avec un sourire incertain, comme s'il ne s'était rien passé. Vous n'avez rien ?

Il m'a jeté un regard haineux en se massant le poignet, et nous savions tous deux qu'il en resterait là. Il n'était d'ailleurs pas sûr que j'avais fait exprès de lui faire mal.

Se plaçant entre nous, Ronnie a posé sa douce main sur sa poitrine.

– Philip, tu te trompes gravement.

– Sans blague ?

– Oui, sans blague. Il expose à la galerie.

– Mon cul. Tu couches avec lui. Je ne suis pas débile.

Un avocat décent lui aurait opposé ce dernier point. Ronnie s'est tournée vers moi avec un œil fermé.

– Je te présente Arthur Collins, a-t-elle dit, anticipant un froncement de sourcils.

Il a froncé les sourcils.

– C'est lui qui a peint le triptyque qu'on a vu à Bath, tu te souviens ? a-t-elle explicité. Tu disais qu'il te plaisait.

Philip a regardé Ronnie, puis moi, puis de nouveau Ronnie. La Terre a tourné un petit peu pendant qu'il ruminait ça. Certes, il était gêné d'avoir commis une erreur, mais tellement soulagé de ne pas en être venu aux mains – j'étais là, tu vois, prêt à lui régler son compte, à ce nabot, putain, il me suppliait à genoux, et en fait c'était pas du tout le mec que je croyais. La tablée se marre. Philip, tu es impayable.

– Le truc avec les moutons ? a-t-il dit en ajustant d'un geste étudié sa cravate et ses boutons de manchette.

Je me suis défaussé sur Ronnie, mais elle ne semblait pas vouloir répondre.

– Ce sont des anges, en réalité, ai-je expliqué. Bien que beaucoup de gens y voient des moutons.

Ça devait le satisfaire puisqu'il affichait un grand sourire.

– Bon Dieu, je suis navré. Qu'allez-vous penser de moi ? J'ai cru que... Enfin, c'est oublié, hm ? C'est qu'il y a un type qui... bon, aucune importance.

Cela lui correspondait mieux. J'ai levé les bras pour montrer que je comprenais, je commettais moi-même la même erreur trois ou quatre fois par jour.

– Excusez-nous une seconde, monsieur Collins ? m'a-t-il prié en saisissant Ronnie par le coude.

– Bien sûr.

Eh, nous étions les meilleurs amis du monde.

Ils ont fait quelques pas ensemble, et je me suis rendu compte que je n'avais pas fumé de cigarette depuis au moins cinq minutes. Il fallait corriger ça. Les anoraks multicolores étaient encore là avec leur air inquiet, alors je leur ai fait signe que, oui, Londres est une ville folle-folle-folle, mais vous avez tout de même le droit de finir la journée dans la bonne humeur.

Philip se rabibochait comme il pouvait avec Ronnie – quoiqu'en donnant l'impression de jouer la carte « je te pardonne », au lieu de « pardonne-moi s'il te plaît », qui est toujours un meilleur atout à la fin. Mi-résignée, mi-ennuyée, Ronnie tordait la bouche en me jetant de petits coups d'œil complices, comme quoi tout cela était fort fatigant.

Je souriais à Philip, qui a sorti de sa poche un genre de longue enveloppe rectangulaire. Des billets d'avion. Sans doute un package « flots de champagne ce week-end baisons comme des fous ». Le tendant à Ronnie, il l'a embrassée sur le front (encore une erreur), il a salué Arthur Collins, distingué peintre des Cornouailles, et il a filé.

Le regardant s'éloigner, elle est revenue à pas lents vers moi.

– Des anges, a-t-elle dit.

– Arthur Collins, ai-je répondu.

Ses billets à la main, elle a soupiré :

– Il veut faire un effort pour qu'on se rapproche. Nos relations comptent tellement pour lui, etc.

– Ah, ai-je dit, et nous avons étudié le trottoir un instant. Donc il t'emmène à Paris, c'est ça ? On me demanderait mon avis, je trouverai ça bateau.

– Prague, a-t-elle corrigé, et un clignotant s'est allumé au fond de mon crâne.

Elle a ouvert l'enveloppe en ajoutant :

– La nouvelle Venise, clame-t-il.

– Prague, ai-je répété en hochant la tête. Paraît que ça se trouve en Tchécoslovaquie, ce mois-ci.

– République tchèque. Philip l'a bien précisé. La Slovaquie, c'est un peu poussiéreux et beaucoup moins joli, à ce qu'il dit. Il a réservé un hôtel, près de la grand-place.

Elle a encore étudié le billet, et j'ai entendu son souffle se bloquer dans sa gorge. J'ai suivi son regard, mais elle n'avait pas de mygales sur les manches.

– Il y a un truc qui cloche ?

– CED, a-t-elle dit en refermant l'enveloppe.

J'ai froncé les sourcils.

– Oui ?

Malgré le clignotant, je ne voyais pas où elle voulait en venir.

– Tu sais qui c'est ? lui ai-je demandé.

– C'était OK, c'est ça ? Dans le journal de Sarah, c'était OK pour CED, non ?

– Oui.

Elle m'a tendu le billet.

– Regarde le nom de la compagnie.

Ce que j'ai fait.

J'aurais dû m'en douter. Peut-être tout le monde savait, hormis Ronnie et moi. Selon le mémo voyage de Sunline Travel à l'attention de Mme Chrichton, la compagnie aérienne nationale de la nouvellement nommée République tchèque avait pour acronyme les lettres CEDOK.

15

Dans une guerre, quel que soit le camp
qui puisse se déclarer vainqueur,
il n'y a pas de gagnants, il n'y a que des perdants.

N. CHAMBERLAIN

Les deux fils de ma vie se rejoignaient donc à Prague. Sarah était partie à Prague, et les Américains m'y envoyaient pour la première phase de ce qu'ils tenaient à appeler l'opération Bois Mort. Je leur avais dit tout de suite que c'était ridicule, comme nom, mais soit quelqu'un d'important l'avait choisi, soit ils avaient déjà le papier à en-tête, car ils refusaient d'en changer. C'est Bois Mort et c'est comme ça, Tom.

Il s'agissait officiellement d'infiltrer un groupe terroriste pour, dans un deuxième temps, leur pourrir la vie, mais aussi et dans la mesure du possible, celle de leurs fournisseurs, payeurs, sympathisants, amis et relations. Rien de franchement innovant dans l'histoire – le truc standard, préemballé, que pratiquent avec plus ou moins de succès les services de renseignement du monde entier.

Le deuxième fil reliait Sarah, Barnes, Murt – et le Troisième cycle, à savoir un plan marketing destiné à vendre des hélicoptères à d'horribles dictatures. Je l'ai rebaptisé, à ma façon, Eh merde.

Les deux fils se rejoignaient donc à Prague.

Censé prendre l'avion le vendredi soir, j'avais devant moi six journées de travail avec les Ricains, et cinq soirées à boire du thé main dans la main avec Ronnie.

Le jour où j'ai failli lui casser le poignet, le gars Philip partait lui aussi à Prague pour signer de juteux contrats avec les révolutionnaires de velours. Il laissait derrière lui une Ronnie désorientée et un rien démoralisée. Avant mon irruption, son existence n'avait pas été une suite électrisante de joies et de plaisirs, mais ce n'était pas non plus un supplice. Être confrontée à un monde d'assassins, de terroristes, et à une relation en voie de désintégration n'arrangeait pas les choses.

Je l'ai embrassée une fois.

Les sessions de préparation à l'opération Bois Mort avaient lieu dans un manoir en brique rouge des années 30, juste à la sortie d'Henley. On y comptait cinq cents hectares de parquet, une latte sur trois gondolée par l'humidité, plusieurs W.-C., et une seule chasse d'eau en état de marche.

Nos hôtes avaient apporté quelques meubles, chaises, bureaux et lits de camp, disposés n'importe où n'importe comment. Je passais le plus clair de mon temps dans la salle de réception, à regarder des diaporamas, écouter des bandes enregistrées, mémoriser des procédures de contact, m'initier aux us et coutumes des ouvriers agricoles du Minnesota. Ce n'était pas exactement revenir à l'école, puisqu'on m'a fait bosser plus dur que pendant ces années-là, mais ça avait un goût étrangement familier.

J'y allais chaque matin avec la Kawa, qu'on avait eu l'obligeance de réparer. Les gars voulaient que je reste le soir, mais je leur ai dit que j'avais besoin de grandes bouffées d'air londonien avant de partir, ce qui a semblé leur plaire. Les Américains respectent le patriotisme.

Si l'encadrement changeait constamment, il ne comprenait jamais moins de six personnes : Sam, le coursier ; Barnes qui passait de temps en temps ; les Carl qui traînaient autour de la cuisine, buvaient des tisanes et s'entraînaient à la barre fixe sous le cadre de la porte.

Et maintenant, place aux spécialistes.

Le premier s'est présenté sous le nom de Smith. C'était si improbable que je l'ai cru. Un petit mec bouffi, qui portait des lunettes et un étroit gilet sans manches. Parlait beaucoup des années 60 et 70, pour lui la grande époque du terrorisme – apparemment, son travail avait consisté à suivre autour du globe les Baader, Meinhof et divers membres des Brigades rouges, comme une gamine les tournées des Jackson Five. Posters, badges, signature de photos, tout le truc.

Il avait été très déçu par les révolutionnaires marxistes, dont la plupart avait laissé tomber, contracté des emprunts et des assurances-vie au début de la décennie 80, excepté les Brigades rouges qui se reformaient de temps en temps pour un concert. Le Sentier lumineux et leurs équivalents d'Amérique du Sud et centrale n'étaient pas sa tasse de thé. Comme le jazz pour un fan de la Motown : pas la peine d'en parler. Quand je lui ai posé quelques questions, à mon avis pertinentes, sur l'IRA provisoire, il a fait un large sourire et changé de sujet.

Goldman est arrivé ensuite. Grand et mince, il semblait heureux de détester son job. Ce qui l'intéressait, c'est le protocole. Il y avait une bonne et une mauvaise façon de faire à peu près tout – raccrocher un téléphone ou lécher un timbre – et Goldman ne tolérait pas la moindre transgression. Au bout d'une journée de formation, j'avais l'impression d'être Eliza Doolittle.

Il m'a appris que je répondais désormais au nom de Durrell. J'ai demandé à choisir autre chose, mais il a dit non, c'était déjà inscrit dans le dossier « Opération Bois Mort ». J'ai voulu savoir ce qu'il pensait de Tipp-Ex : c'était « encore plus bête », je n'aurais qu'à m'habituer à Durrell.

Travis enseignait le combat à mains nues. Mais ils ne lui ont donné qu'une heure pour moi, alors il a soupiré, mentionné « les yeux et les organes », et il est parti.

Le dernier jour, sont arrivés les « managers » : deux hommes et deux femmes, vêtus comme des banquiers et munis d'énormes attachés-cases. J'ai essayé de draguer les filles, qui m'ont ignoré. Le plus petit des deux types aurait été partant, lui.

Louis, le plus grand et le plus sympathique de la bande, était chargé de la communication. S'il semblait connaître son affaire, il n'expliquait jamais de quoi il s'agissait, ce qui dans un sens démontrait qu'il la connaissait très bien. Il m'appelait Tom.

Une chose et une seule ressortait de tout ça. Bois Mort avait été minutieusement préparé ; ces gens-là ne s'étaient pas assis la veille à leur bureau avec le manuel du terrorisme international raconté aux enfants. Leur train roulait depuis de nombreux mois quand il m'a pris à la gare.

– Vous avez entendu parler de Kintex, Tom ?

Les jambes croisées, Louis se penchait vers moi, façon David Frost à la télévision.

– Pas du tout, Louis, aucune idée.

J'ai allumé une autre cigarette pour le plaisir de les emmerder tous.

– C'est aussi bien. Ce que vous devez garder à l'esprit – mais je suppose que vous le savez –, c'est qu'il n'y a plus d'idéalistes.

– À part vous et moi, Louis.

Une des filles a regardé sa montre.

– Oui, Tom. Vous et moi. Mais les combattants de la liberté, les libérateurs, les bâtisseurs d'ères nouvelles, tout ça, c'est comme les pantalons à pattes d'eph, y en a plus. Les terroristes sont à présent des hommes d'affaires.

Quelque part dans la pièce, une femme s'est raclé la gorge.

– Des femmes d'affaires aussi, a corrigé Louis. La terreur offre d'étonnantes perspectives de carrière pour les jeunes d'aujourd'hui. Promotions assurées, voyages autour du monde, notes de frais, retraite à quarante ans. J'aurais un fils, je lui conseillerais soit le droit, soit le terrorisme. Et admettons-le, les terroristes font sûrement moins de dégâts que les avocats.

C'était une plaisanterie.

– Vous vous demandez peut-être d'où vient leur argent ? a-t-il poursuivi.

Il m'a regardé en levant les sourcils, et j'ai fait signe que oui, comme l'élève discipliné que je suis.

– Eh bien, nous avons les méchants, a-t-il dit, les Syriens, les Libyens, les Cubains, pour qui ces choses-là sont toujours une affaire d'État. Ils signent un gros chèque de temps à autre, en conséquence de quoi ils se félicitent quand une brique casse la fenêtre d'une ambassade US quelque part. Cependant, depuis une dizaine d'années, ils se font assez discrets. De nos jours, on se préoccupe de rendement, de rentabilité et, de ce point de vue, tous les chemins mènent en Bulgarie.

Invitant une de ses collègues à prendre le relais, Louis s'est adossé à son fauteuil. Si elle gardait le nez sur son bloc, elle connaissait son discours par cœur et n'avait manifestement pas besoin de notes.

– Kintex, a-t-elle commencé, est une société d'État, dont le siège se trouve dans la périphérie de Sophia, et qui emploie cinq cent vingt-neuf personnes. Sous couvert d'import-export, elle gère plus de quatre-vingts pour cent du trafic de stupéfiants au départ du Moyen-Orient pour l'Europe de l'Ouest et l'Amérique du Nord, en échange, bien souvent, de chargements d'armes à destination des populations insurgées de la région d'origine. Kintex fait également commerce d'héroïne, depuis l'Asie, qu'elle fournit d'une façon similaire à des réseaux d'Europe centrale et de l'Ouest. Les employés affectés à ces tâches sont pour l'ensemble des citoyens non bulgares, logés dans les villes de Varna et Burgas sur les côtes de la mer Noire. C'est également là que se trouvent les entrepôts. Sous le nom de Globus, Kintex blanchit aussi de l'argent sale, en provenance de tous les pays d'Europe, qu'elle troque contre de l'or, des pierres précieuses, et d'autres valeurs qui transitent par des sociétés commerciales implantées en Turquie et en Europe de l'Est.

La fille a jeté un coup d'œil vers Louis pour savoir s'il fallait continuer. Mais Louis me regardait, moi et mon air absent, et lui a fait signe de s'arrêter là.

– Une joyeuse bande, hein ? a-t-il dit. C'est eux qui avaient donné un revolver à Mehmet Ali Ağca.

Ça ne me disait pas grand-chose.

– Le type qui a tiré sur Jean-Paul II en 1981, a-t-il rappelé. Quelques journaux en ont parlé, à l'époque...

Impressionné, j'ai hoché la tête en m'exclamant :

– Ah oui !

– Kintex, a-t-il conclu, offre un large éventail de services, Tom, de forfaits et de packages. Vous avez besoin de foutre la merde quelque part dans le monde, de ruiner deux ou trois pays, hop ! vous prenez votre carte de crédit et vous filez chez eux. Leurs prix sont imbattables.

Il souriait, mais je savais qu'intérieurement il écumait de la rage du juste. J'ai étudié ses collègues qui, évidemment, brûlaient eux aussi du même feu indigné.

– Et c'est après Kintex, ai-je avancé (espérant de toutes mes forces qu'il réponde non) qu'en avait Alexander Woolf ?

– Exactement, a-t-il dit.

C'est alors que j'ai compris – moment d'horreur – qu'aucune de ces personnes, pas même Louis, n'avait la moindre idée de ce qu'était réellement le Troisième cycle, ni des objectifs que l'opération Bois Mort était censée atteindre. Ils croyaient sincèrement combattre le narcoterrorisme, ou terronarcotisme, enfin ce qu'on voudra, au nom de l'Oncle Sam et de Tatie-le-Reste-du-Monde. Du travail routinier type CIA, cela ne faisait pas un pli pour eux. Ils m'envoyaient chez un groupe terroriste de second ordre, en pensant que, à mes moments de liberté, je foncerais dans la première cabine pour leur lâcher une série de noms et d'adresses.

Les moniteurs de cette auto-école particulière étaient aveugles, et cette prise de conscience m'a gentiment secoué.

Ils m'ont exposé leur tactique d'infiltration, fait répéter chaque étape un million de fois. Évidemment, étant anglais, je n'étais pas capable de penser à plus d'une chose en même temps. Puis, voyant que je retenais tout comme il faut, ils se sont congratulés avec force tapes dans le dos.

Après un dîner répugnant – boulettes de viande arrosées de lambrusco –, servi par un Sam passablement épuisé, Louis et ses acolytes ont refermé leurs attachés-cases, m'ont serré la pince avec une moue satisfaite et, montant dans leurs voitures, ont repris la route de tous les succès. Je les ai regardés partir sans un geste d'au revoir.

J'ai prévenu les Carl que j'allais me balader. J'ai traversé le jardin derrière la maison où la pelouse descendait en pente douce vers la Tamise. La vue était superbe sur toute la longueur du fleuve.

Il faisait bon et, sur la rive en face, de jeunes couples se promenaient, en compagnie de quelques papis mamies avec leur chien. Plusieurs cabin-cruisers étaient amarrés à proximité. L'eau clapotait gentiment sur les coques, la lumière des hublots était chaude, dorée, accueillante. J'entendais des rires, je sentais l'odeur de la soupe en boîte.

Et j'étais vraiment dans la merde.

Arrivant peu après minuit, Barnes offrait un spectacle fort différent de la dernière fois. Terminé, le look Brooks Brothers – il semblait prêt à s'enfoncer dans la jungle nicaraguayenne avec ou sans Contras. Pantalon kaki, chemise de coton sergé vert foncé, bottes Red Wing. Une montre militaire avec bracelet en toile avait remplacé la Rolex de ville. Un peu plus, et il se mettait devant une glace pour se peinturlurer avec un stick de camouflage.

Il a renvoyé les Carl, et nous nous sommes installés au salon, où il a déballé une demi-bouteille de Jack Daniel's, une cartouche de Marlboro et un Zippo peinturluré avec un stick de camouflage.

– Comment va Sarah ? lui ai-je demandé.

Ça faisait neuneu, comme question, mais il fallait la poser. C'était pour elle que je faisais tout ça – et donc, si elle était passée ce matin sous un bus, ou si elle était morte d'une crise de paludisme, c'était au revoir et merci. Barnes n'allait rien dire, de toute façon, mais son expression révélerait peut-être quelque chose.

– Bien. Elle va bien.

Nous servant un verre à chacun, il a fait glisser le mien sur le parquet vers moi.

– Je veux lui parler.

Il n'a pas réagi.

– J'ai besoin de savoir si elle n'a rien. Si elle est vivante et si elle n'a rien, ai-je insisté.

– Je vous dis qu'elle va bien.

Il a bu une gorgée.

– J'entends bien ce que vous me dites, seulement, vous êtes un psychopathe et votre parole ne vaut pas un poil du cul.

– Je ne vous aime pas beaucoup non plus, Thomas.

Nous partagions whiskey et cigarettes, mais il manquait un peu de cette confiance qui devrait unir un chargé de mission et son supérieur. Et il en manquait de plus en plus, de cette confiance.

– Vous savez ce qui ne va pas, chez vous ? a dit Barnes au bout d'un moment.

– Très bien, oui. J'ai un problème qui s'habille chez L. L. Bean[1] et se trouve en face de moi.

---

1. Catalogue « chasse et pêche » (États-Unis).

– Votre problème, Thomas, c'est que vous êtes anglais.

Comme s'il n'avait pas entendu. C'était peut-être le cas.

Il faisait de curieuses rotations avec sa tête. À l'occasion, un os craquait dans son cou et il semblait en retirer du plaisir.

– Anglais comme tous les trous de balle de cette île de cons, a-t-il explicité.

– Non, mais je rêve. Voilà qu'une sous-merde d'Américain se permet de nous critiquer.

– Vous n'avez pas de couilles, ici. Vous en avez peut-être eu, jadis, et ça s'est perdu. Enfin, j'en sais rien et je m'en fous.

– Attention, Rusty. Dans ce pays, avoir des couilles signifie avoir du courage. Chez vous, c'est avoir une grande gueule, sinon une érection à chaque fois que vous placez un de vos « delta », « tango », « Charlie », « papa ». Nous sommes deux pays séparés par une langue et de vastes différences culturelles. Je parle bien de culture, ai-je ajouté (car mon sang commençait à bouillir), pas de valeurs. Maintenant foutez-vous une brosse à chiendent dans le cul.

Il a ri. Ce n'est pas le réflexe que j'attendais. Je pensais qu'il tenterait de me frapper, auquel cas je lui foutais mon poing dans la gorge et, l'esprit dégagé, je partais dans la nuit.

– Eh bien, Thomas, a-t-il dit, voilà qui détend l'atmosphère. Vous devez vous sentir mieux.

– Beaucoup mieux, merci.

– Moi aussi.

Se levant pour remplir mon verre, il m'a jeté le briquet et le paquet de Marlboro sur les genoux.

– Je n'irai pas par quatre chemins, a-t-il dit. Pour l'instant, vous ne pouvez ni voir Sarah, ni lui parler. C'est impossible. D'un autre côté, je sais que je ne peux rien attendre de vous tant que vous ne l'aurez pas vue. Ça va comme ça ? Ça vous paraît juste ?

J'ai siroté une gorgée et sorti une cigarette du paquet.

– Vous ne la détenez pas, en fait ?

Nouveau rire. Il me faudrait un moyen de le faire cesser.

– Je n'ai jamais dit que nous la détenions, Thomas. Qu'est-ce que vous imaginez ? Que nous l'avons enchaînée à un radiateur ? Allons, ne nous sous-estimez pas à ce point. Nous sommes des professionnels. On ne tombe pas tout à fait de la dernière pluie.

Il s'est affalé dans son fauteuil, où il a repris ses étirements. Je l'aurais bien aidé un bon coup.

– Nous savons où la joindre en cas de nécessité. Comme vous êtes pour l'instant un petit Anglais obéissant, cela n'est pas nécessaire. *Okay ?*

– Non, pas *okay.*

J'ai écrasé ma cigarette et j'ai quitté mon siège. Ça ne paraissait pas l'inquiéter.

– Je la vois, je m'assure que tout va bien, ou je ne marche pas, ai-je poursuivi. Non seulement je ne marche pas, mais je suis prêt à vous tuer pour me faire comprendre. *Okay ?*

Je me suis lentement dirigé vers lui. J'ai pensé qu'il appellerait les Carl, mais je m'en fichais. Passer à l'acte ne me prendrait qu'une seconde, il leur faudrait une heure pour mettre leur grande carcasse en branle. Et j'ai vu pourquoi Barnes restait aussi calme.

Il avait glissé une main dans son attaché-case, et j'ai perçu un éclat de métal lorsqu'il l'a retirée. C'était un gros calibre, qu'il tenait maintenant au niveau de la ceinture, nonchalamment, mais braqué sur mon ventre. J'étais à deux mètres cinquante.

– Tiens, Jiminy Cricket, ai-je persiflé. Vous allez avoir une érection, monsieur Barnes. N'est-ce pas un Colt Delta Elite que vous avez sur les genoux ?

Il n'a pas répondu. Mais il me regardait.

– 10 mm, ai-je précisé. Un pistolet pour les petites bites, celles qui craignent de rater la cible.

Comment franchir ces deux mètres cinquante sans lui laisser la possibilité de viser ? Pas facile, mais possible. À condition d'avoir des couilles. Et de les conserver ensuite.

Il a dû lire dans mes pensées, car il a armé le pistolet. Très lentement. Je dois admettre que le bruit a quelque chose de rassurant.

– Vous connaissez les balles Glaser, Thomas ?

Il parlait tout doucement, sur un ton presque rêveur.

– Non, Rusty. Je ne connais pas les balles Glaser. Il faut que je meure d'ennui d'abord ? Allez-y, tirez.

– Les balles Glaser sont garnies d'une capsule remplie d'un mélange de plomb et de téflon liquide.

Sachant que j'allais comprendre, il a attendu avant de continuer :

– En atteignant sa cible, la balle libère quatre-vingt-dix pour cent de son énergie. Elle ne ricoche pas, elle reste en surface où elle fait des dégâts considérables.

Il s'est interrompu pour avaler une gorgée

– De gros, gros trous dans le corps.

Nous avons dû rester immobiles un moment. Il savourait son whiskey, moi la vie. Je sentais la sueur couler dans mon dos, et mes omoplates me grattaient.

– *Okay*, je ne vais peut-être pas vous tuer tout de suite.

– Bonne nouvelle, a-t-il répondu au bout d'un autre long moment – le Colt restant braqué sur moi.

– Ça ne vous avancera à rien de me trouer le corps.

– Ça ne me gênerait pas spécialement.

– J'ai besoin de lui parler, Barnes. C'est pour elle que je suis ici. Sinon, tout cela ne sert à rien.

Quelques siècles ont passé, puis j'ai eu l'impression qu'il souriait. Je ne savais pourquoi, ni quand il avait commencé. C'était comme au cinéma avant le film, quand on n'est pas sûr que les lumières s'éteignent.

Et soudain c'est venu. Comme une caresse. *Fleur de fleurs* de Nina Ricci, une partie par milliard.

Nous étions sur la rive, juste elle et moi. Les Carl nous surveillaient à distance, comme Barnes le leur avait demandé. La lune étalait ses reflets sur l'eau et donnait un teint de lait au visage de Sarah.

Elle faisait peine à voir et pourtant elle était merveilleuse. Elle avait maigri et pleuré plus que de mesure. Douze heures plus tôt, ils lui avaient appris que son père était mort et, à l'instant précis où elle me l'a dit, j'ai eu envie de la serrer contre moi plus que tout au monde. Je ne sais pourquoi mais cela aurait été déplacé.

Nous avons regardé l'eau sans rien dire pendant un moment. Les petits bateaux de croisière avaient éteint leurs lumières, les canards étaient couchés depuis longtemps. La lune creusait un sillon lumineux dans le fleuve noir et immobile.

– Alors, a dit Sarah.

– Oui.

Un autre long silence. Nous cherchions quels mots dire. C'était comme être obligé de soulever une grosse boule de béton. On peut tourner autour autant qu'on veut, à la recherche d'une prise, il n'y en a pas.

Sarah a fait une première tentative.

– Soyez franc. Vous ne nous avez pas crus, hein ?

Elle a retenu un petit rire. J'ai failli rétorquer qu'elle non plus quand j'affirmais ne pas vouloir tuer son père. Je me suis arrêté à temps.

– Non.

– Vous nous preniez pour des cinglés. Deux Américains qui voient des fantômes la nuit.

– Quelque chose comme ça.

Elle s'est remise à pleurer, et j'ai laissé passer l'orage. Allumant deux cigarettes, je lui en ai tendu une. Elle a tiré dessus goulûment. Je l'observais aussi discrètement que possible jeter toutes les trois secondes une cendre inexistante dans le fleuve.

– Sarah, je suis vraiment désolé. Pour tout. Tout ce qui s'est passé. Et pour vous. Je voudrais...

J'avais beau me creuser, je ne savais pas ce que je cherchais à dire. Je m'y sentais pourtant tenu.

– Je veux redresser la situation. Bien sûr, votre père...

Elle m'a observé avec un sourire. Il ne fallait pas que je me tracasse, semblait-il suggérer.

– Mais il y a toujours le choix, ai-je bafouillé, de bien ou mal agir, quoi qu'il soit arrivé. Je veux faire le nécessaire. Vous comprenez ?

Elle a hoché la tête. C'était sympa de sa part, puisque je n'avais pas la moindre idée de ce que j'avançais. Trop de choses à dire, et un cerveau trop petit pour faire le tri. Bureau de poste, trois jours avant Noël, ça ressemblait à ça.

Elle a soupiré.

– C'était un type bien, Thomas.

Quoi répondre ?

– Je n'en doute pas. Je l'aimais bien.

C'était vrai.

– Je m'en suis aperçue il y a seulement un an. On ne se représente pas vraiment ce que sont nos parents, je suppose. Ce qu'ils valent. Ils sont là, et puis voilà.

Elle a marqué un temps, puis :

– Jusqu'au jour où ils ne sont plus là.

Nous avons regardé la Tamise.

– Vous avez toujours les vôtres ? a-t-elle demandé.

– Non. Mon père est mort quand j'avais treize ans. Crise cardiaque. Et ma mère il y a quatre ans.

– Je suis navrée.

Incroyable : au milieu de tout ça, elle trouvait le moyen d'être polie.

– Pas de quoi. Elle avait soixante-huit ans.

Sarah s'est penchée vers moi, et je me suis rendu compte que je murmurais. Je ne suis pas certain de savoir pourquoi. Par respect pour son propre chagrin, sans doute. Ou parce qu'elle avait repris contenance. Je ne voulais pas qu'elle s'effondre si je parlais trop fort.

– Quel est votre souvenir préféré de votre mère ?

La question n'avait rien de triste. Elle semblait sincèrement souhaiter que je lui raconte une histoire de gosse.

– Mon souvenir préféré... ai-je commencé, songeur. Tous les soirs, entre sept et huit heures...

– Oui ?

– Elle buvait un gin-tonic. À sept heures pile. Et rien qu'un. Alors, pendant une heure, c'était la femme la plus drôle et la plus heureuse que j'aie connue.

– Et ensuite ?

– Triste. Il n'y a pas d'autre mot. Ma mère était très triste. Que mon père ne soit plus là, et triste au fond d'elle-même. J'aurais été son médecin, je lui aurais prescrit six gins par jour.

J'ai eu envie de pleurer, soudain. C'est passé.

– Et vous ? lui ai-je dit.

Elle n'a pas eu à réfléchir longtemps, mais elle ne s'est pas précipitée. Elle préparait mentalement ses phrases en se forçant à sourire.

– Je n'ai pas de souvenirs heureux de ma mère. Elle sautait son prof de tennis quand j'avais à peine douze ans, et elle a disparu l'été suivant. C'est la meilleure chose qui nous soit arrivée, en fait. Mon père... (Elle a fermé les yeux en savourant l'image.) ... nous a appris à jouer aux échecs, mon frère et moi, quand nous avions huit ou neuf ans. Michael est devenu bon très vite. Je me débrouillais assez bien, aussi, mais moins que lui. Pour nous donner l'avantage, papa jouait sans sa reine. Il prenait toujours les noirs et il ne la posait jamais sur l'échiquier. On avait beau faire des progrès, il la laissait toujours dans la boîte. Un jour, Michael aurait pu jouer sans reine, lui aussi, et gagner quand même. Il le battait déjà en dix coups. Et papa continuait de perdre toutes les parties.

Elle a ri et, prenant appui sur les coudes, s'est étirée de tout son long.

– Pour son cinquantième anniversaire, Michael lui a offert une grande reine noire, dans un joli coffret en bois. Papa a pleuré. Ça fait un drôle d'effet de voir son père pleurer. Je crois qu'il avait tant de plaisir à nous apprendre, à suivre nos progrès, qu'il voulait conserver cette sensation. Il aimait qu'on gagne.

Brusquement, une mer de larmes l'a submergée. Sarah tremblait si fort qu'elle ne pouvait plus respirer. Je me suis étendu près d'elle et lui ai offert le rempart de mon corps.

– Ça va aller, répétais-je. Ça va aller.

Bien sûr que ça n'irait pas. Ni aujourd'hui, ni demain, ni dans un siècle.

16

La langue éternelle, qu'elle manie si bien,
Se trompe magnifiquement, et c'est divin.

Edward YOUNG

L e voyage à Prague a commencé par une alerte à la bombe. Il n'y avait pas de bombe, mais beaucoup d'alerte. À peine étions-nous installés dans nos sièges que la voix du pilote a retenti dans les haut-parleurs, nous priant de descendre aussi rapidement que possible. Pas de « Mesdames et messieurs, au nom de British Airways, nous vous demandons de bien vouloir, etc. » Non : dehors, et plus vite que ça.

On nous a parqués dans une salle d'attente, couleur lilas, où les sièges étaient moins nombreux que les passagers et fumer interdit. Sauf pour moi. Une fille en uniforme avec du maquillage en croûte m'a demandé d'éteindre ma cigarette. Je lui ai expliqué que j'étais asthmatique, que ce n'était pas du tabac, mais un broncho-dilatateur à base de plantes, et que j'étais censé y recourir en cas de crise. Tout le monde m'en a voulu, les fumeurs plus que les non-fumeurs.

Retrouvant finalement l'appareil, nous avons regardé sous nos sièges au cas où le chien renifleur était enrhumé et qu'un petit sac fourre-tout aurait échappé à la vigilance des policiers.

Il était une fois un homme, paralysé par la peur de l'avion, qui s'adressa à un psychiatre. Il était persuadé qu'il y aurait une bombe dans le prochain avion qu'il prendrait. Le psy tenta de l'aider à vaincre sa phobie, mais en vain, puis l'envoya chez un statisticien. Sortant sa calculette, le statisticien informa le monsieur qu'il y avait seulement une chance sur cinq cent mille qu'un avion ait une bombe dans sa soute. Pas rassuré pour autant, le type continuait de croire qu'il monterait précisément dans cet avion-là. Le statisticien ressortit donc sa calculette et demanda : « OK, est-ce que ça irait mieux s'il n'y avait qu'une chance sur *dix* millions ? » Oui, bien sûr, répondit l'homme. Alors le statisticien déclara : « Il y a exactement une chance sur dix millions qu'il y ait dans votre prochain avion deux bombes sans aucun lien l'une avec l'autre. » Perplexe, le type remarqua : « D'accord, tout cela est fort bien, mais ça m'avance à quoi ? » « Très simple, expliqua le statisticien, mettez une bombe dans votre valise. »

J'ai raconté l'histoire à une sorte d'homme d'affaires en complet gris, qui occupait le siège voisin et venait de Leicester. Ça ne l'a pas fait rire du tout. Il a appelé l'hôtesse et lui a dit que j'avais probablement une bombe dans mes bagages. J'ai dû répéter mon histoire à la dame, puis une troisième fois pour le copilote qui s'est accroupi près de moi dans l'allée en faisant une sale gueule. Je ne tiendrai plus de propos courtois aux occupants des sièges voisins.

Peut-être avais-je mal évalué les sentiments qu'éprouvent les utilisateurs des compagnies aériennes à l'égard des bombes dans les soutes. Selon une autre explication, plus probable, j'étais le seul passager à connaître l'origine de la fausse alerte, et à savoir ce qu'elle signifiait.

C'était le premier acte, ou la première bûche sciée, de l'opération Bois Mort.

L'aéroport de Prague est un peu plus petit que l'inscription « Aéroport de Prague » étalée sur la façade du terminal. Énorme, ostentatoire, certainement stalinienne. L'avait-on déployée avant l'invention de la navigation radio, pour que les pilotes puissent la lire de loin, au milieu de l'Atlantique ?

Dedans, eh bien, de quelque façon qu'on regarde, un aéroport est un aéroport. Quel que soit le pays, vous avez des sols dallés pour faciliter la circulation des chariots à bagages, vous avez des chariots à bagages, vous avez des vitrines avec des ceintures en croco que personne ne voudra acheter ni aujourd'hui, ni dans mille ans.

Les services de l'immigration ne savaient pas que la République tchèque s'était détachée du blockhaus soviétique. Assis dans leurs cubes de verre, ils perpétuaient la guerre froide en comparant d'un air dégoûté la photo de nos passeports avec les impérialistes décadents qui se présentaient à eux. Étant impérialiste, j'avais commis l'erreur de revêtir une chemise hawaïenne qui, je suppose, attestait ma décadence. Je ferai attention la prochaine fois. Sauf que la prochaine fois, ces pauvres diables seront peut-être libérés de leurs cages de verre. Quelqu'un leur expliquera qu'ils partagent l'espace économique et culturel d'Euro Disney. J'ai décidé d'apprendre en tchèque les paroles de *Non, je ne regrette rien*.

Après avoir changé un peu d'argent, je suis sorti à la recherche d'un taxi. La soirée était fraîche et les grandes flaques du parking, pleines des reflets gris bleu des enseignes ajoutées dans le ciel stalinien, la rendaient encore plus fraîche. Trop heureux de poser sur mes joues une pluie couleur diesel, de papillonner autour de mes tibias et de tirer sur les jambes de mon pantalon, le vent a bondi quand j'ai atteint l'angle du terminal. Un instant immobile, je me suis imprégné de l'étrangeté des lieux. J'avais conscience d'avoir quitté un état pour un autre, avec et sans É majuscule.

J'ai fini par trouver un taxi et, comme je parle bien l'anglais, j'ai demandé en anglais « Wenceslas Square ». Je sais maintenant que ça veut dire en tchèque : « Je suis un crétin de touriste, s'il vous plaît prenez mon oseille. » La voiture était une Tatra, et le chauffeur un salopard ; il conduisait vite, bien, en fredonnant égoïstement, comme les joyeux gagnants du loto.

*

Toutes villes confondues, c'est un des plus beaux endroits que j'aie vus. La place Wenceslas n'est pas réellement une place, mais une très large avenue, dominée par le Musée national. Même sans jamais n'avoir rien lu à son sujet, j'aurais senti tout de suite que l'histoire – ancienne et contemporaine – avait laissé des arguments de poids sur ce quasi-kilomètre de pavés gris et jaunes. Il y avait aussi une odeur. *L'Air du temps de Praha*[1]. Printemps, étés, hivers et automnes défilaient à Prague et n'allaient sûrement pas arrêter.

Quand le chauffeur m'a demandé de payer, j'ai dû lui expliquer que je n'avais pas l'intention d'acheter son taxi, seulement de m'acquitter des quinze minutes passées dedans. Parlant d'un « service limousine » avec moult haussements d'épaules, il a tout de même réduit ses prétentions à un montant moins astronomique. J'ai pris mon sac en bandoulière et continué à pied.

Les Américains m'avaient laissé le soin de me dégoter une chambre meublée. Le seul moyen véritablement sûr de ressembler à un homme qui cherche depuis longtemps un endroit pour dormir est de longtemps chercher un endroit pour dormir. J'ai donc parcouru d'un bon pas le centre de la vieille ville pendant deux heures. Vingt-six églises, quatorze musées et galeries d'art, un Opéra – celui où le petit Mozart a dirigé la toute première représentation de *Don Juan* –, huit théâtres, et un McDo. D'après vous, lequel avait une file de cinquante mètres à l'extérieur ?

---

1. En français dans le texte.

Je me suis arrêté en chemin dans plusieurs bars pour avoir une idée de l'ambiance. Eh bien, l'ambiance se présentait dans de grands verres droits sur lesquels on lisait « Budweiser ». J'ai observé un instant comment le Tchèque moderne marche, parle, s'habille et s'amuse. La plupart des serveurs m'ont pris pour un Allemand, une erreur pardonnable du fait que la ville en grouillait. Munis d'énormes cuisses et de sacs à dos, ils se déplaçaient par douze en se déployant dans les rues. Évidemment, Prague n'étant qu'à quelques heures de route en tank rapide pour la plupart d'entre eux, on ne s'étonnera pas qu'ils s'y sentent pratiquement chez eux.

J'ai mangé une assiette de porc bouilli avec boulettes dans un café près du fleuve, puis, sur le conseil d'un couple gallois à la table voisine, je suis allé me promener sur le pont Charles. M. et Mme Gallois m'avaient assuré que c'était une construction remarquable mais, compte tenu du millier de chanteurs qui faisaient la manche de mètre en mètre le long du parapet – tous entonnant des chansons de Bob Dylan –, je n'ai rien admiré du tout.

J'ai finalement trouvé de quoi me loger à la Zlata Praha, une pension vétuste sur la colline près du château. La patronne m'a proposé une grande chambre sale ou une petite propre. J'ai choisi la première en pensant nettoyer moi-même. Idiot que je suis, me suis-je dit à son départ. Je n'ai jamais fait le ménage chez moi. Pas même une fois.

J'ai déballé mes affaires et me suis allongé sur le lit pour fumer un clope. J'ai pensé à Sarah, à son père, à Barnes. À mes propres parents, à Ronnie, aux hélicoptères, aux motocyclettes, aux Allemands et aux hamburgers de McDonald's.

J'ai pensé à beaucoup de choses.

Me réveillant à huit heures, j'ai écouté Prague qui se levait et se traînait au boulot. Le seul bruit inattendu était celui des trams, qui claquaient et sifflaient sur les pavés et les ponts. Je me suis demandé si j'allais remettre ma chemise hawaïenne.

À neuf heures sur la grand-place, un petit homme à moustache me harcelait pour que je visite la ville sur sa carriole à cheval. J'aurais dû m'emballer pour ce moyen de transport pittoresque, authentique mais, en inspectant rapidement la chose, j'ai reconnu une Austin Mini-Moke sans pare-brise et sans vitres, sans moteur non plus, dont on avait remplacé les phares par des brancards à chevaux. J'ai dit « Non, merci » une douzaine de fois, et ensuite « Allez vous faire foutre ».

Il me fallait un café avec des parasols Coca-Cola en terrasse. C'est ce qu'ils avaient dit : « Tom, quand tu seras arrivé, tu verras un café avec des parasols Coca-Cola en terrasse. » Ce qu'ils n'avaient pas dit, ou deviné, c'est que le représentant Coca-Cola avait bien ratissé le quartier, puisqu'une vingtaine d'établissements dans un rayon de cent mètres autour de la grand-place disposaient desdits parasols. En revanche, le représentant Camel n'avait réussi son coup que deux fois. Celui-là croupissait certainement dans un fossé quelque part, pendant que M. Coca se voyait attribuer la médaille maison et une place de parking à son nom devant le siège de la société dans l'Utah.

J'ai trouvé au bout de vingt minutes. « Le Nicolas. » Deux livres pour une tasse de café.

Ils m'avaient aussi recommandé d'entrer, mais c'était une belle matinée et, n'étant pas d'humeur à faire ce qu'on me dit, j'ai pris place à la terrasse pour profiter du spectacle et des Allemands. En demandant un café, j'ai remarqué deux types qui sont sortis de la salle pour s'asseoir non loin de moi. Tous deux jeunes, athlétiques, avec des lunettes de soleil sur le nez, ils ne me prêtaient aucune attention. Ils poireautaient sans doute depuis une heure à l'intérieur, à la table des reconnaissances fraternelles, et voilà que je gâchais tout.

Parfait.

Les yeux fermés, je me suis calé face au soleil pour qu'il bronze les plis de mes pattes-d'oie.

– Maître, a dit une voix, quel honneur inestimable.

Rouvrant les yeux, j'ai aperçu un imper marron qui me toisait de toute sa hauteur.

– Cette chaise est prise ? a dit Solomon.

Il s'est assis sans attendre de réponse.

Je l'ai examiné un bon moment.

– Bonjour, David, ai-je fini par lui dire.

J'ai pioché une cigarette dans son paquet pendant qu'il faisait signe au garçon. Et je me suis retourné vers les deux types aux verres fumés qui, visiblement, s'efforçaient de m'ignorer.

– *Kava, prosim*, a demandé Solomon avec ce qui paraissait un accent bien pratique.

Puis il m'a dit :

– Le café est excellent, mais la bouffe lamentable. C'est ce que j'ai écrit sur mes cartes postales.

– Ce n'est pas toi ?

– Pas moi ? Qui suis-je, alors ?

Je continuais de le dévisager.

– Changeons de formule, ai-je proposé. C'est toi ?

– Tu veux dire : c'est moi qui suis assis là, ou que tu es censé rencontrer ?

– David.

– Les deux, monsieur.

Il a reculé sur sa chaise pendant que le garçon lui servait son café. Il en a bu une gorgée et fait une moue de plaisir.

– J'ai l'honneur de vous servir d'instructeur pendant la durée de votre séjour, a-t-il continué. Je ne doute pas que vous y trouverez votre intérêt.

J'ai hoché la tête vers les verres fumés.

– Sont avec toi ?

– En quelque sorte, maître. Pas que ça leur plaise tellement, mais c'est pareil.

– Américains ?

Acquiescement.

– Autant que leur Coca. C'est une opération dans laquelle nous joignons nos forces. Comme c'est rarement arrivé jusque-là, si je puis me permettre. Et c'est pour le mieux, tout compte fait.

J'ai réfléchi un petit moment.

– Pourquoi ne me l'ont-ils pas dit ? Enfin, ils savent que je te connais, pourquoi ces cachotteries ?

Il a haussé les épaules.

– Ne sommes-nous pas les petites dents des grandes roues d'une gigantesque machine, monsieur ?

Ouais, c'est ça.

Évidemment, j'avais cent mille questions à lui poser.

Je voulais tout reprendre depuis le début – reconsidérer ce que nous savions au sujet de Barnes, de O'Neal, de Murt, du Bois Mort et du Troisième cycle – afin de trianguler une région commune dans ce foutoir, voire de comploter un plan à notre façon.

Différentes raisons m'en empêchaient. De bonnes grosses raisons bien solides qui, pour m'obliger à entendre, tendaient le doigt depuis le fond de la classe en se tortillant sur leurs chaises. Si je lui disais ce que je croyais savoir, Sol ferait le bon choix ou le mauvais. En toute probabilité, le bon choix se traduirait par ma mort et celle de Sarah, mais les événements suivraient le cours prévu. Je serais peut-être capable de reporter l'échéance, la partie se jouerait éventuellement sur un autre terrain, plus tard, mais elle se jouerait quand même. Quant au mauvais choix, inutile d'y penser. Celui-là impliquait que Solomon travaillait pour le camp adverse et, si on l'on va par là, personne ne connaît plus personne.

Pour l'instant donc, je l'ai écouté sans rien dire m'expliquer par le menu ce qu'on attendait de moi lors des prochaines quarante-huit heures. Il parlait vite mais calmement, ce qui a permis de couvrir pas mal de choses en une heure et demie. Économe de sa salive, Sol ne ponctue pas une phrase sur deux par « ça, c'est très, très important », contrairement aux Américains.

Les verres fumés buvaient leur Coke.

J'avais l'après-midi pour moi et, comme cela n'arriverait sans doute plus avant un bon moment, j'ai perdu mon temps aussi outrageusement que possible. J'ai bu du vin, lu de vieux journaux, assisté à une représentation en plein air d'un truc de Mahler, bref, j'ai joué au rentier désœuvré.

Dans un bar, j'ai rencontré une Française qui prétendait travailler pour un concepteur de logiciels. Quand je lui ai demandé si elle voulait coucher avec moi, elle a fait un haussement d'épaules à la française, que j'ai interprété comme un refus.

Comme nous avions rendez-vous à huit heures, j'ai traîné dans une brasserie jusqu'à huit heures dix, à fumer immodérément devant une nouvelle ration de porc bouilli et boulettes, que j'ai à peine touchée. J'ai réglé l'addition et, repartant dans la nuit froide, j'ai senti mon sang se réveiller à l'idée d'un peu d'action.

Je n'avais aucune raison de me sentir bien. Je savais que cette mission tenait de l'impossible, que la route serait longue, pénible, trop souvent dépourvue de stations-service, et que mes chances de prétendre à une retraite paisible étaient anéanties.

Mais, bizarrement, je me sentais très bien.

*

Solomon m'attendait à l'endroit prévu avec un des Verres Fumés. Une des deux paires de verres fumés, je veux dire.

Évidemment, il les avait enlevés puisqu'il faisait nuit, et il a donc fallu que je lui trouve un autre nom. Un instant de réflexion et, OK : Sans-Lunettes. J'ai peut-être de lointaines origines cheyennes, finalement.

Je me suis excusé d'être en retard. Solomon a souri en disant que pas du tout, ce qui m'a énervé, et nous sommes montés dans une Mercedes diesel grise et sale. Sans-Lunettes a pris le volant et la rue principale en direction de l'est.

La banlieue de Prague était derrière nous au bout d'une demi-heure. Nous roulions sur une route à deux voies, la circulation était fluide, et Sans-Lunettes y allait mollo. Le meilleur moyen de foutre en l'air une opération secrète en territoire étranger est encore de se faire arrêter pour excès de vitesse. Notre conducteur semblait avoir appris cette leçon-là. Sol et moi avons échangé quelques remarques sur le paysage, bien vert malgré la nuit, et certains coins ressemblaient au pays de Galles, non ? (Je suis sûr que, comme moi, il n'y a jamais mis les pieds.) Cela mis à part, nous parlions peu, dessinant plutôt – fleurs pour Solomon, visages souriants pour moi – sur les vitres embuées, sans prêter attention aux campagnes est-européennes.

Encore une demi-heure, et quelques panneaux indiquaient Brno, qui a toujours l'air mal orthographiée, ou prononcée de travers quand on en parle. Je savais que nous n'irions pas aussi loin. Nous avons bifurqué vers le nord aux alentours de Kostelec, puis à nouveau vers l'est presque aussitôt après, sur une route cette fois très étroite, sans plus aucun panneau. Ce qui résumait la situation.

Nous avons sinué un moment dans une forêt noire, puis Sans-Lunettes a éteint les phares, ne laissant que les veilleuses, ce qui nous a ralenti plus encore. Quelques kilomètres plus loin, il a éteint celles-ci aussi, en me demandant d'écraser ma cigarette, car je « niquais sa vision nocturne ».

Nous étions soudain arrivés.

Ils l'avaient enfermé dans une ferme, à la cave. Depuis quand, allez savoir – mais ça ne pourrait plus durer très longtemps. Il avait à peu près mon âge, ma taille, probablement mon poids aussi, du moins avant qu'ils le privent de nourriture. Il s'appelait Ricky, disaient-ils, il venait du Minnesota. Ils n'ont pas précisé qu'il était mort de trouille, qu'il souhaitait y retourner dans les plus brefs délais. Inutile. Ça se lisait dans ses yeux, aussi clairement qu'on peut lire dans les yeux de quelqu'un.

Ricky avait tout abandonné à l'âge de dix-sept ans : sa famille, l'école, tout ce qu'on peut quitter à cet âge-là – mais assez vite, il s'était intéressé à d'autres choses, des alternatives, et il s'était senti beaucoup mieux. Pendant un certain temps du moins.

Aujourd'hui, il se sentait très mal ; sans doute parce qu'il avait surtout réussi à se retrouver nu dans le cellier d'un endroit inconnu, dans un pays inconnu, avec des inconnus qui l'étudiaient, lui tapaient dessus chacun son tour. Je sais qu'au fond de sa tête il se rappelait un millier de films, dans lesquels le héros, pieds et poings liés comme lui, relève le menton avec un sourire provocant et dit à ses bourreaux d'aller se faire foutre. Comme des millions d'autres adolescents, il avait appris dans les salles obscures comment les hommes se comportent dans l'adversité. D'abord ils subissent ; ensuite ils se vengent.

Mais comme Ricky n'était pas très malin – il lui manquait deux couilles pour baiser un porc, comme on dit peut-être dans le Minnesota –, il avait négligé certains avantages dont profitent les dieux de la pellicule. En réalité, il n'y en a qu'un mais il est fondamental. À savoir qu'ils vivent dans la fiction. Car, honnêtement, c'est bidon, leurs histoires.

Navré de dissiper vos illusions chéries, mais les hommes dans sa situation n'envoient pas leurs geôliers se faire foutre. Ils ne font pas de sourires provocants, ils ne crachent dans l'œil de personne et jamais, au grand jamais, ils ne se libèrent d'un violent coup de reins. Non, ils restent figés, ils tremblent, ils pleurent et, littéralement, ils appellent maman. Leur nez coule, leurs jambes vacillent, ils gémissent. Ainsi sont les hommes, tous les hommes, et voici la vraie vie.

Désolé, mais c'est comme ça.

Mon père cultivait des fraises, qu'il protégeait par un filet. De temps en temps, un oiseau apercevait en dessous un joli truc rouge et gras, plantait son bec dedans et filait avec. Parfois aussi, ledit oiseau – c'était réglé comme du papier à musique – passait les deux premières étapes, et ensuite bonjour les dégâts. Il s'emmêlait les pattes dans les mailles minuscules, et ça piaillait en battant des ailes, et mon père, levant les yeux au-dessus de ses pommes de terre, me sifflait pour que j'arrange ça. Doucement. Tu l'attrapes, tu le détaches, tu le renvoies au ciel.

Dans tout mon univers d'enfant, voilà ce que je détestais le plus.

La peur fait peur. Je la tiens pour la plus effrayante des émotions observables. C'est une chose qu'un animal fou furieux, souvent assez inquiétante, même, mais un animal terrorise – cette boule de panique frétillante, trépidante, ces deux yeux fixes dans un tas de plumes... eh bien, je ne veux plus jamais voir ça.

C'est ce que j'avais devant moi.

– Petit connard de merde, a dit l'un des Américains, avant de foncer sur la bouilloire à la cuisine.

Sol et moi nous sommes regardés. Assis à chaque bout de la table, nous n'avions rien dit pendant vingt minutes, tandis qu'ils emmenaient Ricky. Solomon était aussi troublé que moi, et il savait que je le savais. Il dessinait des lignes avec l'ongle du pouce sous le bras de son fauteuil, moi je contemplais le mur.

– Qu'est-ce qu'il va devenir ? ai-je demandé à l'Américain, sans me tourner vers lui.

– Pas votre problème, a-t-il dit en versant du café lyophilisé dans une tasse. D'ailleurs, maintenant, tout le monde s'en fout.

Je crois qu'il a ri, mais je ne suis pas sûr.

Selon les Américains, Ricky était un terroriste, c'est pour ça qu'ils le haïssaient. Certes, ils les haïssent tous, mais Ricky se distinguait de la masse en ce qu'il était un terroriste *américain*, et ils le haïssaient d'autant plus. Parce que ça ne se fait pas. Avant Oklahoma City[1], les Ricains considéraient les attentats à la bombe comme une étrange tradition européenne, un peu comme la corrida ou les kilts écossais. Si l'Europe n'était pas en cause, alors c'était forcément l'Orient, les pays des marchands de chameaux, des enturbannés de toute sorte, fils et filles de l'islam. Faire sauter des galeries commerçantes et des ambassades, dézinguer sournoisement des représentants officiels du gouvernement US et pirater des 747 pour d'autres motifs que l'argent est foncièrement antiaméricain, antiminnesotain. Oklahoma City avait balayé ces présomptions, sans pour autant y mettre de l'ordre, et Ricky payé le prix fort ses choix idéologiques.

Un terroriste américain. Déshonorant.

À l'aube, j'étais de retour à Prague et ne me suis pas couché. Assis sur mon lit, j'ai fixé le mur avec un cendrier qui se remplissait et un paquet de Marlboro qui se vidait. J'aurais eu la télé dans la chambre, peut-être l'aurais-je regardée. Peut-être pas. Un épisode de *Magnum*, doublé en allemand et vieux d'une décennie, n'est pas bien plus intéressant qu'un mur.

Ils m'avaient dit que la police serait là à huit heures, toutefois sept heures avaient à peine sonné que j'ai entendu la première botte sur la première marche. Une ruse sûrement destinée à me prendre au dépourvu, les yeux ensommeillés, au cas où je n'aurais pas été capable de jouer correctement mon rôle. Doutent de tout, ces gens.

---

1. Attentat à la bombe du 19 avril 1995 (ce roman a été publié en 1996 au Royaume-Uni).

Une douzaine d'uniformes en rajoutaient à qui mieux mieux, et que je te gueule, et que je t'ouvre la porte d'un coup de pied, et que je te renverse les meubles. Le petit chef connaissait un peu d'anglais, mais pas assez apparemment pour comprendre « vous me faites mal ». Ils m'ont traîné dans l'escalier, où quelques têtes ébouriffées m'ont regardé passer derrière leur porte entrouverte. Soudain très blanche, la logeuse avait pourtant cru que plus jamais les flics n'arriveraient à l'aube pour charger ses clients dans un panier à salade.

Au commissariat, ils m'ont gardé un moment dans une pièce – sans café, sans cigarettes, sans sourires sympathiques – puis, après d'autres claques et coups de poing au torse, on m'a jeté dans une cellule sans ma ceinture et mes lacets de bottes.

Tout bien considéré, ils étaient assez efficaces.

Les deux hommes qui étaient là ne se sont pas levés pour me saluer. Même s'il avait voulu, l'un d'eux n'aurait pas pu, tant il était bourré. Plus soûl que je ne l'ai jamais été. L'alcool lui sortait par les pores, il devait avoir soixante ans et il cuvait, la tête si bas sur la poitrine qu'on se demandait s'il y avait une épine dorsale derrière.

Le second type, plus jeune avec la peau mate, portait un T-shirt et un pantalon kaki. Il m'a regardé une fois, de la tête aux pieds et des pieds à la tête, puis il a recommencé à faire craquer ses doigts et ses poignets pendant que je soulevais l'ivrogne de sa chaise pour le poser sans ménagement dans un coin. Je me suis assis en face de T-shirt et j'ai fermé les yeux.

— Allemand ?

Je ne savais combien de temps j'avais dormi, puisqu'on m'avait également retiré ma montre – au cas où j'aurais tenté de me pendre avec le bracelet. Au moins deux heures, cependant, si j'en croyais mes fesses engourdies.

L'alcoolique avait disparu, et T-shirt était accroupi à côté de moi.

– Allemand ? a-t-il répété.

J'ai fait signe que non et refermé les yeux pour une dernière bouffée de moi-même avant de changer d'identité. J'entendais T-shirt se gratter. Longuement, lentement, consciencieusement.

– Américain ? a-t-il tenté.

Hochant la tête les yeux toujours fermés, j'ai ressenti une étrange paix intérieure. C'est tellement plus facile d'être quelqu'un d'autre.

Ils ont gardé T-shirt quatre jours, moi dix, avec interdiction de me raser et de fumer. Pour ce qui était de manger, le responsable de la bouffe se montrait assez dissuasif. Ils m'ont posé des questions sur l'alerte à la bombe dans l'avion, demandé de regarder un certain nombre de photos – deux ou trois en particulier, pour commencer puis, comme ils s'ennuyaient vite, des fichiers entiers de malfaiteurs. Évidemment, je me faisais un malin plaisir de survoler ça de loin, de bâiller ostensiblement quand ils me giflaient.

Le dixième soir, ils m'ont emmené dans une pièce blanche pour me photographier sous toutes les coutures, puis ils m'ont rendu ma ceinture, mes lacets et ma montre. Ils m'ont même proposé un rasoir. Mais le manche semblait mieux aiguisé que la lame, et la barbe accentuait ma métamorphose, alors j'ai décliné.

La nuit était froide dehors, et la pluie s'efforçait de tomber sans grand résultat, genre « qu'est-ce que j'en ai à faire après tout ? ». J'ai marché sans me presser, comme s'il m'importait peu d'être mouillé et que, de toute façon, la vie n'avait plus grand-chose à m'offrir. En fait, j'espérais ne pas devoir attendre longtemps.

Je n'ai pas eu besoin d'attendre du tout.

C'était une Porsche 911, vert foncé, et il ne fallait pas être malin pour la repérer, les Porsche étant aussi rares que moi dans les rues de Prague. Elle m'a suivi au pas sur une centaine de mètres puis, changeant d'avis, elle est allée au bout de la rue où elle s'est arrêtée. J'arrivais presque à son niveau quand la portière s'est ouverte, côté passager. J'ai ralenti, regardé à l'intérieur, et me suis baissé pour jeter un coup d'œil au conducteur.

Il avait plus d'une quarantaine d'années, mais aussi la mâchoire carrée et les tempes grises de la réussite sociale. Le marketing Porsche en aurait sans doute fait un « client type » – à condition qu'il fût réellement client, ce qui était assez improbable, compte tenu de son métier.

Évidemment, je n'étais pas censé savoir, pour l'instant, lequel il exerçait.

– Je vous dépose ? m'a-t-il demandé.

Moi ? Mon fardeau ? Mes ordures ? Une gerbe ?

Me voyant réfléchir, soupeser son offre, ou peut-être le dévisager, il a souri pour gagner du temps. Très bonnes dents.

J'ai reconnu T-shirt derrière lui, coincé sur la minuscule banquette. Il n'avait plus son T-shirt, bien sûr, mais une chemise mauve criarde qui, elle, n'arborait pas de faux pli. Mon air surpris l'a amusé un instant, puis il m'a fait signe de bonjour, eh bien montez ! Je me suis exécuté. Aussitôt le conducteur a lâché l'embrayage, appuyé sur le champignon, et j'ai dû refermer la portière en toute hâte, ce qu'ils avaient l'air de trouver très drôle. T-shirt qui, j'insiste, ne s'était jamais appelé Hugo, m'a fourré un paquet de Dunhill sous le nez, ce qui m'a permis d'enfoncer l'allume-cigare.

– Où allez-vous ? m'a dit Tempes Grises.

J'ai haussé les épaules. Dans le centre. Quelle importance ? Il a hoché la tête en fredonnant. Puccini, je crois. Ou c'était peut-être Take That. J'ai fumé ma cigarette sans un mot, comme si j'étais familier du protocole.

– Au fait, a-t-il fini par dire en souriant à nouveau, moi, c'est Greg.

Ben tiens, c'est sûr, ai-je pensé.

Il m'a tendu sa main droite. Je l'ai serrée, rapidement, cordialement, et je n'ai rien répondu puisque, voyez-vous, je fais ce que je veux, je parle quand j'en ai envie, et pas avant.

Il s'est tourné vers moi au bout d'un moment. Regard insistant. Trêve de cordialités. Alors j'ai répondu.

– Moi, c'est Ricky.

DEUXIÈME PARTIE

17

Vous ne parlez pas sérieusement ?
John MCENROE

J e fais maintenant partie d'une équipe. D'un casting. Et d'une caste. Sélectionnée dans six pays, trois continents, quatre religions et deux sexes. Nous sommes une bonne bande de frangins, dont une frangine, bonne elle aussi, qui a ses W.-C. à elle.

On travaille dur, joue les durs, dort à la dure. En fait, on est des durs. Notre pratique des armes montre que nous savons pratiquer les armes. Notre discours politique prouve que nous avons de la hauteur.

Nous sommes le Glaive de la Justice.

Le camp, qui change d'endroit dans les quinze jours, a jusque-là puisé son eau dans les fleuves et rivières de Libye, de Bulgarie, de Caroline du Sud, et du Surinam. Pas l'eau que nous buvons, bien sûr ; celle-là arrive en bouteilles plastique, deux fois par semaine, avec le chocolat et les cigarettes. En ce moment, le Glaive semble avoir une nette préférence pour la Badoit, parce qu'elle est « légèrement gazeuse » et, de ce fait, convient aux deux factions, la faction pétillante et la faction eau plate.

Je ne peux nier que ces derniers mois ont suscité des changements chez nous tous. Au début de l'entraînement – préparation physique, combat à mains nues, maîtrise des outils de communication, maniement des armes, gestion tactique et stratégique –, nous étions volontiers soupçonneux, voire concurrents.

Je me réjouis de pouvoir affirmer qu'il n'en est plus rien, que nous sommes liés aujourd'hui par un authentique et formidable *esprit de corps*[1]. Après les avoir entendues mille fois, nous comprenons certaines plaisanteries ; quelques aventures senti-mentales ont avorté à l'amiable ; et nous faisons la cuisine à tour de rôle, chaque membre appréciant avec force « hmmmmmm » et hochements de tête les spécialités des autres. La mienne est, je crois, l'une des plus estimées : hamburgers et salade de pommes de terre. Le secret, c'est l'œuf cru que je mets dedans.

Nous sommes maintenant mi-décembre, et nous allons partir en Suisse – où nous projetons de skier un peu, de nous détendre un peu, d'assassiner un peu un homme politique hollandais.

Nous nous amusons, nous vivons bien, nous nous sentons importants. Quoi demander de plus à l'existence ?

Notre chef, pour autant que nous acceptions le concept de chef, c'est Francisco ; Francis pour certains, Cisco pour d'autres, et Le Gardien pour moi (lors de mes échanges secrets avec Sol). Francisco, qui se dit natif du Venezuela, prétend être le cinquième de huit enfants et avoir eu la polio petit. Je n'ai pas de raison d'en douter. La polio est censée expliquer la jambe droite atro-phiée et la claudication, plus ou moins théâtrale selon son humeur et ce qu'il a à vous demander. Parfois il ne boite pas du tout. Latifa le trouve très beau, et c'est peut-être le cas – du moins si un teint olivâtre et des cils de quatre-vingt-dix centimètres font partie de vos critères de beauté. Il est petit, musculeux et, devrais-je trouver quelqu'un pour jouer Lord Byron dans une pièce, je lui passerais sans doute un coup de fil ; notamment parce que c'est un comédien fantastique.

Francisco est pour Latifa le grand frère héroïque, sage, sensible et clément. Pour Bernhard : un professionnel froid et impassible. Pour Cyrus et Hugo : un ardent idéaliste que rien ne satisfera

---

1. En français dans le texte.

jamais. Il pourrait être un érudit pour Benjamin, car Benjamin croit en Dieu mais veut être sûr de ne pas se tromper. Et pour Ricky, l'anarchiste du Minnesota qui a un accent et la barbe, Francisco est un buveur de bière amical et exubérant, qui connaît par cœur un paquet de chansons de Bruce Springsteen. En fait, il est bon dans chacun de ces rôles.

S'il y a un vrai Francisco, je crois l'avoir vu un jour dans l'avion, entre Marseille et Paris. La règle voulant que nous voyagions par deux, mais séparément, j'avais une place côté couloir, une douzaine de rangées derrière lui. Un gamin de cinq ans pleurnichait à l'avant. La mère a détaché sa ceinture, puis s'est dirigée avec le petit vers les toilettes au fond. L'avion s'est penché une seconde, et le gamin s'est cogné contre l'épaule de Francisco.

Qui lui a donné un coup.

Pas fort. Ni avec le poing. Serais-je chargé de le défendre, j'avancerais qu'il l'a repoussé fermement en essayant de le stabiliser. Mais je ne suis pas avocat et Francisco a bel et bien frappé le gosse. Je crois être le seul à avoir vu cette scène. Le gamin était tellement surpris qu'il a arrêté de pleurer, mais cette réaction de rejet, instinctive, face à un enfant de cinq ans, en disait assez long sur notre chef.

Cela mis à part, et Dieu sait si nous avons chacun nos mauvais jours, nous nous entendons plutôt bien tous les sept. Réellement. On siffle en travaillant.

La seule chose qui aurait pu causer notre perte – celle qui a mené à la ruine tous les projets coopératifs de l'histoire humaine – nous a jusque-là épargnés. Car nous, le Glaive de la Justice, bâtisseurs d'un monde nouveau et porte-drapeaux de la liberté, eh bien, nous, oui nous, faisons tous la vaisselle.

Ce qui, à ma connaissance, est sans précédent.

Le village de Mürren – pas de voitures, pas de détritus, pas de factures en retard – s'étend à l'ombre de trois immenses et célèbres montagnes : la Jungfrau, le Mönch et l'Eiger. Si vous êtes amateur de récits légendaires, vous serez sûrement heureux de savoir que le Moine est censé passer son temps à contrer les avances de l'Ogre à la Jeune Femme et ainsi protéger sa vertu – une mission dont il s'acquitte fort bien, apparemment sans trop d'efforts depuis l'oligocène, quand ces trois cailloux ont pris forme sous les coups répétés d'une implacable géologie.

Mürren est un petit village qui semble bien parti pour le rester. Comme il n'est accessible que par hélicoptère et chemin de fer funiculaire, la quantité de saucisses et de bière qu'on peut y monter pour nourrir résidents et touristes est forcément limitée, ce dont les habitants, d'une façon générale, ne se plaignent pas. On y trouve trois grands hôtels, une douzaine de pensions de famille, plus une centaine de fermes et chalets dispersés aux alentours, tous parés de ce toit exagérément pointu qui donne l'impression que, pour la majorité d'entre elles, les maisons suisses ont plusieurs étages sous terre. Ce qui, vu le goût des Helvètes pour les abris antiatomiques, est probablement le cas.

Si Mürren a été conçu et bâti par un Britannique, ce n'est pas aujourd'hui une destination privilégiée des Anglais. Les Allemands et les Autrichiens aiment s'y promener et faire du vélo l'été, et l'hiver les Italiens, les Français, les Japonais, les Américains – quiconque, en fait, parle la langue internationale du vêtement de sport à couleurs vives – viennent skier.

Les Suisses, eux, sont là toute l'année pour gagner des sous. Comme chacun sait, les conditions économiques sont excellentes de novembre à avril, on compte plusieurs commerces de détail et bureaux de change hors-piste, et l'on a bon espoir que, l'année prochaine – il serait temps – l'économie locale devienne un sport olympique. Ils n'en disent rien, mais les Suisses s'imaginent sur le podium.

C'est un autre aspect de Mürren qui a retenu l'attention de Francisco car, pour notre première sortie de groupe, nous avions un peu le trac. Y compris Cyrus, pourtant du genre coriace. Le

village étant petit, suisse, respectueux des lois et d'accès difficile, il n'y a pas de police sur place.

Pas même à mi-temps.

*

Arrivés ce matin, Bernhard et moi nous sommes rendus à nos
hôtels respectifs : la Jungfrau pour lui, l'Eiger pour moi.

Étudiant mon passeport comme si elle n'en avait jamais
vu aucun, la fille de la réception m'a soumis pendant vingt
minutes la liste phénoménale des choses que les hôteliers suisses
tiennent à savoir avant de vous laisser dormir dans leurs lits. Le
deuxième prénom de mon prof de géo en troisième ne m'est pas
tout de suite revenu en mémoire, et j'ai franchement hésité sur
le code postal de la sage-femme qui a accouché mon arrière-
grand-mère. Cela mis à part, je m'en suis tiré haut la main.

J'ai défait mes valises, enfilé une parka orange, jaune et lilas
fluo, accessoire sans lequel on se fait nécessairement remarquer
aux sports d'hiver. Puis je me suis promené jusqu'au village,
légèrement en amont de l'hôtel.

C'était un superbe après-midi ; du genre à vous rappeler que
le bon Dieu se débrouille bien, parfois, avec des trucs comme
la météo et les paysages. À ce moment de la journée, les pistes
bleues étaient pratiquement vides ; il restait encore une bonne
heure à skier avant que le soleil passe derrière le Schilthorn,
après quoi les gens se souviennent qu'ils sont à plus de deux
mille mètres au-dessus du niveau de la mer par un jour de la mi-
décembre.

M'asseyant un instant à la terrasse d'un bar, j'ai fait semblant
d'écrire des cartes postales en surveillant du coin de l'œil le
groupe de gamins français, incroyablement jeunes, qui descendaient la piste en rangs par deux derrière leur monitrice. Gros
comme des extincteurs, arborant trois cents livres de Gore-Tex
et doudounes en duvet, ils sinuaient derrière leur Amazone,

droits ou pliés en deux – certains étant d'ailleurs trop petits pour qu'on puisse dire s'ils étaient l'un ou l'autre.

Je me suis demandé dans combien de temps les femmes arriveraient enceintes sur les pistes, en skiant sur le ventre et en hurlant à leur future progéniture la différence entre la godille et le chasse-neige, le tout en sifflant bien sûr du Mozart.

*

Dirk Van Der Hoewe, accompagné de son épouse écossaise Rhona et de leurs filles adolescentes, s'est présenté à l'Edelweiss à huit heures le même soir. Après un long voyage, six heures porte à porte, Dirk était fatigué, irritable, et gras.

De nos jours, les politiciens ont perdu l'habitude d'être gras – soit ils travaillent plus qu'auparavant, soit l'électorat moderne a exprimé sa préférence pour des personnes dont on peut voir le dos et le ventre d'un même coup d'œil. Dirk paraissait combattre cette tendance. Physiquement parlant, il vous rappelait le siècle dernier, où l'on pratiquait la politique entre deux heures et quatre heures de l'après-midi avant d'enfiler un beau costume pour aller jouer au piquet et bouffer du foie gras. Il portait un survêtement, des bottes couvertes de fourrure – ce qui n'a rien d'inhabituel à condition d'être hollandais – et des lunettes qui, attachées à son cou par une ficelle jaune, rebondissaient sur ses seins.

Planté au milieu du hall, il surveillait avec Rhona le transport de leurs somptueux bagages, estampillés Vuitton d'un bout à l'autre, pendant que leurs adolescentes furies trépignaient leurs rancœurs.

Je les observais depuis le comptoir. Bernhard depuis le stand à journaux.

Francisco avait dit : répétition technique le lendemain. Faites toute l'opération à mi-vitesse, voire à mi-mi-vitesse et, s'il y a un problème ou quoi que ce soit qui pourrait en devenir un, arrêtez-vous et réglez ça. Le surlendemain, on ferait la générale à vitesse normale, avec un bâton de ski en guise de fusil, mais d'abord : répétition technique.

L'équipe se composait de moi, de Bernhard et de Hugo, avec Latifa en renfort. Nous espérions ne pas avoir besoin d'elle, car elle ne sait pas skier. Dirk non plus – les pentes des Pays-Bas étant à peine plus hautes qu'un paquet de cigarettes –, mais il avait payé ses vacances et convoqué un photographe pour différents portraits de l'homme d'État las et anxieux qu'il était, alors zut, il allait tout de même essayer.

Nous avons vu Dirk et Rhona louer leur équipement, marcher et grogner à pas lourds dans leurs grosses chaussures ; nous les avons vus monter péniblement cinquante mètres d'une piste bleue, en s'arrêtant tous les quatre pas pour admirer le paysage et tripoter leur matériel ; nous avons vu Rhona se préparer à redescendre (à ski), pendant que Dirk trouvait cent cinquante raisons de ne plus bouger ; puis, enfin, quand ça commençait à nous démanger de rester sans rien faire depuis si longtemps, nous avons vu le ministre adjoint aux Finances, blanc de peur, glisser sur trois mètres et s'asseoir.

J'ai croisé le regard de Bernhard. Pour la première fois depuis que nous étions en poste. J'ai préféré me pencher pour me gratter le genou.

Quand je l'ai regardé de nouveau, il se marrait lui aussi. Un rire qui disait : « Je suis un fou de vitesse défoncé à l'adrénaline, accro au danger quand d'autres sont accros aux femmes et au vin. Avec les risques insensés que je prends, je devrais être mort depuis belle lurette. Je vis sous emprunt. »

Les Van Der Hoewe ont recommencé trois fois leur affaire, remontant la pente un ou deux mètres plus haut pour faire bonne mesure, et puis le gras l'a emporté sur Dirk, et ils sont allés déjeuner dans une brasserie. Tandis qu'ils clopinaient dans la neige, j'ai jeté un coup d'œil dans la montagne au cas où je reconnaîtrais leurs filles, histoire de me faire une idée sur leurs talents de skieuses – et les distances qu'elles sauraient parcourir chaque jour. Raides et maladroites, elles resteraient sur les petites pentes, à portée de bras des parents. Dans le cas inverse, et si elles les détestaient autant qu'il le semblait, elles seraient déjà en Hongrie à l'heure qu'il était.

Mais je ne les voyais nulle part. J'allais me retourner quand j'ai aperçu une silhouette, au sommet d'une crête, qui étudiait la vallée. L'homme était bien trop loin pour que je distingue ses traits, mais sa présence était aussi remarquable que, eh bien, ridicule. Certes, il ne portait ni skis, ni bâtons, ni bottes, ni lunettes de soleil, ni même un bonnet de laine. C'est surtout son imper marron qui attirait l'attention, un imper acheté sur commande grâce à l'encart prédécoupé dans les pages finales du *Sunday Express*.

18

Cette nuit ressemble au jour, mais au jour malade.

Le Marchand de Venise

Qui appuie sur la détente ?

— Solomon a attendu la réponse.

Il a attendu cette réponse et les autres car j'étais à la patinoire, en train de patiner mais pas lui. Je mettais environ trente secondes pour faire un tour complet et lui lâcher deux mots, ce qui me donnait toute latitude pour être agaçant. Non qu'il m'en faille beaucoup, de latitude, voyez-vous. Donnez-m'en juste un peu, et vous sortez vite de vos gonds.

— Tu veux dire, métaphoriquement ! lui ai-je demandé en passant.

Jetant un coup d'œil derrière moi, j'ai vu qu'il se déridait, souriait presque, comme un parent indulgent. Puis il s'est retourné vers la partie de curling qui était censée l'intéresser.

J'ai refait un tour de piste. Les haut-parleurs gueulaient quelques flonflons bien suisses.

— Je veux dire la détente de la détente, monsieur. Ce que certains appellent...

— Moi.

Et hop, je repartais.

Je me débrouillais vraiment bien, avec ces patins. Je venais de reproduire sans trop de mal la jolie rotation avec piqué qu'avait faite la petite Allemande devant moi, et j'allais presque aussi vite qu'elle, ce qui était plaisant. Elle devait avoir six ans.

— Le fusil ?

Sol encore, les mains ouvertes autour de la bouche, comme s'il soufflait dedans pour les réchauffer.

Il a dû attendre plus longtemps cette fois, car je me suis cassé la figure à l'autre bout de la piste. J'ai réussi à me convaincre un instant que je m'étais aussi cassé le bassin. Mais non. Dommage, d'ailleurs, ça aurait réglé nombre de problèmes.

Je suis finalement revenu à sa hauteur.

– Arrive demain, lui ai-je appris.

Ce qui, en l'occurrence, n'était pas tout à fait vrai. Mais, compte tenu des circonstances de cette mise au point, la vérité mettrait une dizaine de jours à accoucher pour lui.

Le fusil n'arrivait pas demain. Certaines pièces étaient là.

Sur mon insistance, Francisco avait accepté de prendre un PM L96A1. Pas très chouette, comme nom, je vous l'accorde, ni très facile à se rappeler. Cependant le PM, surnommé le « Truc Vert » dans l'armée anglaise – du fait, sans doute, qu'il s'agit d'un truc et qu'il est vert – fait relativement bien son travail ; celui-ci consistant à projeter une balle de 7,62 mm avec assez de précision pour que le tireur, plutôt amateur que d'élite (à savoir moi), fasse mouche à une distance de six cents mètres.

Les garanties des fabricants valant ce qu'elles valent, j'avais prévenu Francisco que, si la cible se trouvait à plus de deux cents mètres – deux cents mètres et trois centimètres, par exemple, et bien moins en cas de vent latéral –, je laissais tomber.

Il avait réussi à se procurer un Truc Vert démontable ; ou, selon les termes de l'armurier, un « mécanisme discret de mise à feu ». Soit une arme en pièces détachées, dont la plupart étaient déjà au village. La lunette de visée compacte était insérée avec sa monture dans l'objectif 200 mm de l'appareil photo de Bernhard ; la culasse servait de poignée au rasoir de Hugo, et Latifa s'était débrouillée pour planquer dans les talons de ses chaussures vernies (achetées une fortune) autant de

cartouches Remington Magnum qu'ils voulaient bien contenir.
Il ne manquait plus que le canon, lequel se baladait sur le toit
de l'Alfa Romeo de Francisco avec d'autres trucs métalliques,
couramment utilisés dans les stations de sports d'hiver.

J'avais apporté la détente moi-même, dans une poche de mon
pantalon. Je manque sans doute d'imagination.

Nous avions décidé de nous passer du fût et de la crosse, difficiles à déguiser l'un comme l'autre, et franchement superflus.
Pareil pour le bipied. En définitive, une arme à feu n'est rien
de plus qu'un tube, chargé d'un peu de poudre et d'un plomb.
Ce n'est pas parce qu'on ajoute de la fibre de carbone ici et là,
ou une rayure blanche sur le côté, façon Gordini, que la victime
sera moins morte. Pour qu'une arme devienne réellement meur-
trière, il faut un élément de plus – lequel reste assez rare, Dieu
merci, même dans ce monde cynique et corrompu –, à savoir
quelqu'un pour viser et tirer.

Quelqu'un comme moi.

Solomon ne m'avait rien dit de Sarah. Rien du tout. Ni où
elle était, ni comment elle allait. Je me serais contenté de la
couleur de sa robe, la dernière fois qu'il l'avait vue. Mais rien.

Peut-être les Américains lui avaient-ils conseillé de ne rien
dire. De positif ou de négatif. « Écoutez bien, David. Selon le
profil caractérologique que nous avons établi, les stimuli affec-
tifs se traduisent chez Lang par une tendance au déni et au repli
sur soi. » Un truc dans le genre, avec leurs histoires de « coups
de pied » et de « culs » autour et au milieu. Seulement, Sol me
connaissait assez pour décider de lui-même ce qu'il me révélait
ou pas. Et il ne m'avait rien révélé. Donc soit il n'avait aucune
nouvelle de Sarah, soit il en avait de mauvaises. Voire encore
– et ça serait la meilleure raison, car les plus simples sont
souvent les meilleures – son silence s'expliquait-il du fait que
je n'avais posé aucune question à ce sujet.

Je ne sais pas pourquoi.

Allongé dans ma baignoire à l'Eiger, j'y ai réfléchi ensuite en tournant les robinets tous les quarts d'heure avec les doigts de pied pour ajouter des demi-litres d'eau chaude. Peut-être avais-je eu peur de la réponse. Possible. Peut-être pensais-je aux risques inhérents à mes rencontres secrètes avec Solomon; en accroissant leur nombre, en parlant souvent de nos proches en Angleterre, je mettais sa vie en danger comme la mienne. C'était possible aussi, bien qu'un peu boiteux.

Ou peut-être encore – et, finissant par cette explication-là, je m'en suis approché avec prudence, sans la quitter des yeux, en la piquant une ou deux fois avec un bâton pointu pour voir si elle était capable de bondir ou mordre – peut-être m'en fichais-je maintenant. Voilà, je m'étais raconté que j'entreprenais tout cela pour Sarah, et le moment était venu d'admettre que je m'étais fait de meilleurs amis, que j'avais découvert un sens plus profond à ma vie, que j'avais plus de raisons de me lever le matin depuis que j'étais membre du Glaive.

Non, à l'évidence, ce n'était pas concevable.

C'était absurde.

Je me suis couché et j'ai dormi du sommeil des gens fatigués.

Il faisait froid. Voilà ce que j'ai remarqué en ouvrant les rideaux. Un froid sec, gris, un froid « souviens-toi que t'es dans les Alpes mon petit gars », et ça m'embêtait un peu. Certes, les moins enthousiastes des skieurs hésiteraient peut-être à sortir, ce qui serait à notre avantage; mais j'aurais les doigts ralentis à 33 trs/mn, et bien viser serait difficile, sinon impossible. Pire encore, la détonation retentirait au loin.

Comme fusil, le Truc Vert n'est pas spécialement bruyant – avec le M16, par exemple, certains sont morts de peur avant que la balle leur troue la peau. Mais quand même, quand on tient ce machin dans ses mains, qu'on a le réticule braqué sur un éminent homme d'État européen, on a tendance à se soucier vaguement de certaines choses comme le bruit. De certaines choses comme tout et le reste, d'ailleurs. On aimerait bien que les gens tournent la tête de l'autre côté, si ça ne les dérange pas trop. Car deviner que, à peine le coup parti, les tasses vont se figer devant les lèvres, les oreilles se tendre, les sourcils se froncer et des centaines de bouches s'exclamer : « Putain, c'est quoi ? » dans un rayon de huit cents mètres et quelques dizaines de langues – ça a de quoi vous priver un peu de vos moyens. Au tennis, on appelle ça « craquer sur la fin ». En matière d'assassinats, je ne connais pas le terme. Sans doute craquer sur la fin.

J'ai petit-déjeuné copieusement. Il fallait faire provision de calories en cas de changement de régime au cours des prochaines vingt-quatre heures. Voire jusqu'à ce que ma barbe devienne grise. Puis je suis descendu au sous-sol dans les vestiaires. Une famille de Français était en pleine dispute – « Non, ces gants sont à moi » ; « Où t'as mis la crème solaire ? » ; « Merde, ce qu'elles font mal, ces chaussures ! » –, donc je me suis assis aussi loin d'eux que possible, et j'ai pris mon temps pour rassembler mon propre équipement.

Lourd, malcommode, l'appareil photo de Bernhard me tapait dans les côtes chaque fois que je me redressais, et j'avais l'impression qu'il était encore plus bidon. J'avais la culasse et une cartouche dans une poche-banane sanglée autour de ma taille, et le canon du fusil à l'intérieur d'un bâton de ski – marqué d'un autocollant rouge sur la poignée, au cas où je ne ferais pas la différence entre celui qui pesait cent vingt grammes et celui qui pesait deux kilos. Pensant qu'une seule suffirait, j'avais jeté les trois autres cartouches par la fenêtre des W.-C., car si elle ne suffisait pas, alors j'étais encore plus dans la merde – et je ne voyais pas ce que je pourrais faire si j'en arrivais là. Après avoir perdu une bonne minute à me curer un ongle avec la gâchette, j'ai soigneusement emballé mon minuscule projectile et je l'ai fourré dans ma poche.

Me levant, j'ai rempli mes poumons et, d'un pas lourd, me suis rendu aux toilettes avant les Franchouilles.

Où le condamné a vomi son copieux petit-déjeuner.

Latifa portait ses lunettes de soleil en haut du crâne, ce qui voulait dire « rester prêt », et ne voulait rien dire du tout. Pas de lunettes : les Van Der Hoewe étaient dans leur suite en train de jouer aux petits chevaux. Lunettes sur le nez : ils étaient en route vers les pentes.

En haut du crâne, c'était : peut-être que je, peut-être qu'ils, peut-être que tu, peut-être ce que tu voudras.

J'ai traversé l'arrivée des pentes bleues, en direction du funiculaire. Déjà là, en parka orange et turquoise, Hugo avait lui aussi ses lunettes en haut du crâne.

Aussitôt il m'a regardé.

Malgré toutes les recommandations, tous les avertissements, et notre accord unanime pendant l'entraînement, Hugo braquait ses yeux sur moi. J'ai compris qu'il n'arrêterait pas si je n'en faisais pas autant, alors j'ai levé la tête vers lui, en espérant en finir.

Ses yeux étincelaient. Il n'y a pas d'autre mot. Brillaient de plaisir, d'excitation, de vite-vite-vite, comme les mômes le matin de Noël.

D'une main gantée sur son oreille, il a réglé son casque de walkman. Vous auriez pensé en le voyant au fana de glisse moyen ; ça ne lui suffit pas de sinuer dans un des plus beaux paysages du bon Dieu, il faut en plus qu'il écoute Guns N' Roses à fond la caisse. J'aurais sans doute été moi-même incommodé si je n'avais su que ses écouteurs étaient reliés à un émetteur-récepteur ondes courtes, sanglé à sa taille. Grâce auquel Bernhard diffusait ses bulletins perso de météo marine.

Nous avions convenu que je n'aurais pas de liaison radio. L'idée étant que, si j'étais arrêté – Latifa m'avait pincé le bras quand Francisco évoquait cette éventualité –, personne n'aurait de raison de suspecter aussitôt des complices.

Je n'avais donc que Hugo et ses yeux étincelants.

En haut du Schilthorn, à une altitude d'un peu plus de trois mille mètres, se trouve le restaurant Piz Gloria, une étonnante construction de verre et d'acier où, pour le prix d'un chouette coupé sport, on peut s'asseoir avec un café et, par une belle journée ensoleillée, embrasser pas moins de six pays d'un unique coup d'œil.

Si vous êtes quelqu'un dans mon genre, vous passerez la plus grande partie de cette belle journée à essayer de donner un nom aux six pays et, s'il vous reste encore une minute, vous vous demanderez comment les Mürrenniens sont parvenus à bâtir ce machin à cet endroit, puis combien d'ouvriers sont morts sur le chantier. Lorsqu'on contemple le résultat et qu'on se rappelle ce qu'il faut attendre pour qu'une entreprise britannique vous fournisse un devis pour agrandir la cuisine, on nourrit une vaste admiration pour les Suisses.

Le second titre de gloire du restaurant est d'avoir servi un jour pour le tournage d'un *James Bond* ; Piz Gloria est le nom qu'il avait dans le film, et il a gardé le droit de vendre des souvenirs estampillés *007* à qui n'a pas déclaré faillite après sa première tasse de café.

Bref, tout visiteur de Mürren a envie de s'y rendre à la première occasion et, devant leur bœuf en croûte de la veille au soir, les Van Der Hoewe avaient décidé que la première occasion se présenterait le lendemain.

Hugo et moi nous sommes séparés à la sortie du téléphérique. Je suis entré au Piz Gloria, tandis qu'il restait dehors, la cigarette au bec, à vérifier ses fixations. Il la jouait skieur chevronné, amateur de pentes raides et de bonne poudreuse, et ne m'adressez pas la parole parce que le solo de basse sur ce morceau est vraiment trop géant. J'étais content de faire le crétin époustouflé par le paysage.

J'ai écrit quelques cartes postales – toutes adressées, pour je ne sais quelle raison, à un certain Colin – en jetant un coup d'œil de temps en temps vers l'Autriche, ou l'Italie, ou la France, ou quelque autre étendue enneigée, jusqu'à ce qu'un des serveurs prenne un air contrarié. Je me demandais si le budget du Glaive allait m'autoriser un deuxième café quand un mouvement de couleurs vives a attiré mon attention. Levant la tête, j'ai vu que Hugo me faisait signe, dehors, depuis la plateforme.

Tout le restaurant l'a remarqué comme moi. Sans doute des milliers de personnes en Autriche, en Italie et en France aussi. L'un dans l'autre, il se comportait en parfait amateur et, Francisco aurait été là, il lui aurait filé une bonne baffe, comme c'était souvent arrivé en formation. Mais Francisco n'était pas là, Hugo se rendait ridicule devant tout le monde – un abruti multicolore – et me tapait sur les nerfs. Seule consolation, personne n'aurait su dire exactement à qui ou à quoi il faisait signe.

Car il avait maintenant ses lunettes noires sur le nez.

J'ai entamé ma descente en douceur, et cela pour deux raisons. D'abord, je ne tenais pas à être essoufflé au moment de tirer. Ensuite, et c'est le plus important, je ne voulais pas me casser une jambe et risquer une évacuation sur un brancard, avec un fusil en pièces détachées sur moi.

J'ai donc dérapé, godillé, en faisant de grands virages bien lents sur la partie noire de la piste, jusqu'à la limite des arbres. Cette piste était difficile, et c'était ennuyeux. N'importe quel imbécile aurait vu que Dirk et Rhona n'étaient pas assez bons pour l'emprunter sans se casser la figure cent fois, voire sans jamais se relever. J'aurais été lui, ou un de ses amis, même un skieur sympa et désintéressé, j'aurais dit pas question. Vous remontez dans le téléphérique et vous choisissez quelque chose de plus simple.

Mais Francisco était certain que Dirk ne renoncerait pas. Il croyait connaître le bonhomme. Prétendait que Dirk était radin – une qualité attendue, je suppose, chez un ministre des Finances – et que, s'il décidait d'annuler, Rhona et lui paieraient une grosse amende pour redescendre en téléphérique.

Francisco mettait ma main à couper que Dirk relèverait le défi.

Pour en être bien sûr, il avait envoyé Latifa la veille au soir au bar de l'Edelweiss, où Dirk éclusait des doubles brandys. Elle était censée déclarer à qui voulait l'entendre que seuls l'impressionnaient les hommes assez courageux pour s'attaquer au Schilthorn. Dirk avait paru inquiet, mais la poitrine frémissante de Latifa et ses battements de cils l'avaient semble-t-il ragaillardi. Il avait offert de lui payer un verre le lendemain soir s'il arrivait entier au bas de la piste.

Croisant deux doigts dans le dos, Latifa avait promis de s'y trouver à neuf heures précises.

Hugo, qui avait marqué l'endroit, y était avant moi, un sourire et une cigarette aux lèvres. Il avait l'air tout content. Le dépassant, je me suis arrêté dix mètres plus loin sous les arbres, histoire de me souvenir, et de lui rappeler, que je n'avais besoin de personne pour prendre mes décisions. J'ai examiné la montagne, vérifié ma position, les angles, ma planque – et j'ai redressé la tête vers lui.

Il a jeté sa cigarette, haussé les épaules, et il est reparti en faisant un bond aussi extravagant qu'inutile au-dessus d'une minuscule bosse. Puis il s'est arrêté en parallèle de l'autre côté de la piste, environ cent mètres plus bas, en projetant de la poudreuse en l'air. Le dos tourné, il s'est déboutonné pour pisser contre un rocher.

J'avais envie moi aussi d'uriner. Mais j'avais peur, si je commençais, de ne plus pouvoir m'arrêter. De pisser, et pisser, et pisser encore jusqu'à ce qu'il ne reste de moi qu'un tas de vêtements par terre.

J'ai détaché l'objectif de l'appareil photo, retiré le capuchon et, plissant les paupières, regardé la montagne à travers la lentille. L'image était brouillée à cause de la condensation. J'ai ouvert mon anorak et glissé la lunette dedans, pour qu'elle se réchauffe au contact de mon corps.

Il n'y avait pas un bruit dans le froid, sinon celui de mes doigts qui tremblaient quand je me suis mis à assembler l'arme.

Je l'avais. Peut-être à huit cents mètres. Plus gras que jamais. Le genre de silhouette dont rêvent les *snipers*. S'ils rêvent de quelque chose.

Même à cette distance, je comprenais que Dirk passait un sale quart d'heure. Son corps s'exprimait par phrases courtes. Je. Vais. Mou. Rir. Le ventre en avant, le cul en arrière, les jambes raidies par la peur et l'épuisement, il se déplaçait avec une lourdeur glaciale.

Rhona se débrouillait mieux que lui. Pas beaucoup. Elle descendait aussi lentement qu'elle pouvait, maladroitement, par saccades, en s'efforçant de ne pas dépasser son malheureux mari.

J'ai attendu.

À six cents mètres, j'ai commencé à respirer deux fois plus vite, pour charger mon sang d'oxygène et être prêt à fermer le robinet, un petit moment, à partir de trois cents. Pour ne pas embuer la lunette, je soufflais par un côté de la bouche.

À quatre cents mètres, Dirk est tombé pour la quinzième fois, peut-être, et il n'avait pas l'air pressé de se redresser. Tout en le regardant haleter, j'ai tiré la partie mobile de la culasse, et j'ai entendu le percuteur se mettre en place avec un clic horriblement bruyant. Waouh, la détonation serait assourdissante. Redoutant brusquement une avalanche, j'ai dû brider mon imagination, prête à partir en vrille. Et si mille tonnes de blancheur venaient me recouvrir ? Et si on ne retrouvait mon corps que dans deux ans ? Et si mon anorak était complètement passé de mode lorsqu'on me dégagerait ? J'ai cligné cinq fois des paupières en tentant de stabiliser mon souffle, ma vision, ma peur panique. Il faisait trop froid pour une avalanche. Pour les déclencher, il faut d'abord beaucoup de neige, puis beaucoup de soleil. Il n'y avait ni l'un ni l'autre. Ressaisis-toi. Collant mon œil à la lentille, je me suis aperçu que Dirk s'était relevé.

Il me regardait.

Du moins, tout en grattant la neige sur ses lunettes de ski, regardait-il les arbres qui me camouflaient.

Il ne pouvait pas me voir. Impossible. J'étais tapi derrière une congère, sur laquelle j'avais creusé un sillon pour mon fusil et, devant moi, les branches entremêlées l'empêchaient de distinguer quoi que ce soit.

Alors qu'observait-il ?

Me baissant encore un peu plus, je me suis retourné au cas où, derrière moi, se trouverait quelque skieur de fond solitaire, un chamois en vadrouille, ou le corps de ballet de *Nijinski* – enfin, un truc susceptible d'attirer son attention, quoi. Retenant mon souffle, j'ai cherché dans le panorama ce qui aurait pu causer un bruit.

Rien.

Me remettant à niveau avec la congère, j'ai collé mon œil à la lunette. Gauche, droite, haut, bas.

Plus de Dirk.

J'ai dressé la tête, exactement comme on vous dit de ne pas le faire, et scruté désespérément la blancheur cuisante, aveuglante. Ma bouche avait le goût du sang, mon cœur martelait furieusement l'intérieur de mes côtes, comme un détenu la porte de sa cellule.

Trois. Trois cents mètres. Il avait pris de la vitesse. Descendant en schuss d'un plateau intermédiaire, il arrivait sur le bord opposé de la piste. J'ai cligné encore une fois, fermé l'œil gauche, collé le droit à la lunette.

À deux cents mètres, aspirant doucement une longue goulée d'air, j'ai rempli mes poumons aux trois quarts et me suis figé.

Revenant dans ma direction, Dirk traversait ma ligne de tir. Je l'avais en mire – j'aurais pu tirer n'importe quand – mais ce coup-là devait être le plus sûr de ma vie. J'ai calé le doigt sur la détente, mesuré la tension du mécanisme, la résistance de la chair autour de l'articulation, et j'ai attendu.

S'arrêtant à environ cent cinquante mètres, il a regardé le sommet de la montagne, puis en bas. Il s'est tourné vers moi. Il haletait, suait, angoissait, savait. J'ai axé le réticule sur le centre de sa poitrine exactement. Comme je l'avais promis à Francisco. Et à tous.

Presser, et non appuyer. Presser lentement, amoureusement. Ça te connaît.

19

Bonsoir et bienvenue au journal de neuf heures de la BBC.

Peter Sissons

Nous avons ensuite attendu une journée et demie avant de partir. Mon idée.

J'avais dit à Francisco que leur première réaction serait d'inspecter tous les trains au départ. Coupable ou innocent, quiconque tenterait de quitter Mürren dans les douze heures suivant l'exécution serait dans un sale pétrin.

Se mordant la lèvre un instant, Francisco avait acquiescé d'un sourire. Je pense que rester au village lui paraissait l'idée la plus audacieuse et la plus cool, deux qualificatifs qu'il espérait voir un jour dans *Newsweek*, accolés à son nom. « Francisco : cool et audacieux », à côté d'un portrait avec une moue boudeuse. Quelque chose comme ça.

En réalité, je voulais surtout rester à Mürren pour échanger, si possible, trois mots avec Solomon. Mais cela, Francisco n'avait pas besoin de le savoir.

Et donc nous étions là, chacun de son côté, pour assister bouche bée à l'arrivée des hélicoptères. Comme tout le monde. Celui de la police d'abord, puis celui de la Croix-Rouge et enfin, inévitablement, ceux des équipes de télé. La nouvelle du meurtre a fait le tour du village en un quart d'heure. La plupart des touristes étaient trop stupéfaits pour en parler. Les sourcils froncés, leurs enfants sous le bras, ils déambulaient dans les rues comme des spectateurs malgré eux.

Bouleversés, ou simplement inquiets pour leurs affaires – difficile à dire –, les Suisses chuchotaient derrière les comptoirs. Leur inquiétude n'était cependant pas justifiée. Je n'avais encore jamais vu les bars et les restaurants de Mürren aussi pleins à la tombée de la nuit. Personne ne voulait rater la moindre rumeur, opinion ou interprétation de cette épouvantable affaire.

On a d'abord accusé les Irakiens, ce qui semble être aujourd'hui une pratique courante. Cette hypothèse s'est imposée pendant environ une heure, après quoi des esprits éclairés ont objecté que c'était impossible, car tout de même on se serait aperçu de leur présence dans le village. L'accent, la couleur de peau, les prières à genoux vers La Mecque. Tout Suisse normalement rusé aurait remarqué ce genre de chose.

Puis on a inventé un pentathlonien hagard et égaré ; épuisé après trente kilomètres de ski de fond, notre homme vacille, tombe, et le coup part tout seul de sa 22 long rifle. Herr Van Der Hoewe décède d'un accident. Bien que d'une invraisemblance astronomique, cette seconde hypothèse a conquis un nombre considérable de votants, du fait surtout qu'elle excluait toute malveillance. Le concept de malveillance étant purement inadmissible dans le paradis enneigé des Suisses.

Un instant concurrentes, les deux rumeurs ont fini par accoucher d'une troisième, tout à fait extravagante : le coupable était un pentathlonien irakien, ont clamé des esprits moins éclairés que les premiers. Fou de jalousie à l'égard des athlètes scandinaves, vainqueurs des derniers Jeux olympiques d'hiver, un pentathlonien irakien (quelqu'un connaissait quelqu'un qui avait entendu prononcer le nom de Mustapha) avait perdu la raison ; d'ailleurs, à l'heure qu'il était, il parcourait encore les montagnes, en quête de grands skieurs blonds à exterminer.

Puis ce fut l'accalmie. Les bars ont commencé à se vider, les brasseries fermaient, et les serveurs se regardaient d'un air perplexe en rapportant aux cuisines des assiettes encore pleines.

J'ai mis un moment, moi aussi, à comprendre ce qui se passait.

Peu satisfaits des explications circulant en ville, les touristes s'étaient retirés par petits groupes dans leurs hôtels pour s'agenouiller devant la Puissante-CNN-Qui-Voit-Tout, dont l'Envoyé Spécial, Tom Hamilton, livrait justement au monde entier le dernier compte rendu de l'affaire.

Au Zum Wilden Hirsch, encore ouvert, Latifa et moi avions sur le dos, voire sur les épaules, une douzaine d'Allemands légèrement ivres, massés devant le poste de télé, à l'écran duquel Tom exposait que « cet assassinat pouvait être l'œuvre d'extrémistes » ce pour quoi, je suppose, on le paie environ deux cent mille dollars l'an. J'avais envie de lui demander au nom de quoi il excluait impitoyablement la cause des modérés ; cela n'aurait pas été si difficile puisqu'il officiait, dans une mer de tungstène, à moins de deux cents mètres de l'endroit où nous essayions de tenir debout. À peine vingt minutes plus tôt, j'avais vu un technicien s'approcher de lui pour épingler un micro à sa cravate. Le repoussant, Tom avait préféré s'en charger lui-même, tant il craignait qu'on touche à son nœud impeccable.

Le communiqué aurait dû être envoyé à vingt-deux heures, heure locale. Si Cyrus avait fait son travail, que le message était parvenu à l'endroit choisi et au moment choisi, alors CNN prenait son temps pour procéder aux vérifications. Plus probablement, si les autres envoyés de la chaîne étaient de la trempe de Tom, ils avaient *besoin* de temps pour lire. Francisco avait insisté pour employer le mot « hégémonie », qui avait dû les plomber un peu.

Le communiqué a finalement été diffusé par le présentateur des *news*, Doug Rose, à vingt-trois heures vingt-cinq. Lentement, clairement, avec quelque chose de subliminal dans le ton, du type « Putain, ces mecs me foutent la gerbe ».

Le Glaive de la Justice.

Maman, viens vite. C'est nous. On passe à la télé.

Si j'avais voulu, j'aurais sans doute pu coucher avec Latifa, ce soir-là.

Le reste du reportage se composait de nombreuses images d'archives sur le terrorisme à travers les âges, remontant assez loin pour forcer le téléspectateur à se rappeler l'attentat à la bombe perpétré au début de la semaine précédente par des séparatistes basques. Ils avaient amoché un immeuble de l'État à Barcelone. Un barbu est apparu à l'écran pour promouvoir un livre qu'il avait écrit sur le fanatisme, puis nous sommes revenus à l'ordre du jour habituel de CNN : convaincre l'audience que le mieux, finalement et de toute façon, est encore de continuer à regarder CNN. De préférence, dans un autre grand hôtel que le leur.

Allongé tout seul sur mon lit à l'Eiger, je me nourrissais alternativement, bien qu'avec les deux mains, de whisky et de nicotine, en me demandant ce qui arriverait si nous nous trouvions *dans* le grand hôtel dont ils faisaient la réclame, au moment où ils la faisaient. Cela impliquerait-il que nous serions morts ? Happés par un univers parallèle ? Ou que le temps s'était inversé ?

J'étais bientôt ivre, voyez-vous, c'est pourquoi je n'avais pas entendu frapper la première fois. Ou si j'avais entendu, je m'étais persuadé du contraire, et l'on frappait depuis dix minutes, peut-être depuis dix heures, le temps que mon cerveau sorte de sa ciennénienne torpeur. Je me suis levé péniblement.

– Qu'est-ce que c'est ?

Silence.

N'ayant ni arme ni grande envie d'en utiliser une, j'ai ouvert et passé la tête par la porte.

Un très petit homme était là dans le couloir. Assez petit pour détester quelqu'un de ma taille.

– Herr Balfour ?

J'ai eu un moment de vide total. Le genre de passage à vide dont sont souvent victimes les agents secrets – quand les assiettes cessent de tourner sur leurs bâtons, qu'ils ne savent plus qui ils incarnent, qui ils sont vraiment, de quelle main ils écrivent, et comment fonctionnent les poignées de porte. J'ai remarqué que la consommation de whisky tend à rendre ces épisodes plus fréquents.

Le gars ne me quittant pas des yeux, j'ai fait semblant d'avoir une quinte de toux pendant que j'essayais de me ressaisir. Balfour, oui ou non. J'employais bien ce nom-là, mais avec qui ? J'étais Lang pour Solomon, Ricky pour Francisco, Durrell pour la plupart des Américains, et Balfour... Ah, voilà. Balfour pour l'hôtel Eiger ; et donc, si tel était leur choix, ce dont je ne doutais pas, j'étais aussi Balfour pour la police.

J'ai hoché la tête.

– Venez avec moi.

Il s'est dirigé vers l'ascenseur. J'ai pris mon anorak, mes clés et je l'ai suivi, car Herr Balfour est un bon citoyen qui se conforme à toutes les lois et attend de son prochain qu'il en fasse autant. J'ai remarqué en chemin que le type portait des chaussures à semelles compensées. Il était vraiment immensément petit.

Il neigeait dehors (je vous l'accorde : c'est généralement là qu'il neige, mais n'oubliez pas que je commençais seulement à me dégriser). Comme échappés d'une bataille d'oreillers célestes, d'énormes disques de blancheur voltigeaient en tombant, recouvrant la terre, adoucissant les contours, diminuant l'importance de tout.

Nous avons marché une dizaine de minutes ; mon guide faisait sept pas quand je n'en faisais qu'un ; et nous avons atteint une petite baraque en bordure du village. Une construction fort simple, en bois et sans étage, qui pouvait être très vieille ou pas du tout. Les volets étaient mal ajustés sur les fenêtres, et les traces dans la neige indiquaient qu'il y avait eu récemment beaucoup de visites. Ou peut-être était-ce la même personne qui oubliait sans cesse une affaire ou une autre.

Cela paraissait bizarre d'entrer dans cette maison, et ça ne l'aurait pas été moins à jeun, je pense. Sans doute aurais-je dû apporter quelque chose ; à tout le moins de l'or ou de l'encens. Je me fichais un peu de la myrrhe, je n'ai jamais été sûr de savoir ce que c'était.

S'arrêtant devant une porte latérale, le Très Petit Homme s'est retourné vers moi avant de frapper. Un certain temps a paru s'écouler, puis nous avons entendu un bruit de verrou, puis un autre, et un autre, et encore un autre, et enfin la porte s'est entrouverte. Une femme aux cheveux gris a étudié le TPH un instant, moi trois, et elle s'est effacée pour nous laisser passer.

Assis sur la seule chaise de la pièce, Dirk Van Der Hoewe essuyait ses lunettes. Il portait un lourd pardessus, une écharpe nouée autour du cou, et ses chevilles grasses étaient gonflées sur le tour de ses chaussures. Des chaussures chères, des derbys noirs avec lacets en cuir. J'y ai prêté attention, car il semblait lui-même les étudier de près.

– Monsieur le ministre, je vous présente Thomas Lang, a dit Solomon, sortant brusquement de la pénombre.

C'est plutôt moi qu'il regardait.

Dirk a lentement continué d'astiquer ses lunettes, qu'il a chaussées délicatement sans quitter le plancher des yeux. Puis, enfin, il a relevé la tête vers moi. Il n'y avait rien d'amical dans ces yeux. Il respirait par la bouche, comme un enfant qu'on force à goûter le brocoli et qui déteste ça.

– Enchanté, lui ai-je dit, la main tendue.

Il s'est tourné vers Solomon, comme si on ne lui avait pas dit qu'il faudrait aussi me toucher. À contrecœur, il a glissé dans ma main un machin mou et moite avec des doigts au bout.

Nous nous sommes dévisagés un petit moment.

– Puis-je m'en aller, maintenant ? a-t-il dit.

Solomon n'a pas répondu tout de suite, déçu, peut-être, que nous ne restions pas ensemble pour une partie de whist.

– Bien sûr, monsieur.

Quand Van Der Hoewe s'est redressé, j'ai remarqué que, s'il était toujours gras – ça, pour être gras, il était gras –, il l'était quand même beaucoup moins que le jour de son arrivée.

C'est comme ça, les gilets pare-balles Life-Tec, voyez-vous. Un truc assez génial si vous voulez seulement qu'il vous maintienne en vie. Mais pas flatteur. Pour la silhouette, quoi. Porté sous un anorak de ski, ça vous fait un gros mec d'un gars légèrement enveloppé. Mais mettez ça sur Dirk, et vous obtenez un ballon de barrage.

Quel type de contrat avaient-ils passé avec lui, ou avec le gouvernement hollandais ? Je n'avais pas le début d'une idée là-dessus et, de toute évidence, personne n'allait se donner la peine de m'éclairer. Peut-être avait-il sollicité un congé sabbatique, sa mise en retraite, ou un licenciement. Peut-être avait-il été surpris au lit avec une douzaine de gamines de dix ans. Ou alors ils lui avaient donné un gros paquet de fric. Il paraît que ça marche, parfois, avec les gens.

Quoi qu'il en soit, Dirk serait obligé de bien se cacher pendant deux ou trois mois, pour son bien comme pour le mien. On trouverait ça bizarre qu'il se pointe dans une semaine à une conférence internationale, même avec une proposition pour l'assouplissement des taux de change entre les pays nord-européens[1]. Les gens se poseraient des questions. Même CNN tiquerait.

---

1. *Cf.* note p. 246.

Il s'est retiré sans nous prier de l'excuser. La femme aux cheveux gris lui a ouvert la porte, et il s'est évanoui dans la nuit avec le TPH.

– Comment vous sentez-vous, monsieur ?

Solomon tournait lentement autour de la chaise que j'occupais maintenant. Après un court débriefing, il mesurait mes forces, mon moral, et mon état d'ébriété.

– Bien, merci, David. Et toi ?

– Soulagé, maître. Réellement soulagé, dirais-je.

Silence. Il réfléchissait.

– Au fait, a-t-il finalement ajouté, à l'insistance de mes collègues américains, je dois vous féliciter, monsieur. Vous êtes un vrai tireur d'élite.

Il m'a fait un sourire mielleux, comme si, ayant vidé la Boîte À Compliments, il allait bientôt ouvrir l'autre.

– Eh bien, vous me voyez ravi d'avoir donné satisfaction. Et maintenant ?

J'ai allumé une cigarette et voulu faire des ronds de fumée, mais le remuant Solomon déplaçait de l'air. Mon œuvre s'effilochait, difforme, et je me suis rendu compte qu'il ne répondait pas.

– David ?

– En effet, maître, a-t-il admis. Et maintenant ? C'est une question pertinente, intelligente, qui mérite certainement d'être étudiée en détail.

Quelque chose clochait. Sol tient rarement ce genre de discours. Moi si, quand je suis soûl, mais pas lui.

– Eh bien ? On plie bagages ? Mission accomplie, les méchants sont pris la main dans le sac, le *Club des 5* a encore gagné ?

Il s'est immobilisé quelque part derrière mon épaule droite.

– La vérité, maître, est qu'à présent les choses se compliquent un petit peu.

Je me suis retourné vers lui en essayant de sourire. Il restait de marbre.

– Tu choisirais quel adjectif pour décrire la situation, jusque-là ? Tu ne trouves pas ça assez compliqué de tuer un type à travers un gilet pare-balles ?

Il ne m'écoutait pas. Ce qui ne lui ressemblait pas non plus.

– Ils veulent que tu continues, a-t-il dit.

Évidemment. Je le savais. Le but du jeu n'était pas d'arrêter des terroristes, c'était clair depuis le départ. Ils voulaient poursuivre l'opération, jusqu'à ce que tous les éléments soient réunis pour leur démonstration de force. Sous les caméras de CNN, déjà sur place, et non quatre heures après les événements.

– Maître, a dit Solomon après un nouveau silence. Je dois moi aussi vous poser une question, et il faut que vous me répondiez franchement.

Je n'aimais pas ça. C'était n'importe quoi. Comme du vin rouge sur les huîtres. Cet homme portait un smoking noir avec des pataugas. Une incongruité totale.

– Eh bien, vas-y.

Il paraissait très, très soucieux.

– Tu me réponds franchement ? J'ai besoin de savoir avant de poser la question.

J'ai ri en espérant qu'il baisserait les épaules, qu'il se détendrait, qu'il arrêterait de me faire peur.

– Que veux-tu que je te dise, David ? Demande-moi si tu as mauvaise haleine, et je te réponds franchement. Mais si la question porte sur... je ne sais pas, moi, presque n'importe quoi d'autre, alors oui, je mentirai sans doute.

Cela n'avait pas l'air de le satisfaire. Ce qui était bien sûr prévisible, mais que pouvais-je lui dire ?

Il s'est raclé la gorge, posément, sciemment, comme s'il craignait de ne plus pouvoir le faire avant longtemps.

– Quelles relations entretiens-tu exactement avec Sarah Woolf ?

J'en suis resté baba. Là, je ne comprenais pas. Je l'ai regardé arpenter la pièce, deux pas en arrière, deux pas en avant, la bouche en cul de poule, les sourcils froncés et les yeux par terre. Comme un père décidé à parler de la masturbation avec son adolescent de fils. Je n'ai jamais assisté à ce genre de scène, mais j'imagine les joues rouges, les doigts qui papillotent, la soudaine découverte sur vos manches de poussières microscopiques qui requièrent toute votre attention.

– Pourquoi cette question, David ?

– S'il vous plaît, maître...

Sol n'en menait pas large. Il a respiré un bon coup avant de poursuivre :

– ... répondez simplement à la question.

Je l'ai observé un moment. J'étais aussi furieux que désolé à son égard.

– Allais-tu ajouter « au nom du bon vieux temps », par exemple ?

– Au nom de ce que vous voudrez, maître, pourvu que vous répondiez. Le bon vieux temps, hier, après-demain, qu'importe.

J'ai allumé une autre cigarette et regardé mes mains en essayant, comme bien souvent, de trouver une réponse pour moi avant de la fournir.

Sarah Woolf. Des yeux gris striés de vert. Jolis tendons dans le cou. Oui, je me souviens.

Qu'éprouvais-je réellement ? De l'amour ? Je n'en savais pas assez sur le sujet pour endosser ce brassard-là. L'amour est un mot. Un son. L'associer à un sentiment particulier relève de l'arbitraire. L'hypothèse est invérifiable, et il faudrait d'abord qu'elle ait un sens. Non, si ça ne vous fait rien, j'y réfléchirai plus tard.

De la pitié ? J'ai pitié de Sarah Woolf parce que... Parce qu'elle a perdu son frère, son père, qu'on l'a enfermée dans une tour noire et voici donc Roland avec son escabeau pliant. Je suppose que cela inspire de la pitié, oui ; surtout si elle m'a choisi pour la sauver.

De l'amitié ? Non, attendez, je la connais à peine, cette fille.

Alors quoi ?

– Je suis amoureux d'elle, a dit quelqu'un, et je dois reconnaître que c'était moi.

Solomon a fermé les yeux une seconde comme si, *encore une fois*, ça n'était pas la bonne réponse. À contrecœur, il s'est lentement dirigé vers la table près du mur, où il a saisi une petite boîte en plastique. Il l'a soupesée un instant, en considérant peut-être ses choix : me la donner ou bien ouvrir la porte et la jeter dans la neige. Il fouillait dans ses poches et, apparemment, ce qu'il cherchait ne se trouvait pas dans la première. J'appréciais ce spectacle plaisant – du fait que, pour changer un peu, ce n'est pas à moi que ça arrivait – lorsqu'il a sorti de la dernière une minilampe-torche, qu'il m'a confiée avec la boîte. Alors, s'éloignant, il m'a laissé me débrouiller seul.

Je l'ai ouverte, cette boîte. Naturellement. C'est ce qu'on fait quand les gens vous donnent des boîtes fermées. Même des boîtes de Pandore. On les ouvre. Le cœur lourd, gros et serré, j'ai soulevé le couvercle en plastique jaune.

Elle contenait des diapositives, dont j'avais l'absolue certitude qu'elles ne me plairaient pas.

J'en ai retiré une pour la placer dans le faisceau de la lampe.

Sarah Woolf. Pas d'erreur possible.

Elle sort d'un taxi en robe noire par une journée ensoleillée. D'accord, très bien, pas de problème. Elle sourit – grand sourire radieux –, m'enfin bon, c'est permis. On ne peut quand même pas lui demander de sangloter toute la journée sur son oreiller. OK. Photo suivante.

Elle paie le chauffeur. Pas de problème non plus. Quand on circule en taxi, on paie les chauffeurs. C'est la vie. La photo est prise au téléobjectif, un 135 mm. Probablement une focale plus longue. L'enchaînement rapide des vues suggère l'utilisation d'un moteur sous l'appareil. Mais qui tiendrait tellement à...

Maintenant sur le trottoir, elle s'éloigne du véhicule. En riant. Le conducteur du taxi regarde ses fesses, ce que je ferais à sa place. Elle regardait sa nuque, il regarde ses fesses. Échange de bons procédés. Enfin, peut-être pas si bons, mais personne n'a jamais dit que le monde était parfait.

J'ai jeté un coup d'œil vers Solomon. Tête baissée, il me tournait le dos.

Photo suivante, je vous prie.

Un bras d'homme. Un bras avec l'épaule, en fait, dans un costume gris foncé. Tendu vers la taille de Sarah, qui incline la tête, prête à être embrassée. Plus grand sourire encore. Je répète : pourquoi se formaliser ? On n'est pas puritains. Une femme a le droit de déjeuner avec quelqu'un, d'être courtoise et contente de le voir – ce n'est pas pour ça qu'on appelle la police, flûte.

Dans les bras l'un de l'autre, ensuite. Elle fixe l'appareil, on ne voit pas sa tête à lui, mais sans aucun doute ils s'étreignent. S'embrassent, quoi. Comme pour de vrai. Le type ne doit pas être son conseiller bancaire. Et alors ?

Presque la même photo, sauf qu'ils ont fait un quart de cercle. Le gars n'a plus sa tête dans le cou de Sarah.

Toujours dans les bras l'un de l'autre, ils se dirigent vers nous. Je ne vois pas son visage à lui, à cause d'un passant qui passe, justement, flou et près de l'objectif. Mais le visage de Sarah, si. Qu'exprime-t-il ? Le bonheur ? La joie ? Le ravissement ? L'extase ? Ou est-elle simplement polie ? Encore une photo, et c'est la dernière.

Aïe, ai-je pensé, c'est là que ça chie.

– Aïe, ai-je dit à haute voix, c'est là que ça chie.

Sol n'a pas bronché.

Un homme et une femme avancent vers nous, et je les connais tous deux. Bien que je n'en sois pas certain, je viens d'admettre que je suis amoureux de cette femme, et je le suis de moins en moins à chaque nouvelle seconde, tandis que cet homme... ouais, lui.

Grand. Bien de sa personne, le visage buriné, un costard de prix. Il sourit. Sourient ensemble. Du sourire à grande échelle. Ils se fendent tellement la gueule qu'on se demande si le nez ne va pas bientôt se détacher et tomber.

Évidemment, j'aimerais savoir ce qui les rend heureux, nom de Dieu. Si c'est une blague, j'aimerais qu'on me raconte – pour juger par moi-même si ça vaut bien la peine de s'hypertrophier la rate. Si ce genre de gag vous donne vraiment envie d'étreindre la personne à côté. Ou juste de l'embrasser.

D'accord, j'ignore ce qui les fait marrer, mais je suis sûr que moi, ça me laisserait de glace. Incroyablement sûr.

Le type sur la photo, celui qui tient par la taille ma dame de la tour noire, celui qui la fait tant rire – la remplit de joie, de plaisir, d'hilarité, voire de ses organes personnels, pour ce que j'en sais – s'appelle Russell P. Barnes.

Nous allons faire une pause. Revenez quand j'aurai jeté la boîte de diapos à travers la pièce.

20

La vie est faite de sanglots, de sourires,
de grincements de dents,
et le plus souvent de grincements de dents.

O. HENRY

J'ai tout dit à Solomon. Il fallait que je le fasse. Parce que, voyez-vous, c'est un homme intelligent, l'un des plus intelligents que j'ai rencontrés, et cela aurait été bête de continuer à braver le danger sans profiter de ses conseils. Avant de voir ces photos, je n'avais compté que sur moi, j'avais tracé au sol mon sillon solitaire. Le moment était venu de reconnaître que ma charrue marchait de travers, que j'allais percuter la grange.

Il était quatre heures du matin quand j'ai eu fini. Plus tôt dans la soirée, ouvrant son sac à dos, Sol en avait sorti ces choses dont les Solomon de la Terre semblent ne jamais manquer. Un Thermos de thé et deux tasses en plastique ; une orange chacun avec le couteau pour les peler ; et une plaquette de chocolat au lait Cadbury.

Nous avons donc mangé, et bu, et fumé, même si nous sommes contre la cigarette, et j'ai exposé l'affaire du Troisième cycle du début jusqu'au milieu. Je ne faisais donc pas ce que je faisais, à l'endroit où j'étais, dans l'intérêt de la démocratie ; je ne veillais la nuit sur le sommeil de personne ; je ne m'efforçais pas de rendre ce monde plus libre et plus heureux. Non, depuis le départ, je n'avais rien fait d'autre que vendre des canons.

Ce qui implique que Sol en vendait avec moi. J'étais le marchand d'armes, le représentant de commerce ; et lui occupait une place au département marketing. Je savais que cela ne lui plairait pas trop.

Il a écouté, hoché la tête, posé les bonnes questions, dans le bon ordre et au bon moment. Je n'aurais pas su dire s'il me croyait ou pas ; d'un autre côté, je n'ai jamais su avec lui, et je n'y arriverai probablement jamais.

Mon récit terminé, je me suis adossé à la chaise en jouant avec deux carrés de chocolat. Je me demandais si apporter du Cadbury en Suisse, c'était comme livrer du charbon à Newcastle, et j'ai conclu que non. Le chocolat suisse est loin d'être aussi bon qu'au temps reculé de mon enfance. On n'en achète plus aujourd'hui que pour rendre visite à nos tantes chéries. Alors que le Cadbury poursuit courageusement son petit bonhomme de chemin, chaque jour meilleur et moins cher que tous les autres chocolats du monde. C'est en tout cas mon point de vue.

– En voilà une histoire, maître, si je puis me permettre.

Debout, Solomon fixait le mur. Il y aurait eu une fenêtre, il aurait plutôt regardé dehors, mais il n'y en avait pas.

– Ouaip, ai-je admis.

Nous avons reconsidéré ces diapos, en essayant de leur trouver un sens. Et de supposer, de conjecturer, et peut-être que si, et peut-être que ça. Jusqu'à ce que la neige recueille d'obscures clartés pour les glisser au travers des volets et sous la porte. Alors nous pensions avoir fait le tour de la question.

Il y avait trois possibilités.

Et, à l'évidence, une flopée de catégories secondaires. Mais nous voulions brosser un tableau à grands traits, et nous avons fait trois tas principaux. Premier tas : il la manipulait. Deuxième tas : elle le manipulait. Troisième tas : rien de tout ça, ils étaient simplement tombés amoureux l'un de l'autre. Deux compatriotes avec de longs après-midi devant eux dans une ville étrangère.

– Si c'est elle qui le manipule, ai-je repris pour la centième fois, à quoi ça lui sert ? Qu'espère-t-elle obtenir ?

Sol a hoché la tête puis, les paupières serrées, s'est rapidement frotté les joues.

– Une confession sur l'oreiller ? a-t-il suggéré avec une grimace de dégoût. Elle l'enregistre sur magnéto, sur vidéo, ce que tu voudras, et elle envoie ça au *Washington Post* ?

Je n'étais pas très convaincu et, apparemment, lui non plus.

– Me laisse un peu froid, ai-je avoué.

Nouveau hochement de tête. Brusquement, Sol semblait bien souvent de mon avis. Sans doute était-il content que je ne me laisse pas abattre – par une chose en particulier et un million autour – et que l'on puisse raison garder, avec un minimum d'optimisme.

– Alors c'est lui qui la manipule ?

La tête inclinée sur le côté, les sourcils au milieu du front, il me montrait le chemin comme un astucieux chien de berger.

– Éventuellement. Elle est moins dangereuse prisonnière de son charme que prisonnière tout court. Ou il lui a raconté des bobards, comme quoi il a l'oreille du président, un truc dans ce genre.

Un peu léger, ça aussi.

Restait la troisième possibilité.

Pourquoi une fille comme Sarah Woolf s'accrochait-elle un type pareil ? Se promenait avec lui, riait avec lui, faisait la bête à deux dos (si c'était le cas, mais je n'avais guère de doute) ?

D'accord, il était beau gosse. En bonne forme. Intelligent, à la manière de certains imbéciles. Il avait du pouvoir. De chouettes costards. Mais cela mis à part, où trouvait-elle son compte ? Enfin, merde, il était assez vieux pour être un représentant corrompu de l'État américain.

Revenant à l'hôtel à pas lents, je méditais sur son sex-appeal. L'aurore enveloppait la station, et la neige recommençait à tomber avec une blancheur nouvelle, quasi électrique. Elle s'accrochait à mes semelles, grimpait dans mes jambes, couinait, et l'étendue encore vierge devant moi paraissait me supplier : « Ne me marche pas dessus, s'il te plaît, ne me... aïe ! »

Russell Connard de Barnes.

J'ai regagné ma chambre aussi discrètement que possible. Sitôt ouvert la porte, je me suis figé, mon anorak à mi-bras. Après ces déambulations dans le bon air pur des Alpes, mes narines étaient sensibles à la moindre odeur – celle, rance, des verres de bière sales au bar, puis le shampooing à moquette, le chlore de la piscine au sous-sol, l'omniprésente huile solaire qui donnait à ces lieux une atmosphère de plage – et maintenant celle-là. Qui n'avait rien à faire ici.

Elle n'avait rien à faire ici, car j'avais réservé une chambre simple, et les hôtels suisses sont rigoureusement stricts à ce sujet.

Le drap autour du corps comme dans un faux Rubens, Latifa dormait dans mon lit.

— Putain, où t'étais ?

Elle s'était redressée, le drap collé sur le menton, pendant que je défaisais mes lacets.

— Je suis allé me promener.

— Mais où ça ? a-t-elle rétorqué, la peau fripée par le sommeil, contrariée que je la voie ainsi. T'as vu comment il neige ? Qu'est-ce que tu foutais dehors ?

J'ai tiré un bon coup sur la deuxième chaussure et me suis lentement retourné.

— J'ai tué un homme, aujourd'hui, Latifa. (Étant Ricky pour elle, je prononçais Laddifa.) J'ai pressé sur la détente et je l'ai abattu.

Cela déclaré, le soldat-poète a fixé le plancher, écœuré par les horreurs du champ de bataille.

J'ai senti le drap se détendre sous mes fesses. Légèrement. Latifa m'a étudié un instant.

– Tu as marché toute la nuit ?

J'ai soupiré.

– Marché, oui. Je me suis assis pour gamberger, aussi. Une vie humaine...

Tel que je l'incarnais, Ricky n'était pas spécialement loquace, c'est pourquoi ma réponse n'allait pas sortir d'un seul coup. La « vie humaine » est restée en suspens dans la pièce.

– Beaucoup de gens meurent, Rick. La mort est partout. La mort et les assassins.

Le drap s'est détendu encore, et j'ai vu la main se déplacer lentement vers moi, puis se poser près de la mienne.

Pour quelle raison me répétait-on partout cet argument ? Tout le monde fait ça, tu serais bien con de ne pas filer un coup de main et te joindre à la fête. J'ai soudain eu envie de la gifler, de lui dire qui j'étais et ce que je pensais vraiment ; à savoir que tuer Dirk, tuer qui que ce soit, n'aurait aucune incidence sur rien, mis à part l'ego de Francisco. Un ego assez grand pour héberger deux fois les miséreux du monde, plus quelques millions de bourges dans la chambre d'amis.

Étant par chance un professionnel confirmé, je me suis contenté de hocher la tête, puis de la baisser et, soupirant encore, de regarder cette main se rapprocher de la mienne.

– C'est une bonne chose que tu te sentes mal, a dit Latifa après réflexion (à l'évidence, elle ne s'était pas trop remué les méninges, mais quand même). Si tu ne ressentais rien, cela voudrait dire qu'il manque l'amour, et la passion. Et nous ne sommes rien sans la passion.

Non qu'on soit beaucoup plus avec, ai-je remarqué silencieusement, et j'ai commencé à retirer ma chemise.

La situation était en train de changer, voyez-vous. Ou, disons, ma représentation de celle-ci.

C'était à cause de ces photos – elles m'avaient fait comprendre qu'à force de ballotter entre les opinions des autres, je finissais par devenir indifférent. Peu m'importaient Murt et ses hélicos ;

Sarah Woolf et Barnes ; O'Neal et Solomon ; Francisco et son Glaive à la Con. Peu importait qui aurait le dernier mot et qui gagnerait la guerre.

Et c'était encore moi dont je me fichais le plus.

Les doigts de Latifa effleuraient le dos de ma main.

Il me semble qu'en matière de sexualité, les hommes sont pris entre deux attitudes extrêmes : le dédain insensible et la molle contrition.

L'horrible vérité est que les dynamiques des deux sexes ne sont pas conciliables. On a d'un côté une petite voiture, pratique pour faire les courses, je vais en ville, je reviens et je n'ai eu aucun problème pour me garer ; de l'autre, un break, conçu pour les longues distances et on a de la place dans le coffre – un véhicule plus grand, plus coûteux à l'entretien, avec une mécanique plus complexe. On n'achète pas une Fiat Panda pour transporter un lot d'antiquités de Bristol à Norwich ; mais c'est précisément pour ça qu'on a besoin d'une Volvo. Non que l'une soit une meilleure voiture que l'autre. Elles sont différentes, et voilà.

C'est une vérité que nous n'osons pas avouer de nos jours car l'uniformité est notre religion, et l'hérésie plus mal vue que jamais. Je la reconnais cependant, cette vérité, car j'ai toujours pensé que, seule, l'humilité devant les faits est garante de stabilité pour un esprit rationnel. « Rester humble devant les faits, garder sa fierté devant les croyances », comme l'a dit un jour George Bernard Shaw.

En fait, il ne l'a pas dit. Mais, comme mon opinion n'est pas censée vous plaire, j'avais besoin de recourir à une autorité.

Lorsqu'un homme s'abandonne au plaisir, eh bien, voilà, il n'y a rien de plus. C'est un instantané. Un spasme. L'événement est de courte durée. Par ailleurs si, pour se retenir, il tente de se rappeler, par exemple, toutes les nuances de la palette Ripolin – ou quel que soit le moyen employé pour faire durer –, on l'accusera d'être un froid technicien. D'une façon ou d'une autre, pour un hétéro moderne, pas question d'attendre un compliment de son partenaire.

D'accord, ça n'est pas forcément le compliment qu'on recherche. Oui, je sais, c'est facile à dire quand on le reçoit. Je veux dire le compliment, pas le partenaire. Mais les hommes ne sont pas flattés de nos jours. Vous pouvez faire la moue, la grimace, soupirer autant que vous voudrez, c'est comme ça. (À l'évidence, les hommes – tyranniques, condescendants, exclusifs, pourrisseurs d'existence – jugent aussi les femmes de leur côté mais, pour ce qui est des contorsions, ce sont elles qui évaluent les performances. C'est la Panda qui essaie de ressembler à la Volvo, pas l'inverse.) On n'entend pas les messieurs se plaindre que les dames mettent un quart d'heure à atteindre l'orgasme ; et, s'ils le font quand même, ce n'est pas d'un ton accusateur qui sous-entend faiblesse, arrogance ou égocentrisme. En général, ils se contentent d'admettre, les yeux baissés, que le corps féminin est ainsi, voilà ce qu'elle me demandait et que je n'ai pu lui donner. Je suis un nul et je me casse tout de suite, dès que je trouve ma deuxième chaussette.

Ce qui, pour être honnête, est injuste et confine au ridicule. Il serait tout aussi absurde de dire que la Panda est une voiture de merde, pour la seule raison qu'une armoire ne tient pas dans le coffre. C'est peut-être le cas à d'autres égards – elle tombe en panne, elle consomme trop d'huile, cette couleur caca d'oie est affreuse, et qui a inscrit le mot « turbo » sur la lunette arrière ? Mais ça n'est pas de la merde du fait qu'elle est exactement ce qu'on a besoin qu'elle soit : petite. Et la Volvo n'est pas non plus un truc de merde parce qu'elle ne passe pas sous la barrière du parking de l'hyper, et qu'on n'en profitera pas pour repartir sans payer.

Mettez-moi au bûcher si ça vous chante, il n'en reste pas moins que les deux véhicules sont différents, un point c'est tout. Conçus pour des emplois différents, pour rouler à des vitesses différentes sur des routes différentes. Différents. Distincts. Dissemblables.

Voilà. Je l'ai dit. Et je ne me sens pas mieux pour autant.

Latifa et moi avons fait l'amour deux fois avant le petit-déjeuner, une fois encore après et, vers le milieu de la matinée, je me suis souvenu de la Sienne brûlée, nuance numéro 31. Record personnel battu.

– Cisco, dis-moi une chose, lui ai-je demandé.

– Ouais, Rick, vas-y.

Il a jeté un coup d'œil vers moi avant d'enfoncer l'allume-cigare au bas du tableau de bord.

J'ai médité un long moment minnesotain.

– D'où vient l'argent ?

Il a mis deux kilomètres pour répondre.

Nous avions pris l'autoroute à Marseille, direction Paris, juste lui et moi dans son Alfa. Et s'il remettait encore une fois la cassette de *Born in the USA*, je pétais un plomb.

Trois jours avaient passé depuis l'exécution de Dirk Van Der Hoewe, et le Glaive se sentait pratiquement invincible. Les journaux parlaient déjà d'autre chose et, faute d'une piste sérieuse, les flics se grattaient la tête, le clavier, la souris et le nez sur les rapports des services de renseignement.

– D'où vient l'argent, a fini par répéter Cisco, en tapotant sur le volant avec ses doigts.

– Ouais.

Le ronronnement de l'autoroute du Soleil. Large, droite, française.

– Pourquoi demandes-tu ça ?

J'ai haussé les épaules.

– C'est que... euh, je réfléchissais.

Éclat de rire rock'n'roll.

– Ne réfléchis pas, mon ami. Ton truc, Ricky, c'est agir. Ça, tu le fais bien. Le reste, oublie.

J'ai ri à mon tour puisqu'il croyait me faire plaisir. S'il avait mesuré vingt centimètres de plus, il m'aurait ébouriffé les cheveux comme un grand frère.

– Oui, mais je pensais... que...

Je me suis interrompu. Nous nous sommes redressés sur nos sièges tandis qu'une Peugeot bleu marine marquée *Gendarmerie* nous dépassait. Pour l'aider, Francisco a légèrement décéléré.

– Je pensais... ai-je continué. Tu vois, quand j'ai réglé la note, à l'hôtel, euh... Ça faisait pas mal d'argent... Et on était six... L'hôtel, la bouffe, sans compter les billets d'avion... Beaucoup d'argent, tout ça. Alors je me suis dit : « Eh, d'où il vient, le fric ? » Il y a bien quelqu'un qui paie, non ?

Il a hoché la tête d'un air entendu, comme si je lui soumettais un problème compliqué avec mes petites amies.

– Il y a quelqu'un, Ricky, bien sûr. Il faut bien quelqu'un pour payer, chaque fois.

– Ouais, c'est ce que je me disais. Il faut bien quelqu'un pour payer. Alors, euh, je me demandais... tu sais qui c'est ?

Il a étudié la route un instant, puis s'est lentement tourné vers moi. M'a observé longuement. J'ai dû vérifier plusieurs fois si on ne fonçait pas dans un convoi de semi-remorques.

Entre-temps, je lui souriais avec toute l'innocente stupidité dont je suis capable. Histoire de dire : « Ricky n'est pas dangereux. Ricky est un honnête fantassin. Une âme simple qui voudrait savoir qui lui verse son salaire. Ricky ne présente aucun risque. Ni hier, ni aujourd'hui, ni demain. »

J'ai émis un petit rire nerveux.

– Mais la route, euh... tu regardes pas ?

Il s'est mordu la lèvre, puis s'est mis à rire avec moi en considérant le pare-brise.

– Tu te souviens de Greg ? m'a-t-il dit gaiement, d'une voix chantante.

Songeur, j'ai froncé les sourcils – car, sauf imprévu, Ricky n'était jamais trop sûr de se rappeler.

– Greg, a-t-il poursuivi. Le gars à la Porsche. Les cigares. Celui qui a pris ta photo pour le passeport.

J'ai médité ça quelques secondes, et j'ai hoché résolument la tête.

– Oui, Greg, la Porsche, bien sûr.

Il a souri. Sans doute pensait-il qu'il ne risquait rien, puisque j'aurais déjà oublié en arrivant à Paris.

– C'est lui. Et Greg, c'est un mec malin.

– Ah ouais ? ai-je relevé, comme si c'était pour moi un concept nouveau.

– Oh oui. Vraiment intelligent. Il a beaucoup de fric. Beaucoup de choses pour lui.

J'ai ruminé une minute, puis :

– J'ai trouvé qu'il avait l'air con, moi.

Surpris, Francisco a jeté un coup d'œil de mon côté, avant de hurler de rire, ravi, en tapant du poing sur le volant.

– Sûr que c'est un con ! a-t-il crié ensuite. Un sacré connard, même !

Tout rayonnant d'orgueil, j'ai ri avec lui puisque j'avais le bonheur de contenter le maître. Nous nous sommes peu à peu calmés, et il a fini par couper son Bruce Springsteen. Je l'aurais embrassé.

– Greg bosse avec un autre type, a-t-il dit, brusquement sérieux. À Zurich. Dans la finance. Ils placent du fric, des actions, ils s'occupent de pas mal d'affaires. Des grosses affaires. Dans tous les genres. Tu vois ?

Coup d'œil vers moi qui, fidèle au poste, gardais les sourcils froncés, comme un petit gars bien concentré. Ça semblait l'attitude idoine.

– Enfin, bon, de temps en temps, m'a expliqué Cisco, Greg reçoit un coup de fil. On lui dit que de l'argent arrive. Il faut faire ci, il faut faire ça. Le garder, le foutre par les fenêtres, il y a plusieurs cas de figure.

– Ah, comme si on avait un compte en banque, quoi ? ai-je compris en souriant.

Francisco a souri aussi.

– Bien sûr qu'on en a un, Ricky. On en a plein, même.

Émerveillé par tant d'ingéniosité, j'ai hoché la tête, et hop : je recommence avec les sourcils.

– Donc, c'est Greg qui nous paie, mais ce n'est pas son argent ?

– Non, il le gère, c'est tout, et il prend sa part. Une bonne part de gâteau, je suppose, si on pense à la Porsche et tout, alors que moi j'ai cette Alfa de merde. Mais ça n'est pas son fric.

– C'est à qui, alors ? ai-je demandé, peut-être un peu trop vite. Au même type ? Ou à plusieurs ? Ou quoi ?

– Au même, a dit Cisco, me dévisageant – m'évaluant, me jaugeant – une dernière fois ; se rappelant toutes les fois où je l'avais contrarié, toutes celles où je l'avais comblé ; faisant la part des choses avant de décider si j'avais mérité cette information que je n'étais pas en droit de demander.

Puis il a reniflé, comme à son habitude avant de lâcher un truc important.

– Je ne connais pas son nom, a-t-il déclaré. Son vrai nom, je veux dire. Mais je sais celui qu'il donne pour le fric. Pour les banques.

– Ouais ?

Il ne fallait surtout pas que j'aie l'air de retenir mon souffle. Cisco me taquinait, faisait durer le plaisir.

– Ouais ? ai-je répété.

– Il s'appelle Lucas. Michael Lucas.

J'ai hoché la tête.

– Super.

Quelques kilomètres plus loin, je me suis calé contre la vitre et j'ai fait semblant de dormir.

Il y a cet ordre, pensais-je tandis que l'Alfa vrombissait sur l'asphalte. Et ça n'avait pas échappé au Christ. La démonstration pratique d'un curieux principe de philosophie. Je ne m'en étais encore jamais aperçu.

J'avais toujours placé « Tu ne tueras point » en haut de la liste. À l'évidence, il ne vaut mieux pas désirer la gonzesse du voisin. De même : commettre l'adultère, ne pas honorer père et mère, ou se prosterner devant les images gravées.

Mais « Tu ne tueras point ». Ça, c'est un commandement. Celui dont tout le monde se souvient, car il semble le plus juste, le plus vrai, le plus absolu.

Celui que tout le monde oublie est le suivant : « Tu ne feras pas de faux témoignages. » Ça paraît dérisoire à côté de « Tu ne tueras point ». Tatillon. Une prune pour stationnement interdit.

Mais quand on vous le jette dans la figure, que vous réagissez d'instinct sans que le cerveau puisse digérer l'info que lui transmettent les oreilles, vous comprenez que la vie, la moralité, les valeurs – tout ça ne fonctionne pas comme vous le croyiez.

Voir Murt tirer une balle dans la gorge de Lucas est un des trucs les plus pourris auxquels il m'ait été donné d'assister – dans une vie où les trucs pourris n'ont pas manqué. Mais apprendre que – pour des raisons de commodité, notamment administrative, ou par simple amusement – Murt témoignait ainsi contre l'homme qu'il avait tué ; que, non content de lui retirer son existence terrestre, il lui volait aussi son existence morale, son identité, sa mémoire, sa réputation ; qu'il utilisait son nom, le salissait afin de brouiller les pistes – de façon à mettre ses actes délétères sur le dos d'un pauvre agent de la CIA qui, à peine âgé de vingt-huit ans, commençait à débloquer – eh bien, ç'a été pour moi un tournant.

C'est à ce moment-là que la moutarde m'est montée au nez.

21

Je crois que j'ai pété un bouton à ma braguette.

Mick JAGGER

Francisco nous a donnés dix jours de repos-loisirs. Bernhard avait l'intention de les passer à Hambourg (d'un air qui donnait à penser qu'il pratiquerait peut-être certaines activités sexuelles); Cyrus s'en allait à Évian-les-Bains, où sa mère était mourante – nous avons appris qu'elle agonisait, en fait, à Lisbonne, et qu'il voulait se trouver aussi loin que possible le jour du décès; Benjamin et Hugo sont partis à Haïfa faire un peu de plongée sous-marine; et, dans le rôle du commandant solitaire, Francisco devait séjourner dans notre résidence parisienne.

J'ai dit que je filais à Londres, et Latifa voulait m'accompagner.

– On va se prendre un pied d'enfer. Je te montrerai des tas de trucs. C'est une superville.

Et de me sourire jusqu'aux oreilles, avec force battements de cils.

– Que dalle. Je n'ai aucune envie de t'avoir suspendue à mes basques.

C'était dur de ma part et je regrettais d'avoir à formuler les choses ainsi. Mais je ne voulais pas risquer qu'une andouille, nous croisant ensemble dans la rue, me balance un « Thomas, longtemps qu'on s'est pas vus! Qui c'est, la greluche? » Non, impossible. J'avais besoin de ma liberté de mouvement, et donc pas d'autre choix que de larguer Latifa.

Bien sûr, j'aurais pu inventer des histoires, une visite à rendre à des grands-parents, ou à mes sept enfants, ou à mon spécialiste en maladies vénériennes, mais j'ai décidé que le va-te-faire-foutre était la solution la plus simple.

J'ai pris l'avion de Paris à Amsterdam avec mon passeport Balfour, après quoi j'ai passé une heure à semer d'éventuels Américains qui se seraient entêtés à me suivre. Non qu'ils eussent une raison de le faire. Ma participation à Mürren leur avait démontré que j'avais un bon esprit d'équipe et, pour autant que je sache, ils étaient contents. En outre, Solomon leur recommandait de me lâcher la bride jusqu'au prochain contact.

N'empêche, je ne voulais pas de regards inquisiteurs pendant quelques jours, ni personne pour poser de question sur mes actes et déplacements. À l'aéroport de Schiphol, j'ai acheté un billet pour Oslo, que j'ai jeté, puis des vêtements de rechange et une autre paire de lunettes noires. J'ai hésité un moment dans les toilettes, d'où je suis finalement ressorti dans la peau de Thomas Lang, cet illustre inconnu.

Débarquant à Heathrow à six heures du soir, je suis descendu à l'hôtel Post House, un endroit bien pratique puisque tout près de l'aéroport, et détestable puisque tout près de l'aéroport.

Après un long bain, je me suis étalé sur le lit avec un paquet de cigarettes et un cendrier, et j'ai composé le numéro de Ronnie. J'avais besoin de lui demander un service, voyez-vous – de ceux qu'on n'annonce pas de but en blanc – et cela promettait d'être un peu long.

Nous avons donc discuté un moment, ce qui était agréable – d'une façon générale, mais aussi du fait que ce serait Murt, en fin de compte, qui paierait la communication. Avec la bouteille de champagne et le steak que j'ai commandés au room-service, et la lampe cassée en trébuchant à côté du lit. Bien sûr, en un centième de seconde, il gagnait de quoi régler une minable addition de ce genre – mais bon, lorsqu'on part en guerre, il faut savoir se contenter de petites victoires.

En attendant de triompher.

– Asseyez-vous, je vous prie, monsieur Collins.

La secrétaire a enfoncé une touche et s'est mise à parler dans le vide.

– M. Collins pour M. Barraclough.

Évidemment qu'elle ne parlait pas dans le vide, plutôt dans un minuscule microphone relié à son casque, lequel était enfoui dans sa mise en plis. Il m'a quand même fallu cinq bonnes minutes pour m'en rendre compte, pendant lesquelles j'avais envie de signaler que cette fille hallucinait gravement.

– Une petite minute, a-t-elle dit (à moi ou au micro, je ne suis pas sûr).

Nous nous trouvions dans les bureaux de Smeets Velde Kerkplein, qui, à défaut d'autre chose, vous feraient gagner pas mal de points au Scrabble ; moi, j'étais Arthur Collins, un peintre de Taunton.

Je ne savais si Philip se souviendrait d'Arthur Collins et cela n'avait pas vraiment d'importance. Comme il me fallait un truc accrocheur pour monter au douzième étage, Collins m'avait paru assez bien choisi. C'était mieux, en tout cas, que Le-Mec-Qui-A-Couché-Avec-Ta-Fiancée.

Me levant, j'ai lentement fait le tour de la pièce pour étudier en connaisseur les différentes croûtes institutionnelles qui couvraient les murs. D'immenses barbouillages gris et turquoise, parcourus ici ou là d'un rouge aussi vif que parcimonieux. Ils donnaient l'impression d'avoir été conçus en laboratoire – c'était probablement le cas – afin d'exacerber la confiance et l'optimisme chez quiconque venait pour la première fois placer son fric chez SVK. Moi, ça me laissait froid, mais je n'étais pas là pour ça.

Une porte en chêne jaune s'est ouverte et Philip a passé la tête dans le couloir. Il m'a épié une seconde, puis il est sorti entièrement et m'a invité à entrer.

– Arthur, a-t-il dit, un peu hésitant, comment ça va ?

Il portait des bretelles jaune vif.

Le dos tourné, il me versait une tasse de café.

– Je ne m'appelle pas Arthur, ai-je dit en m'affalant dans un fauteuil.

Il a tourné la tête vers moi, trop vite, puis vers la tasse de café.

– Merde ! s'est-il exclamé, avant de sucer la manchette de sa chemise.

Puis il a crié vers la porte restée ouverte :

– Jane, ma chérie, voulez-vous nous apporter un torchon ?

Contemplant un instant le café renversé sur le lait et les biscuits, il a décidé qu'il n'allait pas s'embêter avec ça.

– Excusez-moi, m'a-t-il prié. Vous disiez ?

Et de passer sans hâte derrière mon siège, direction le sanctuaire du sien. Il s'est assis très lentement, soit qu'il avait des hémorroïdes, soit qu'il craignait un geste menaçant de ma part. J'ai souri pour le rassurer : c'était les hémorroïdes.

J'ai répété :

– Je ne m'appelle pas Arthur.

Silence, pendant qu'un millier de réponses possibles, s'entrechoquant dans son cerveau, défilaient dans ses yeux comme dans les cases vitrées des machines à sous.

– Ah ? a-t-il dit finalement.

Deux citrons et une grappe de cerises. Appuyez sur rejouer.

– Je crains que Ronnie vous ait menti, l'autre jour, me suis-je excusé.

Il a basculé son siège en arrière, avec un sourire qui se voulait détendu, plaisant, et « rien de ce que vous pourrez dire ne m'atteindra ».

– Vraiment ?

Un instant, puis il a ajouté :

– C'est très vilain de sa part.

– Non qu'elle se soit sentie en faute. Il ne s'était rien passé entre nous, comprenez-vous.

Je me suis interrompu – le temps de dire « Je me suis interrompu » – avant de compléter :

– Jusqu'alors.

Il a encaissé. Visiblement.

Bien sûr que c'était visible. Sinon, je ne m'en serais pas aperçu. Je veux dire qu'il a tressailli, méchamment, presque bondi. Assez, en tout cas, pour attirer l'attention de l'arbitre de champ.

Il a examiné ses bretelles et gratté quelque chose sur une des agrafes métalliques.

– Jusqu'alors... Je vois, a-t-il dit en redressant le menton. Pardonnez-moi, mais si l'on doit aller plus loin, j'aimerais connaître votre vrai nom. Puisque, si vous n'êtes pas Arthur Collins...

Il n'a pas fini sa phrase. En tout cas, il flippait et ne voulait pas le montrer.

– Je m'appelle Lang. Thomas Lang. Et je voudrais d'abord vous dire que je comprends fort bien ce que ça a de déconcertant.

D'un geste, il a repoussé ma tentative d'excuse. Puis, se demandant manifestement ce qu'il allait faire, il a coincé entre ses dents la première phalange de son index.

Il était encore dans cette position cinq minutes plus tard, quand la porte s'est ouverte sur une fille en jupe rayée, un torchon à la main et Ronnie à sa droite.

Les deux femmes ne savaient où poser les yeux. Nous levant, Philip et moi ne savions pas non plus. Un réalisateur aurait eu du mal à décider où poser la caméra. La scène s'est prolongée, chacun se débattait dans l'incertitude la plus complète, et c'est Ronnie qui a brisé le silence :

– Chéri.

Cette andouille de Philip a fait un pas vers elle.

Mais comme elle se dirigeait vers moi, il a fait semblant de s'adresser à Jane, alors voilà le café est tombé là, les biscuits étaient en dessous, auriez-vous-la-gentillesse-de-bien-vouloir-s'il-vous-plaît ?

Lorsqu'il s'est ensuite tourné vers nous, Ronnie, dans mes bras, me serrait comme le billet gagnant du loto. J'en faisais autant avec elle, puisque la situation s'y prêtait et que j'en avais envie. Elle sentait très bon.

Se dégageant au bout d'un moment, elle s'est penchée en arrière pour mieux me voir. Je crois bien qu'elle avait la larme à l'œil, et donc elle tenait bien son rôle. Elle a demandé à Philip :

– Philip... que puis je te dire ?

Ce qui, justement, était à peu près tout ce qu'elle pouvait lui dire.

Rosissant, il s'est gratté la nuque en considérant la tache de café sur sa chemise. Cet homme était après tout anglais.

– S'il vous plaît, Jane, vous vous occuperez de ça plus tard ! a-t-il prié sa secrétaire, sans même la regarder.

Trop heureuse, Jane a aussitôt filé.

– Bon, a-t-il dit avec un petit rire courtois.

– Bon, ai-je répondu en riant aussi, presque aussi gêné que lui. Je pense que tout est dit. Je suis navré, Philip, euh...

Nous avons attendu tous trois, pendant un autre siècle, que la prochaine réplique sorte du trou du souffleur. Puis Ronnie m'a dévisagé longuement – le signal convenu.

J'ai inspiré profondément.

– Au fait, Philip, lui ai-je dit en me détachant d'elle. Je me demandais si je pouvais, eh bien... vous demander un service.

C'était comme si je lui renversais un immeuble sur le crâne.

– Un service ?

À l'évidence, il avait envie de se fâcher et pesait le pour et le contre.

– Non ! faisait Ronnie derrière moi. Thomas, je t'en prie.

Il l'a observée en fronçant les sourcils.

Elle ne lui prêtait aucune attention.

– Thomas, tu m'avais promis, a-t-elle murmuré.

À point nommé.

Philip humait le changement d'atmosphère. S'il ne la trouvait pas sucrée, elle était certainement moins acide que trente secondes plus tôt, quand Ronnie et moi jouions au couple le plus heureux du monde. Puisque nous étions maintenant sur le point de nous quereller.

– Quel genre de service ? a-t-il dit, croisant les bras sur la poitrine.

– Thomas, j'avais dit non ! a jeté Ronnie, franchement en colère.

Je me suis à moitié tourné vers elle, sans trop lui prêter attention, comme si nous nous étions déjà disputés à ce sujet.

– Écoute, il peut dire non, lui ai-je répondu. Enfin, merde, je demande et puis on verra bien.

Sans hâte, elle a fait deux pas vers l'angle du bureau, à mi-chemin entre lui et moi. Les yeux sur ses cuisses, Philip paraissait évaluer les distances entre nous trois. Et penser : « Je ne suis pas sorti de l'auberge. »

– Je ne veux pas que tu profites de lui, Thomas, a insisté Ronnie en dérivant vers lui. Tu n'as pas le droit. C'est injuste. Et aujourd'hui, en plus.

– Oh, pour l'amour du ciel, ai-je dit en baissant la tête.

– Quel genre de service ? a-t-il répété.

J'ai senti une note d'espoir dans l'intonation.

Ronnie s'est rapprochée un peu plus de lui.

– Non, Philip, non, ne l'écoute pas. On va y aller, on va te...

– Franchement, ai-je dit à Ronnie, la tête toujours baissée, c'est le moment ou jamais. Il faut que je lui demande. C'est mon boulot, figure-toi, de poser des questions aux gens. Au cas où tu aurais oublié.

Philip se régalait du ton sarcastique et odieux que je venais d'adopter.

– Ignore-le, Philip. Je suis vraiment navrée, lui disait-elle en me jetant un coup d'œil furieux.

– Mais non, pas de problème, a-t-il dit.

Il prenait son temps. De son point de vue, il n'y avait qu'à se laisser guider et éviter de commettre une erreur.

– Quelle profession exercez-vous, Thomas ?

C'était sympa, ce « Thomas ». Une manière ferme et amicale de parler à l'homme qui vient de vous piquer votre fiancée.

– Il est journaliste, a répondu Ronnie à ma place.

Dans sa bouche, « journaliste » avait tout d'un métier épouvantable. Ce qui, soyons francs...

– Vous êtes journaliste et vous désirez me poser une question ? Allez-y !

Il souriait. Bon joueur. Un gentleman.

– Thomas, si tu lui demandes ça, dans un moment pareil, après ce que nous avons décidé...

Au grand dam de Philip, elle n'a pas fini sa phrase.

– Décidé quoi ? ai-je lâché, agressif.

Elle m'a étudié un instant, furibarde, avant de faire volte-face vers le mur, en effleurant le coude de Philip, qui a eu un mouvement de recul. Ah, c'était joliment exécuté. Je touche au but, supposait-il, allons-y mollo.

– J'écris un truc sur la défaite de l'État-nation, lui ai-je dit d'une voix lasse et un peu ivre.

Les journalistes que j'ai croisés dans ma vie semblaient tous en proie aux mêmes difficultés : c'est un épuisement constant pour eux d'être obligés de frayer avec des gens qui n'ont pas le quart de leur intelligence. Une attitude que je m'efforçais de reproduire, et j'avais l'impression d'y arriver assez bien.

– Je parle de la prééminence des multinationales sur les gouvernements, ai-je ajouté sans articuler, comme si le dernier plouc dans les campagnes reconnaissait maintenant l'évidence.

– Ce serait pour quel journal, Thomas ?

J'ai mollement retrouvé ma place dans le fauteuil. De l'autre côté du bureau, Ronnie et Philip restaient debout pendant que je prenais mes aises. Il ne me restait qu'à roter une fois ou deux, à sortir un cure-dents pour extirper une miette d'épinard de mes molaires, et Philip était sûr de gagner la partie.

– Pour ceux qui voudront bien me l'acheter, ai-je répondu, grognon, avec un haussement d'épaules.

Il avait l'air de s'apitoyer sur mon compte. Comment avais-je bien pu lui faire peur ?

– Mais vous voulez... quoi ? Des informations ?

La victoire était au bout de la ligne droite.

– Ouais, c'est ça. Les circuits qu'emprunte l'argent. Comment on échappe au contrôle des changes, aux politiques douanières, et tout le monde n'y voit que du feu. C'est de l'info géné, en fait, mais il y a un ou deux trucs précis qui ont attiré mon attention.

De fait, j'ai roté au milieu de la tirade. L'entendant, Ronnie s'était retournée vers moi.

– Bon Dieu, dis-lui d'aller se faire voir ! Philip, l'a-t-elle prié. (Elle m'assassinait du regard, c'était effrayant.) Il se mêle de ce qui...

– Occupe-toi de tes oignons, toi ! (Je la toisais comme un vrai mufle, on aurait juré que nous pensions au divorce depuis des années.) Philip s'en fout, n'est-ce pas, Philip ?

Il allait dire que oui, absolument, tout se passait fort bien de son point de vue, mais Ronnie ne lui en a pas laissé le temps. Elle crachait le feu.

– Mais parce qu'il est poli, crétin que tu es ! a-t-elle crié. C'est un garçon bien élevé, lui.

– Parce que je ne le suis pas ?

– Tu l'as dit !

– Je te remercie !

– Pauvre chéri.

On s'en donnait à cœur joie. On avait à peine répété, pourtant. Un long silence malsain a suivi, et peut-être Philip a-t-il craint que la situation lui échappe au dernier moment. Car il a dit :

– Certains transferts d'argent vous intéressent-ils en particulier, Thomas ? Ou préférez-vous un topo général sur les mécanismes appropriés ?

Bingo.

– Les deux, ça serait parfait, Phil.

Une heure et demie plus tard, je laissais Philip à son ordinateur avec une liste de « très bons potes qui lui revaudront ça ». J'ai traversé la City en direction de Whitehall, où j'ai déjeuné avec un O'Neal parfaitement révoltant. En revanche, la bouffe était bonne.

Nous avons parlé un moment de choux et de rois[1], et je l'ai vu perdre son teint rose pour virer lentement au blanc, puis au vert, tandis que je lui résumais l'histoire. J'ai terminé mon récit par une touche raisonnablement piquante, et là il était gris.

– Lang, couinait-il par-dessus son café, vous ne pouvez pas... Enfin, je veux dire... Il n'est pas envisageable que...

– Monsieur O'Neal, je me passe de votre autorisation.

Il s'est tu en contractant les mâchoires comme un poisson.

– Je vais vous expliquer ce qui, à mon avis, va se passer, ai-je poursuivi. Et je le fais par politesse. (Un mot qui, je dois l'admettre, paraissait incongru dans cette situation.) Je souhaite que vous, et Solomon, et votre division sortiez de cette affaire le front haut, sans trop de taches de gras sur la chemise. Vous prenez, vous laissez, c'est comme vous voulez.

---

1. *Cabbages and kings.* Allusion à Lewis Carroll (« Le Morse et le Charpentier »), mais aussi œuvre de O. Henry.

– Mais... pataugeait-il, vous n'avez pas le... Je peux vous dénoncer à la police.

Il devait se rendre compte qu'il était pathétique.

– Je n'en doute pas. Si vous voulez qu'on ferme votre division dans les quarante-huit heures pour la transformer en crèche à l'usage des employés du ministère de l'Agriculture et de la Pêche, c'est certainement la chose à faire. Maintenant, vous l'avez, cette adresse ?

Il a encore bâillé un peu, puis il s'est ébroué, comme s'il rêvait et, sa décision prise, s'est mis à jeter des coups d'œil dramatiques dans la salle pour convaincre les autres clients qu'Il Ne Donnerait Pas À Cet Homme Ce Bout De Papier Très Important.

J'ai attrapé le papier, avalé mon café et je me suis levé. Quand je me suis retourné à la porte, O'Neal avait l'air de se demander comment obtenir un mois de congé dès la semaine prochaine.

Cela se trouvait à Kentish Town, dans un groupe de HLM des années 60, avec des barrières en bois repeintes, des haies bien taillées, des jardinières aux fenêtres et une rangée de garages sur le côté, recouverts de crépi. Même l'ascenseur marchait.

J'ai marqué un temps sur le palier du deuxième étage en m'interrogeant. Comment expliquer que cette cité soit si bien entretenue, sinon par un enchaînement d'erreurs bureaucratiques aussi obstinées que renversantes ? D'une façon générale, les éboueurs londoniens collectent les ordures des beaux quartiers pour les jeter dans les banlieues, et puis ils repartent en mettant le feu aux Ford Cortina garées le long du trottoir. Cependant, ils épargnaient cette cité. Nous avions ici des bâtiments fonctionnels, où les gens pouvaient vivre dans la dignité, sans avoir l'impression de croupir pendant que les gens bien partaient en camp de vacances en autocar décapotable. J'ai eu envie d'écrire une lettre assez sèche dans un bureau quelque part. Puis de la déchirer en morceaux et de les jeter sur la pelouse.

La porte vitrée du 14 s'est ouverte sur une femme.

– Bonjour, je suis Thomas Lang, je viens voir M. Rayner.

Tout en écoutant ma requête, Bob Rayner a nourri ses poissons rouges.

Il portait des lunettes et un chandail jaune sans manches, un droit sans doute accordé aux durs à cuire en congé, et il a prié son épouse de nous apporter du thé et des biscuits. Les dix premières minutes furent un peu tendues, quand je lui ai demandé si sa blessure était guérie. Il avait encore mal à la tête, ce dont j'étais désolé. Mais il m'a dit de ne pas m'inquiéter, il avait déjà des migraines avant que je lui tape dessus.

Et apparemment voilà tout. L'eau coule sous les ponts. Bob est un professionnel, voyez-vous.

– Vous croyez que vous pourrez me trouver ça ?

Il donnait de petits coups sur le bord de l'aquarium, ce dont les poissons se fichaient éperdument.

– Ça ne sera pas gratuit.

– Aucun problème.

Puisque, de toute façon, Murt paierait.

22

Ces messieurs avisés d'Oxford
Savent tout ce qu'il y a à savoir
Mais aucun ne connaît personne
D'aussi intelligent que M. Toad.

Kenneth GRAHAME

J'ai passé le reste de mon séjour à Londres à préparer différentes choses.

Dans l'intention de le confier à M. Halkerston, directeur de la National Westminster Bank à Swiss Cottage, j'ai fait le récit de mes aventures. Un long exposé, tout à fait incompréhensible, dans lequel je ne rapporte que les moments où je me conduis comme un type bien et intelligent. Long, parce que je n'avais pas le temps d'en écrire un plus court ; incompréhensible parce qu'il manque la lettre « d » sur ma machine à écrire.

Halkerston paraissait soucieux ; à cause de moi ou de la grosse enveloppe kraft que je lui présentais, je ne sais. Il m'a demandé dans quelles circonstances il faudrait l'ouvrir. Il l'a reposée quand je lui ai dit que c'était une question de bon sens, et il a appelé quelqu'un pour l'emporter dans la chambre forte.

J'ai également converti en traveller's chèques le solde du premier versement de Woolf.

Puisque j'étais en fonds, je suis revenu au Blitz Electronic de Tottenham Court Road, où j'ai passé une heure avec un type très sympa, en turban, à discuter fréquences radio. Il m'a assuré que le Sennheiser Mikroport SK 2012 était ce qu'on faisait de mieux, qu'il n'y avait pas d'équivalent, et j'ai suivi son conseil.

Puis direction Islington chez le notaire, lequel m'a serré la pince un quart d'heure en m'expliquant que nous devrions rejouer au golf ensemble. Je lui ai dit que l'idée était excellente, mais qu'il faudrait d'abord y jouer pour pouvoir y rejouer. Il a rougi et supposé qu'il confondait avec Robert Lang[1]. Sans doute, ai-je répondu avant de lui dicter mon testament, selon lequel je léguais tous mes biens, meubles et immeubles, au Save The Children Funds. J'ai signé au bas.

Et, à quarante-huit heures de mon retour officiel dans les tranchées, je tombe sur Sarah Woolf.

Je dis que je tombe sur elle, mais c'est plutôt elle qui est tombée sur moi.

Plus précisément sur le capot de la Ford Fiesta que j'avais louée plusieurs jours, pour me déplacer dans Londres où je procédais aux arrangements d'usage avec le Créateur et mes Créanciers. Mes différentes courses m'attirant dans le tendre voisinage de Cork Street, j'ai pris à gauche, à droite, encore à gauche et, pour des raisons que je n'avouerai pas ici, je me suis retrouvé à rouler lentement devant des galeries pour l'ensemble fermées, en repensant à des jours plus heureux. D'accord, ils n'avaient pas été plus heureux, mais c'était des jours quand même et, comme il y avait eu Sarah dedans, nous n'en étions pas loin.

Le soleil était bas dans le ciel, radieux aussi, et je crois que l'autoradio égrenait *Isn't She Lovely ?* au moment où j'ai jeté un coup d'œil vers la vitrine de Terence Glass. Jusque-là caché par une camionnette, un éclair bleu a fait irruption quand j'ai de nouveau regardé à travers le pare-brise.

Faire irruption est du moins l'expression que j'aurais utilisée dans le constat d'accident, mais je suppose que d'autres verbes,

---

1. Un joueur de hockey sur glace.

comme s'élancer, trotter, s'avancer, même marcher, auraient été plus près de la vérité.

J'ai écrasé la pédale de frein, beaucoup trop tard et, les bras tendus, horrifié, vu l'éclair bleu reculer d'un pas, quoique d'un pas seulement, avant de plaquer ses deux poings sur le capot de la Fiesta, tandis que le pare-chocs approchait dangereusement des deux tibias.

Il ne restait pas un millimètre. Absolument rien. Le pare-chocs aurait-il été sale, je l'aurais touchée. Mais il ne l'était pas, ça n'est pas arrivé, ce qui m'a permis d'entrer dans une colère noire. La portière ouverte, j'étais déjà à moitié descendu, prêt à leur dire « Non, mais ça va pas bien ! » quand je me suis rendu compte que je connaissais les jambes que j'avais failli briser. Relevant la tête, j'ai vu que l'éclair bleu avait un visage, et cette sorte d'yeux gris étonnants qui pousseraient un adulte à babiller comme un bébé. Sans compter quelques dents parfaites, dont bon nombre étaient découvertes.

– Bon Dieu, ai-je dit. Sarah.

Blanche comme un linge, à moitié stupéfaite, et l'autre moitié aussi, elle me fixait desdits yeux gris.

– Thomas ?

Et de nous regarder.

Et, tandis que nous nous regardions, là au milieu de Cork Street, à Londres, en Angleterre, sous un beau soleil, le décor a paru changer.

Je ne sais comment cela s'est produit mais, en quelques secondes, tous les clients des magasins, et les hommes d'affaires, et les ouvriers du bâtiment, et les touristes, et les contractuelles, avec leurs chaussures, leurs chemises, leurs pantalons, leurs robes, leurs chaussettes, leurs sacs, leurs montres, leurs maisons, leurs bagnoles, leurs emprunts immobiliers, leurs mariages, leurs appétits, leurs ambitions... tout a disparu !

Pour ne laisser que Sarah et moi, l'un devant l'autre, dans un monde apaisé.

– Vous n'avez rien ? lui ai-je demandé, environ mille ans plus tard.

Juste pour dire quelque chose. Je ne sais pas vraiment ce que j'entendais par là. N'avait-elle rien parce que je ne l'avais pas blessée, ou n'avait-elle rien parce que des tas d'autres gens ne l'avaient pas blessée ?

Elle me dévisageait comme si elle ne le savait pas non plus. Un moment a passé, et nous avons opté pour la première solution.

– Ça va, a-t-elle dit.

Et alors, comme s'ils revenaient de déjeuner, les figurants de notre film se sont remis à bouger et à faire du bruit. À bavarder, à traîner des pieds, à tousser, à faire tomber des trucs par terre. Sarah se tordait lentement les mains. J'ai examiné le capot de la voiture. Ses poings avaient fait impression.

– Vous êtes sûre ? Enfin, vous devez...

– Non, non, Thomas, ça va bien.

Elle s'est interrompue pour lisser sa robe, ce dont je n'ai pas perdu une miette, et, se redressant, m'a demandé :

– Et toi, Thomas, ça va ?

– Moi ? Ça va...

Bien, voulais-je lui dire. Mais par où commencer ?

Nous sommes allés dans un pub. Au Duc de Kekpartshire, au coin d'une vieille ruelle, près de Berkeley Square.

Assise, Sarah a ouvert son sac à main pour fouiller dedans, comme le font si souvent les femmes. Je lui ai demandé ce qu'elle voulait boire. Elle a dit un grand whisky. Je ne savais plus si l'on peut conseiller de l'alcool après une émotion forte, mais je n'allais quand même pas commander du thé dans un pub à Londres, aussi suis-je allé au comptoir en quête de deux doubles Macallan.

D'où je l'ai observée, ainsi que les fenêtres, et les portes.

Ils la suivaient forcément. Obligé.

Compte tenu des enjeux et de la situation, il n'était pas pensable qu'ils la laissent se promener sans surveillance. Si vous voulez bien le croire une seconde, j'étais le loup, et elle la chèvre attachée à son pieu. Il aurait été fou de ne pas lui mettre la corde au cou.

À moins que.

Personne n'est entré, personne n'a ouvert la porte une seconde ni jeté un coup d'œil à l'intérieur en passant. Rien. Mes yeux se sont reposés sur Sarah.

Elle en avait fini avec son sac et, parfaitement impassible, contemplait le milieu de la salle. Hébétée, elle ne pensait à rien. Ou embêtée, elle pensait à tout. Je n'aurais pu trancher. J'étais sûr, en revanche, qu'elle savait que je la regardais, et il était étrange qu'elle ne me regarde pas en retour. Mais enfin, l'étrangeté n'est pas toujours un crime.

J'ai apporté les verres à notre table.

– Merci, a-t-elle dit, prenant le sien dans ma main et le vidant d'un trait.

– Doucement !

Elle m'a étudié d'un air agressif, comme si j'étais le dernier d'une longue série d'individus qui l'encombraient et lui donnaient des ordres. Mais elle s'est rappelée qui j'étais – ou s'est souvenue de faire semblant – et elle a souri. J'ai souri également.

– Douze ans dans une barrique de sherry, lui ai-je dit gaiement, à attendre le grand jour sur une colline des Highlands, et puis, boum, même pas un petit bonjour aux gencives. À vous dégoûter d'être un single malt.

Je badinais, évidemment. Vu les circonstances, je me sentais autorisé à badiner un peu. On m'avait tapé dessus, tiré dessus, renversé à moto, enfermé, menti, menacé, fait l'amour, méprisé, forcé à tirer sur des gens que je ne connaissais pas. Je risquais ma vie depuis des mois, j'allais recommencer dans quelques heures, avec d'autres qui risquaient la leur, dont quelques-uns que j'aimais beaucoup.

Et l'explication de tout ça – le gros lot à la fin de ce jeu-concours japonais auquel je participais depuis une éternité – était assise devant moi, à l'abri, bien au chaud dans un pub londonien, avec un verre dans les mains. Tandis que, dehors, les gens se baladaient, achetaient des boutons de manchette et s'extasiaient sur ce temps merveilleux.

Je crois que vous auriez badiné aussi.

Nous sommes remontés dans la Ford et j'ai conduit.

Sarah n'avait toujours pas dit grand-chose, sinon qu'elle était sûre de ne pas être suivie, et j'avais répondu, bien, quel soulagement, sans la croire une seconde. En regardant fréquemment le rétroviseur, j'ai emprunté de petites rues à sens unique, de larges avenues sans voitures, j'ai zigzagué d'une voie à l'autre sur le Westway, mais je ne remarquais rien. Au diable l'avarice, je suis rentré et ressorti de deux parkings à plusieurs étages, car c'est toujours un cauchemar pour celui qui vous file. Toujours rien.

Sarah restant dans la voiture, j'ai passé la main sous les pare-chocs et sous les ailes pendant un bon quart d'heure, jusqu'à être certain qu'on n'y avait pas caché un petit émetteur. Je me suis arrêté deux fois encore, pour inspecter les cieux à la recherche d'un hélicoptère.

Rien.

Aurais-je été parieur avec quelque chose à parier, j'aurais tout misé sur le fait que nous étions livrés à nous-mêmes, sans filature ou surveillance d'aucune sorte.

Seuls dans un monde apaisé.

On parle de la tombée de la nuit, de la nuit tombante, d'une nuit qui tomberait donc, ce qui m'a toujours paru bizarre.

Peut-être disait-on autrefois qu'elle « ombrait » les gens et les choses ? Ou était-ce associé à la chute du soleil sur l'horizon, qui, lui, donne l'impression de tomber ? Quoi qu'il en soit, on devrait dire aussi, dans ce cas, que le jour tombe. Le jour est tombé sur Winnie l'Ourson. Cependant nous, qui avons lu des livres, savons que le jour ne tombe pas. Il se lève. Car dans les livres, le jour se lève et la nuit tombe.

Dans la vie, la nuit sort de terre. Lumineux et fervent, le jour résiste aussi longtemps qu'il peut, il est toujours, toujours, le dernier invité à quitter la fête, et alors le sol s'assombrit, enveloppe nos chevilles d'un voile d'obscurité, avale une fois pour toutes la lentille de contact perdue, et vous ratez la dernière des six balles au cricket.

La nuit se levait sur Hampstead Heath où nous marchions, Sarah et moi, nous tenant par la main, et parfois pas.

Nous marchions sans rien dire ou presque, en écoutant le bruit de nos pas sur l'herbe, les pierres, et dans la boue. Des hirondelles voletaient ici et là, quittant ou rejoignant arbres et buissons comme de furtifs homosexuels, tandis que de furtifs homosexuels papillonnaient ici et là comme des hirondelles. Il y avait beaucoup d'activité à Hampstead Heath ce soir-là. Peut-être est-ce tous les soirs comme ça. Il semblait y avoir des hommes partout, seuls, par deux, par trois ou plus, en train de s'évaluer, de manifester leur présence, de négocier, de passer à l'acte : fourrés les uns dans les autres pour donner, ou recevoir, cette microseconde d'électricité sans laquelle ils ne pourraient pas comprendre l'intrigue du dernier épisode de l'*Inspecteur Morse*, une fois rentrés chez eux.

Ainsi sont les hommes, méditais-je. La sexualité masculine, libérée de ses entraves. Non dénuée d'amour, mais distincte de celui-ci. Rapide, nette, efficace. La Fiat Panda, quoi.

– À quoi penses-tu ? m'a dit Sarah, les yeux rivés au sol.

– À toi, ai-je répondu, sans même trébucher.

– À moi ? a-t-elle dit, et quelques mètres plus loin : En bien ou en mal ?

– En bien, absolument.

Je l'ai observée. Elle fronçait les sourcils sur ses yeux baissés.

– En bien, résolument, ai-je répété.

Arrivant devant le lac, nous l'avons admiré sans bouger, y jetant parfois quelques pierres, heureux de le voir là, fidèles à cet instinct ancestral qui mène les gens à l'eau. Je me remémorais la dernière fois que nous nous étions vus, sur la rive de la Tamise à Henley. Avant Prague, avant le Glaive, avant toute sorte d'autres choses.

– Thomas, a-t-elle dit.

Je l'ai bien regardée, car j'avais l'impression qu'elle venait de répéter mentalement une tirade et ne demandait qu'à la débiter.

– Sarah.

Elle baissait toujours la tête.

– Thomas, et si on foutait le camp ? m'a-t-elle proposé, levant enfin ces beaux yeux grands et gris où le désespoir se lisait, au fond et en surface. Je veux dire, ensemble, toi et moi, on dégage.

J'ai soupiré en la dévisageant. Dans un autre monde, peut-être, ça aurait pu marcher. Dans un autre monde, un autre univers, une autre époque, en étant d'autres personnes, nous aurions pu tout laisser derrière nous, nous envoler au soleil des Caraïbes et faire l'amour non-stop, pendant un an, en buvant du jus d'ananas.

Mais aujourd'hui, impossible. Ce que je supposais depuis longtemps était devenu une certitude – une haïssable certitude.

J'ai respiré à fond.

– Alors, tu le connais bien, Russell Barnes ?

Elle a pris un air perplexe.

– Quoi ?

– Je te demande si tu connais bien Russell Barnes ?

Elle m'a observé avant d'émettre un petit rire ; je le fais aussi quand les ennuis arrivent.

– Barnes, a-t-elle dit en se détournant avec une moue dédaigneuse, comme si je lui avais demandé si elle préférait le Pepsi au Coca. Qu'est-ce que ça vient...

Je l'ai attrapée par le coude, fermement, pour la forcer à me regarder.

– Tu veux bien répondre à la question ?

La désolation cédait place à la panique. Elle avait peur. Pour être honnête, je me faisais peur aussi.

– Thomas, qu'est-ce que tu racontes ?

Bon, d'accord.

La dernière lueur d'espoir venait de s'éteindre. Si elle osait me mentir, dans la nuit levante, là devant l'étang, alors je ne m'étais pas trompé.

– C'est toi qui les as appelés, hein ?

Elle a tenté de libérer son bras en poussant un autre petit rire.

– Thomas... mais qu'est-ce qui t'arrive ?

– Je t'en prie, Sarah, ai-je dit sans la lâcher, ne joue pas la comédie.

Effrayée, elle se débattait, mais j'ai tenu bon.

– Putain... a-t-elle commencé.

J'ai fait signe que non et elle s'est tue. J'ai fait signe que non quand elle a froncé les sourcils. J'ai fait signe que non devant son air alarmé. J'ai attendu qu'elle en finisse avec ses minauderies.

– Sarah, lui ai-je dit finalement, écoute-moi. Tu connais Meg Ryan, n'est-ce pas ? (Oui, apparemment.) Eh bien, on la paie des millions de dollars, Meg Ryan, pour faire ce que tu es en train de faire. Des dizaines de millions. Tu sais pourquoi ?

Bouche bée, elle me regardait.

– Parce que c'est très difficile à faire, et à bien faire, et il n'y a guère qu'une douzaine de personnes dans ce monde qui y arrivent

en gros plan. Alors pas de théâtre, pas de comédie, pas de faux-
semblants.

Refermant la bouche, elle a soudain paru se détendre. J'ai
relâché mon étreinte, puis je l'ai lâchée tout court. Et trêve
d'enfantillages.

– C'est toi qui les as appelés. Tu les as appelés le premier soir,
quand j'ai débarqué chez toi. Tu les as appelés depuis le restaurant, et ils m'ont tamponné sur la moto.

Je n'avais pas envie de préciser le dernier point, mais il fallait
bien s'y coller.

– Tu les as appelés, ai-je terminé, et ils ont tué ton père.

Elle a pleuré environ une heure, à Hampstead Heath, sur un
banc, au clair de lune, dans mes bras. Pleuré tous les sanglots
du monde, qui détrempaient la terre.

Ses pleurs sont devenus si lourds, si bruyants, qu'ils ont
trouvé leur public – de petits groupes de gens, épars et marmon-
nant entre eux qu'il serait peut-être bon d'appeler la police.
Ils y ont renoncé, de toute façon. Pourquoi la tenais-je dans mes
bras ? Pourquoi serrais-je contre moi une femme qui avait trahi
son propre père, qui s'était servie de moi comme on se sert
d'une feuille de papier absorbant ?

Ça me dépasse.

Elle s'est calmée et, toujours dans mes bras, elle eut de ces
hoquets, de ces soubresauts qu'ont souvent les enfants à la fin
d'une crise de larmes.

– Il ne devait pas mourir, a-t-elle brusquement déclaré, d'une
voix si claire, si forte, que je me suis demandé si elle ne venait
pas d'ailleurs (c'était peut-être le cas). C'était hors de question.
Ils m'avaient promis qu'il ne lui arriverait rien, que rien ne se
passerait tant qu'il était neutralisé, a-t-elle dit en essuyant son
nez avec sa manche. Tout danger serait écarté, et nous allions
devenir...

Elle hésitait et, derrière cette voix posée, je sentais que la culpabilité la terrassait.

– Devenir quoi ?

Elle a renversé la tête, offrant son long cou à quelqu'un qui n'était pas moi.

Puis elle s'est esclaffée.

– Riches.

J'ai failli rire aussi. C'était tellement grotesque. Ça paraissait tellement ridicule. On avait l'impression d'un nom propre, d'un pays, d'une variété de salade. Quel que soit son sens, un mot pareil ne pouvait impliquer d'avoir beaucoup d'argent.

– Ils vous ont promis la fortune ?

Elle a inspiré profondément, soupiré, et son rire s'est évanoui si vite qu'il n'avait jamais existé.

– Ouaip, a-t-elle dit. La fortune. Le fric. On devait en avoir plein.

– À qui ont-ils dit ça ? À vous deux ?

– Oh non, non. Papa n'aurait pas...

Un violent frisson lui parcourait le corps. Les paupières fermées, elle a redressé le menton.

– Il y avait longtemps que ce genre de chose ne l'intéressait plus, a-t-elle continué.

Je le revoyais. Cette tête de converti, passionné, déterminé. La tête d'un homme qui, passant sa vie à la gagner, s'était élevé à la force du poignet, jamais en retard d'une facture, pour découvrir en fin de compte que tout ça n'était qu'un jeu, un accessoire de théâtre. Et il avait cru à sa chance de remettre les choses en ordre.

Êtes-vous un type bien, Thomas ?

– Donc ils t'ont proposé de l'argent ?

Elle a rouvert les yeux et souri, en hâte, avant de se moucher encore sur sa manche.

– Ils m'ont proposé toute sorte de trucs. Tout ce qu'une fille peut désirer. Ou plutôt tout ce qu'une fille comme moi avait déjà, avant que son père décide de l'en priver.

Main dans la main, nous avons passé un moment à réfléchir et parler de ce qu'elle avait fait. Ça n'est pas allé très loin.

Nous pensions au départ que ce serait la conversation la plus longue, la plus soutenue, la plus approfondie que nous aurions jamais avec un autre être humain. Nous avons compris presque aussitôt que non. Cela serait inutile. Il y avait pléthore de choses à dire, une somme d'explications à fournir, et cependant rien ne méritait vraiment d'être exprimé.

Donc je résume.

Sous la direction d'Alexander Woolf, la société Gaine Parker Inc. produisait des ressorts, des leviers, des loquets, des fixations de tapis, des boucles de ceinture, et mille autres objets courants de la civilisation occidentale. Des trucs en plastique, en métal, des appareils mécaniques, électroniques, certains pour les détaillants, certains pour d'autres fabricants, mais aussi pour l'État américain.

Ce qui, au début, était de bon augure pour Gaine Parker. Si vous arrivez à faire un siège de toilette qui plaît au responsable des achats de Woolworth's, vous êtes plein aux as. Si vous réussissez à en concevoir un qui plaît à l'Oncle Sam, qui répond aux critères du cahier des charges du ministère de la Défense – je vous assure qu'il existe, ce cahier, et que lesdits critères couvrent une vingtaine de feuilles A4 recto verso – eh bien, là, vous êtes plein aux as, aux rois, aux dames, aux valets, et la famille gardera les poches pleines pendant plusieurs générations.

À dire vrai, Gaine Parker ne produisait pas de sièges de toilettes, mais un minuscule interrupteur électronique qui faisait merveille, associé à certains semi-conducteurs. Indispensable à la régulation thermostatique des climatiseurs, il démontrait aussi toute son utilité dans le système de refroidissement d'un nouveau générateur diesel, dont l'armée venait justement d'établir les spécifications. C'est ainsi qu'en février 1972 Gaine

Parker Inc. et Alexander Woolf sont devenus sous-traitants du ministère de la Défense américain.

Un contrat qui présentait d'innombrables avantages. Non seulement il encourageait Alexander Woolf à facturer huit dollars une pièce qui, partout ailleurs sur le marché, en rapporterait à peine cinq, mais il servait en plus de certificat de garantie, c'est pourquoi une clientèle mondiale, consommatrice de petits trucs électroniques, s'est pressée aux portes de Gaine Parker pour des produits réputés de première qualité.

Dès lors, tout ne pouvait qu'aller bien, et ce fut le cas. Woolf jouissant d'une renommée croissante dans le monde des composants, il a fini par nouer des liens avec les grandes pointures de ce monde-là – et on pourrait dire, sans trop se tromper, du monde tout court. On lui souriait, on plaisantait avec lui, on lui offrait la carte du club de golf St. Regis à Long Island, on lui téléphonait le soir à minuit pour causer de ci ou ça, on l'invitait à faire de la voile le week-end aux Hamptons et, plus important encore, on acceptait ses propres invitations. On envoyait des cartes à Noël à toute la famille, puis des cadeaux et, un jour, il s'est retrouvé avec deux cents autres convives aux dîners du parti républicain. On y parlait beaucoup du déficit budgétaire et du renouveau économique de l'Amérique. Et plus il grossissait, plus il brassait de contrats, plus on dînait en petit comité. Jusqu'à ce que, finalement, il ne s'agisse plus vraiment de parti ni de politique mais tout simplement de bon sens capitaliste, si vous voyez ce que je veux dire.

C'est lors d'un de ces dîners, au moment du dessert, qu'un autre capitaine d'industrie, aux facultés altérées par quelque très bon vin, a répété à Alexander une rumeur qui venait de lui parvenir. Un truc fantastique qui, bien sûr, laissait Woolf sceptique. Il trouvait ça plutôt drôle, en fait. Tellement drôle qu'il a voulu en rire avec un monsieur des hautes sphères, un de ceux qui lui téléphonaient assidûment le soir. Problème : la communication a été coupée avant que Woolf arrive à la chute de l'histoire.

Le jour où il a décidé de s'attaquer au complexe militaro-industriel, la situation s'est renversée. Pour lui, sa famille et les affaires. Un changement rapide et définitif. Réveillé de son sommeil, le complexe m-i a levé sa grosse patte paresseuse et balayé Woolf, comme s'il n'était rien de plus qu'un être humain.

On a annulé les contrats en cours, renoncé aux contrats prévus. Ruiné les sous-traitants de Gaine Parker, intimidé ses employés, et le fisc a lancé une enquête pour fraude. En quelques mois, on a acheté toutes les actions de sa société, et on les a revendues en quelques heures. Comme cela ne suffisait toujours pas, on a accusé Woolf de trafic de drogue. On l'a même exclu de St. Regis où il aurait volé un tee.

Ce qui le laissait indifférent, car il avait vu la lumière, et elle éclairait le chemin. En revanche, sa fille était contrariée, et la Bête le savait. La Bête savait qu'Alexander avait eu pour langue maternelle l'allemand et pour religion l'Amérique ; qu'à l'âge de dix-sept ans, orphelin de père et père, avec moins de dix dollars en poche, il avait vendu des cintres depuis l'arrière d'une camionnette, qu'il avait vécu seul dans une chambre en sous-sol, à Lowes, dans le New Hampshire. Voilà d'où venait Alexander Woolf, et il était prêt à y revenir si nécessaire. Pour lui, la misère n'était pas l'obscurité, ni l'inconnu, ni rien qui lui fasse peur. Il n'avait jamais eu peur.

Sarah, si. Elle ne connaissait que les grandes maisons, les grandes piscines, les grandes voitures, les dentistes hors de prix, et la misère lui fichait une peur bleue. Une peur qui la rendait vulnérable, ce que la Bête savait également.

Alors un homme lui avait fait une proposition.

– Voilà, a-t-elle dit.
– Eh bien.
Repliée sur elle-même, elle grelottait. Je me suis rendu compte que nous étions là depuis une éternité – et il me restait tant à faire.

– Autant te raccompagner, lui ai-je dit en me redressant.

Au lieu de m'imiter, elle s'est complètement recroquevillée sur le banc, les bras croisés sur le ventre comme si elle avait mal. Parce qu'elle avait mal. Elle a repris la parole d'une voix si douce que j'ai dû m'accroupir pour l'écouter. Plus je me rapprochais d'elle, plus elle baissait la tête pour éviter mon regard.

– Ne me punis pas, Thomas. Ne me fais pas payer la mort de mon père car, ça, j'y arrive toute seule.

– Je ne te ferai rien payer du tout, je veux seulement te ramener chez toi.

Elle a relevé les yeux, et j'ai lu dans ceux-ci une peur nouvelle.

– Pourquoi ? a-t-elle dit. Nous sommes ici, ensemble. On peut faire ce qu'on veut. Aller n'importe où.

J'ai regardé le sol. Elle n'avait toujours pas compris.

– Et où veux-tu aller ?

– Ça n'a pas d'importance, non ? a-t-elle dit d'un ton ravivé par le désespoir. L'intérêt, c'est de partir. Enfin, Thomas, tu comprends bien ce qu'ils ont fait. Tu étais à leur merci parce qu'ils me menaçaient, et ils me tenaient en s'en prenant à toi. C'était ça, leur jeu. Mais c'est fini, maintenant. On n'a qu'à se barrer.

J'ai hoché la tête.

– Je crains que les choses ne soient pas aussi simples que ça.

J'ai réfléchi un instant, me demandant ce que j'étais en droit de lui révéler. La réponse était : rien. Mais merde.

– Il n'y a pas que nous dans l'histoire. Si on quitte le navire, d'autres gens vont mourir. À cause de nous.

– D'autres gens ? Qu'est-ce que tu racontes ? Qui ça ?

J'ai souri, pour la rassurer, et je pensais à eux tous.

– Sarah, nous devons tous les deux...

J'ai hésité.

– Quoi ?

J'ai respiré un bon coup. Il n'y avait pas d'autres mots.

– Nous devons faire le bon choix.

23

Mais il n'est plus ni Est, ni Ouest,
ni frontière, ni race, ni naissance,
quand deux hommes forts se retrouvent face à face,
même s'ils viennent des deux bouts de la Terre.

Rudyard KIPLING

N' allez pas à Casablanca en espérant retrouver le film.

En fait, si vous n'êtes pas trop occupé, et que votre emploi du temps le permet, n'y allez pas du tout.

Les Anglo-Saxons disent parfois que le Nigeria et les États côtiers voisins sont « l'aisselle » de l'Afrique, sous-entendant qu'elle pue ; ce qui est injuste car, d'après mon expérience, les gens, la culture, les paysages et la bière de cette partie du monde sont formidables. En revanche, il est vrai que, si vous regardez une carte en plissant les paupières dans une pièce sombre au milieu d'une partie de Ça Vous Fait Penser À Quoi Le Littoral À Cet Endroit, *peut-être* conviendrez-vous que, d'accord, le Nigeria a une forme vaguement axillaire.

Pauvre Nigeria.

Mais si le Nigeria est l'aisselle, alors le Maroc est l'épaule. Et si le Maroc est l'épaule, Casablanca est un gros bouton d'acné, aussi rougeâtre que disgracieux, du genre qui apparaît le matin où vous avez décidé d'aller à la plage avec votre fiancé(e). Le genre qui gratte, qui irrite en frottant contre la bretelle du soutien-gorge – ou la bretelle sans soutien-gorge si vous êtes un homme – et vous fait promettre de manger plus de fruits et légumes.

Casablanca est adipeuse, tentaculaire et industrielle ; une ville de béton et de poussière, de vapeurs de diesel, où le soleil délave les couleurs au lieu de les raviver. Il n'y a rien d'intéressant à voir, à moins qu'un labyrinthe de bicoques en carton et tôle ondulée, autrement dit un bidonville, soit pour vous une motivation suffisante de plier bagages et de prendre l'avion. Pour autant que je sache, il n'y a même pas de musée.

Vous supposez que je n'aime pas Casablanca. Vous avez l'impression que je vous dissuade d'y mettre les pieds, que j'essaie de décider à votre place ; non, ça n'est vraiment pas mon rôle. Mais si vous me ressemblez un minimum – et que vous avez passé votre vie les yeux rivés sur la porte du bar, du restaurant, du pub, de l'hôtel ou du cabinet de dentiste où vous occupez un siège, à espérer qu'Ingrid Bergman va surgir en robe crème, ne regarder que vous, rougir et gonfler la poitrine pour démontrer que, Dieu merci, la vie a finalement un sens – si cette brève description vous parle en votre for intérieur, alors, putain, ce que vous serez déçu par Casablanca.

Nous nous étions scindés en deux équipes. Teint clair, et teint olivâtre.

Les Olives étaient : Francisco, Latifa, Benjamin et Hugo. Les Blondinets : Bernhard, Cyrus et moi.

Vous trouverez peut-être ça déplacé. Voire choquant. Vous imaginiez que la discrimination à l'embauche est inconnue des organisations terroristes, que la couleur de la peau n'entre pas en ligne de compte dans notre activité. Eh bien, dans un monde idéal, le terrorisme, ça serait comme ça, pourquoi pas ? Mais pas à Casablanca.

Car on ne se promène pas dans les rues de Casablanca avec la peau blanche.

Enfin, si, vous pouvez, mais à condition de bien vouloir être poursuivi par une meute de cinquante gamins, qui courent et gueulent et rient et vous montrent du doigt et s'efforcent de vous vendre des dollars américains au meilleur prix, et du haschich dans les mêmes conditions.

Si vous êtes touriste et blondinet, vous le prenez comme c'est. Ben tiens. Vous souriez, vous hochez la tête, non-non-non, vous leur dites « *la, shokran* » – et ils rient et gueulent de plus belle en vous montrant du doigt, tandis qu'une deuxième cinquantaine de gamins, hurlant avec la première, suit le joueur de flûte que vous êtes, et ils ont curieusement des dollars américains au meilleur prix, et vous vous efforcez de faire bonne figure. Après tout, vous êtes un visiteur, avec une drôle d'allure, vous portez sans doute un short et une chemise hawaïenne, alors pourquoi diable ne vous montreraient-ils pas du doigt ? Pourquoi faire cinquante mètres jusqu'au bureau de tabac ne prendrait-il pas trois quarts d'heure, au milieu d'embouteillages monstres, avec le risque de figurer à la une des journaux marocains du soir ? C'est pour ça que vous partez à l'étranger, finalement. Pour être à l'étranger.

Si vous êtes un touriste.

Si, en revanche, vous êtes parti armé de fusils automatiques dans l'intention d'occuper un consulat américain, d'échanger le consul et le personnel contre une rançon de dix millions de dollars et la libération immédiate de deux cent trente prisonniers politiques, puis de filer en jet privé en laissant sur place une charge de soixante kilos de plastic C4 – ce que vous n'avez pas indiqué sur le formulaire de l'immigration, dans la case raison du séjour, car vous êtes un professionnel de haut niveau qui ne commet pas cette sorte d'erreur – alors, franchement, vous vous passez des gamins qui vous montrent du doigt en écarquillant les yeux.

Donc les Olives ont été commis à la surveillance, tandis que les Blondinets préparaient l'offensive.

Nous nous étions approprié une école abandonnée dans Hay Mohammadi. Qui a peut-être été, jadis, une banlieue chic avec de chouettes pelouses, mais jadis seulement. L'herbe était depuis longtemps recouverte par les poseurs de tôle ondulée, les eaux usées s'écoulaient dans la rigole le long de la route, et d'ailleurs peut-être un jour allait-on construire celle-ci. *Inch Allah.*

C'était un quartier miséreux, plein de miséreux, on y mangeait mal et peu et, par les longues soirées d'hiver, les anciens expliquaient aux petits ce qu'était l'eau fraîche. Non qu'il y eût beaucoup d'anciens à Hay Mohammadi. Plutôt des types édentés à quarante-cinq ans, pour cause d'abus de thé à la menthe archisucré, indicateur d'un niveau de vie élevé.

Notre école était un grand bâtiment de deux étages en U, avec une cour au centre, où jadis également des enfants avaient dû jouer au foot, réciter leurs prières, et ouvrir leurs livres à la page « Comment pourrir la vie du touriste européen ». Le U était fermé par un mur de quatre mètres cinquante, doté d'un unique portail métallique.

Un endroit où se préparer, s'entraîner, se détendre.

Et se disputer violemment.

Cela avait commencé par des broutilles. On s'emportait subitement contre les fumeurs, contre celui qui avait fini le café, on se battait pour s'asseoir à l'avant de la Land Rover. Ça n'avait fait qu'empirer.

J'avais d'abord mis ça sur le compte de la tension nerveuse, puisque nous allions jouer une partie autrement plus sérieuse que la précédente. À côté, Mürren, c'était du gâteau, et un gâteau sans massepain.

À Casablanca, le massepain s'appelait police, et peut-être était-elle la cause des bouderies et disputes. Car elle était partout. Des flics de toutes les formes, de toutes les tailles, dans des dizaines d'uniformes différents, symbolisant des dizaines de pouvoirs et d'autorités diverses. Lesquels se réduisaient finalement à ceci : s'ils avaient l'impression que vous les regardiez de travers, ils étaient capables de vous pourrir éternellement la vie.

Devant chaque commissariat de Casablanca, par exemple, se trouvaient deux plantons armés de pistolets-mitrailleurs.

Deux hommes, deux pistolets-mitrailleurs. Pourquoi ?

Vous pouvez passer des journées à les observer, et jamais ils n'arrêtent un seul criminel, jamais ils n'écrasent une révolte, ne repoussent une tentative d'invasion d'un pays étranger. Ils ne font rien non plus pour améliorer la vie des habitants.

Évidemment, celui qui leur verse un salaire, qui a payé un couturier milanais pour dessiner leurs uniformes, et qui leur fait porter des lunettes de soleil enveloppantes vous répondrait sans doute : « Bien sûr qu'on n'a pas été envahis, on a deux hommes devant chaque commissariat avec des pistolets-mitrailleurs et des chemises deux fois trop petites. » Vous quitteriez son bureau, tête baissée, puisqu'une telle logique est imparable.

La police marocaine est à l'image de l'État. Imaginez que celui-ci soit le gros type au comptoir, et la populace le petit mec à côté. Le gros type a des tatouages sur les biceps et demande au petit bonhomme : « C'est toi qui as renversé ma bière ! »

Les flics marocains, c'est les tatouages.

Et vraiment un problème pour nous. Trop d'espèces différentes, trop nombreux de chaque espèce, trop armés, trop tout.

C'est peut-être pour ça qu'on est un peu nerveux. Et qu'il y a trois jours, Benjamin – qui parle tout doucement, adore les échecs, a pensé quelque temps à devenir rabbin – m'a traité de salopard de merde.

Assis à la table à tréteaux dans la salle à manger, nous mastiquions silencieusement le tajine qu'avaient préparé Cyrus et Latifa. Personne n'avait spécialement envie de parler. Les Blondinets avaient passé la journée à fabriquer une maquette grandeur nature de la façade du consulat et, fatigués, nous sentions la sciure de bois.

Elle se dressait derrière nous, comme le décor de Guignol pour la fête de l'école et, de temps en temps, l'un de nous levait la tête au-dessus de son assiette pour l'étudier, en se demandant s'il aurait l'occasion de voir l'original. Ou, cela fait, de voir d'autres trucs par la suite.

– Salopard de merde, a dit Benjamin, bondissant de son siège et se plantant devant moi

Il ouvrait et refermait les poings.

Silence. Personne n'a compris tout de suite à qui il s'adressait.

– Comment m'as-tu appelé ? a dit Ricky, en se redressant légèrement sur sa chaise.

Ricky est lent à se mettre en colère, mais terrifiant une fois qu'il est en rage.

– Tu as entendu, a dit Ben.

Pendant un moment, je ne savais pas s'il allait me frapper ou pleurer.

J'ai regardé Francisco, dans l'espoir qu'il le prie de se rasseoir, de sortir, enfin de faire quelque chose, mais Francisco me regardait aussi en continuant de mastiquer.

– Qu'est-ce que je t'ai fait ? a dit Ricky, en se retournant vers Benjamin.

Mais Ben restait là à l'observer, les poings serrés, jusqu'à ce que Hugo déclare que le tajine était excellent. Tout le monde a sauté sur l'occasion, oui, oui, vraiment super, et non, pas du tout trop salé. Tout le monde, sauf moi et Ben. Il me fixait, je le fixais, et il semblait être le seul à savoir pourquoi.

Puis, tournant les talons, il est sorti à grands pas. Une minute plus tard, nous avons entendu le grincement du portail et la Land Rover se mettre en marche.

Francisco me regardait toujours.

Cinq jours ont passé depuis. Benjamin a réussi à me sourire une fois ou deux, et nous sommes prêts à agir.

Nous avons démonté la maquette, fait nos valises, atteint le point de non-retour, récité nos prières. Il y a de l'excitation dans l'air.

Demain matin à neuf heures trente-cinq, Latifa se renseigne au consulat pour une demande de visa. À neuf heures quarante, Bernhard et moi nous présentons à notre rendez-vous avec M. Roger Buchanan, l'attaché commercial. À neuf heures quarante-sept, Francisco et Hugo arrivent avec un chargement de quatre tonnelets en plastique d'eau minérale sur leur chariot, et une facture au nom de Sylvie Horvath, service consulaire.

Sylvie a réellement commandé ces tonnelets – mais pas les six cartons sur lesquels ils seront posés.

Et à neuf heures cinquante-cinq, à une seconde près, Cyrus et Benjamin foncent avec la Land Rover dans le mur ouest du consulat.

– Ça sert à quoi ? a dit Solomon.

– Qu'est-ce qui sert à quoi ?

Il a retiré son crayon de la bouche pour le pointer sur les dessins.

– La Land Rover. Ils ne passeront pas. C'est du béton armé, soixante centimètres d'épaisseur, et il y a deux gros piliers de renfort, là.

J'ai hoché la tête.

– Ça sert à faire un raffut de tous les diables. Le klaxon coincé, Benjamin descend avec du sang plein sa chemise et Cyrus appelle de l'aide en hurlant. Alors, dedans, tout le monde se précipite à l'aile ouest pour comprendre ce qui se passe.

– Il y a un poste de secours au consulat ?

– Au rez-de-chaussée. Dans la réserve à côté de l'escalier.

– Et des gens formés pour les premiers soins ?

– Tout le personnel américain a fait un stage, mais c'est sans doute Jack qui va s'y coller.

– Jack ?

– Webber. Un des gardes, ai-je expliqué. Dix-huit ans dans les marines. Porte un Beretta 9 mm au flanc droit.

Je me suis arrêté là. Je savais à quoi Sol pensait.

– Et ? a-t-il dit.

– Latifa aura une bombe lacrymo sur elle.

Il a pris quelques notes – lentement, sachant fort bien que c'était inutile.

Ce que je savais moi aussi.

– Et une Micro Uzi dans sa sacoche, ai-je ajouté.

Sol avait garé sa Peugeot de location dans les hauteurs près de La Squala – un édifice du xviiie, en ruine, qui servait autrefois de place forte, avec des pièces d'artillerie orientées sur le port. On y jouit d'une des plus belles vues de Casablanca, mais on ne peut pas dire que nous y prêtions attention.

– Et maintenant, il se passe quoi ? ai-je demandé en allumant une cigarette avec le tableau de bord.

Je dis le tableau de bord, parce qu'il est venu avec l'allume-cigare quand j'ai tiré dessus, et nous avons passé un moment à tout remettre en place. J'ai aspiré une bouffée, puis essayé, sans trop de succès, de cracher la fumée par la vitre ouverte.

Sol gardait le nez sur ses notes.

– Eh bien, vraisemblablement, ai-je soufflé, une équipe de flics marocains sera cachée dans les conduits d'aération avec des collègues de la CIA. Ils nous arrêteront à peine nous aurons passé la porte. Vraisemblablement, le Glaive de la Justice et quiconque a trafiqué avec nous seront traduits en justice dans un tribunal à proximité de cette salle. Et, vraisemblablement, personne n'aura à déplorer la moindre éraflure, le moindre petit bobo.

Sol a empli ses poumons et soupiré lentement en se massant l'estomac, ce que je ne l'avais pas vu faire depuis dix ans. Son ulcère est la seule chose capable de le distraire de son travail.

Pivotant vers moi, il m'a annoncé :

– Ils me renvoient en Angleterre.

Nous nous sommes observés un moment. Et je me suis mis
à rire. Non que la situation s'y prêtât – mais un rire est sorti de
ma bouche, voilà.

– Évidemment qu'ils te renvoient en Angleterre, ai-je fini par
répondre. Ça tombe sous le sens.

– Écoute, Thomas, a-t-il commencé, terriblement crispé.

– «Vous avez fait un travail de première bourre, M. Solomon,
je vous remercie», ai-je dit avec ma meilleure voix Russell
Barnes. « Votre professionnalisme vous honore, votre dévoue-
ment aussi, mais désormais nous prenons les choses en main. »
Je l'entends d'ici.

– Thomas, écoute-moi. (Deux fois qu'il m'appelait Thomas
en trente secondes.) Fiche le camp. Casse-toi, OK ?

Comme je lui ai souri, il s'est senti obligé de parler plus vite.

– Je peux t'emmener à Tanger. De là, tu pars à Ceuta, où tu as
un ferry pour l'Espagne. Je contacte la police d'ici, ils garent une
camionnette devant le consulat et tout le truc tombe à l'eau.
Il ne s'est jamais rien passé.

Le regardant dans les yeux, j'ai perçu un mélange de honte, de
culpabilité et d'ulcère au duodénum. De la détresse, quoi.

J'ai flanqué la cigarette par la fenêtre.

– C'est drôle. Sarah Woolf m'a proposé la même chose. Foutre
le camp. S'éclabousser de soleil sur de lointaines plages, hors
d'atteinte des fous furieux de la CIA.

Il ne m'a pas demandé quand je l'avais vue, ni pourquoi
je ne l'avais pas écoutée. Sol avait un problème urgent à
résoudre. Moi.

– Enfin, quoi, il n'y a pas à hésiter, Thomas. (Il m'a serré
le bras.) C'est un truc de fous, cette histoire. Tu sais que, si tu
rentres dans cette baraque, tu n'en ressors pas vivant.

Je ne réagissais pas, ça le rendait malade.

– Mais mince, a-t-il poursuivi, tu ne t'attends pas à autre chose depuis le début, tu me l'as dit toi-même !

– Allons, David, tu le penses toi aussi depuis le début.

Je l'observais en parlant. Il avait un centième de seconde pour froncer les sourcils, pour ouvrir la bouche, stupéfait, ou me demander ce que je racontais, mais il ne l'a pas fait. Un centième de seconde qui a suffi à mettre les choses en place. J'avais compris, et il voyait que j'avais compris.

– Les photos de Sarah avec Russell Barnes, ai-je rappelé à son visage impassible. Il y avait, en fait, une explication et une seule.

Sol a finalement baissé les yeux en relâchant son étreinte sur mon bras.

– Qu'est-ce qu'ils pouvaient bien faire ensemble, après ce qui s'est passé ? Je vais t'éclairer. Ce n'était pas *après*, mais *avant*. Les photos ont été prises avant l'assassinat d'Alexander Woolf. Tu savais quel rôle jouait Barnes dans l'histoire, et tu savais, ou du moins tu devinais, ce que faisait Sarah elle aussi. Mais tu ne me l'as pas dit.

Il a fermé les paupières. S'il demandait pardon, ce n'était pas à voix haute et ce n'était pas à moi.

– Où est l'UCLA, maintenant ? me suis-je enquis au bout d'un moment.

Il a fait la moue.

– Je ne suis pas au courant, a-t-il dit, les yeux toujours fermés.

·-David... ai-je commencé.

Solomon m'a coupé la parole.

– S'il te plaît.

Je lui ai laissé le temps de mûrir sa décision et de la prendre.

– Tout ce que je sais, maître, a-t-il enfin lâché (et nous étions soudain les vieux copains d'antan), c'est qu'un avion de transport militaire américain s'est posé aujourd'hui, à midi, à l'aéroport de la RAF à Gibraltar, et qu'on en a sorti un certain nombre de pièces mécaniques.

J'ai hoché la tête. Il avait ouvert les yeux.

– Combien de pièces ?

Il a pris son souffle pour me débiter tout le truc d'un trait.

– Selon l'ami d'un ami d'un ami, qui était là, il y avait deux caisses d'environ six mètres de long, sur trois de profondeur et trois de hauteur, convoyées par seize hommes, dont neuf en uniforme, qui les ont aussitôt transportées dans un hangar réservé à leur usage exclusif, près de la clôture d'enceinte.

– Barnes ?

Sol a réfléchi un instant.

– Je ne saurais pas dire, maître, mais l'ami de l'ami, etc., a cru reconnaître un diplomate américain dans le groupe.

Diplomate, mon cul. Et le sien, tant qu'on y était.

– Toujours selon l'ami, a poursuivi Solomon, il y avait aussi un type habillé en civil.

Je sentais la sueur perler dans les paumes de mes mains.

– Habillé comment ?

Solomon a penché la tête comme s'il s'efforçait de se rappeler les détails. Il avait peut-être oublié, tiens...

– Veston noir, pantalon noir rayé. Paraît qu'il ressemblait à un garçon de café.

Et qu'il avait la peau brillante. Le lustre de l'argent. Murt.

Ouaip, ai-je pensé. Toute la bande est là.

En revenant vers le centre, j'ai expliqué à Sol ce que j'allais faire, et en quoi j'avais besoin de lui.

S'il opinait vaguement du chef, tout ça ne lui plaisait pas beaucoup, et il a dû remarquer, je suppose, que je ne soufflais pas exactement dans un mirliton.

Il a ralenti en arrivant à proximité du consulat, puis contourné le pâté de maisons jusqu'à l'araucaria. Nous avons regardé ses hautes branches un moment puis, à mon signal, Sol est descendu pour ouvrir le coffre.

Il contenait deux paquets. Le premier rectangulaire, de la taille d'une boîte à chaussures, et l'autre tubulaire, long d'environ un mètre cinquante. Tous deux emballés dans du papier sulfurisé. Pas d'inscriptions, de numéros de série, de dates de péremption.

Solomon n'ayant visiblement pas envie d'y toucher, j'ai déchargé moi-même.

Il a claqué la portière et redémarré la Peugeot, pendant que j'avançais vers le mur du consulat.

24

Entends mon cœur qui doucement bat la mesure
Tandis qu'il se rapproche de toi.

Bishop Henry KING

L e consulat américain de Casablanca est une minuscule
enclave du boulevard Moulay-Youssef, aux innombrables
palmiers. Témoin du magnifique XIXe siècle français, le
bâtiment en lui-même fut planté là pour permettre au colon
fatigué de se détendre après une longue journée passée à déve-
lopper les infrastructures.

Les Français étaient venus au Maroc construire des routes,
des chemins de fer, des hôpitaux, des écoles, et sensibiliser l'opi
nion à la mode vestimentaire. Toutes choses selon eux indis-
pensables dans un pays civilisé. Lorsque sonnaient cinq heures
de l'après-midi, qu'ils regardaient leur ouvrage et le trouvaient
beau, ils pensaient avoir acquis le droit de vivre comme des
maharajas. Ce qu'ils ont fait pendant un certain temps.

Quand, cependant, l'Algérie voisine leur a explosé à la figure,
ils ont bien voulu comprendre qu'il vaut parfois mieux s'en
aller qu'en demander encore ; alors ils ont ouvert leurs Louis
Vuitton pour y ranger leurs lotions après-rasage, et d'autres
flacons de lotion après-rasage, et cet autre flacon qui était
tombé sous le réservoir de la chasse d'eau et qui, vérification
faite, s'est révélé lui aussi plein de lotion après-rasage, et ils ont
fichu le camp à la faveur de la nuit.

Les héritiers des vastes palaces en stuc laissés par les
Français ne sont ni des princes, ni des sultans, ni des industriels

millionnaires. Ni encore des chanteurs de cabaret, des footbal-
leurs, des gangsters ou des héros de série télé, mais par un hasard
incroyable, des diplomates.

J'appelle cela un hasard incroyable, car ils ont gagné le
grand chelem. Dans chaque ville importante de chaque pays du
monde, les diplomates résident dans les quartiers les plus chers
et les plus enviables. Hôtels particuliers, châteaux, palaces,
humbles chaumières de quarante pièces avec réserves anima-
lières attenantes – où que ce soit, le corps diplomatique visite,
inspecte et déclare : « Oh oui, je devrais pouvoir supporter ça. »

Bernhard et moi avons ajusté nos cravates, consulté nos
montres-bracelets, monté rapidement les marches de l'entrée
principale.

– Alors donc, que puis-je faire pour vous, messieurs ?

La cinquantaine passée, Buchanan Appelez-Moi-Roger s'était
hissé aussi haut que possible dans la hiérarchie. Casablanca
serait son dernier poste, il était là depuis trois ans et, ouais,
il s'y trouvait très bien. Les gens sont sympas, le pays aussi, la
cuisine est un peu grasse mais, sinon, tout est super.

L'excès de lipides ne lui avait pas coupé l'appétit. Appelez-
Moi-Roger avait dû prendre au moins cent kilos, ce qui, malgré
son mètre quatre-vingts, se remarque tout de même d'assez loin.

Bernhard et moi nous sommes regardés, les sourcils au milieu
du front, comme s'il nous était égal que l'un ou l'autre entame
la discussion.

– Monsieur Buchanan, ai-je dit solennellement, comme nous
vous l'expliquions dans notre lettre, mon collègue et moi fabri-
quons ce que nous croyons être actuellement les meilleures
maniques de toute l'Afrique du Nord.

Bernhard a lentement hoché la tête, façon « je dirais même
plus : du monde entier », mais peu importe.

– Nous avons des unités de confection à Fez, Rabat, et nous
allons bientôt ouvrir une nouvelle usine à Marrakech. Notre

produit est de la meilleure qualité, ce dont nous pouvons attester. Vous en avez sans doute entendu parler, vous l'utilisez peut-être si vous êtes ce qu'on désigne par un « homme moderne ».

Je me suis esclaffé comme un imbécile, aussitôt imité par Bernhard et Roger. Des hommes. Une manique à la main. Elle est bien bonne. Penché en avant sur son siège, Bernhard a récité la suite avec un morne et respectable accent allemand.

– Notre capacité de production est aujourd'hui telle que nous aimerions nous porter candidats pour une licence d'exportation sur le marché nord-américain. Et nous sollicitons votre aide, monsieur, pour remplir les nombreuses formalités que cela suppose.

Hochant la tête, Appelez-Moi-Roger a jeté quelques notes sur son bloc de papier. Notre lettre était étalée devant lui sur son bureau, et il avait tracé un cercle autour du mot « caoutchouc ». J'aurais aimé lui demander pourquoi, mais ça n'était pas le moment.

– Roger, ai-je dit en me levant. Avant d'étudier la question en détail

Il a redressé le menton.

– Deuxième porte à droite dans le couloir.

– Merci.

Il n'y avait personne aux toilettes, où ça sentait le pin. J'ai verrouillé la porte, regardé ma montre, puis je suis monté sur le siège et j'ai doucement ouvert la fenêtre.

Sur la gauche, un arroseur automatique crachait de longs jets d'eau qui formaient de gracieux arcs de cercle au-dessus d'une large pelouse bien entretenue. Une femme en robe imprimée se curait les ongles debout près du mur et, quelques mètres plus loin, un petit chien déféquait avec une intensité remarquable. Agenouillé au sol à l'angle du bâtiment, un jardinier en short et T-shirt jaune bidouillait dans les arbustes.

Sur la droite, rien.

Le reste du mur. Le reste de la pelouse. Les fleurs.

Et un araucaria.

J'ai bondi à terre, vérifié l'heure à nouveau, déverrouillé la porte, et retour dans le couloir.

Vide.

Filant en vitesse à l'escalier, j'ai gaiement descendu les marches deux par deux, en tapotant sur la rampe, en rythme avec rien de spécial. Croisant un homme en manches de chemise qui transportait de la paperasse, je lui ai balancé un « bonjour ! » retentissant, avant qu'il puisse parler.

Arrivé au premier étage, j'ai tourné à droite. Il y avait un peu plus d'activité dans ce couloir-là.

Deux femmes discutaient à une quinzaine de mètres, et un type, sur ma gauche, ouvrait ou fermait une porte.

Un coup d'œil à ma montre et j'ai ralenti pour chercher dans mes poches une chose que j'avais posée quelque part, voyons, l'avais-je bien avec moi ce matin, et ne ferais-je pas mieux, finalement, de retourner la chercher ? J'avais l'air soucieux. L'homme à ma gauche avait ouvert sa porte et me regardait, prêt à me demander si je m'étais perdu.

J'ai ressorti la main de ma poche et brandi mon porte-clés en souriant.

– Je l'ai retrouvé, lui ai-je dit.

Mi-figue mi-raisin, il a hoché la tête et j'ai poursuivi mon chemin.

Une cloche a tinté au bout du couloir, et j'ai pressé le pas, en faisant cliqueter mes clés dans la main droite. L'ascenseur s'est arrêté à l'étage, sur le palier duquel un chariot bas a pointé le bout de son nez.

Dans leurs belles salopettes bleues, Francisco et Hugo le dégageaient prudemment de la cabine ; Francisco poussait à l'arrière, Hugo maintenait les quatre tonnelets des deux mains. Relax, avais-je envie de leur dire quand ils m'ont dépassé. Ça n'est que de l'eau, sapristi. On dirait que vous accompagnez votre femme à la salle d'accouchement.

Jouant son rôle comme il faut, Francisco avançait lentement en relevant les numéros sur les portes, tandis que Hugo se passait la langue sur les lèvres.

J'ai étudié le panneau d'affichage et arraché trois feuilles, deux concernant le plan d'évacuation en cas d'incendie, l'autre le barbecue chez Bob et Tina, dimanche à midi. J'ai lu tout ça comme si c'était de première nécessité, puis j'ai regardé ma montre.

Il y avait du retard.

Quarante-cinq secondes.

J'avais du mal à le croire. Après toutes nos mises au point, nos exercices, nos serments, et encore d'autres exercices, ces branleurs étaient en retard.

– Oui ? a dit une voix.

Cinquante-cinq secondes.

Francisco et Hugo avaient atteint la réception, au bout du couloir du rez-de-chaussée. Assise à son bureau, une secrétaire les regardait derrière ses verres épais.

Soixante-cinq putains de secondes.

– *Salam aleikoum*, a dit Francisco, d'une voix douce.

– *Aleikoum salam*, a répondu la femme.

Soixante-dix.

Du plat de la main, Hugo a frappé sur un des tonnelets, puis s'est tourné vers moi.

J'ai eu le temps de faire deux pas dans leur direction, et

Le fracas d'une bombe.

Qui résonnait dans tout mon corps.

Quand vous voyez un accident de voitures dans une série télé, les ingénieurs du son, devant leur table de mixage, se débrouillent pour que ça fasse un peu plus de barouf que le reste. Vous vous dites, ah oui, c'est ça, ça pète, il y a de la tôle froissée. Vous avez oublié ou, si vous avez de la chance, vous n'avez pas idée de l'énergie qui se dégage d'une demi-tonne de métal lorsqu'elle heurte une autre demi-tonne de métal. Ou le flanc d'un bâtiment. Une énergie dévastatrice, qui vous secoue de la tête aux pieds, même à cent mètres du point d'impact.

Bloqué par la lame du couteau de Cyrus, le klaxon de la Land Rover a brisé le court silence qui a suivi. On aurait cru entendre un animal hurler. Pas longtemps, le bruit étant bientôt couvert par celui des chaises, des portes, des corps qui se précipitent – et tout le monde s'observe en arrivant dans le couloir.

Les bouchent s'animent, lancent des « putain », « nom de Dieu », « qu'est-ce que c'est ? ». Je contemplais soudain une douzaine de dos, et le double de jambes qui piétinent, glissent et trébuchent en courant vers l'escalier.

– Vous voulez qu'on aille voir ? a proposé Francisco à la secrétaire de la réception.

Elle s'est tournée vers lui avant d'étudier le couloir, les paupières plissées.

– Je ne... je ne sais... a-t-elle dit en tendant une main vers le téléphone.

Je me demande bien qui elle croyait appeler.

Silencieusement, Francisco et moi nous sommes consultés un centième de seconde.

– Est-ce que c'était... ai-je dit à cette femme sans la quitter des yeux... une bombe ?

Posant une main sur le combiné et tendant l'autre, doigts ouverts, vers la fenêtre, elle a prié le monde extérieur d'arrêter le cours des choses, le temps qu'elle rassemble ses esprits.

Un cri a retenti.

Quelqu'un avait aperçu la chemise ensanglantée de Benjamin, ou était tombé, ou avait envie de crier, et la secrétaire s'est à moitié levée.

– Qu'est-ce qui se passe ? l'a interrogée Francisco, pendant que Hugo contournait le bureau.

Cette fois, elle ne l'a pas regardé.

– On nous dira, a-t-elle affirmé en jetant un coup d'œil derrière moi. Il faut rester où on est, ils nous diront quoi faire.

Elle n'avait pas fini sa phrase qu'un petit clic a résonné, et elle a aussitôt compris ce qu'il avait d'inhabituel, d'alarmant ; car il y a de bons et de mauvais clics, et celui-ci était de la pire espèce.

Elle a pivoté sur son siège vers Hugo.

– Vous aviez une chance, madame, a-t-il dit.

Donc nous y sommes.

Pas à se plaindre, ça baigne.

Nous sommes maîtres des lieux depuis trente-cinq minutes et, tout bien considéré, cela aurait pu se passer beaucoup plus mal.

Le personnel marocain a quitté le rez-de-chaussée. Inspectant les premier et second étages, Hugo et Cyrus ont rassemblé hommes et femmes dans l'escalier principal, direction la sortie à grands cris inutiles de « Allez ! », « Plus vite ! », etc.

Benjamin et Latifa se sont installés à la réception, d'où ils peuvent, si besoin, se réfugier dare-dare vers le fond. Nous savons tous que cela ne sera pas nécessaire. Du moins pas tout de suite.

La police est arrivée. En voiture d'abord, puis en jeep, et maintenant par camions entiers. Dans leurs chemises trop petites, les flics gueulent et déploient leurs véhicules autour du consulat. Ils ne semblent pas avoir décidé s'ils peuvent déambuler tranquillement, ou s'il faut courir tête baissée pour éviter les balles d'un tireur embusqué. Sans doute aperçoivent-ils Bernhard sur le toit mais, pour l'instant, ils ignorent tout de ce qu'il est et de ce qu'il fait.

Francisco et moi sommes dans le bureau du consul.

Nous avons là un total de huit prisonniers – cinq hommes et trois femmes, attachés les uns aux autres avec des menottes que Bernhard a achetées au prix de gros. Nous les avons priés de bien vouloir s'asseoir sur le superbe kilim du consul. Qu'ils s'écartent de ce précieux tapis, et ils risquent une rafale des fusils-mitrailleurs Steyr AUG que Francisco et moi avons eu la présence d'esprit d'emporter. Nous leur avons bien expliqué.

Nous n'avons fait d'exception que pour le consul, car nous ne sommes pas des sauvages. La hiérarchie, le protocole, nous savons ce que c'est, et nous ne voulons pas qu'un homme de cette importance reste assis en tailleur par terre. De toute façon, il doit pouvoir répondre au téléphone.

Benjamin a réglé le standard téléphonique pour que tous les appels au consulat, quelle que soit l'extension demandée, aboutissent à son bureau.

*

Et donc, assis sur son fauteuil, M. James Beamon – représentant légal du gouvernement américain à Casablanca, deuxième autorité locale après l'ambassadeur à Rabat – jauge Francisco d'un œil froid.

Comme nos recherches l'ont démontré, Beamon est un diplomate de carrière. Pas le fabricant de chaussures à la retraite qu'on pourrait imaginer à ce genre de poste – ni le genre de type qui se voit remercié par un grand bureau et trois cents déjeuners gratuits par an parce qu'il a versé cinquante millions de dollars au fonds de campagne présidentiel. Grand et costaud, il a bientôt la soixantaine, et un cerveau qui fonctionne rapidement. Il saura gérer la situation avec intelligence.

C'est exactement ce qu'on veut.

– Pour ce qui est des toilettes ? nous interroge-t-il.

– Une personne toutes les demi-heures, répond Francisco. Vous décidez entre vous d'un ordre de passage, nous vous accompagnons, vous ne fermez pas la porte à clé.

Francisco se rapproche de la fenêtre pour observer la rue. Il colle les jumelles à ses yeux.

Je consulte ma montre. Dix heures quarante et une.

Ils viendront à l'aube, pensé-je. Comme tous les attaquants depuis l'invention de l'attaque.

À l'aube. Quand nous serons fatigués, affaiblis, effrayés, affamés.

Ils viendront à l'aube, avec le soleil derrière eux, juste au-dessus de l'horizon.

À onze heures vingt, le consul a reçu son premier appel.

Wafiq Hassan, inspecteur de police, s'est présenté à Francisco puis a salué Beamon. S'il n'avait rien de spécial à raconter, il espérait que chacun ferait preuve de bon sens et que l'affaire pourrait s'arranger sans trop de problèmes. Selon Francisco, il parlait un bon anglais. Le consul l'avait reçu à dîner deux jours plus tôt. Ils avaient parlé du calme qui régnait à Casablanca.

À onze heures quarante, c'était la presse. Désolés de nous déranger, sûrement, mais avions-nous une déclaration à faire ? Après avoir épelé son nom, deux fois, Francisco leur a dit que nous en enverrions une, écrite, à un représentant de CNN, dès que la chaîne serait sur place.

À midi moins cinq, nouveau coup de téléphone. Beamon a décroché et demandé : « Pouvez-vous rappeler demain, s'il vous plaît, ou plutôt après-demain ? » Lui prenant le combiné des mains, Francisco a écouté un instant avant d'éclater de rire. C'était un touriste de Caroline du Nord qui voulait s'assurer que l'eau était potable au Regency Hotel.

Même Beamon a souri.

À deux heures et quart, le déjeuner est arrivé. Couscous mouton, avec beaucoup de semoule. Benjamin est sorti sur le perron pour la livraison, pendant que Latifa braquait nerveusement son Uzi d'un côté et de l'autre de la porte.

Cyrus a trouvé quelque part des assiettes en papier, mais pas de couverts. Nous avons laissé refroidir, nous avons mangé avec nos mains.

Ce qui était assez plaisant, tout compte fait.

À trois heures dix, nous avons entendu les camions se mettre en mouvement, et Francisco a couru à la fenêtre.

Les moteurs ronflaient, les embrayages craquaient, ces messieurs de la police faisaient des manœuvres compliquées.

– Ils se barrent ? a dit Francisco, suivant la scène à la jumelle.

J'ai haussé les épaules.

– Peut-être que le stationnement est interdit ?

Il m'a jeté un coup d'œil furieux.

– Putain, j'en sais rien, ai-je poursuivi. Ils s'occupent. Ou alors ils creusent un tunnel, et ils font du bruit pour couvrir. Je ne vois pas comment les empêcher.

Il s'est mordu la lèvre, puis s'est rapproché du bureau pour appeler la réception. Où Latifa a décroché.

– Lat, prépare-toi, a-t-il dit. Tu entends ou tu vois quoi que ce soit, tu m'appelles.

Il a raccroché brutalement. Un peu trop.

Tu n'as jamais été aussi cool que tu voulais le faire croire, ai-je pensé.

À quatre heures, le téléphone n'arrêtait plus de sonner. Toutes les cinq minutes, des Marocains, des Américains exigeaient à chaque fois qu'on leur passe quelqu'un d'autre.

Francisco a décidé qu'il était temps d'opérer un roulement. Il a fait monter Cyrus et Benjamin au premier, et je suis descendu rejoindre Lat.

Plantée au milieu de la réception, elle se dandinait d'un pied sur l'autre et balançait sa petite Uzi de main en main, tout en étudiant les fenêtres.

– Qu'est-ce qu'il y a ? Tu as envie de pisser ?

Elle a confirmé en m'apercevant.

– Allez, vas-y, stresse pas comme ça.

– Le soleil se couche, a-t-elle dit un demi-paquet de cigarettes plus tard.

J'ai vérifié à ma montre, puis levé la tête vers les fenêtres du fond et, sans aucun doute, le soleil tombait, la nuit se levait.

– Ouais.

Elle a arrangé ses cheveux devant la glace, à l'entrée.

– Je sors, lui ai-je dit.

Interloquée, elle a regardé autour d'elle.

– Quoi ? Tu es fou ?

– J'ai envie de jeter un coup d'œil dehors, c'est tout.

– Pour quoi faire ? a-t-elle dit d'une voix furieuse, comme si j'allais déserter. Depuis le toit, Bernhard a un meilleur point de vue que tout le monde. Qu'est-ce que tu veux aller foutre dehors ?

J'ai suçoté un peu d'air entre mes dents, en vérifiant l'heure une fois de plus.

– Cet arbre, là, m'ennuie un peu.

– Tu t'inquiètes pour les arbres ?

– Les branches sont aussi hautes que le mur. Je veux voir ça de plus près.

Elle a regardé par la fenêtre, au-dessus de mon épaule. Personne n'avait arrêté l'arroseur automatique.

– Quel arbre ?

– Celui-là. L'araucaria.

Cinq heures dix.

Le soleil disparaissait sous l'horizon.

Au pied du grand escalier, Latifa tripotait sa mitraillette en grattant le sol marbré avec son talon.

L'observant, je repensais, évidemment, à tout ce que nous avions partagé : les caresses, mais aussi les rires, les frustrations, les spaghettis. Elle pouvait être exaspérante, parfois. Désespérée et désespérante à presque tous les points de vue. Mais elle était super.

– Tout ira bien.

Elle a levé les yeux vers moi.

Je me suis demandé si elle pensait aux mêmes choses.

– Et pourquoi ça irait mal ? a-t-elle dit, agressive, en se passant une main dans les cheveux.

Elle a aplati une mèche sur son front pour m'exclure de son champ de vision.

J'ai ri.

– Ricky ! a gueulé Cyrus, penché sur la rampe au premier étage.

– Quoi ?

– Francisco te veut en haut.

Sur le tapis, les otages se tenaient maintenant dos à dos, la tête sur les genoux. Il y avait du relâchement : certains avaient étendu leurs jambes sur le parquet autour. Et trois ou quatre chantaient timidement *Swanee River*[1].

– Qu'est-ce qu'il y a ? ai-je dit à Francisco.

Il m'a montré Beamon, qui me tendait son téléphone. Que j'ai repoussé d'un geste, en fronçant les sourcils, comme si c'était sûrement ma femme et que, de toute façon, je serais rentré dans une demi-heure. Mais il insistait.

– Ils savent que vous êtes américain, a-t-il dit.

Et alors ? ont haussé mes épaules.

– Tu leur causes, a dit Francisco. Pourquoi pas ?

Bis les épaules, boudeur, putain, le temps qu'on perd. J'ai fait trois pas vers le bureau. Beamon m'a dévisagé avec mépris quand j'ai saisi le combiné.

– Tu parles d'un Américain, a-t-il murmuré.

---

1. Chant nostalgique du vieux Sud américain.

– Je t'emmerde, ai-je répondu en collant le truc à mon oreille.
Ouais ?

Un clic, un bourdonnement, un clic.

– Lang, a dit une voix.

Nous y sommes, ai-je pensé.

– Ouais, a dit Ricky.

– Comment ça va ?

C'était la voix de Russell P. Barnes, trou du cul de la paroisse,
et qui, malgré les parasites, était pleine d'assurance et de bons
sentiments pour moi.

– C'que vous voulez ? a demandé Ricky.

– Levez le bras, Thomas, a-t-il suggéré.

J'ai fait signe à Cisco de me passer les jumelles. Il me les a
tendues par-dessus le bureau, et je me suis approché de la fenêtre.

– Vous devriez jeter un coup d'œil à gauche, a dit Barnes.

Je n'en avais aucune envie.

Au carrefour, dans une mer de jeeps et de camions militaires,
se trouvait un petit groupe d'hommes. Certains en uniforme,
d'autres pas.

Les jumelles grossissaient les arbres et les maisons, puis le
visage de Barnes a bondi au milieu de l'image. Je l'ai gardé en
point de mire. Il avait lui aussi des jumelles, et un téléphone
à l'oreille. Il m'a carrément fait signe.

J'ai étudié le reste du groupe – pas de pantalon noir à rayures.

– Je voulais juste dire bonjour, Tom.

– C'est ça.

De la friture sur la ligne pendant que nous attendions la
suite. Il pouvait attendre longtemps.

– Alors, Tom, a-t-il fini par dire, quand est-ce que vous sortez
de là ?

Baissant les jumelles, je me suis retourné vers Francisco,
Beamon et les otages. Je les ai regardés un instant, en pensant
aux autres.

– Sortir ? Personne ne sort, ai-je répondu.

Francisco hochait lentement la tête.

À travers les jumelles, j'ai vu Barnes qui riait. Je ne l'ai pas entendu, car il avait baissé son téléphone, mais il a levé le menton et découvert ses dents. Il a jeté quelques mots aux hommes autour de lui et certains ont ri aussi.

– Bien sûr, Tom. Quand vous...

– Non, non, a dit Ricky, et Barnes souriait. Qui que vous soyez, quoi que vous fassiez, votre truc ne marchera pas.

Moue dédaigneuse. Mon petit speech l'amusait.

– Vous êtes peut-être un malin, ai-je poursuivi. Vous avez peut-être même fait des études, avec une *espèce* de diplôme au bout... (Le sourire s'est évanoui, ce qui me plaisait.) Mais quoi que vous fassiez, votre truc ne marchera pas.

Il a lâché ses jumelles sans arrêter pour autant de me fixer. Non parce qu'il voulait me voir, mais parce qu'il voulait que je le voie. Il avait un visage de pierre.

– Croyez-moi, monsieur Lauréat, ai-je conclu.

Figé comme une statue, il avait un rayon laser à la place des yeux, braqué sur moi, à deux cents mètres de distance. Il a crié quelque chose avant de rapprocher le téléphone de sa bouche.

– Écoutez-moi, merdeux, ça m'est égal que vous sortiez ou pas de votre trou. Ça m'est égal que vous en sortiez debout, dans un grand sac en plastique, ou dans plein de petits sacs. Mais je vous préviens, Lang... (Il a collé son téléphone plus près des lèvres, sa voix semblait mouillée.) On n'entrave pas le progrès. Vous m'entendez ? Vous ne pouvez pas vous y opposer.

– Sûrement, a dit Ricky.

– Sûrement, oui.

Il s'est détourné d'un air satisfait.

– Jetez un coup d'œil à droite, Lang, a-t-il dit. La Toyota bleue.

J'ai fait ce qu'il me disait, jusqu'à ce qu'un pare-brise entre dans le champ des jumelles. Je m'y suis attardé.

Côte à côte à l'avant, Pat-Ronhim Murt et Sarah Woolf buvaient un liquide chaud, sans doute, dans des gobelets en carton. Avant le départ de la Coupe. Sarah regardait quelque chose sur ses genoux, ou peut-être rien, et Murt se mirait dans le rétroviseur. Son image ne semblait pas le gêner.

– Le progrès, Lang, est repartie la voix de Barnes. Le progrès est utile à tous.

Il s'est interrompu, et j'ai pivoté vers la gauche pour le retrouver, souriant.

– Attendez, ai-je demandé, sur un ton volontairement soucieux. Laissez-moi parler à Sarah, OK ?

Francisco s'est raidi sur sa chaise – il fallait le rassurer, qu'il ne se méprenne pas. J'ai placé le combiné un instant dans mon dos pour lui faire un sourire embarrassé.

– C'est ma mère, lui ai-je dit. Elle s'inquiète pour moi.

Ça nous a fait rire une seconde.

Reprenant les jumelles, j'ai vu que Barnes était maintenant devant la Toyota. Dans la voiture, Sarah avait pris son téléphone, et Murt s'était tourné vers elle pour l'observer.

– Thomas ? a-t-elle dit d'une voix basse, éraillée.

– Salut.

Un silence, nous avons échangé quelques pensées intéressantes sur fond de parasites, et sa voix à nouveau :

– Je t'attends.

Ce que je voulais entendre.

Murt a lâché un truc qui m'a échappé, puis Barnes a passé le bras à l'intérieur pour récupérer le téléphone.

– Pas le temps, Tom. Vous direz tout ce que vous voudrez, mais une fois que vous serez sorti, a-t-il fait avec un sourire. Sinon, pas d'autres commentaires, pour l'instant ? Un mot, peut-être ? Un petit mot, comme oui, ou comme non ?

Immobile, je le regardais qui me regardait, et j'ai traîné aussi longtemps que je pouvais me le permettre. Je voulais qu'il pèse le poids de ma décision. Sarah m'attendait.

S'il vous plaît, mon Dieu, faites que ça marche.

– Oui, ai-je dit.

25

Faites supergaffe avec ce truc,
c'est extrêmement collant.

Valerie Singleton

J'ai convaincu Francisco d'attendre encore pour le communiqué.

Il voulait le leur balancer tout de suite, mais je l'ai persuadé que quelques heures d'incertitude joueraient en notre faveur. Lorsqu'ils sauraient qui nous étions, qu'ils nous mettraient une étiquette, l'info perdrait de son piquant. Même si ça finissait par un feu d'artifice, le mystère se serait évanoui.

Quelques heures seulement, lui ai-je dit.

Nous avons donc passé la nuit à nous relayer aux divers postes.

Le toit n'était pas très prisé, car il y faisait froid, on y était seul et, chaque fois, personne n'y est resté plus d'une heure. À part ça, nous avons mangé, bavardé, nous nous sommes tus aussi, nous avons pensé à nos vies et pourquoi elles nous avaient menés ici. Comme ravisseurs ou comme captifs.

On ne nous a pas livré de couscous, mais Hugo a trouvé des petits pains à hamburgers dans le freezer de la cantine, que nous avons mis à décongeler sur le bureau de Beamon. Nous allions les tâter de temps en temps, quand nous n'avions vraiment rien d'autre à faire.

Les otages somnolaient, et beaucoup se tenaient la main. Francisco a pensé à les séparer pour les disperser dans le bâtiment, mais il s'est ravisé. Ils étaient plus faciles à surveiller groupés, ce en quoi il avait sûrement raison. Francisco a souvent raison sur pas mal de points. Mais pour une fois, il écoutait nos conseils, ce qui n'était pas désagréable. Sans doute peu de terroristes dans le monde maîtrisent suffisamment l'art de la prise d'otages pour se permettre d'être dogmatiques et vous asséner que non, non, non, c'est comme ça qu'il faut faire. Francisco était comme nous en territoire inconnu, ce qui le rendait soudain assez sympathique.

Quatre heures avaient sonné. J'avais arrangé le coup pour être en bas avec Latifa au moment où Francisco descendrait l'escalier en clopinant avec notre communiqué pour la presse.

– Lat, a-t-il dit avec un charmant sourire, révèle notre parole au vaste monde.

Elle lui a souri également, ravie que le sage grand frère lui confère tant d'honneur – sans trop vouloir le lui montrer. Elle a pris l'enveloppe et l'a regardé avec amour remonter l'escalier en boitant.

Ils t'attendent, a-t-il ajouté sans se retourner. Porte-leur ça, dis-leur que c'est pour CNN et personne d'autre, et que, s'ils ne le lisent pas mot pour mot, des Américains vont mourir, ici.

Il s'est arrêté à l'entresol :

– Tu la couvres sérieusement, Ricky, m'a-t-il dit.

Hochant la tête, je l'ai suivi des yeux, et Latifa a poussé un soupir. Quel homme, pensait-elle. Mon héros. Et c'est moi qu'il a choisie.

Il l'avait choisie en pensant, évidemment, que les galantes autorités marocaines seraient peut-être moins tentées de donner l'assaut en sachant qu'une femme faisait partie de l'équipe. Je ne voulais pas gâcher le plaisir de Latifa par cette vérité crue.

L'enveloppe serrée dans ses mains, elle plissait les paupières vers les projecteurs de la télé, derrière la grande entrée. Elle a tâté ses cheveux.

– Enfin la gloire, lui ai-je dit.

Elle m'a fait la grimace.

S'approchant du bureau, elle s'est mise à tripoter sa chemise devant la glace. Je l'ai suivie.

– Attends, ai-je dit en lui retirant l'enveloppe, le temps d'arranger un peu son col.

J'ai dégagé quelques mèches collées à ses oreilles et essuyé une tache de quelque chose sur sa joue. Elle n'a pas protesté. Non par familiarité, plutôt comme un boxeur au coin du ring qu'on asperge d'eau, qu'on rince, qu'on frotte et qu'on bichonne dans les dernières secondes avant le prochain round.

Je lui ai tendu l'enveloppe que j'avais dans la poche, et elle a respiré profondément.

Je lui ai doucement pincé l'épaule.

– Ça va aller.

– Je ne suis jamais passée à la télé.

L'aube. L'aurore. Le lever du jour. Ce qu'on voudra.

L'horizon est encore sombre, vaguement orangé. La nuit se réfugie dans le sol, tandis que, du bout des doigts, le soleil tente de se cramponner aux toits.

Les otages dorment pour la plupart. Ils se sont rapprochés les uns des autres pendant la nuit, plus fraîche qu'on n'aurait cru, et les jambes ne dépassent plus du tapis.

Francisco, fatigué, me tend le téléphone. Les pieds sur le bureau de Beamon, il regarde CNN sans le son, par égard pour monsieur le consul, qui dort.

Je suis moi aussi fatigué, bien sûr, mais j'ai une décharge d'adrénaline à ce moment précis. Je saisis le combiné.

– Ouais.

Les petits bruits secs de l'électronique. Puis Barnes.

– Cinq heures trente, le service du réveil, dit-il, un sourire dans la voix.

– Que voulez-vous ?

Je me rends compte que j'ai posé la question avec l'accent anglais. Je jette un coup d'œil vers Francisco, qui n'a sans doute pas remarqué. Je me tourne vers la fenêtre pour écouter Barnes un moment. Il termine, je respire à fond, à la fois plein d'espoir et m'en foutant complètement.

– À quelle heure ? lui demandé-je.

Il s'esclaffe. Je ris aussi, sans accent particulier.

– Dans cinquante minutes, dit-il avant de raccrocher.

Mes yeux se reposent sur Francisco, qui m'a observé. Ses cils ont l'air plus longs que jamais.

Sarah m'attend.

– Ils nous apportent le petit-déjeuner, lui annoncé-je, étirant les voyelles façon Minnesota.

Il hoche la tête.

Le soleil, qui continue de grimper, va bientôt apparaître sur le rebord de la fenêtre. Je laisse les otages, et Beamon, et Francisco qui somnole devant CNN. Je sors du bureau et prends l'ascenseur vers le toit.

Trois minutes plus tard – il en reste quarante-sept –, tout me semble aussi bien préparé, aussi en ordre que possible. Je descends l'escalier vers la réception.

Il est vide, comme le couloir et mon estomac. Le sang bourdonne dans mes oreilles et couvre mes pas sur la moquette. Je marque un temps sur le palier du premier pour jeter un coup d'œil dans la rue.

Pas mal de monde pour cette heure de la matinée.

Je pensais à la suite, c'est pourquoi j'oubliais le présent. Mais le présent n'a pas commencé, n'a pas fini, il n'y a que l'avenir. La vie et la mort. Ou la mort. Des gros trucs, ça, voyez-vous. Plus importants que les bruits de pas. C'est minuscule, les bruits de pas, comparés au néant.

Je suivais la courbure de l'escalier quand, arrivant à l'entresol, je les ai entendus et compris ce qu'ils avaient d'anormal – d'anormal parce qu'on courait, et personne n'est censé courir dans le consulat. Pas maintenant. Pas à quarante-six minutes du dénouement.

Benjamin s'est arrêté devant moi.

– Quoi de neuf, Ben ? ai-je dit aussi froidement que j'ai pu.

Il m'a étudié un moment. Haletant.

– T'étais où, connard ?

J'ai froncé les sourcils

– Sur le toit. Je...

Il m'a coupé :

– Y a déjà Latifa, là-haut.

Nous ne nous quittions pas des yeux. Il respirait par la bouche – c'était l'effort physique, mais aussi l'irritation.

– Oui, Ben, je lui ai dit de descendre à la réception. Il va y avoir le petit-déj' bientôt...

Dans un brusque mouvement de colère, il a calé le fût de son Steyr contre son épaule en ouvrant et refermant les mains sur les poignées.

Le canon de son fusil avait disparu.

Comment est-ce possible ? me suis-je demandé. Le canon d'un Steyr, quarante-deux centimètres de long, six rayures, armement à droite – comment ça pouvait disparaître, ça ?

Bien sûr qu'il n'avait pas disparu, il était à sa place.

C'était juste une idée.

– Salopard de merde.

Je contemple le trou noir. Sans bouger.

Il reste quarante-cinq minutes et, reconnaissons-le, Ben ne pouvait pas choisir plus mauvais moment pour aborder un sujet aussi lourd, vaste et polycéphale que la trahison. Je lui suggère donc – poliment, j'espère – d'y revenir plus tard. Non, il préfère tout de suite.

Et répète :

– Salopard de merde.

Son point de vue.

Le problème est, que pour une part, il ne m'a jamais fait
confiance. C'est d'ailleurs l'essentiel, j'ai éveillé ses soupçons
dès le début, et il veut me le dire maintenant, au cas où je serais
d'humeur à argumenter.

Ça a commencé avec la formation « militant ».

Ah vraiment, Ben ?

Oui vraiment.

Passant des nuits à contempler le toit de sa tente, il s'était
demandé où et quand un Minnesotain arriéré avait appris
à démonter entièrement un M16, les yeux bandés et deux fois
plus vite que les autres. Après quoi, semblait-il, il s'était attardé
sur mon accent, mes goûts vestimentaires et musicaux. Et pourquoi mettais-je tant de kilomètres au compteur de la Land Rover
quand je sortais seulement boire une bière ?

De petites choses insignifiantes, bien sûr et, jusque-là, Ricky
lui aurait renvoyé tout ça dans les genoux. Les doigts dans
le nez.

Mais l'autre part du problème – en l'occurrence, la plus
importante –, c'est que Benjamin s'activait sur le standard téléphonique pendant ma conversation avec Barnes.

Quarante et une minutes.

– Alors, ça te mène où, Ben, tout ça ?

Il presse sa joue contre le fût, et je crois voir son doigt blan-
chir sur la détente.

– Tu vas me tirer dessus ? lui dis-je. Maintenant ? Tu vas
faire ça ?

Il se lèche les lèvres. Sait à quoi je pense.

Il se contracte un peu, puis se détache du Steyr, ses yeux
immenses toujours braqués sur moi.

– Latifa ! lance-t-il en tournant la tête.

Fort. Mais pas assez. Sa voix paraît lui jouer des tours.

– Ça s'entend, les coups de feu, Ben, continué-je. Ils vont croire que tu as tué un otage. Alors ils vont donner l'assaut. Nous descendre tous.

Le mot « tuer » fait mouche et, pendant quelques secondes, je le crois prêt à tirer. Mais il répète :

– Latifa !

Plus fort, cette fois, et il ne peut pas y avoir de troisième. Très lentement, je m'approche de lui, la main gauche aussi molle que possible.

– Il y a pas mal de gens dehors qui ne demandent que ça, lui expliqué-je en avançant. Un coup de feu. Tu veux leur faire ce cadeau ?

Et de se lécher à nouveau les lèvres. Et encore. Et encore. Puis il se retourne franchement vers l'escalier.

De la main gauche, je saisis le canon et le repousse vers son épaule. Pas le choix. Si j'essaie de lui arracher l'arme, il appuie automatiquement sur la détente, puisqu'il a le doigt dessus, et moi, je m'appuie une salve. Je dirige donc le canon vers le côté et, le fût s'éloignant de sa joue, je tape sous le nez de Benjamin avec le tranchant de la main.

Il tombe comme une pierre – plus vite même, comme si une force écrasante le précipitait à terre – et je me demande un instant si je ne l'ai pas tué. Mais il dodeline de la tête et des bulles de sang se forment devant sa bouche.

Je lui ôte le Steyr des mains et je bloque le cran de sécurité, juste au moment où Latifa crie dans la cage de l'escalier.

– Ouais ?

J'entends ses talons sur les marches. Elle ne se dépêche pas, mais elle ne traîne pas non plus.

Je baisse les yeux sur Benjamin.

C'est la démocratie, Ben. Un homme contre beaucoup d'autres.

L'Uzi en bandoulière, Latifa arrive en bas.

– Merde ! s'exclame-t-elle en voyant le sang. Qu'est-ce qui s'est passé ?

Je ne la regarde pas. Penché sur Benjamin, j'étudie anxieusement son visage.

– Je ne sais pas, dis-je. Il a dû tomber.

Elle me dépasse, s'accroupit près de lui, et j'en profite pour consulter ma montre.

Trente-neuf minutes.

Elle se retourne et lève les yeux vers moi.

– Je m'en occupe, dit-elle. Prends le lobby, Rick.

J'obéis.

Je prends le lobby, et l'entrée, et le perron, et les soixante-sept mètres qui me séparent du cordon de police.

Si j'ai chaud à la tête en les rejoignant, c'est parce que j'ai les deux mains dessus.

Sans surprise, ils m'ont fouillé comme si c'était le jour de l'examen Fouille pour entrer au Collège royal de la fouille. Cinq fois, des pieds à la tête, et la bouche, et les oreilles, et l'entre-cuisse, et les semelles. Ils m'ont presque arraché chemise et pantalon et, à la fin, j'avais l'air d'un cadeau de Noël après déballage.

Ça leur a pris seize minutes.

Puis ils m'ont laissé, encore cinq minutes, collé au flanc d'un fourgon de police, les jambes et les bras ouverts, pendant qu'ils se bousculaient en poussant des cris. Je fixais le sol. Sarah m'attend.

Putain, elle a intérêt.

Encore une minute, de cris, de bousculades, et je me suis mis à regarder autour de moi, pensant que, s'il ne se passait toujours rien, j'allais précipiter les choses. Trou du cul de Benjamin. J'avais mal aux épaules, collé sur ce fourgon.

– Un boulot de première bourre, Thomas, a fait une voix.

Coup d'œil à gauche, sous le bras, et j'ai aperçu une paire de Red Wing éraflées. L'une bien à plat, l'autre à angle droit, la pointe enfoncée dans la terre. Je me suis lentement redressé pour découvrir le reste de Russell Barnes.

Adossé à la portière du fourgon, il me tendait son paquet de Marlboro en souriant. Il portait un blouson d'aviateur, avec le nom « Connor » brodé à hauteur du sein gauche. C'était qui, ce connard de Connor ?

Les fouilleurs avaient reculé un peu, mais rien qu'un peu, par déférence envers Barnes sans doute. Ils étaient encore nombreux à me loucher dessus en craignant d'avoir oublié un carré de peau.

Non pour la cigarette.

– Emmenez-moi la voir.

Car elle m'attend.

Il m'a observé un instant avant de recommencer à sourire. Il avait l'air tranquille, détendu, peinard. Pour lui, la partie était déjà terminée.

Il a regardé vers sa gauche.

– Bien sûr, a-t-il dit.

Nonchalant, il s'est détaché de la camionnette, dont la tôle a claqué en se redressant. Puis il m'a fait signe de le suivre. La mer de chemises étroites et de lunettes de soleil enveloppantes s'est ouverte jusqu'à la Toyota.

Derrière une barrière métallique, les câbles déroulés à leurs pieds, les équipes de télé étaient installées à notre droite. De leurs halos bleu blanc, les projecteurs trouaient ce qui restait de nuit. Plusieurs caméras ont pivoté vers moi, mais la plupart sont restées braquées sur le consulat.

CNN semblait avoir le meilleur emplacement.

Murt est sorti le premier de la voiture, pendant que Sarah, immobile, mains serrées entre les cuisses, contemplait le pare-brise. Quand nous fûmes à deux mètres d'elle, elle s'est tournée vers moi en s'efforçant de sourire.

Je t'attendais, Thomas.

– Monsieur Lang, a dit Murt, arrivant par l'arrière, s'intercalant entre elle et moi.

Il portait un pardessus gris foncé, et une chemise blanche sans cravate. J'ai pensé que son front avait perdu une once de sa brillance, et il avait une barbe de quelques heures sur le menton. Cela mis à part, il faisait tout propret.

Pourquoi devrait-il en être autrement ?

Il m'a étudié une ou deux secondes avant de hocher brièvement la tête, satisfait. Comme si je venais de tondre sa pelouse à peu près correctement.

– Bien, a-t-il fini par dire.

Je l'ai étudié également. Sans expression car, pour le moment, je n'avais pas besoin d'en rajouter.

– Qu'est-ce qui est bien ? ai-je demandé.

Je l'ai vu derrière moi faire un genre de signal, et j'ai senti du mouvement dans mon dos.

– À tout à l'heure, Tom, a dit Barnes.

Barnes s'éloignait doucement à reculons, insouciant, déhanché, style « tu vas me manquer mon gars ». Nos regards se croisant, il m'a fait un petit salut ironique, puis volte-face direction une jeep de l'armée, garée derrière un enchevêtrement de bagnoles et camions. À son approche, un type blond en civil a démarré le moteur avant de donner deux coups de klaxon pour dégager la voie. Je me suis retourné vers Murt.

Il m'examinait de près, maintenant, très pro, comme un chirurgien esthétique.

– Qu'est-ce qui est bien ? ai-je répété.

Ma question parcourait l'infinie distance entre nos deux mondes.

– Vous avez fait ce que je désirais, a-t-il fini par dire avec une moue satisfaite. Comme je l'avais prédit.

Une entaille par-là, on tire la peau ici – oui, on devrait pouvoir l'arranger, cette bobine.

– Certaines gens, monsieur Lang, a-t-il poursuivi, m'avaient mis en garde contre vous. Comme quoi vous étiez susceptible de ruer sur les brancards. (Il a respiré bien à fond.) Mais c'est moi qui avais raison. Voilà ce qui est bien.

Sans me quitter des yeux, il s'est décalé pour ouvrir la portière de la Toyota.

Sarah a lentement pivoté sur son siège avant de descendre. Elle s'est redressée, bras croisés sur le torse comme pour se protéger de l'aube froide, et elle a levé les yeux vers moi.

Nous étions si près.

– Thomas, a-t-elle dit et, l'espace d'un instant, je me suis laissé happer par ces yeux, jusqu'à la rétine, et ma main a touché ce qui m'amenait à elle.

Je n'oublierais jamais ce baiser.

– Sarah.

Je l'ai prise dans mes bras – la couvrant, l'enveloppant, la dissimulant entièrement. Elle gardait les deux bras devant son corps.

Ma main droite a quitté son épaule pour se glisser entre nos ventres et chercher à tâtons.

J'ai trouvé. J'ai pris.

– Au revoir, ai-je murmuré.

Elle m'a dévisagé.

– Au revoir.

Son corps avait réchauffé le métal.

La relâchant, j'ai pivoté, sans hâte, vers Murt.

Son portable devant la bouche, il parlait à voix basse. M'a observé en souriant, la tête légèrement inclinée. Il a remarqué à mon expression que quelque chose venait de changer. Son regard s'est posé sur ma main, et le sourire s'est détaché de ses lèvres, comme une pelure d'orange d'une voiture qui démarre.

– Bordel ! a fait une voix derrière moi, ce qui laissait supposer que quelqu'un d'autre avait aperçu le pistolet.

Je ne pouvais en être certain, car je surveillais Murt.

– Ce n'est pas « sur », lui ai-je dit.

Le téléphone s'est détaché de sa bouche comme le sourire auparavant. Il me fixait lui aussi.

– Ce n'est pas « sur », ai-je répété, mais « dans ».

– Qu'est-ce que... vous racontez ?

Examinant l'arme sans bouger, il pesait les conséquences, dont la portée s'étendait peu à peu – comme des ronds sur la surface de l'eau – au cercle de chemises étriquées autour de nous. Joli petit tableau.

– On ne dit pas ruer sur les brancards, mais *dans* les brancards.

26

Le soleil a mis son chapeau,
Hip, hip, hip ! hourra !
L. Arthur ROSE et Douglas FURBER

Pour votre information : nous revoilà sur le toit du consulat.

Pointant son crâne rond au-dessus de l'horizon, le soleil enveloppe les alignements de tuiles sombres dans une bande vaporeuse. Je me dis que, si la décision m'appartenait, je ferais décoller l'hélicoptère tout de suite. Mais il est si éclatant, radieux, éblouissant, ce soleil, qu'après tout il est bien possible que l'engin soit déjà en route – voire qu'il y en ait cinquante qui planent à vingt mètres au-dessus de moi, et m'observent en train de déballer mes deux paquets de papier brun sulfurisé.

Sauf que, bien sûr, je les entendrais.

J'espère.

– Que voulez-vous ? dit Murt.

Il est derrière, à un peu plus de cinq mètres. Je l'ai menotté à l'échelle d'incendie pendant que je m'acquitte de mes corvées, et ça ne semble pas lui plaire beaucoup. Je le trouve un peu agité.

– Que voulez-vous ? hurle-t-il.

Comme je ne réponds pas, il hurle de plus belle. Pas exactement des mots. Du moins pas ceux que je connais. Je sifflote quelques mesures d'un air pour le couvrir un peu, en continuant de relier la bague A à la patte de fixation B, tout en m'assurant bien que le câble C n'obstrue pas l'organe d'étranglement D.

– Ce que je veux, finis-je par répondre, c'est que vous le voyiez arriver. Rien de plus.

Je le regarde une seconde, histoire de me rendre compte s'il flippe vraiment.

Il flippe vraiment, ce qui ne me gêne pas tant.

– Vous êtes malade ! crie-t-il en tirant sur ses poignets. Je suis là, vous ne comprenez pas ?

Il rit – ou presque – car il ne veut pas croire que je sois aussi bête.

– Je suis là, poursuit-il. Il ne viendra pas, le Lauréat, puisque je suis là.

Je me détourne de lui, les yeux plissés vers la barre lumineuse qui couvre l'horizon.

– Je l'espère, Pat-Ronhim. Réellement. J'espère aussi que vous avez plus d'une voix, dans l'affaire.

– Voix ? dit-il doucement au bout d'un moment.

– Oui, voix.

Il m'étudie attentivement.

– Je ne comprends pas.

Je respire un bon coup pour lui exposer la chose.

– Vous n'êtes plus marchand d'armes, Pat. C'est terminé. Je vous ai retiré ce privilège. Votre pénitence... Vos péchés... Vous n'êtes plus riche, ni puissant, n'avez plus de relations, n'êtes plus membre du Garrick. (Cela n'a pas semblé l'émouvoir, et peut-être ne l'avait-il jamais été ?) Pour l'instant, vous n'êtes qu'un homme. Comme nous tous. Et les hommes n'ont droit qu'à une voix. Un seul bulletin de vote, si vous préférez. Et parfois bien moins que ça.

Il réfléchit avant de répondre. Comme je suis fou à lier, il faut y aller mollo.

– Je ne sais pas de quoi vous parlez.

– Que si, lui dis-je. Vous vous demandez plutôt si, moi, je sais de quoi je parle. (Le soleil monte de quelques centimètres, se dresse sur la pointe des pieds pour mieux nous voir.) Je parle des vingt-six autres personnes qui profiteront directement des ventes du Lauréat, et des centaines d'autres, sinon des milliers, qui en profiteront indirectement. Des gens qui ont travaillé, fait pression, soudoyé, menacé, même tué, pour en arriver là. Eux aussi ont une voix. Barnes est en train de leur causer en ce moment, de leur demander de se prononcer, par oui ou par non, et qui sait ce que le scrutin révélera ?

Il s'est figé, les yeux écarquillés et la bouche ouverte, comme s'il avait un sale goût dedans.

– Vingt-six, dit-il, très serein. Comment savez-vous qu'il y en a vingt-six ?

Je feins la modestie.

– J'ai été journaliste financier, voyez-vous. Pendant une heure, environ. Un collègue de Smeets Velde Kerkplein a enquêté pour moi sur vos revenus. Il m'a expliqué plein de trucs.

Il baisse les yeux et se concentre. C'est parce qu'il est intelligent qu'il est arrivé là, c'est parce qu'il est intelligent qu'il va s'en sortir.

– Évidemment, dis-je pour le garder sur la bonne voie, vous avez peut-être raison. Peut-être que les vingt-six seront de votre côté, qu'ils voudront laisser tomber, passer tout ça par pertes et profits, appelez ça comme vous voulez. Mais je n'en mettrais pas ma tête à couper.

Je marque un temps car, d'une façon ou d'une autre, je pense l'avoir mérité.

– En revanche, je me réjouis qu'on mette la vôtre, conclus-je.

Ça l'ébranle. Le tire brutalement de sa torpeur.

– Vous êtes dingue ! hurle-t-il. Vous le savez, au moins, que vous êtes taré ?

– Bien sûr. Dans ce cas, appelez-les. Téléphonez à Barnes, dites-lui qu'il arrête tout. Que vous êtes sur le toit avec un dingue, que la fête est finie. Utilisez votre bulletin de vote.

– Ils ne viendront pas, dit-il, avant de reprendre, beaucoup plus calme : Ils ne viendront pas puisque je suis là.

Faute d'une autre idée, je hausse les épaules. Je hausse pas mal, en ce moment. Comme avant les sauts en parachute.

– Dites-moi ce que vous voulez ! crie Murt, avant de secouer méchamment l'échelle d'incendie en tirant sur ses menottes.

Je jette un coup d'œil vers lui : le sang est rouge, luisant sur ses poignets.

Pauvre chou.

– Je veux voir le soleil se lever, dis-je.

Francisco, Cyrus, Latifa, Bernhard et un Benjamin un peu abîmé nous rejoignent sur le toit, car il semblerait que les gens intéressants soient là, en ce moment. Faute de maîtriser la situation, ils sont diversement effrayés ou confus ; ils ne savent plus où ils sont dans le scénario et espèrent que, très bientôt, la scripte va appeler un numéro de scène.

Inutile de le préciser, Ben a fait de son mieux pour monter les autres contre moi. Mais son mieux est devenu l'ennemi du bien quand ils m'ont vu revenir au consulat, une arme braquée sur le cou de Murt. Ils ont trouvé ça curieux. Bizarre. Ça ne collait pas avec ces folles accusations de trahison.

Donc ils me regardent et ils regardent Murt ; ils essaient de sentir le vent, et Ben a du mal à contenir son envie de me descendre.

– Merde, Ricky, tu peux nous expliquer ce qui se passe ? dit Francisco.

Des machins craquent dans mes genoux quand je me redresse, et je recule d'un pas pour admirer le travail accompli.

Puis je tends une main vers Murt. J'ai plusieurs fois répété mon speech et je crois le connaître à peu près par cœur.

– Cet homme, leur expliqué-je, était jadis marchand de canons. (Je me rapproche un peu de l'échelle d'incendie, car je veux qu'ils m'entendent tous bien.) Son nom est Pat-Ronhim Murt, il est directeur général de sept sociétés distinctes, et actionnaire

majoritaire de quarante et une autres. Il possède des apparte-
ments à Londres et à New York, des villas en Californie, dans le
sud de la France, dans l'ouest de l'Écosse, et au nord de n'importe
où avec piscine dans le jardin. Son net d'impôt dépasse cette
année le milliard de dollars.

Je me tourne vers lui avant de poursuivre :

– On a dû fêter ça, Pat, non ? On a fait péter le champagne,
j'imagine ?

Puis à mon public :

– Plus important encore, de notre point de vue, il est seul
signataire de plus de quatre-vingt-dix comptes bancaires distincts, dont celui par lequel ont transité nos salaires des six
derniers mois.

Une révélation qui n'a l'air de faire bondir personne, donc
j'assène le coup de grâce :

– Voici l'homme qui a imaginé, organisé, financé, approvi-
sionné le Glaive de la Justice.

Silence.

Seule Latifa émet un petit grognement : de peur, de colère, ou
elle ne me croit pas. Les autres restent cois.

Ils observent longuement Murt, comme moi. Je remarque
qu'il a également un peu de sang dans le cou – peut-être l'ai-je
malmené dans l'escalier ? Cela mis à part, il paraît en forme.
Pourquoi devrait-il en être autrement ?

– Conneries, finit par lâcher Latifa.

– C'est ça, lui dis-je. Des conneries. Oui, des conneries, Murt,
hein ? C'est votre opinion aussi ?

Nous étudiant les uns et les autres, il tente désespérément
d'évaluer lequel d'entre nous est le moins tapé.

Je répète :

– C'est votre opinion aussi ?

– Nous sommes un mouvement révolutionnaire, dit soudain
Cyrus, et je fais volte-face vers Francisco, car ce serait plutôt
à lui de l'affirmer.

Mais Francisco a les yeux ailleurs et les sourcils froncés Je sais ce qui le tarabuste : le cours des événements ne correspond plus au plan d'action. Ce n'est pas du tout ce qu'il y avait dans la brochure, et ça l'ennuie.

— Bien sûr. Nous sommes un mouvement révolutionnaire, sponsorisé par une entreprise commerciale. Voilà. Cet homme, dis-je en montrant Murt du doigt, est le metteur en scène d'une campagne de promo dont nous sommes les acteurs, avec pour cible le monde entier. Une campagne de promo pour des armes lourdes. (Ils gigotent un petit peu.) Ça s'appelle du marketing. Du marketing agressif. On crée de toutes pièces une demande pour un produit, à un endroit où il ne poussait que des jonquilles. C'est le boulot de ce mec.

Je me tourne vers lui en espérant qu'il renchérisse – qu'il dise oui, oui, tout cela est vrai. Mais il n'a pas l'air d'humeur à parler et, dans le silence qui s'impose à nouveau, mille pensées browniennes se précipitent les unes sur les autres.

— Des armes, dit finalement Francisco d'une voix basse, molle, comme distante de plusieurs kilomètres. Quelle sorte d'armes ?

Nous y sommes. C'est maintenant qu'il faut leur faire comprendre. Ils *doivent* me croire.

— Un hélicoptère, leur dis-je et tous me dévisagent, y compris Murt. Et ils envoient cet hélico ici pour nous tuer.

Murt se racle la gorge.

— Il ne viendra pas, dit-il. (Je ne sais qui il essaie de convaincre : moi ou lui ?) Tant que je suis là, il ne viendra pas.

Je poursuis à l'intention des autres

— Incessamment sous peu, leur engin va apparaître à l'est. (Je montre l'horizon, et Bernhard est le seul à suivre la direction de mon doigt. Les autres gardent les yeux fixés sur moi.) Un hélicoptère à la fois plus petit, plus rapide et mieux armé que tout ce que vous avez jamais pu voir. Il sera là d'un moment à l'autre pour nous démolir. Et démolir le toit avec, et même les deux étages en dessous, car il a de quoi faire exploser le quartier.

Pas de réponses. Quelques-uns examinent leurs chaussures. Benjamin ouvre la bouche pour dire ou, plus probablement, crier quelque chose, mais Francisco tend le bras et lui pose la main sur l'épaule.

– On sait qu'ils envoient un hélico, Rick, dit-il.

Ouh.

Ça va pas, ça. Pas du tout. Je les étudie un par un et, quand je passe à Ben, il perd tout contrôle de lui-même.

– Tu piges, trou du cul de merde ? hurle-t-il – il me hait tant qu'il en rit presque. On a réussi. (Il trépigne, et je m'aperçois que son nez a recommencé à saigner.) On a réussi, ta trahison n'a servi à rien.

Je me tourne vers Francisco.

– Ils nous ont appelés, Rick, dit-il d'une voix toujours douce et distante. Il y a dix minutes.

– Ah oui ?

Tous me regardent pendant qu'il parle.

– Ils envoient un hélico pour nous amener à l'aéroport, m'explique-t-il. (Il soupire, ses épaules se relâchent légèrement.) On a gagné.

Bordel de merde.

Et donc, dans ce minidésert de goudron poussiéreux, avec quelques conduits d'aération dans le rôle des palmiers, nous sommes là à attendre la vie ou la mort. La *dolce vita*, ou un trou dans le noir.

Il faut que je parle à nouveau. J'ai déjà tenté de me faire entendre une paire de fois, et mes chers camarades, très inspirés, ont mollement suggéré de me balancer par-dessus le garde-corps. Seulement, le soleil a atteint la bonne hauteur. Dieu a tendu le bras pour le placer sur son tee et il cherche le club approprié dans son caddie. Le moment approche, et je dois leur parler

– Alors, il se passe quoi ?

Personne ne répond, pour la bonne raison que personne n'a la réponse. Nous savons tous ce que nous désirons, bien sûr, mais cela ne suffit plus. Entre l'idée et la réalité se glisse l'ombre, etc. J'examine les quatre points cardinaux. J'absorbe le cadre.

– On reste là sans bouger, hein ?

– Ta gueule, dit Benjamin.

Je l'ignore. Évidemment.

– On attend l'hélico sur le toit. C'est ça qu'ils ont dit ?

Toujours pas de réponse. Je persiste :

– Ils n'ont pas proposé qu'on se mette en rang, avec de grands cercles orange autour de nos pieds ? (Silence.) Vous êtes sûrs qu'on ne peut pas leur mâcher le travail, vraiment ?

Je m'adresse surtout à Bernhard, car j'ai le sentiment qu'il est le seul à douter. Les autres s'accrochent à leur longue paille. Enthousiastes, pleins d'espoirs, ils en sont déjà à se demander s'ils préfèrent un siège couloir ou fenêtre, s'ils auront le temps d'acheter du whisky et des clopes au duty-free. En revanche, Bernhard surveille l'horizon comme moi et, vu l'emplacement du soleil, pense comme moi que le moment est idéal pour déclencher l'attaque. Il se sent en danger, vulnérable, ainsi exposé sur le toit.

À Murt maintenant :

– Dites-leur.

Hochement de tête. Pas exactement du refus. Un mélange de peur, d'indécision, et divers autres trucs. Je fais quelques pas vers lui. Aussitôt Benjamin fend l'air avec son Steyr.

Ce qui ne va pas me décourager.

– Dites-leur que je dis vrai ! Dites-leur qui vous êtes !

Il ferme les yeux un instant et les rouvre grands comme des soucoupes. Peut-être espérait-il de belles pelouses entretenues, des serveurs en livrée, ou le plafond d'une de ses nombreuses chambres. Mais ne trouvant qu'une bande d'ébouriffés, sales et affamés, il s'écroule devant le parapet.

– Vous savez bien, lui dis-je, ce qu'il va venir faire, cet hélico. Alors dites-leur ! (Je me rapproche de lui.) Dites-leur au nom de quoi ils vont crever. Servez-vous-en, de votre bulletin de vote !

Il est à bout. Le menton sur la poitrine, il a refermé les yeux.

– Murt... continué-je, mais un genre de petit sifflement m'arrête.

C'est Bernhard, qui s'est figé, la tête baissée, légèrement inclinée.

– Je l'entends, dit-il.

Personne ne bouge.

Et je l'entends aussi. Puis Latifa, et Francisco.

Une mouche au lointain dans une lointaine bouteille.

Murt a également entendu, ou se fie à nos oreilles. Il relève le menton en écarquillant les yeux.

Je ne peux attendre qu'il réagisse. Je marche jusqu'à la rambarde.

– Qu'est-ce que tu fais ? dit Francisco.

– Leur truc va nous transformer en bouillie.

– Mais non, il vient nous sortir de là.

– Ils vont nous tuer, Francisco.

– Sale con de mes deux ! crie Benjamin. Qu'est-ce que c'est, ces conneries ?

Ils m'observent tous. Aux aguets. Je suis devant ma petite tente de papier sulfurisé, dont je révèle les secrets.

De fabrication anglaise, le Javelin est un système lance-missiles sol-air, léger, autonome, à vitesse supersonique. Avec ses deux étages propulseurs à carburant solide, le missile en lui-même a une portée efficace de cinq à six kilomètres. Tout compris, la chose pèse une trentaine de kilos, et vous pouvez la commander de n'importe quelle couleur, à condition que vous le vouliez vert olive.

Il se compose de deux éléments tout à fait commodes : respectivement le tube de lancement, qui contient le missile, et le dispositif – de lancement également. Ce dernier est doté d'un système semi-automatique de guidage à distance, qui contient tout un tas de petits machins électroniques hyperchers et hyper-intelligents. Une fois assemblé, le Javelin accomplit suprêmement bien une tâche particulière : abattre les hélicos.

C'est pourquoi je m'en suis procuré un, voyez-vous. À condition de le payer suffisamment, Bob Rayner m'aurait fourni une théière automatique, un sèche-cheveux, ou un cabriolet BMW.

Mais j'avais dit non, Bob. Remballe ces petits joujoux. Moi, je veux un gros truc. Un Javelin.

Selon lui, le modèle que je détiens s'est retrouvé par hasard sur la plateforme d'un camion militaire, au sortir d'un dépôt du service du matériel, près de Colchester. Vous vous demanderez comment ces choses peuvent encore arriver aujourd'hui, alors que la gestion des stocks et des commandes est informatisée, et que des soldats gardent les portes – mais, croyez-moi, l'armée, c'est comme chez Harrods, il y a toujours des problèmes d'approvisionnement.

Des amis à lui l'ont soigneusement retiré du camion pour le placer dans une trappe sous le châssis d'un minibus Volkswagen, où il est resté tranquille, Dieu merci, jusqu'à Tanger, après un périple de deux mille kilomètres.

C'est un couple qui conduisait. Je ne sais s'ils avaient connaissance de ce chargement – seulement qu'ils étaient néo-zélandais.

– Lâche ça ! crie Benjamin

– Sinon ?

– Sinon je te descends, gueule-t-il en s'approchant de la bordure du toit.

Court silence bourdonnant. La mouche s'énerve dans la bouteille.

– Rien à foutre, lui dis-je. Si je lâche ce truc, je crève de toute façon. Donc, merci, je continue.

– Cisco ! hurle-t-il en désespoir de cause. On a gagné ! Tu as dit qu'on a gagné !

Pas de réponse, ni de Cisco ni de personne et, recommençant à trépigner, Benjamin insiste :

– S'il tire sur l'hélico, ils vont nous tuer !

D'autres cris, maintenant. Plein. Mais il est difficile de les localiser, car le lointain bourdonnement s'est transformé en tchac-tchac-tchac. Un tchac-tchac-tchac qui vient du soleil.

– Ricky, dit Francisco, et je me rends compte qu'il est juste derrière moi. Tu poses ça.

– Ils vont nous tuer, Francisco.

– Pose ça, Ricky. Je compte jusqu'à trois. Sinon, je te tue. Je rigole pas.

Je veux bien croire qu'il ne rigole pas. Il est sûr que ce bruit, ce battement d'ailes, n'est pas la mort, mais la miséricorde.

– Un, fait-il.

– Quand vous voudrez, Pat, dis-je à celui-ci en collant mes yeux sur le bord caoutchouté du viseur. Dites-leur la vérité. Dites-leur pourquoi il est fait, votre engin, et comment il va nous le montrer.

– Il veut notre mort ! hurle Benjamin, que je crois voir bondir quelque part sur ma gauche.

– Deux, fait Francisco.

Je mets en marche le système de guidage. Noyé dans les basses fréquences de l'hélico, le bourdonnement s'est arrêté. Un battement d'ailes. Grave.

– Dites-leur, Pat. S'ils me tirent dessus, tout le monde meurt. Dites-leur la vérité.

D'une impitoyable blancheur, le soleil recouvre le ciel. Il n'y a que lui et le tchac-tchac-tchac.

– Trois, dit Francisco – et brusquement un bruit de métal derrière mon oreille gauche.

Peut-être une cuillère à soupe, mais j'en doute.

– Oui ou non, Pat ? On se décide ?

– Quatre.

Le bruit est devenu énorme. Aussi gros que le soleil.

– Descendez-le ! dit Francisco.

Sauf que ça n'est pas Cisco. Mais Murt. Et il ne dit pas, il s'époumone. Devient fou. Ferraille sur ses menottes, saigne, crie, bat l'air, projette la poussière de béton d'un bout à l'autre du toit. J'ai l'impression que Cisco s'est mis à l'engueuler, l'enjoignant de se taire, pendant que Bernhard et Latifa se prennent le bec, ou m'engueulent moi.

Je le pense, mais n'en suis pas certain. Ils ont tous commencé à disparaître, voyez-vous. S'évanouissant, ils me laissent seul dans un monde apaisé.

Car je le vois maintenant.

Petit, noir, rapide. Ça pourrait être un scarabée devant le viseur. Le Lauréat.

Fusées Hydra, missiles air-sol Hellfire, canons de 50. Jusqu'à 640 kilomètres-heure en cas de besoin. J'ai une chance, et une seule.

Il va gentiment choisir ses cibles. Il n'a rien à craindre de nous. Une bande de terroristes débiles, armés de fusils automatiques, qui mitraillent dans les coins. Rateraient la porte de la grange à vingt mètres.

Alors que, depuis le Lauréat, un doigt sur un bouton, et c'est un étage entier qui saute.

J'ai une chance et une seule.

Ce putain de soleil. Qui embrase tout et brûle l'image sur le viseur.

L'image est tellement lumineuse que j'ai les yeux pleins de larmes, mais je les garde ouverts.

Pose ça, répète Benjamin. Il hurle dans mes oreilles à deux mille kilomètres. Pose ça.

Bordel, ce qu'il va vite, leur truc. Il zigzague au-dessus de la ligne des toits. Peut-être à huit cents mètres.

Salopard de merde.

Sur mon cou, c'est froid et c'est dur. Quelqu'un cherche vraiment à me distraire. Ou à me trouer la peau à bout portant.

Je te descends, hurle Benjamin.

Retirer la housse de sécurité, dégager la détente. Votre Javelin est maintenant armé, messieurs.

Craquer sur la fin.

Pose ça.

Le toit a explosé. Désintégré, voilà. Une fraction de seconde plus tard, la canonnade. Bruit incroyable, assourdissant, à vous secouer des pieds à la tête. Aussi mortel que les balles, le béton a volé dans tous les sens. Poussière, violence, destruction. Les yeux fermés, je me suis retourné, des larmes sur les joues, le soleil enfin derrière moi.

Il avait fait un premier passage. À une vitesse inouïe. Plus rapide que tout ce que je connais, à l'exception des bombardiers. Et ce demi-tour. Impensable. Comme pivoté sur un coude. Tout droit dans un sens, tout droit dans l'autre, et entre les deux : rien.

J'avais dans la bouche le goût des gaz d'échappement.

En relevant le Javelin, j'ai aperçu la tête et les épaules de Benjamin à une dizaine de mètres. Le reste de son corps, aucune idée.

Francisco me gueulait encore dessus, quoique maintenant en espagnol, et je ne saurai jamais de quoi il s'agissait.

Le revoilà. Quatre cents mètres.

Cette fois, je le voyais très bien.

Le soleil grimpait méchamment dans mon dos, concentrant ses rayons sur la petite boule de haine qui revenait vers moi.

Le réticule. Le point noir.

Fini les zigzags. Il ne préparait même pas d'esquive. Pourquoi s'emmerder ? Ce n'est pas cette bande de débiles qui va nous faire peur.

Je vois le visage du pilote. Pas sur le viseur, mais dans ma tête Il a surgi dans mon esprit au premier passage.

Allons-y.

J'ai pressé la détente, déclenché la batterie thermique et me suis arc-bouté pendant que le moteur du premier étage me repoussait vers le parapet en propulsant le missile.

Tiens, Newton.

Il approche. À une vitesse encore plus folle, mais je te vois.

Je te vois, salopard de merde.

Le second étage a pris feu, et le Javelin a filé, impatient, déterminé. Va chercher, Médor.

Je n'ai qu'à le tenir en ligne de mire. Rien d'autre. Au milieu du réticule.

La caméra interne suit le déplacement du missile, compare avec les données du viseur et, au moindre décalage, le système envoie les corrections utiles.

Je garde la cible dans le réticule, et c'est tout

Deux secondes.

Une seconde.

Blessée à la joue par un bout de moellon, Latifa saignait abondamment.

Nous étions assis dans le bureau du consul, où j'essayais de contenir l'hémorragie avec une serviette. Beamon gardait le Steyr de Hugo braqué sur nous.

D'autres otages avaient récupéré des armes et regardaient nerveusement par les fenêtres en différents endroits de la pièce. L'épuisement m'est tombé dessus pendant que je les dévisageais Et la faim. Une faim dévorante.

Des bruits ont retenti dans le couloir. Des pas, des cris en arabe, en français, puis en anglais.

– Vous voulez mettre plus fort ? ai-je demandé à Beamon.

Il a jeté un coup d'œil derrière lui vers la télévision, où l'on voyait une blonde remuer les lèvres. Le sous-titre indiquait : « Connie Fairfaix – Casablanca ». Elle lisait quelque chose.

Beamon s'est approché du poste pour monter le volume.

Elle avait une voix agréable.

Et Latifa un joli minois. Le sang commençait à coaguler sur la plaie.

– ... transmis il y a trois heures à CNN par une jeune femme de type arabe, disait la présentatrice, avant que n'apparaisse à l'écran un petit hélicoptère noir qui rencontrait apparemment de sérieuses difficultés.

Connie continuait à lire :

– « Je m'appelle Thomas Lang. J'ai été forcé à prendre part à cette opération par des agents du renseignement américain, sous le prétexte d'infiltrer une organisation terroriste, dénommée le Glaive de la Justice. »

Plan de nouveau sur Connie, qui relevait les yeux, la main sur son oreillette.

Hors-champ, une voix d'homme a demandé :

– Connie, ce ne sont pas ces gens qui ont assassiné un homme politique en Autriche ?

Oui, a-t-elle répondu, absolument. Sauf que c'était en Suisse. Elle a baissé les yeux sur son bout de papier.

– « Le Glaive de la Justice est en réalité financé par un marchand d'armes, en association avec des transfuges de la CIA. »

Le couloir était redevenu silencieux. Jetant un coup d'œil à la porte, j'ai trouvé Solomon qui me regardait depuis l'encadrement. Il m'a fait signe, rapidement, avant de se frayer un chemin à pas lents entre les meubles renversés. Une bande de chemises étriquées le suivait.

– C'est la vérité ! hurlait Pat-Ronhim.

Je me suis retourné vers la télé, pour voir ce que les caméras montraient de ses aveux sur le toit. Pour être honnête, ce n'était pas fantastique. Deux têtes coupées presque à moitié, qui bougeaient de temps à autre. La voix de Murt était distordue, brouillée par les bruits de fond, car je n'avais pas réussi à placer le micro assez près de l'échelle d'incendie. Mais je le reconnaissais très bien, et donc mes camarades le reconnaîtraient aussi.

– À la fin de sa déclaration, continuait Connie, M. Lang nous a fourni une fréquence VHF, longueur d'onde 254,125 MHz, grâce à laquelle nous avons pu procéder à l'enregistrement que nous venons de diffuser. Nous n'avons pas encore identifié les voix des protagonistes, mais il semble que...

J'ai fait un geste à l'intention de Beamon.

– Vous pouvez éteindre, si vous voulez, lui ai-je dit.

Il a préféré laisser allumé et je n'allais pas me disputer pour ça.

Solomon s'est posé sur le bord de son bureau. Il a étudié Latifa un instant, puis moi.

– Tu n'aurais pas quelques suspects à boucler ? lui ai-je dit.

Il a fait un petit sourire.

– M. Murt est tout ce qu'il y a de plus bouclé, en ce moment. Et Mlle Woolf en de bonnes mains. Quant à M. Russell P. Barnes...

– Il était aux commandes du Lauréat, ai-je fini à sa place.

Sol a levé un sourcil. Ou plutôt il l'a laissé où il était pendant que le reste de son corps s'affaissait légèrement. Il avait l'air d'avoir eu assez de surprises comme ça pour la journée.

– Rusty était pilote d'hélicoptère chez les marines, ai-je dit. Voilà pourquoi il était aux premières loges.

J'ai doucement retiré la serviette que je maintenais sur la joue de Latifa. Elle ne saignait plus du tout.

– Tu crois que je peux me servir du téléphone ? ai-je demandé à Sol.

Un Hercules de la RAF nous a reconduits dix jours plus tard en Angleterre. Les sièges étaient durs, l'appareil bruyant, et il n'y avait pas de film. Mais j'étais heureux.

Heureux de voir Solomon dormir, avachi de l'autre côté de la cabine, son imper marron roulé derrière la tête et les mains sur le ventre. Il a toujours été un bon ami, mais là, j'en étais presque amoureux.

Ou peut-être ma sentimentalité se réveillait-elle, pour quelqu'un d'autre éventuellement.

Oui, c'était sans doute ça.

Nous avons atterri à l'aéroport Coltishall RAF peu après minuit. Un troupeau de bagnoles a suivi l'avion qui roulait doucement vers le hangar. La portière a fini par s'ouvrir avec un bruit de ferraille et l'air froid du Norfolk est monté à bord. Je m'en suis rempli les poumons.

Les mains enfoncées dans les poches de son pardessus et les épaules relevées jusqu'aux oreilles, O'Neal était là. À son signal, Solomon et moi lui avons emboîté le pas jusqu'à la Rover qui nous attendait.

Ils sont montés à l'avant, moi à l'arrière, sans me presser, en savourant l'instant.

– Bonjour, ai-je dit.

– Bonjour, m'a dit Ronnie.

Puis un silence de la meilleure espèce. Nous nous sommes souri en hochant la tête.

– Mlle Crichton tenait absolument à vous accueillir, a dit O'Neal en essuyant le pare-brise embué avec son gant.

– Vraiment ? ai-je dit.

– Vraiment, a maintenu Ronnie.

O'Neal a mis le contact pendant que Solomon trifouillait avec le dégivrage.

- Eh bien, ai-je dit, les désirs de Mlle Crichton sont des ordres.

Nous avons continué de sourire pendant que la Rover, quittant la base militaire, s'enfonçait dans la nuit norfolkienne.

Dans les six mois qui ont suivi, les ventes à l'étranger du missile sol-air Javelin ont progressé d'un peu plus de quarante pour cent.

FIN

Février 2009

Steve Mosby
Ceux qu'on aime

Traduit de l'anglais (États-Unis) par Clément Baude

« *Vous avez des engagements pour la soirée ! Annulez-les !* »
The Guardian

Êtes-vous vraiment disponible pour ceux que vous aimez ?

Un de vos proches ne communique plus avec vous que par mail ou SMS. De nos jours, rien de plus normal.

Vous n'entendez jamais sa voix, cela vous inquiète-t-il ? À peine.

Jusqu'au jour où l'un de ses messages apparaît sur l'écran de votre portable : « Aide-moi ! » Combien de temps mettez-vous à réagir ?

Serez-vous près de lui avant le message final : « Vous l'avez laissé mourir » ?

Tel est le mode opératoire d'un tueur en série qui s'attaque aux personnes isolées, les séquestre, endosse leur identité auprès de leurs proches et les laisse dépérir à petit feu, dans l'abandon le plus total.

Sam Currie est commissaire, Dave Lewis journaliste, tous deux ont sur la conscience la mort d'un parent, qu'ils auraient peut-être pu sauver s'ils s'étaient davantage souciés de lui. Deux hommes hantés sur qui un piège infernal va se refermer et qui devront trouver les ressources psychologiques nécessaires pour assumer leur passé, affronter le tueur et, cette fois, être là pour ceux qu'ils aiment.

Une tension dramatique oppressante, un art machiavélique de l'intrigue, une perversité sans égale : on retrouve, après *Un sur deux*, la marque de fabrique de Steve Mosby, qui aborde avec ce roman des thèmes aussi universels que la solitude dans la société contemporaine, la force des sentiments et les nécessaires priorités de l'existence.

Steve Mosby est né en 1976 à Leeds. Après Un sur deux, Ceux qu'on aime *est son deuxième roman publié en France.*

Avril 2009

Shane Stevens
Au-delà du mal

Traduit de l'anglais (États-Unis) par Clément Baude

« *Extraordinaire !* » The New York Times

Le *Citizen Kane* du roman de *serial killer*

Après plus de vingt-cinq ans de malédiction éditoriale, nous avons le plaisir de vous présenter pour la première fois en langue française *Au-delà du mal*, de Shane Stevens, l'un des livres fondateurs du roman de *serial killer*, avec *Le Dahlia noir* de James Ellroy et *Le Silence des agneaux*, de Thomas Harris.

À 10 ans, Thomas Bishop est placé en institut psychiatrique après avoir assassiné sa mère. Il s'en échappe quinze ans plus tard et entame un périple meurtrier particulièrement atroce à travers les États-Unis. Très vite, une chasse à l'homme s'organise : la police, la presse et la mafia sont aux trousses de cet assassin hors norme, remarquablement intelligent, méticuleux et amoral. Les destins croisés des protagonistes, en particulier celui d'Adam Kenton, journaliste dangereusement proche du meurtrier, dévoilent un inquiétant jeu de miroir, jusqu'au captivant dénouement.

À l'instar d'un Hannibal Lecter, Thomas Bishop est l'une des plus grandes figures du mal enfantées par la littérature contemporaine, un « héros » terrifiant pour lequel on ne peut s'empêcher d'éprouver, malgré tout, une vive sympathie. *Au-delà du mal*, épopée brutale et dantesque, romantique et violente, à l'intrigue fascinante, constitue un récit sans égal sur la façon dont on fabrique un monstre et sur les noirceurs de l'âme humaine. D'un réalisme cru, presque documentaire, cet ouvrage n'est pas sans évoquer *Le Chant du bourreau* de Norman Mailer et De *sang-froid* de Truman Capote. Un roman dérangeant, raffiné et intense.

Shane Stevens (probable pseudonyme) est né à New York en 1941. Il a écrit cinq romans entre 1966 et 1981 avant de disparaître dans l'anonymat. On ne sait pas grand-chose d'autre de lui.

Mis en pages par DV Arts Graphiques à La Rochelle.
Imprimé en France par CPI Bussière
à Saint-Amand-Montrond (Cher)
en mars 2009.
N° d'édition : 027/04. — N° d'impression : 090741/1.
Dépôt légal : janvier 2009.
ISBN 978-2-35584-027-2